Carson McCullers

麦卡勒斯文集

The Heart Is a Lonely Hunter
心是孤独的猎手

上海译文出版社

〔美〕卡森·麦卡勒斯 著 宋玲 译

《麦卡勒斯文集》总序

孙胜忠

作为这套《麦卡勒斯文集》的译者之一，应《文集》责编宋玲女士之邀为其作总序，我感到既有义务也很荣幸。下文首先简介麦卡勒斯在文学史上的地位及其作品的接受情况和当下性，然后对麦卡勒斯小说逐一做个概述，以便读者对这套文集有个总体把握。在评介的基础上，我将进一步对麦卡勒斯的创作风格、作品的重要主题、小说之间的关联，以及最新的研究动态等略做探讨，以期为研究者提供参考。

麦卡勒斯无疑是美国文学史上一位重要的作家。1947年，麦卡勒斯就被评选为"美国最佳战后作家之一"，几乎同时，她被称为"最佳美国女小说家"；1951年《纽约时报》"感谢美国是卡森·麦卡勒斯的国家"，而《时代》杂志则宣称"麦卡勒斯是美国最重要的当代作家之一"。遗憾的是，1967年，麦卡勒斯在50岁的时候就因病英年早逝，说到她的不幸离世，传记作家弗吉尼亚·斯宾塞·凯尔 (Virginia Spencer Carr) 感叹道："20 世纪的美国失去了其孤独的猎手。"其实，麦卡勒斯何止是 20 世纪的重要作家之一，今天的读者和研究者还在不断地欣赏和研究她的作品，并能发掘出新意，这说明，她也属于 21 世纪。下面略举几个例证以说明麦卡勒斯的当下影响力。2001 年美国文库出版了麦卡勒斯的小说集，并于 2004 年第二次印刷；2002 年美国上演了她的剧作，《纽约时报》称这是对麦卡勒斯及其作品"恢复兴趣的最新证据"；2014 年麦卡勒斯协会 (Carson McCullers Society，创立于 1990 年) 再次活跃起来，选举了新的协会领导人，吸纳了"致力于研究这位伟大的美国作家"的成员；2017 年在意大利的罗马举办了"世界的卡森·麦卡勒斯 (1917—2017)：庆祝卡森·麦卡勒斯诞辰 100 周年国际会议"。[①]上述数例已足以说明麦卡勒斯的当下性，但更重要的还是要看她的作品与当代社会，尤其是美国社会现实的关联性。例如，麦卡勒斯的作品常常涉及种族歧视与暴力，这与美国眼下的种族现状是否相关呢？答案当然是肯定的。奥巴马 2008 年甫一当选为美国总统，就有人宣称美国已进入所谓"后种族时代"，仿佛种族问题已成过去。但

---

① Casey Kayser Fayetteville，Alison Graham-Bertolini，"Preface"，in Alison Graham-Bertolini，Casey Kayser，eds.，*Carson McCullers in the Twenty-First Century*，Cham：Palgrave Macmillan，2016，pp. v‐vii.

这一美丽的标签很快就被现实击得粉碎，因为随后在美国密苏里州的弗格森及其他城市接二连三地发生了警察枪杀黑人青年的事件，从而引起极大的争议与抗议。这种无处不在的种族歧视以及黑人暴力死亡案件令人不禁想起麦卡勒斯创作的《没有指针的钟》，如其中的"布朗诉托皮卡教育局案"、舍曼因移居白人区被炸死等。小说中的种族暴力威胁、暴民心态与美国今天的种族冲突如出一辙，因此，麦卡勒斯的小说必然会给人们带来对美国历史、现状和未来的新的思考。这也说明了我们今天重译、重读麦卡勒斯小说的当下意义。

这套文集收录了麦卡勒斯的五部长篇小说和一部《麦卡勒斯短篇小说全集》，几乎涵盖了作者的全部小说作品。长篇小说分别是《心是孤独的猎手》（1940）、《金色眼睛的映象》（1940年分期发表在《时尚芭莎》上，1941年以书的形式出版）、《伤心咖啡馆之歌》（1943）、《婚礼的成员》（1946）和《没有指针的钟》（1961）。

读者要想了解麦卡勒斯小说的主题和创作风格最好还是从她的《心是孤独的猎手》读起。这倒不是因为这是她创作的第一部小说，而是因为这部小说几乎涵盖了她此后所有作品的主题、题材以及她意欲探讨的有关人性和社会等深层次的问题。《心是孤独的猎手》的背景是美国南方腹地，人物是遭到社会疏离的弱势群体，主题主要表现为孤独与无望的爱。

故事开始时，两个聋哑人——约翰·辛格和斯皮罗斯·安东尼帕罗斯——已在一个屋檐下生活了十年，这两个性格完全不同的人结成了一种神秘的友谊：身材高挑、敏捷、聪明的辛格非常迷恋肥胖臃肿、冷淡、神情恍惚的希腊人安东尼帕罗斯。在他们生活的那个萧条的棉纺厂小镇上，大多数人脸上都常常露出饥饿和孤独绝望的神情，而他俩似乎一点也不孤独。只不过他们付出的感情并不对等：辛格给予；他的朋友接受；一个是爱者而另一个是被爱者，似乎都沉浸在自己所扮演的角色中，倒也相安无事。可突然间，这一宁静被打破了，安东尼帕罗斯神秘地生了场病，病好后，他像变了个人似的，成了麻烦制造者：偷东西、冲撞陌生人，甚至在大庭广众之下撒尿。尽管辛格对此很伤心，悉心照料，倾其所有为朋友解决他所造成的麻烦，但他最终还是无计可施，精神错乱的希腊人被送到两百英里之外的精神病院。

在接下来的几个月里，辛格不知不觉间成了另外四个人生活的焦点，这些人都希望在他身上寻觅一种神秘的形象，以圆他们自己痴迷而支离破碎的梦想。12岁的米克·凯利是个假小子，表现出对音乐的独特禀赋，在她的想象中，辛格具有某种精神和谐，这使她想起莫扎特。黑人医生本尼迪克特·科普兰长期以拯救黑人为使命，哑巴对他来说象征着极其罕见的白人的同情心。杰克·布朗特是个激进的工人运动组织者，但他的语言天赋胜于行动，对他而言辛格仿佛是天赐的，因为布朗特误以为只有哑巴愿意倾听，并能理解自己。咖啡馆的老板比夫·布兰农刻意观察咖啡馆的各色人等，在他看来，辛格是个再恰当不过的静观对象，因为大家的注意力都在他的身上。然而，所有这些人都不知道辛格对安东尼帕罗斯的爱，也没有意识到他们对他的兴趣给他带来的困惑。当得知安东尼帕罗斯的死讯时，辛格自杀了，留下的只是他的那些追随者或崇拜者们的思考和悲伤。

与《心是孤独的猎手》相比，《金色眼睛的映象》色调显得更加灰暗，充斥着性反常、窥淫癖、自残和谋杀等情节，因而出版伊始便遭到诟病。故事发生在 20 世纪 30 年代美国南方腹地的一个兵营，按照叙述者的说法，其中的人物涉及"两名军官、一个士兵、两个妇女、一个菲律宾人，还有一匹马"。其中一名军官是韦尔登·彭德顿上尉，他是一个倍受压抑、隐藏极深的同性恋者，对其妻子的情人非常着迷；另一名军官是莫里斯·兰登少校，这个行为随便的公子哥在与精力充沛的莉奥诺拉·彭德顿初次见面两个小时之后，便在黑莓丛里发生了关系。那个天真、显得愚笨的士兵——二等兵艾尔基·威廉斯偶然间从窗户里目睹了裸体的彭德顿太太，于是便开始偷偷摸进她的卧室，痴迷地窥视熟睡中的她，从此一发不可收拾。另一名女子是弱不禁风、神经衰弱的艾莉森·兰登，因遭受婴儿夭折、丈夫出轨等连续打击，竟然用园艺剪刀将自己的两只乳头剪了下来，好在她有菲律宾籍用人阿纳克莱托陪伴，从他那里得到了些许的安慰。深得莉奥诺拉喜爱的那匹马——"火鸟"由威廉斯饲养，却遭到彭德顿上尉的鄙视和虐待。经过一系列冒险和潜伏跟踪之后，彭德顿对沉默寡言的威廉斯产生了复杂的感情——既爱又恨，直到他发现这个二等兵潜伏到他妻子的卧室时，他才意识到威廉斯的眼中只有他的妻子，于是，他枪杀了这名士兵。

在某些评论家看来，《伤心咖啡馆之歌》比《金色眼睛的映象》更令人满意，因为在这部小说中，麦卡勒斯避开与更擅长心理描写和组织小说情节结构的作家竞争，明智地转向描写一个更适合自己才能发挥的有限的区域。这是个昏暗的、与文明社会隔离开来的南方小镇。咖啡馆的主人艾米莉亚·埃文斯小姐，是一个黑黑的高大女人，骨骼和肌肉长得像个男人，虽稍微有点斜眼，但还算是一个好看的女子。她生性孤僻，对异性爱不感兴趣，曾有过一段为期十天的婚姻。咖啡馆前身是一个经销饲料、谷物等土特产的商店，除此之外，艾米莉亚还拥有一家酿酒厂，因此，她很有钱。她不仅是个强悍的商人，还是一位颇有一点以解除百姓痛苦为志向的巫医。除了喜欢打官司之外，她日子一直过得很平静，直到她30岁那年的春天，生活发生了变化。她爱上了来投靠她的远房表哥雷蒙·威利斯，一个驼背的矮子，患有肺结核的同性恋者。这便验证了麦卡勒斯的一句话："最稀奇古怪的人（the most outlandish people）都能够成为爱的触发剂。"有了爱情，艾米莉亚变得温柔、优雅了许多，而且爱说话了，而作为被爱的雷蒙也变得得意洋洋、神气活现，还有点贵族气。随着人气旺盛，商店逐渐变成了咖啡馆。小镇上的那种怀疑、隔离和怨恨的气氛也逐渐被温暖和友谊的氛围所取代。然而，艾米莉亚对雷蒙的爱并没有得到回报，相反，这个矮子蓄意乞求艾米莉亚的前夫，马文·梅西，一个刑满释放人员的关注，并与其合谋，取走艾米莉亚百宝箱里的所有东西、砸烂她的钢琴和酿酒厂，还企图毒死她，然后一起逃之夭夭。在接下来的几个月里，艾米莉亚任由咖啡馆荒废，也放弃了行医治病，最终成为一个隐居者。小镇又回到从前那种荒凉、死气沉沉的状态。

如果说《伤心咖啡馆之歌》所揭示的人性显得有些神秘，甚至怪诞的话，那么，《婚礼的成员》就容易接近得多，故事也显得更加生动活泼，因此，有评论家认为这是麦卡勒斯最好的作品。《婚礼的成员》共分为三个部分，分别对应青少年成长历程的三个阶段：萌发对生长环境的不满；满怀不切实际的理想；幻灭及对人生局限性的认识。故事的叙述者是主人公弗兰琪·亚当斯。第一部分主要描述弗兰琪感受到的压抑和孤独，连自己的心都仿佛"挤成一团"，因此，她打算离开镇子，到别的地方去，永不回来。这个 12 岁、没有母亲的少女是个行为似男孩的顽皮姑娘。四月以来，她一直被一种朦胧但强烈的不满压得喘不过气来，在炎热的八月，她第一次遭遇少年危机。她感到自己是个孤独的人，不属于任何一个组织的成员。于是，她展开自己丰富的想象力——想到北极熊和冰屋；把贝壳放在耳边就仿佛能听到墨西哥湾的潮汐；想到她的哥哥简维斯和他的新娘简妮丝在冰雪覆盖的教堂里的婚礼。她凭冲动做任何事情，但所做的一切总是错，根本不是她真正想做的。为此，她把自己的美好希望寄托在未来，第一部分结束时，她得意洋洋地宣告，她将成为她哥哥婚礼的成员。

在第二部分，弗兰琪受到新的归属感的鼓舞，发现婚礼前的那天既神奇又独特，似乎对这个世界有了新的认识。她就像一只被释放出来的动物，可以在她此前从未见过的地方游荡。她还自称为弗·简茉莉，当简茉莉在那个难忘的星期六早晨醒来时，她感到她的哥哥和新娘仿佛就睡在她的心底，这使她立刻想起星期天的婚礼。她换掉不合身的衣服，对那套本来就整洁的粉红色的裙子又做了番修饰。她似乎一夜间长大了，第一次理解了她父亲的日常起居，一贯叛逆的她对父亲也有了某种柔情。她还短暂地不再将自己与他人隔离开来，梦想着婚礼结束后远走高飞。

但在第三部分，在试图逃离家庭失败后，她认识到自己此前的梦想有多么幼稚："婚礼就像一场超乎她能力的梦，或像一台不听她管控也不该有她角色的戏。"按照她表弟约翰·亨利的话来说，"猴子死啦，好戏完啦"。此时，她又被称为弗兰西斯。在婚礼上，她一直想对新郎和新娘说："我太爱你们俩了，你们就是我的'我们'。"可是，她一直没有机会说，最终只是大喊："带上我！"而哥哥和新娘已绝尘而去。事情并没有就此结束，弗兰西斯还是打算离家出走，在给父亲留下一封信后，她竟然鬼使神差地要去"蓝月亮"旅馆见那个被她砸倒在地的士兵，结果被警察抓住没有走成。此时，她觉得，"大世界太遥远，她是不可能再参与其中了。她又回到夏季的忧惧里，回到原先那种与世隔绝的忧惧里——而婚礼败笔使忧惧加速升级为恐惧"。小说结尾，约翰·亨利因脑膜炎死亡，哈尼被捕入狱，而一直在她家当厨子，陪伴她长大的贝拉妮斯也将不再为她家服务了。已经13岁的弗兰西斯似乎比原来的弗兰琪理性了许多，放弃了幻想，也在设法与环境达成某种妥协。但她并没有变得更讨人喜欢，对环境变化她似乎有些麻木——对约翰·亨利的死和贝拉妮斯即将离开她家好像并不关心。失去梦想的弗兰琪与别人已没有什么区别，换个角度来说，她已融入了社会。

总之，《婚礼的成员》情节紧凑——仅集中描写一个12岁的女孩几天里发生的事情；主题特色鲜明——聚焦于主人公的心理变化，紧紧围绕她的梦想与挫败讲述故事。这部小说还常常被归为成长小说之列，但笔者认为，它并不是典型的美国成长小说，因为美国成长小说的结局通常表现为主人公与社会决裂，而不是融合。

麦卡勒斯忍受病痛的折磨，历经10年，艰难地完成了她的最后一部小说——《没有指针的钟》的创作。这部小说虽然聚焦于死亡，但视野显然更为开阔，它将个人的生死、成长与美国南方的种族危机结合在一起。麦卡勒斯对主人公马隆死亡过程的描写可能与她自身的体验有关，因为在她生命的最后阶段，随着健康状况的日益恶化，她不得不时时面对死亡，也难免思考死亡的问题。但她毕竟是个艺术家，死亡主题只是小说的一个方面，她由此生发开来，涉及多重主题。在我看来，这是麦卡勒斯格局最壮阔、最有阐释意义的一部小说。

小说中有四个主要人物：J.T.马隆，40岁的药房老板；马隆的朋友，一个激进的白人至上主义者，84岁的前国会议员福克斯·克兰恩法官；法官的孙子，19岁的约翰·杰斯特·克兰恩，以及一个蓝眼睛的黑人青年舍曼·皮尤。

小说开始时，马隆得知自己患有白血病，他知道自己一定会死，但不知道何时会死，因此，他就像一个看着没有指针的钟的人。马隆素来性格温顺，像头绵羊，任由别人安排他的生活。也许是因为意识到自己即将死亡，他突然产生了顿悟，有了自我认知，觉得自己从来就没有真正地活过。尽管被死亡意识所困扰——他到底什么时候会死，但他还是决心在生命行将结束前的几个月里获得自我，从而使他的人生有某种意义。同样在寻找自我的还有杰斯特——这个小伙子尚未决定他这辈子要干什么。尽管他有许多短暂的兴趣，但他觉得还没有受到任何特定职业的召唤。这种未定的生存状态很可能与他的出身有关。他虽然有显赫的家庭背景，但他对自己的父母一无所知，因为在他来到这个世界之前，他的父亲就已经自杀身亡，而他的母亲也在生产他的时候不幸去世。所以，他一直渴望了解自己的父母，尤其是探寻他父亲自杀的原因，由此小说引出了另一个主题——种族问题。这个问题与舍曼密切相关，这个黑人青年也一直渴望了解自己的身世。舍曼·皮尤是个弃儿，他的姓——皮尤（Pew）——就来自人们发现他时的情形，他被人遗弃在教堂里的一个靠背长椅上，英文中的"pew"就是教堂内靠背长椅的意思。

小说将舍曼父母的身份之谜与杰斯特父亲的自杀之谜嫁接起来，因为杰斯特断断续续从他爷爷——老法官——那里了解到自己父亲的自杀竟然与舍曼父母有关。杰斯特身为律师的父亲约翰爱上了他的一个当事人，一名白人女子——利特尔太太。利特尔太太的黑人情人琼斯因"谋杀"了她的丈夫而受审。约翰为其辩护，试图说服陪审团，琼斯杀人属于自卫，事实也是如此，但这次由老法官主持的审判被证明是对司法和正义的嘲弄——无辜的黑人最终被绞死。在法庭上，利特尔太太拒绝对琼斯作不利的证明，因输了官司，她在审判后不久就死于分娩，临终之时，她诅咒杰斯特的父亲。辩护失败、审判不公、爱情受挫以及当事人的死亡，这一切令约翰极其沮丧而愤怒，于是，他开枪自杀。而舍曼·皮尤就是利特尔太太与黑人琼斯的儿子。

杰斯特终于了解到老法官与其儿子约翰——杰斯特的父亲——在种族问题上意见相左，在这方面，杰斯特也与一手将其抚养长大的爷爷针锋相对。杰斯特天生就具有开明的思想，在得知社会不公是造成他父亲人生悲剧的部分原因之后，他的进步思想得到了进一步强化。于是，他决定子承父业，也当一名律师，完成父亲的未竟事业。父亲的遭遇以及他自己的亲身经历教育了杰斯特，使他找到了人生的方向。而舍曼就没有他这么幸运了，尽管他最终也破解了自己的身世之谜，但他无意，也不可能被白人社会所接纳，而是决定以行动与种族主义社会抗争。于是，他不断挑衅白人社会，最终选择以搬进白人居住区的行为来表达对种族隔离的不屑。在得知白人种族主义者要因此轰炸舍曼的房子后，杰斯特多次警告他，但他拒绝逃离，结果被炸死在自己租住的房子里。这次恐怖袭击事件也涉及马隆，因为在抽签决定谁去炸舍曼的房子时，这个签不幸正好被马隆抽中了，但他拒绝去执行这项"任务"。一辈子都在听命于人的马隆这次似乎也找到了自我，尽管事后不久他就因病而死，但他得到了些许安慰，因为他毕竟自主作了一次道德选择，也算为自己活过一回。在麦卡勒斯的这部绝笔之作中，寻找自我成了突出的主题，但视域更为宽广，因为除了死亡这一文学中的永恒主题之外，《没有指针的钟》还涉及个体的成长、种族主义以及与此相关的道德选择等。

这套美国文库版《麦卡勒斯文集》首次完整地收录了麦卡勒斯20部优秀的短篇小说，集成《麦卡勒斯短篇小说全集》。其中，除了令人难忘的故事《泽伦斯基夫人和芬兰国王》和《树·石·云》等之外，还收录了她以前没有被收录的有关民权运动的故事《游行示威》。

麦卡勒斯的短篇小说同样写得精彩，也涉及其长篇小说中常见的主题：孤独、种族歧视以及人与人之间微妙的感情等，而且似乎在不经意间往往能给读者带来意想不到的启发。例如，在《傻子》中，16岁的叙述者就得出了一个发人深省的"真理"："如果一个人很崇拜你，你会鄙视他，不在乎他——然而，正是对那个根本不注意你的人，你却往往很崇拜。"短篇小说中有不少关涉少年成长的主题，也就是我们常说的成长小说中涉及的问题——青春期的躁动、莫名的惆怅和孤独等。其中有关逃离这一美国文学中的常见主题尤其引人注目。例如，在《无题》中，叙述者就说道："每个人都有想出逃的时候——无论跟家里人相处得有多好。他们都觉得不得不逃离，因为他们曾经做过某事，或是因为他们想做某事，又或许因为他们根本不知道究竟是什么的理由。也许这是某种渐渐产生的渴望，让他们觉得必须出去，去寻找某种东西。"这种逃离的冲动既有人对环境不满的诱因，又有对未来充满幻想的成长因素。《无题》对少年的性萌动描写得细致而含蓄，当主人公安德鲁夜晚独自行走在寂静而偏僻的地方时，某种陌生的声音总令他不安："有时候，它听似一个女孩子的笑声——温柔地笑个不停。而有时，它却是一个男人在黑暗处的呻吟。这声音就如同音乐，只是没有固定的形式——它让他驻足倾听，而后颤抖，这跟一首歌的效果一样。当他回家睡下之后，这个声音仍然挥之不去；他会在黑暗中辗转反侧，僵硬的四肢互相摩擦，因为他无法得到片刻的安宁。"可能正因为这种情境的触动，使他对家里的女厨子维塔利斯产生了欲望，每当他回家看到她时，他都会说"我饿了"这三个字，即便刚吃饱了也一样。于是，"看着维塔利斯就跟吃东西一样愉快，他的目光总是围着她转"。维塔利斯的理解是："你就是想有件事可做才吃东西的，因为你不知道有什么其他的事情可做。"这里的"饿"显然暗示的是性饥渴。终于有一天，当17岁的安德鲁在维塔利斯家见到她时，"他感觉到自己再一次听到了他在深夜的时候曾经在这条街上听到的那种奇怪的声音"。于是，他们之间发生了"一直在心底蓄势待发"的那种事。事后，他前往"佐治亚州某个较大城市"，一别三年后，他在返乡途中，在南方某个不知道名字的镇子的车站餐厅里回忆了以前所发生的事情。麦卡勒斯的这类小说写得感情细腻，但让人有种不确定感。

值得一提的是，这部短篇小说集还首次收录了麦卡勒斯的《游行示威》，这使读者能够从短篇小说的角度更全面地了解这位作家的创作，也为全面研究麦卡勒斯提供了难得的文本资料。

《游行示威》讲述的是因一座黑人教堂——希尔顿锡安教堂——被炸引发的一场游行示威。游行队伍从锡安第一浸信会教堂出发前往亚特兰大请愿。一路上，自由请愿者既得到部分人的支持，也受到一些人的嘲弄，还遭遇了三K党徒的威胁。在离亚特兰大还很远的时候，他们就遭到了警察催泪弹的袭击，在离目的地尚有三英里远的花枝镇，全体请愿者遭到警察的逮捕，不过，在狱中关了一夜后，他们就被放了出来。出狱后，他们高唱"我们一定会胜利"，继续向亚特兰大进发。这个故事比较真实地反映了20世纪中期美国种族矛盾的现实。其实，麦卡勒斯的小说中常有种族歧视的情节，以《没有指针的钟》为甚，但在短篇小说中，《游行示威》是唯一一篇专门描写种族歧视和民权运动的小说。但正如小说最后所说的，"这不是一次可以……改变历史的游行示威，甚至都算不上是一次民权运动。可参与的每一个人身上都发生了变化"。小说以白人青年吉姆·格雷参加游行为中心：他从家乡止水村出发，跟随游行队伍一直走到一百英里以外的亚特兰大州议会大厦。一路上，他与同样来参加游行的黑人青年奥德姆·威尔逊经历了由生疏到结下友谊的过程，还穿插了他与校友珍妮特·卡尔佩伯之间的爱情故事，以及他的高中英语老师罗莎·卡尔佩伯与圣公会牧师乔治·汤普森之间闪电般的爱情和求婚过程。总之，正如小说的叙述者所说的，"参与的每一个人身上都发生了变化"。

麦卡勒斯的短篇小说涉及的主题同样广泛，但往往会选择从一个青少年的眼光来打量成人世界。

麦卡勒斯是个备受争议的作家，争议始于她1940年发表的《心是孤独的猎手》，并伴随着她的整个创作生涯。争议者大致可分为两个阵营：批评主要来自职业书评家，而赞誉则来自小说家和文学批评家。这或许说明，麦卡勒斯属于那种"作家的作家"（writers'writer）之类，其作品不容易立刻对读者产生亲和力，因为从某种意义上说，她的小说不是用来愉悦读者的，而是要教育读者。但她的"教育"并非简单的说教，而多采用微言大义的写法，向读者展示人性和人的心灵，她对事物，尤其是对人性，有一种很特别的感悟力。可以说，麦卡勒斯独特的感悟能力是她的个性，也是她作为艺术家独创性的表现，而这两个方面均集中表现在她对人性的深刻揭示和对人的灵魂的拷问。

麦卡勒斯独特的悟性和新颖的表现手法决定了她的作品需要阐释和细心体悟，方能领会其妙处，因此，读者不仅要有一定文学方面的知识储备，还要有人生经历的积淀，并能在阅读时调用自己心灵深处那些微妙的人生体验。例如，在《婚礼的成员》中那个12岁的弗兰琪常常感到浑身不自在，她不知道自己身上到底发生了什么，但她能感觉到自己的心受到挤压，觉得"世界很小"。其实，这是接近青春期的少女生理和心理上发生的微妙变化，但作者并不明言，而是让读者自己去细心体会，同时也给读者造成一种阅读期待，随着小说呈现越来越多的细节，读者才会慢慢地领悟到主人公内心世界的变化及其成因。弗兰琪在12岁零10个月的时候，她的身高已达到五英尺五又四分之三英寸，此时，她非常担心自己会成为一个"怪胎"。当父亲说她都12岁了，不能再跟他一起睡觉的时候，她开始对父亲有些"怨恨"。所有这些都是她青春期的烦恼，而这些烦恼必然与性有关。于是，麻烦就开始了，她与一个叫巴尼·麦基恩的小伙子在他家车库里犯了"一宗怪诞的罪孽"，这种罪到底坏到什么程度，她并不知道，只是感到恶心，恨不得要杀了巴尼。所以，当她的哥哥带着新娘回家宣布将要结婚时，想到他们就会给她痛苦的感觉，这时弗兰琪可能联想到她与巴尼犯下的"罪孽"，于是，她问贝拉妮斯和第一个丈夫结婚时多大年纪，得知她13岁就结婚了，弗兰琪不明白她为什么这么年轻就结婚。显然，弗兰琪是因为她与巴尼的那种事情使她想起了婚姻的问题。读者这时才会明白，为什么小说一开始她对婚姻这件事感到迷惑："真奇怪……就这么发生了。"作者就是如此细致地描述主人公的感受，逐渐交代事情原委的。

从探索人的心灵出发，麦卡勒斯的小说着重描写人的孤独——孤独造成人的压抑和怪异行为，以及突破孤独的爱的力量。

麦卡勒斯小说中的人物多半是孤独的，故事多涉及因缺乏与他人的亲密关系或交往而造成的孤独感。《婚礼的成员》开篇就说，12岁的主人公弗兰琪就已经很久不是一个成员了，"她既不归属于任何团体，也不是任何成员。弗兰琪孤零零的一个人，在家门口晃荡，她内心惶惶"。整部小说读起来就仿佛是在听弗兰琪对一个不存在的上帝诉说自己的孤独感及由此带来的苦痛。这个"徘徊在门廊之间"的少女总是处于入口处，从来就不是真正地在里面，也不是真正地在外面。《金色眼睛的映象》中的彭德顿上尉是个同性恋、施虐狂、瘾君子和有盗窃癖的人，但更重要的是，他是个精神孤独者，甚至可以说，正是由于孤独才造成了他的上述怪异行为。《伤心咖啡馆之歌》是麦卡勒斯作品中最悲伤的，其中，有关精神孤独和爱的本质及其作用得到更充分的展示和处理。因此，从纯粹讽喻或寓言的角度来说，《伤心咖啡馆之歌》是麦卡勒斯最成功的小说,欧文·豪称之为"美国人创作的最优秀的小说之一"。①

麦卡勒斯的小说还将孤独与人的身份追寻联系起来:失去身份就会产生孤独感。杰斯特、舍曼在探寻自己身世时感到无比孤独,因此,他们都渴望与他人建立某种联系,而建立联系的最佳方式就是爱,理想的爱。杰斯特缺乏父母的爱,又不爱他的爷爷——他在这个世界上唯一的亲人,于是对舍曼产生了一种畸形的情愫,而舍曼因为从来没有享受过母爱,他总是想象自己的母亲就是玛丽安·安德森——美国黑人女低音歌唱大师,20世纪著名的歌唱家。《婚礼的成员》中的弗兰琪由于不属于任何一个团体,也不屑依附于任何一个特定的人,因此,她渴望的是"我的我们"(the we of me)。

麦卡勒斯似乎认为,摆脱精神孤独仰赖的是爱的力量。在她看来,孤独的原因之一在于人们缺乏交流,而通常的语言交流往往是不成功的,只有通过爱这种理想的交流方式,人才有可能达到目的。在《心是孤独的猎手》中,她形象化地表达了这一观点。在这部小说中,主人公约翰·辛格是个聋哑人,但这一缺陷并没有妨碍他对爱的体验,在小说中所描绘的爱中,这是唯一令人满意的,而这种爱的满足恰恰是

---

① Irving Howe, *New York Times Book Review*, September 17, 1961.

因为它不是通过语言表达而获得的。当然，这种满意或满足也只是相对而言，因为辛格的爱并没有得到对方——斯皮罗斯·安东尼帕罗斯，一个"神情恍惚的希腊人"——的回报，而且他不久就死了。因此，小说传递了一个悲观的讯息，那便是，虽然爱是将两个男人连接起来的唯一力量，但爱绝非完全是双向的，而且受制于时间，随着爱恋对象的死亡而衰减。唯一的安慰就是在爱存续期间，它对施爱方有益，使他能够短暂地排解孤独，从而得到慰藉。①

可悲的是，麦卡勒斯小说中的爱仿佛都得不到回报，都是无望之爱。《没有指针的钟》中的杰斯特暗恋舍曼，后者毫无感觉，还经常折磨他；马隆的女儿埃伦爱杰斯特，杰斯特几乎都不知道她的存在；舍曼崇拜他的房东，黑人齐普·马林斯，换来的只是齐普的虐待；杰斯特的父亲约翰爱上了利特尔太太，但得到的只是她临终前的诅咒；《心是孤独的猎手》中约翰·辛格的爱也没有得到斯皮罗斯·安东尼帕罗斯的回报；《金色眼睛的映象》中的彭德顿上尉暗恋二等兵威廉斯，威廉斯对此丝毫没有察觉；艾莉森·兰登与阿纳克莱托——兰登夫妇的菲律宾籍用人之间的关系也一样；《伤心咖啡馆之歌》中的艾米莉亚更不用说，她对其表哥雷蒙·威利斯的爱不仅没有得到回报还被他害得几乎一无所

---

① Oliver Evans，"The Achievement of Carson McCullers"，*The English Journal*，51.5 (May, 1962)，p. 303.

有。因此，作者对爱得出了极其悲观的结论：

　　存在恋爱的人和被爱的人，这两类人是全然不同
的。通常来说，被爱的那个仅仅是激发体，把恋爱的那
个长久积压于心底的、沉默的爱情激发了起来。……因
此，任何爱情的价值和性质完全取决于这恋爱的人
自己。

　　正是因为这个道理，我们绝大多数人更愿意恋爱而
不是被爱。几乎每个人都想做恋爱的那个人。道理很简
单，许多人嘴上不说，内心却是这么觉得，处于被爱的
地位是不堪忍受的。被爱的人对恋爱的人是既怕又恨，
是有最充分理由的。因为恋爱的人永远只想将那被爱的
人剥个赤膊精光，让他暴露无遗。恋爱的人猴急地渴望
与被爱的人发展任何一种可能的关系，哪怕这种经历给
他带来的只有痛苦。

　　由此我们可以看出麦卡勒斯笔下的人物有一个突出的悲
剧性格特征：他们往往将爱施与那些不可能接受他们爱欲的
人。这使得她的作品总是散发着一股怪诞和异常的味道，仿
佛非此就不是她的风格。如《金色眼睛的映象》中的彭德顿
上尉居然迷恋他的妻子莉奥诺拉的情人——兰登少校以及常
常趁夜色潜入他妻子卧室的二等兵威廉斯，《没有指针的

钟》中老法官的孙子约翰·杰斯特·克兰恩始终对黑人男孩舍曼·皮尤有一种得不到回报的情愫等等。在威廉·巴特勒·叶芝的诗歌《为我女儿祈祷》(*Prayer for My Daughter*, 1919) 中，他提及女性在选择情人时的一种妙不可言的矛盾现象："毫无疑问，可敬的好女人/就着肉吃沙拉古怪迷人/丰饶角就此尽毁。"就爱情而言，麦卡勒斯小说中的许多人物吃的就是这种"古怪的沙拉"(crazy salad)，尤以《伤心咖啡馆之歌》为甚，其中每一对情人都极不般配——丑的与美的，女继承人与罪犯，侏儒般的男人与高大强壮的女人。小说似乎表明，激情是人类最持久、最不可思议的一个谜。爱人者的选择往往是随心所欲、令人难以置信的，但一旦相爱，就爱得持久而坚定，令人称奇，如艾米莉亚对雷蒙的爱，辛格对安东尼帕罗斯的爱。而且，爱既能迫使人屈服，也能使人温柔。例如，艾米莉亚爱上雷蒙后性情大改，不再急躁，也很少跟人打官司了，连恶棍梅西自从迷上艾米莉亚后在礼仪和行为上都有所改善。但爱也能令人毫无防备，爱人者往往会遭遇断然拒绝或背叛，甚至遭到攻击，如梅西婚后遭遇艾米莉亚冷漠的拒斥，艾米莉亚遭到雷蒙的背叛和攻击等。

在麦卡勒斯苦心经营的异化世界里，在她着力描述的孤独的人物背后，我们仿佛看到一个渴望温暖和柔情的麦卡勒斯。正如现实中的麦卡勒斯一样，她总是以眼睛来传达一种亲密感，虽不是实际上的身体接触，但在眸子里折射的是灵魂的交流。[1]可以说，《心是孤独的猎手》中的米克·凯利就是麦卡勒斯的替身，这个 12 岁女孩的性格就是麦卡勒斯自己那个时候性格的生动体现；《婚礼的成员》中的弗兰琪·亚当斯也是自传式的主人公。所以，麦卡勒斯说："我成了我书写的人物，我感谢拉丁语诗人特伦斯，他说道：'凡是显示人性的没有什么与我不相容。'（Nothing human is alien to me.）"这就是麦卡勒斯的"美学信条"和她的"小说艺术"。[2]她所刻画的人物虽然显得怪诞，但却深刻地揭示了人性。

总体而言，麦卡勒斯更擅长在有限的范围内集中描写小人物或边缘人物，刻画他们的性格特点和心理变化。如《婚礼的成员》主要写一个 12 岁女孩的欢乐和苦恼；《伤心咖啡馆之歌》聚焦于主人公艾米莉亚·埃文斯小姐的命运变化。这些故事虽然格局不算高大，但往往写得感人。而她在写较为复杂的故事时则常被认为技术不够娴熟，如《金色眼睛的映象》中有关谋杀的描写显得不够自然，《心是孤独的猎手》的结尾就有点机械。很显然，麦卡勒斯一直在试图拓宽她的视野，她经过 10 年艰难的创作铸就的最后一部小说——《没

---

[1] Virginia Spencer Carr, *The Lonely Hunter: A Biography of Carson McCullers*, New York: Carroll and Graf Publishers, Inc., 1985, p. 296.
[2] Harold Bloom, "Introduction", in Harold Bloom, ed., *Bloom's Modern Critical Views: Carson McCullers* (New Edition), New York: Infobase Publishing, 2009, p. 1.

有指针的钟》便是明证。这部小说力图将一个受到癌症威胁的濒死之人的生存危机与南方受到种族主义困扰的社会危机联系起来，将一个以自我为中心的小世界镶嵌在一个广阔的社会图景之中，格调更高、视野更开阔。但这样的努力并没有获得批评家应有的赏识，反而遭到诟病，尤其是在小说出版之初。譬如，有人认为，由于她当时病重，这种写法与她的天性相悖，因此，小说在心理直觉的描写和文化分析上显得捉襟见肘。[①]但公允地说，小说以主人公马隆得知自己身患绝症开始，到他最后死亡结束，以"等死"为线索，为故事提供架构，将小说中的其他几个与死亡有关的主题连接在一起，显示了作者较高的驾驭能力。而且，小说既有细腻的心理描写，也有深刻的社会和文化分析，其中还穿插了有据可考的历史事实，因此并非像早期论者所说的那样单薄。

从有关麦卡勒斯的研究现状来看，社会语境的变化给麦卡勒斯的作品带来了新的批评视角和跨学科的研究方法。譬如，在对待同性恋这个主题上，传统的研究方法通常采用的是传记式的批评，将小说中的同性恋描写与麦卡勒斯自己的同性恋倾向联系起来。但在 21 世纪，人们越来越关注人类与环境之间的相互作用以及人与动物之间的关系。于是，研

[①] Lawrence Graver, *University of Minnesota Pamphlets on American Writers: Carson McCullers*, Minneapolis: University of Minnesota Press, 1969, p. 42.

究者便对诸如《金色眼睛的映象》这样的小说展开酷儿—后人文主义研究，在酷儿解读的基础上增加了后人文主义的透镜，将小说中人类和非人类身体的重要性置于同等重要的地位。小说中那匹叫作"火鸟"的马被列为悲剧的"参与者"，它对人类主人公的自我认知发挥了重要作用，从而瓦解了人与非人这对二元对立。从这个角度来看，彭德顿上尉的虐马行为，一方面表现为他试图恢复自己对同性恋倾向的控制，另一方面也显示了他维持人与动物之间等级区分的企图，这样，他对动物的压制就与他对自己同性恋倾向的抑制联系了起来。这种新的批评视角和方法是对过去的观点——诸如，《金色眼睛的映象》真实地洞悉了性反常，但只随意描写了一系列俗艳、夸张的插曲，令人震惊，但没有启发，更没有连成一个更大的情节模式或意义[1]——的一种反拨。

　　早在 1961 年，戈尔·维达尔就断言："在所有的南方作家中，［麦卡勒斯］是最有可能历久弥新的"。[2]事实证明，麦卡勒斯的作品至今没有褪色，鉴于她小说中所涉及的问题与当下社会问题密切相关，我们有理由相信，她的艺术之花在将来也不会凋萎。

---

[1] Lawrence Graver, *University of Minnesota Pamphlets on American Writers: Carson McCullers*, Minneapolis: University of Minnesota Press, 1969, p. 24.

[2] Casey Kayser Fayetteville, Alison Graham-Bertolini, "Preface", in Alison Graham-Bertolini, Casey Kayser, eds., *Carson McCullers in the Twenty-First Century*, Cham: Palgrave Macmillan, 2016, p. xiii.

关于麦卡勒斯其人其作有谈不尽的话题，我还是就此搁笔，让读者诸君尽早进入麦卡勒斯那略显怪异，却迷人而发人深省的艺术世界吧！是为序。

2019 年 10 月于松江大学城

献给里夫斯·麦卡勒斯

也献给玛格丽特·史密斯、拉马尔·史密斯

第一部

一

　　小镇上有两个哑巴，他们总是形影不离。每天一大早，他们从住处出门，手挽着手穿街过巷去上班。这两位朋友是截然不同的人。总在头前带路的是个身材肥胖、神情恍惚的希腊人。夏天的时候，他出门时会穿一件黄色或绿色的POLO衫，前摆凌乱地束在裤子里，后摆则松松垮垮地垂在屁股后。天凉了，他就在外面罩件走了形的灰色毛衣。他的脸庞滚圆、油腻，眼皮半睁半合，嘴唇上弯，露出一个温柔而愚蠢的微笑。另外一个哑巴是个高个儿。他的眼神中透出一股子敏捷和智慧。他穿着极为朴素，身上总是一尘不染。

　　每天早晨，两位朋友肩并肩默默地走在一起。待他们走到小镇的主街，经过一家水果杂货店时，他们会在外面的人行道上停下片刻。那个希腊人，斯皮罗斯·安东尼帕罗斯为他的表兄打工，后者开了这家水果店。他的工作是制作糖果和甜品，将水果从板条箱中卸下，保持店里整洁干净。而瘦个的哑巴约翰·辛格，跟他的朋友分开之前，几乎每回都要抓着他的手臂，盯着他的脸庞看一会儿。告别之后，辛格穿过大街，独自走向他工作的珠宝店——他是个银器雕刻师。

接近傍晚时，两位朋友会再次相见。辛格回到水果店，等安东尼帕罗斯下班一起回家。希腊人有时会懒洋洋地拆开一箱桃子或甜瓜，或是在水果店后面他烹饪的厨房里看看报纸上的连环画。在他们离开前，安东尼帕罗斯总会打开一个纸袋，那是他白天偷偷藏在厨房里某个架子上的。纸袋里放着各种他藏起来的小块食物——一块水果、几块糖果小样，或是一小截肝泥香肠。通常在回家前，安东尼帕罗斯会摇摇晃晃、轻手轻脚地走到水果店前的玻璃橱，那里面存放着一些肉和芝士。他滑开玻璃橱后面的门，用他那只肉乎乎的手充满爱意地抚摸着某一道他垂涎已久的美食。有时身为老板的表兄没看到他这么做。可一旦他注意到了，那张僵硬苍白的脸上就会露出警告的神色，瞪着他的表弟。安东尼帕罗斯只能伤心地将美食慢吞吞地从厨房的一个角落移到另一个角落。每当此时，辛格会站得笔直，双手插袋，目光朝另一个方向望去。他不乐意欣赏两个希腊人之间的小小冲突。因为，除了喝酒和某个孤独而隐秘的嗜好之外，安东尼帕罗斯在这世上最热衷的莫过于大快朵颐。

　　暮色中，两个哑巴一起慢慢地走回家。在家里，辛格总是跟安东尼帕罗斯聊天。他的双手将词语转化为一系列快速的动作。他神情急切，灰绿色的双眼炯炯有神。他用那双纤细、有力的双手向安东尼帕罗斯讲述白天发生的一切。

　　安东尼帕罗斯懒洋洋地靠后坐着，瞧着辛格。他的双手几乎一动不动，不想说话——除非是要吃饭、睡觉或是喝酒时才会说话。这三件事他总是用同样模糊而笨拙的手势来表达。晚上，如果他没有酩酊大醉，他会跪在床前，祈祷片刻。这时，他那胖乎乎的双手会比划出"神圣的耶稣""上帝"或是"亲爱的马利亚"这类词。这些是安东尼帕罗斯会说的全部词语。辛格从来不知道他的朋友能理解多少自己告诉他的事。但这不要紧。

　　他们俩共享小镇商业区附近一栋小房子楼上的空间，那儿一共有两个房间。安东尼帕罗斯会在厨房里的煤油炉上烹饪他们的三餐。厨房里有一张简易的直背餐桌椅，还有一只塞得鼓鼓囊囊的沙发，辛格坐椅子，安东尼帕罗斯则坐沙发。卧室里布置简陋，仅放了一张巨大的双人床，上面铺着一床羽绒被，这是给身材肥胖的希腊人的。辛格睡的是一张窄窄的铁床。

　　晚餐时间总是很长，因为安东尼帕罗斯喜欢享用美食，而且吃得极慢。吃完之后，大个子希腊人靠在沙发上，用舌头慢慢舔舐每一颗牙齿，要么是出于某种对食物的敏感，要么是因为他不希望失去这一餐的滋味——辛格则负责洗碗。

有时候晚上两个哑巴会下象棋。辛格以前就非常喜欢这种游戏，几年前他试图教安东尼帕罗斯下棋。起初，他的朋友对棋盘上各个棋子移动的规则毫无兴趣。于是，辛格开始在桌子底下藏瓶好酒，每次教完象棋课，他就拿出酒来。希腊人从来没有掌握过马的飘忽走位以及皇后势不可挡的灵活性，但他还是学会了几步开局的走法。他喜欢白子，要是给他黑子他就不玩了。在辛格自己走了几步之后，他的朋友就在边上旁观，一副昏昏欲睡的样子。要是辛格"自杀"吃掉了自己的棋子，最终黑子的国王被"将军"，安东尼帕罗斯就会洋洋得意，兴高采烈。

两个哑巴没有朋友，除了在工作时，其他时间只有他们两个在一起。每天都一模一样，因为他们独居，所以也不会被什么事打扰。每周，他们会去一次图书馆，为辛格借一本悬疑小说，每周五晚上他们会去看一场电影。到了发工资的日子，他们总是前往军用剩余物资商店楼上的廉价照相馆，为安东尼帕罗斯拍张照。这些就是他们定期去的地方。小镇上还有许多地方他们从未去过。

小镇位于南方腹地的中部。夏天漫长，冬天里真正寒冷的日子却屈指可数。天空几乎总是呈现一片明净刺眼的蔚蓝，阳光灼热而明亮。接着，十一月里寒冷的小雨如约而至，也许接下来就会起雾，还有几个月短暂的寒冷。冬天变幻莫测，但夏天里总是骄阳似火。小镇其实相当大，在主街有好几栋两三层的商店和办公楼。但镇上最大的建筑是工厂，雇用了很大比例的小镇人口。这些棉花厂规模大、生意好，大部分小镇上的工人却很穷。大街上到处都能看见饥饿、孤独的绝望表情。

两个哑巴却一点也不孤独。在家时他们吃吃喝喝，心满意足，辛格会热切地比划着双手与他的朋友交谈，告诉他自己的想法。因此，岁月就这样静静地流逝，直到那年辛格三十二岁，与安东尼帕罗斯在小镇上已住了十年。

可是有一天，希腊人病了。他直起身子坐在床上，双手捂着大肚子，脸颊上流下大颗大颗浑浊的泪水。辛格前往他朋友的表兄、那个水果店老板处，同时也给自己请了假。医生为安东尼帕罗斯开了一个饮食清单，声称病人不可以再喝酒了。辛格一丝不苟地执行了医嘱。他整天坐在朋友的床边上，想方设法帮他打发时间，可安东尼帕罗斯只一味气呼呼地用眼角瞅着他，一点也不开心。

希腊人变得烦躁不安，一直挑剔辛格为他准备的果汁和食物。他不断地让他的朋友帮他下床，好让他祷告。他跪下时，肥硕的臀部会压到那双肉鼓鼓的小脚上。他的双手笨拙地打着手语"亲爱的马利亚"，然后紧紧握住用一根脏兮兮的绳子系在他的脖子上的一枚小小的黄铜十字架。他的目光会缘着墙壁攀到天花板上，一双大眼睛里充满了恐惧。在那之后，他的情绪非常低落，拒绝与他的朋友交谈。

辛格很耐心，尽其所能地帮助他。他画了几幅小画，有一次他还为他的朋友画了幅素描。然而那幅画却刺痛了大个子希腊人的心，他不肯原谅辛格，直到辛格将他的脸画得年轻英俊，还把他的头发涂成明黄色、眼睛涂成中国蓝，他才肯和解。接着，他努力克制着不让自己流露出喜悦之情。

在辛格的悉心照顾下，一周后安东尼帕罗斯已经能去工作了。但从那时起，他们的生活方式产生了一种变化。两位朋友开始遇到麻烦了。

安东尼帕罗斯完全康复了，但人却变了个样。他变得急躁易怒，晚上再也不肯安静地待在家里。他想要出门时，辛格就在后面紧紧地跟着他。安东尼帕罗斯会走进一家餐厅，坐在桌边时，他会偷偷摸摸地将方糖、胡椒罐或是银餐具塞进口袋里。不管他拿了什么，辛格都会买单，倒也没惹什么大麻烦。回到家，他会批评安东尼帕罗斯，而大个子希腊人只是望着他，朝他冷漠地微笑。

几个月过去了，安东尼帕罗斯的这些癖好开始越来越严重。一天中午，他从容地走出他表兄的水果店，来到街对面的第一国家银行大楼的墙根撒尿。有时，他会在人行道上碰到一些面孔不太友善的人，他便故意撞向别人，用手肘和肚子去顶撞他们。一天，他走进一家商店，一把拽出一盏落地灯,不付钱就走了。还有一次,他试图拿走一辆放在陈列橱中的电动火车。

对于辛格来说,这是一段无比压抑的时期。他总是利用午休时间陪同安东尼帕罗斯来到法院处理这些违法事件。辛格变得非常熟悉法院的程序,而他常常处于一种焦虑不安的状态。他在银行的存款都用在了保释和罚金上。他所有的心血和金钱都是为了让他的朋友免受牢狱之灾,因为他面临着盗窃、公然猥亵和人身攻击等种种指控。

雇用安东尼帕罗斯的那个希腊表兄倒没有卷入这些麻烦之中。查尔斯·帕克(这就是那个表兄的名字)让安东尼帕罗斯继续待在店里,但始终监视着他,那张脸依旧苍白、僵硬。帕克从未尝试帮助他。辛格觉得查尔斯·帕克怪怪的,渐渐开始讨厌他。

辛格生活在接连不断的混乱和担忧之中,而安东尼帕罗斯却依旧冷漠,无论惹下什么祸,脸上总是挂着温柔而无力的微笑。在此之前的多年里,于辛格而言,他朋友的这种笑容之中似乎隐藏着某种微妙和智慧。他从不知道安东尼帕罗斯能理解多少,也不知道他心里在想什么。如今在大个子希腊人的表情中,辛格觉得他能察觉出某种狡黠和嘲讽的感觉。他会抓着他朋友的肩膀使劲摇,直到他累得不行,用手语一遍又一遍地解释。可是一切都没有好转。

辛格的钱都花光了,他只能向他打工的珠宝商去借。有那么一回，他没有足够的钱把他的朋友赎出来，安东尼帕罗斯在牢里过了一夜。第二天他就不愿离开了。那儿的晚餐是肥腊肉和淋了糖浆的玉米面包，很对他的胃口。新的住宿环境和狱友都让他欢欣鼓舞。

他们离群索居了那么久，辛格在深陷痛苦时没人可以求助。安东尼帕罗斯不受任何事干扰，也没想改掉他的毛病。在家时，他有时会做在牢里吃过的新菜式，而在大街上，永远猜不到他会做什么。

然而，辛格还是逃不过最终的大麻烦。

一天下午，他去水果店接安东尼帕罗斯时，查尔斯·帕克递给他一封信。信上说，查尔斯·帕克已经安排好将他的表弟送往两百公里之外的州立精神病院接受治疗。查尔斯·帕克利用他在小镇上的人脉和影响，一切都已打点妥当。安东尼帕罗斯下周就要被送去精神病院了。

辛格把信反复读了好几遍，有那么一会儿，他呆若木鸡。查尔斯·帕克隔着柜台对他说话，可他甚至都没试图去读他的唇语，也没有想要理解他的意思。最后，辛格掏出随身放在口袋里的便笺本，写道：

> 你不能这样做。安东尼帕罗斯必须和我待在一起。

查尔斯·帕克兴奋地摇了摇头。他不懂几句美国英语，只是一遍遍地说:"不关你的事。"

辛格知道大局已定。这个希腊人是担心,有一天他可能要负责照顾他的表弟。查尔斯·帕克对美国的语言懂得不多——但他非常懂美元,他毫不迟疑地利用他的金钱和影响将他的表弟送进了精神病院。

辛格无可奈何。

第二周是在一片紧张忙碌中度过的。他不停地打着手语,说啊说。尽管他的双手从未停下休息片刻,他还是无法倾吐所有他必须说的话。他想对安东尼帕罗斯吐露心中的所思所想,可时间不够了。他的灰眼睛闪闪发亮,敏捷、智慧的脸庞上流露出极大的紧张情绪。安东尼帕罗斯懒洋洋地瞧着他,他的朋友弄不清楚他是不是真的理解了。

那天终于来了,安东尼帕罗斯必须要离开了。辛格拿出他自己的行李箱,非常仔细地挑出他们共同财产中最好的东西进行打包。安东尼帕罗斯给自己做了一顿中饭,准备在路上享用。临近傍晚时,他们最后一次手挽手走在大街上。那是十一月末一个寒冷的下午,面前的空气中已经能看见小团小团的哈气了。

查尔斯·帕克要陪同他的表弟一起出发,在车站他却站得离他们远远的。安东尼帕罗斯挤上了巴士,把自己安顿在前排的一个位子上,一切都安置妥当。辛格从窗外注视着他,他不顾一切地打着手语,最后一次与他的朋友交谈。可安东尼帕罗斯忙着检查他午餐盒中的不同吃食，有好一会儿都没搭理他。就在巴士即将驶离路沿时，他转向辛格，脸上的笑容冷漠疏离——仿佛他们已经相隔万里之遥了。

之后的几周一切似乎都如梦似幻。辛格整天在珠宝店后面的工作台上埋头工作，到了晚上就独自回家。他只想睡觉，别无所求。一下班回到家中，他就躺在他的小床上，想要打个盹儿。他躺在那儿眯了一会儿，马上就会做梦。所有的梦里都有安东尼帕罗斯。他的双手会紧张地抽搐起来，因为在梦里他正与他的朋友交谈，安东尼帕罗斯则瞧着他。

辛格试图回忆起他与安东尼帕罗斯相识之前的日子。他试图对自己重述年轻时发生过的某些事。但他试图回忆起的这些事似乎都是假的。

只有一件特殊的事他记忆犹新，但这对他来说无关紧要。辛格回想起，尽管他打一出生就聋，但他不算真正的哑巴。他很小的时候就被遗弃，被安置在一家收留聋儿的慈善机构。他学会了打手语和阅读。九岁前，他能用一只手的美式手语交流——后来他也学会了双手打手语的欧式方法。他还学会了观察人们的唇部动作，理解他们说的话。最后他终于被教会了说话。

在学校里，大家觉得他非常聪慧。他学得比大部分学生都快。但他始终无法适应开口说话。这对他来说很别扭，他的舌头在嘴里仿佛有千斤重。每次他以这种方式说话时，从对方空洞的表情中他感觉得出，他的声音肯定像某种动物，抑或他的言辞中有什么地方令人恶心。用嘴巴说话对他来说非常痛苦，可他的双手却随时随地能够表达他想说的话。二十二岁时，他离开芝加哥来到南方的这座小镇，随即就遇到了安东尼帕罗斯。从那时起，他就再没开口讲过话，因为与他的朋友在一起时没有这个必要。

除了与安东尼帕罗斯在一起的十年时光，一切都似乎虚无缥缈。半梦半醒之间，他看见他的朋友，总是栩栩如生，而一觉醒来，巨大的孤独感就向他袭来，痛彻心扉。偶尔他会给安东尼帕罗斯寄个包裹，可从来没收到过回音。于是就这么浑浑噩噩地过了几个月。

春天时，辛格身上发生了变化。他开始失眠，浑身焦躁。每到夜晚，他会机械性地绕着房间踱步，无法发泄这种新生的精力。只有在黎明前的几个小时他才能真正休息一会儿——那时他会突然陷入睡眠，直到早晨的阳光像一把弯刀生硬地刺入他的眼皮。

于是一到晚上他就绕着小镇散步。他无法再待在安东尼帕罗斯住过的房间里了，便在距小镇中心不远的一栋死气沉沉的食宿公寓里租了一个住处。

他会在两个街区以外的一家餐厅里吃饭。这家餐厅位于一条长长的主街尽头，名叫"纽约咖啡馆"。第一天他飞快地扫了一遍菜单，写了一张简短的便条，递给老板。

每天早餐我想要一个鸡蛋、一份吐司

和咖啡——　　　　　　　　　　　　　0.15 美元

午餐我想要汤（随便哪种）、一份夹肉三明治

和牛奶——　　　　　　　　　　　　　0.25 美元

晚餐请给我准备三种蔬菜（卷心菜除外）、

鱼或肉，再加一杯啤酒——　　　　　　0.35 美元

　　　　　　　　　　　　　　　　　谢谢你。

　　老板读了便条后，狐疑而又世故地瞥了他一眼。他是个中等身量的老爷们儿，胡子又密又黑，下巴部分看起来像是生铁锻造的。他通常会坐在角落里的收银台边上，双手抱在胸前，静静地关注着身边发生的一切。辛格渐渐对这个男人的脸熟悉起来，因为他一天三次都在这几张桌子上吃饭。

　　每天晚上哑巴独自在街上溜达几个小时。有时候夜里很冷，刮着三月刺骨潮湿的寒风，还时常会下大雨。但对他来说这都无所谓。他的步伐亢奋异常，双手总是紧紧地插在裤子口袋里。几周之后，天气越发暖和，令人无精打采。他那亢奋的步伐渐渐显出疲态，他的身上似乎有一种深深的冷静。而他的脸上显出一种若有所思的平和，这种神态经常能在那些悲痛欲绝或是睿智绝伦的人脸上看见。但他仍旧在小镇的街道上游荡，总是沉默无声，形影相吊。

二

初夏一个漆黑闷热的晚上，比夫·布兰农站在纽约咖啡馆收银台的后面。此时正好十二点。外面大街上的灯已经熄了，咖啡馆里映出的灯光在人行道上赫然形成一片橘黄色的长方块。大街上空无一人，咖啡馆里有六七个客人，有的在喝啤酒，有的在喝桑塔露琪娅葡萄酒或威士忌。比夫冷漠地等待着，胳膊肘撑在收银台上，大拇指挤压着那狭长鼻子的鼻尖。他的眼神很专注。他特别注视一个矮小敦实、穿着工装裤的男人，此人已经烂醉如泥，而且脾气暴躁。他的视线时不时地转向那个哑巴，他独自一人坐在中间的餐桌边，有时也看看收银台前的其他客人。不过，他始终会将视线转向那个穿工装裤的醉汉。夜深了，比夫继续在收银台后默默地等待着。最后，他打烊前再巡视一遍后，朝店后方的门走去，门后通向楼梯。

他悄悄地走进楼梯顶端的房间。里面一片漆黑，他小心翼翼地走着。才没走几步路，他的脚趾撞到了什么坚硬的东西，他俯身去摸索，摸到了地上一个手提箱的把手。他刚进房间没一会儿，正要离开时，灯亮了。

艾丽斯从皱巴巴的床上坐起身来，盯着他。"你干吗动那个手提箱？"她问道，"你就不能打发走那个疯子吗？箱子不用还他，权充酒钱吧？"

"那你起来，自己下楼去。打电话叫警察来把他丢进监狱，让他与戴着铁链的囚犯为伍，吃玉米面包和豌豆吧。去吧，布兰农太太。"

"要是明天他还在楼下，我乐得这么干。可是你别动那个手提箱。它不再属于那个寄生虫了。"

"我知道寄生虫是什么样，布朗特可不是，"比夫说，"至于我自己——我也不太知道自己是什么样。但我肯定不是那种小偷。"

比夫冷静地将手提箱放在外面的台阶上。房间里的空气不像楼下那么闷热。他决定待上片刻，先用冷水泡泡脸再回去。

"要是今晚不把那家伙打发走，我可告诉过你我要怎么办。他白天就在后面挺死尸，到了晚上，你就好酒好饭地招待他。一个礼拜了，他一个子儿都没付过。整天在那儿胡说八道，还有他箱子里的东西，会把正经买卖都毁了的。"

"你不了解人，你也不了解真正的生意，"比夫说，"你说的这个家伙最初是十二天前来到这里的，小镇上他初来乍到。第一个礼拜他就给了我们二十块钱的生意。至少二十块钱。"

"可打那以后就赊账了，"艾丽斯说，"赊了五天的账，喝得烂醉如泥，谁还敢上门来。还有，他只不过就是一个流浪汉、一个怪人。"

"我喜欢怪人。"比夫说。

"我知道你喜欢！我猜你应该喜欢，布兰农先生——因为你自己也是个怪人。"

他搓了搓发青的下巴，丝毫不在意她的话。他们结婚十五年来，总是互相叫对方的名字比夫和艾丽斯。后来有一次吵架时，他们开始互相称对方为先生太太，打那以后，他们的关系就一直没有改善，便依旧保留这样的称呼。

"我警告你，明天要是我下楼看到他还在那儿，那就别怪我不客气了。"

比夫走进浴室，先洗了脸，又觉得还有时间可以刮刮胡子。他的胡子又黑又密，好像已经有三天没刮了。他站在镜子前，若有所思地搓了搓脸颊。一跟艾丽斯说话，他就感到后悔。跟她在一起时，沉默是最佳选择。在这个女人身边时，比夫总是浑身不自在，仿佛不是真正的自己。这让他变得同她一样冷酷、狭隘又市侩。比夫的眼睛炯炯有神，充满寒意，而那嘲讽的眼皮垂下，令他的双眼半睁半闭。那只长满老茧的手，小拇指上戴着一只女式结婚戒指。他身后的门敞开着，他从镜子里能看见躺在床上的艾丽斯。

"听好，"他说，"你的问题在于你没有一丁点儿真正的善意。不过我认识的女人里只有一个拥有我所说的这种'真正的善意'。"

"那么说来，我知道你要做的就是这个世界上所有男人都以此为耻的事。我知道你要——"

"也许我说的是好奇心。你从来看不见或者留心不到发生的重要事情。你从来不观察、思考或是试图弄明白什么。也许这就是你我之间最大的区别。"

艾丽斯几乎又睡着了，透过镜子，他冷漠地注视着她。她身上没有能吸引他注意力的显著特点，他的视线从她浅棕色的头发滑向了被子底下那双又粗又肉的脚。她脸庞的柔和曲线一直延伸到浑圆的臀部和大腿。不看她时，他的脑海中没有留下她任何显著的特征，他只记得她那完整无缺的身形。

"你从不懂得欣赏一出好戏。"他说。

她的声音透着疲倦。"楼下的那个人就是一出好戏，好吧，也是一场杂耍。但我也受够他了。"

"见鬼，这个人跟我没关系。他跟我非亲非故。可你不懂得搜集大量细节，从而得出真相的道理。"他拧开热水，开始飞快地剃须。

5 月 15 日，没错，就是这天早上，杰克·布朗特来到店里。他立马就注意到了这个人，暗暗观察。他身材矮小，肩膀厚实得像横梁似的，蓄着乱蓬蓬的髭须，下嘴唇就像被黄蜂蜇了一般，肿得很。这个人身上还有很多不相称的地方，比如他的脑袋硕大、形状匀称，可他的脖子却像个男孩的脖子似的，又细又软。胡子看起来很假，仿佛是为了参加化装舞会故意粘上的，要是说话太快，眼瞅着就要掉下来。这些特征让他看上去似乎是人到中年了，尽管光洁的高额头和睁得大大的双眼令他的脸庞显得挺年轻。他那双大手，污迹斑斑，布满老茧，身上穿着一套廉价的白亚麻西装。这个男人身上有种非常滑稽的感觉，可同时，还有一种感觉却会让你笑不出来。

他点了一品脱酒，半小时里就喝了个干净。然后，他坐在一个卡座中，吃了一大份鸡肉餐。之后，他边读书，边喝啤酒。那就是最初的情形。虽然比夫非常谨慎地观察了布朗特，但他还是永远不会猜到之后发生的那些疯狂的事。他也从没看见过一个人在十二天里改变了这么多。更没见过一个人酒量如此之大、宿醉如此之久。

比夫用拇指向上推压鼻子尖，剃须刀刮了上唇。剃完须后，他感觉脸部似乎凉爽了不少。他穿过卧室、往楼下去时，艾丽斯已经睡着了。

手提箱很重。他拎着箱子来到餐厅前方的收银台后，通常他每天晚上都站在那儿。他有条不紊扫视了一遍餐厅。有几个客人已经离开了，餐厅里的人所剩无几，但格局还是没变过。那个聋哑人仍然独自坐在中间的一张桌子喝咖啡。那个醉鬼还在喋喋不休地说话。他不是特别针对身边的某个人在说话，当然也没有人在认真听。这天晚上他进入餐厅，身上穿的是蓝色工装裤，而不是那套他穿了十二天的脏兮兮的亚麻西装。他的袜子不见了，脚踝上有划伤，沾满了烂泥。

比夫警觉地将他长篇大论的片段拼凑起来。这家伙似乎又在谈论某种古怪的政治。昨晚，他谈论的是他之前去过的地方——比如得克萨斯、俄克拉何马和南北卡罗来纳。有一回他的话题转到了妓院，后来他的笑话就变得如此粗俗，他只能用啤酒咽下这些话头。不过大部分时间，没人确定他在说什么。讲啊——讲啊——不停地讲。从他喉咙里蹦出来的词儿就像洪水一样，滔滔不绝。奇怪的是，他的口音总是在变，还有他使用的词汇种类也在变。有时，他讲话像个纺织厂工人，有时又像个教授。他会使用很长的单词，然后又在语法上犯错。你很难说清楚他是哪个阶层的人或是从哪个地方来的人。他总是在变。比夫若有所思地抚弄着鼻尖。没有任何关联。而关联经常与智慧匹配。这个人很聪明，很好，但他总是毫无由来地从一件事跳到另一件事。他就像个迷失自我的人。

比夫把身体撑在柜台上，开始浏览晚报。头条新闻说，市政委员会经过四个月审议，认定地方预算无法承担镇上某些危险地段十字路口的交通信号灯费用。左侧专栏报道了东方的战争。比夫对两则新闻都认真地阅读了。虽然他的视线集中在报纸上，但他的其他感官对周围各种小小的骚动都随时保持警惕。他读完新闻后，仍然盯着报纸，眼睛半开半合。他心情紧张。那家伙是个麻烦，上午前他得解决掉。同时，不知为何他总觉得今晚会发生什么大事。那家伙不能永远这么下去。

比夫感觉到有人站在进门的地方，他飞快地抬头打量。一个身材瘦削、浅黄色头发的少年，是个约莫十二岁的小姑娘，正伫立在门口东张西望。她一身卡其短裤和蓝色衬衫，脚上穿着双网球鞋——乍一眼看去像一个小男孩。比夫把报纸推到一边，眼睛朝她望去，微微一笑，她则向他走来。

"你好，米克。去参加女童子军①了吗？"

"没有，"她说，"我同她们不合群。"

他的眼角瞥见那个醉汉砰的一声用拳头砸在桌面上，转过身背对着他刚刚与之交谈的几个人。比夫与面前的少年说话时，声音粗哑：

"爸妈知道你深更半夜跑出来吗？"

"没事儿。今晚我们街区有一帮孩子都玩到很晚。"

他从没见过她跟任何同龄人出去玩。几年前，她总是跟在她哥哥的屁股后头。凯利家就人数而言是一个大家庭。后来，她会拖着辆童车出来，上面有两个流着鼻涕的婴儿。如果不是在照顾小东西或是做大孩子的跟屁虫，她就是独自一

---

① 女童子军是风行美国学校的课外组织，是美国最大的女孩团体，家喻户晓。1912 年由朱丽叶特·戈登·卢建立。

人。此刻，这孩子站在那儿，似乎还没想好自己想要什么。她只是一味地用手掌将她那潮湿、发白的头发往后捋。

"麻烦，我想来包烟。最便宜的那种。"

比夫刚想说话，犹豫了一下，手伸向柜台里面。米克掏出一块手帕，解开手帕一角的结，那是她放钱的地方。正当她打开手帕时，零钱掉在地上叮当作响，滚向了站在一边自言自语的布朗特。一时间，他茫然地注视着硬币，可还没等那孩子追上前去捡，他就全神贯注地蹲下身子，捡起了钱。他步伐沉重地走向柜台，然后站在那儿摇晃着手掌上那两个一分、一个五分和一个一角的硬币。

"现在买包烟要一角七分吗？"

比夫等待着，米克的目光从他们两人中的一个转向另一个。醉汉把硬币在柜台上码成一小堆，依旧用那只脏兮兮的大手护着。而后他缓缓地拿起一枚硬币，翻了个面。

"五厘给了种烟草的穷鬼[①]，五厘给了卷烟草的傻子，"他说，"一分钱给你，比夫。"接着，他试图集中视线，以便能读懂五分和一角硬币上的铭文。他不断地用手指抚摸着两枚硬币，将它们画着圈转动。最后，他把硬币推到一边。"这是向自由主义的卑微致敬。敬民主和独裁。敬自由和掠夺。"

---

① 原文为 cracker，即美国南方的贫苦白人，含有贬义。

比夫冷静地收拾好硬币,将它们丁零当啷地扔进抽屉里。米克仿佛还想再待一会儿。她久久地注视着醉汉,然后目光转向餐厅中间,哑巴正独自坐在那儿。过了片刻,布朗特的眼睛也不时地瞥向同一个方向。哑巴默默地对着他的啤酒,用一根烧焦的火柴棒无所事事地在桌子上画画。

杰克·布朗特打破了沉默。"真有意思,之前三四个晚上,我睡觉的时候都会看到那个家伙。他会陪着我。要是你留心过,他似乎从来不说话。"

在极少数情况下,比夫才会在客人面前谈论别的客人。"不,他不会说的。"他不置可否地答话道。

"真有意思。"

米克将身体的重心移到另一只脚上,把香烟塞到了短裤口袋里。"要是你对他有一点了解,你就不会觉得有意思了,"她说,"辛格先生同我们住在一起。他租我们家的房间。"

"是吗?"比夫问道,"我要声明——我真不知道。"

米克走向门口,头也不回地说:"没错。他已经同我们住了三个月了。"

比夫撸起他的衬衫袖子,然后小心翼翼地向上卷好。米克离开餐厅时,他的眼睛死死地盯着她。即使她已经走了好一会儿后,他仍然在摆弄他的衬衫袖子,凝视着空空荡荡的门口。接着他紧紧地把双手锁在胸前,再次转向那个醉汉。

布朗特重重地靠在柜台上。他棕色的双眸晶莹湿润，眼睛睁得很大，露出茫然的表情。他急需洗个澡，身上臭得像只山羊。他那汗渍渍的脖子上沾满了泥土星子，脸上有一块油渍。他的嘴唇又厚又红，棕色的头发纠结在额前。他身上的工装裤太短了，以至于他不停地在拉扯裤裆。

"伙计，你最好明白，"比夫最终开口说道，"你不能再这样下去了。嗨，我真奇怪你居然没有因为流浪罪而被抓进去。你要清醒清醒。你需要洗个澡，理个发。圣母马利亚！你都不适合在人群里走动了。"

布朗特沉下脸，紧咬着下嘴唇。

"嗨，别发火，消消气。照我说的去做。去后面的厨房，叫那个黑人男孩给你打一大盆热水。叫威利给你拿条毛巾和几块肥皂，好好洗一把澡。然后，吃些牛奶吐司，打开你的手提箱，换上干净的衬衫，还有合身的裤子。那明天你就可以开始做自己想做的事，找自己喜欢的工作，重新振作起来。"

"你知道自己能做什么，"布朗特醉醺醺地说，"你只能——"

"得了吧，"比夫平静地说，"不，我不能。现在你得放规矩些。"

比夫走到柜台的尽头，拿来两杯生啤。醉汉笨拙地拿起他的酒杯，结果啤酒洒在了他的手上，弄得柜台一团糟。比夫则仔细品啜着他的那杯酒。他的眼睛半睁半合，定定地注视着布朗特。布朗特不是个怪人，尽管你第一次看见他时会给你留下这种印象。就像他身上有些畸形的地方——可当你近距离观察他身上的每个部分都是正常的，正如他就应该如此一般。因此，这种差异要不是在身体上的话，那大概就存在于心理。他这个人会让人以为他曾经坐过牢，或是去上过哈佛大学，又或者在南非和外国人生活过很长时间。他就像是去过别人不可能会去的地方，或者做过别人不会去做的事。

比夫的脑袋歪向一边，说："你从哪儿来？"

"乌有之乡。"

"那么，你总得有个出生地啊。北卡罗来纳——田纳西——亚拉巴马——还是其他地方。"

布朗特的眼神迷离，茫然无措。"卡罗来纳。"他说。

"我看得出你曾经四处漂泊。"比夫微妙地暗示道。

可醉汉没有在听。他从柜台转过身去，凝望着外面漆黑、空寂的街道。过了片刻，他迈着松垮、犹疑的步子，走向门口。

"再见①。"他回头喊了一声。

又剩下比夫一个人了，他飞快地扫视了一遍整个餐厅。

---

① 原文为西班牙语。

此时已经过了午夜一点，店里只有四五个客人。哑巴仍然独自坐在中间的桌子。比夫懒洋洋地望着他，摇晃着玻璃杯底部仅剩的些许啤酒。然后他慢慢地一口吞下了杯中的啤酒，转向铺在柜台上的报纸。

这回他的精神无法集中在面前的文章上了。他想到了米克。他在想，自己是否应该把那包烟卖给她，又想到吸烟是否对儿童有害。他想起米克眯起眼睛还有用手掌将刘海往后捋的样子。他想到她那沙哑、男孩似的嗓音，习惯性地把卡其裤往上提，还有那仿佛电影中牛仔一般大摇大摆的模样。一阵柔情袭上了他的心头。他很不安。

焦虑的比夫又把注意力转向了辛格。哑巴坐在那儿，双手揣进口袋，面前喝了一半的啤酒已经变得温热而浑浊。在他离开之前，比夫会请辛格喝一杯威士忌。他对艾丽斯说的话是真的——他确实喜欢怪人。他对那些病态和残疾人有一种特别友好的情感。什么时候一个兔唇或是一个肺结核来到店里，他都会请人家喝啤酒。要是顾客是个驼背或是一个腿瘸得厉害的人，那更是威士忌随便喝。曾经有个家伙在一次锅炉爆炸中被炸掉了老二和左腿，每次他来小镇都会有一品托免费酒水等着他。如果辛格是个嗜酒如命的人，那任何时候，只要他想，他就能以半价买到酒水。比夫暗自点头。他整齐地叠好报纸，与其他报纸一起放在柜台下。到一周的最后一天，他会把所有报纸拿去厨房后面的储藏室，那里保存着他二十一年来所有的晚报，一天都不差。

凌晨两点，布朗特再次踏入餐厅。他带来了一个手上拿着黑包的高个子黑人。这个醉汉试图将他拉到柜台前买杯酒，可黑人意识到自己为什么被他领进来后，立马就离开了。比夫认出他是个黑人医生，打他记事起，那个黑人就在小镇上行医了。他跟后面厨房里的小威利似乎沾亲带故。他离开之前，比夫瞧见他怒气冲冲地瞪了布朗特一眼，眼神中带着颤抖的恨意。

醉汉呆立在原地。

"难道你不知道你不能把黑人带到有白人喝酒的地方？"有人问他。

比夫远远地观察着这一切。布朗特怒不可遏，此刻可以很明显地看出他醉得多厉害。

"我自己也是一半黑人。"他挑衅似的大吼道。

比夫警觉地望着他，餐厅里一片安静。他那厚实的鼻孔、翻滚的眼白，让他看起来似乎说的是实话。

"我自己也是一半黑人，还有一半的南欧佬、东欧佬和中国佬血统。我全都有。"

四周爆发出一阵笑声。

"还有荷兰人、土耳其人、日本人和美国人。"他绕着哑巴喝咖啡的那张餐桌，迂回行走。他的嗓门很高、声音沙哑。"我是一个明白人。我是一个在陌生土地上的陌生人。"

"安静些。"比夫对他说。

布朗特对在场的所有人都毫不在意，除了那个哑巴。他们两人正相互望着对方。哑巴的眼神像一只猫一般，冰冷而温柔，他的全身都似乎在倾听。醉汉一阵激动不已。

"你是这个镇上唯一能明白我意思的人，"布朗特说，"两天来，我一直在脑海中跟你说话，因为我知道你能理解我想要表达的意思。"

坐在卡座里的人大笑起来，因为醉汉挑选了一个聋哑人试图与之交谈，而他自己并不知道。比夫微微扫视了那两人一眼，全神贯注地倾听他们的对话。

布朗特在餐桌边坐下，俯身凑近辛格。"世界上只有知道和不知道的人。每一万个不知道的人当中，只有一个知道的。这是自古以来的奇迹——那些博学的芸芸众生却不懂得这一点。这就好比在十五世纪的时候，大家都相信地球是平的，只有哥伦布和少数人知道真相。但这又不太一样，因为要弄清楚地球是圆的这需要才华。可真相是这么明显，这是整个历史上的奇迹，而人们却不知道。你肯定知道。"

比夫将手肘撑在柜台上，好奇地看着布朗特。"知道什么？"他问。

"别听他的，"布朗特说，"别管那个扁平脚、铁青下巴又爱管闲事的混蛋。你瞧，我们这样知道的人相遇了，这可了不得。这几乎从没发生过。有时我们遇见对方，都不会猜测对方是知道的人。这很糟糕。我身上就发生过好多次。可你瞧，我们这样的人很少。"

"共济会①？"比夫问。

"你闭嘴！不然我就拧下你的胳膊，用它把你揍得鼻青眼肿。"布朗特咆哮道。他弓着背，凑近哑巴，压低声音，仿佛一阵醉汉的低语。"怎么会这样？为什么这个无知的奇迹一直持续？因为一件事。一个阴谋。一个巨大而邪恶的阴谋。愚民政策。"

卡座里的人还在嘲笑醉汉，嘲笑他试图与哑巴对话。只有比夫一脸严肃。他想确定哑巴是否真的理解了醉汉说的话。这家伙频频点头，一脸沉思状。他只是反应慢——仅此而已。布朗特开始在他那套"知道"的论述中夹杂几句笑话。直到布朗特说了这些搞笑的评论后，哑巴才露出微笑；接着当对话再度陷入沉闷时，笑容依旧挂在他的脸上，持续的时间有点太长了。这家伙是个彻头彻尾的怪人。甚至当人们还未意识到他有什么不同之处时，就开始不自觉地盯着他看了。他的眼神让人以为他听到过别人从未听过的，知道那些以前无人揣测过的事。他似乎看起来不像是人类。

---

① 一种非宗教性质的兄弟会，基本宗旨为倡导博爱、自由、慈善，追求提升个人精神内在美德以促进人类社会完善。反对者则认为，共济会是富人和权贵的阴谋组织，其有着不为人知的统治世界秘密计划，比如"新世界秩序"。

杰克·布朗特趴在餐桌上，嘴里蹦出的话滔滔不绝，仿佛身体里有一座水坝垮塌了。比夫再也听不懂他。布朗特的舌头由于酒精的关系变得沉甸甸的，他说话的节奏如此剧烈，以至于声音都发抖了。比夫纳闷，艾丽斯把他赶出门的时候，他会去哪儿。到了早上，她也的确会这么做——就像她说过的。

比夫无精打采地打了个哈欠，他用指尖轻轻地拍了拍张开的嘴巴，直到下巴松弛下来。此时快三点了，这是一天白天或者说夜里最死气沉沉的时刻了。

哑巴很有耐心。他一直倾听布朗特喋喋不休地说了将近一个小时。现在他开始偶尔抬头看看时钟。布朗特没有注意到这点，还是一刻不停地讲个没完。最后，他停下来卷了一支烟，这时哑巴朝时钟的方向点了点头，以他独有的隐秘方式笑了笑，起身离开了餐桌。他的双手像往常一样插在鼓鼓的口袋里，快步走出了餐厅。

布朗特醉得厉害，根本不知道发生了什么。他甚至都没明白一个事实，那就是哑巴从没做过回应。他开始环顾四周，嘴巴张开，白眼乱翻，一副烂醉如泥的样子。他的额头上爆出一条红色的血管，接着开始用拳头愤怒地猛击桌子。现在他的发作无法持续太久。

"消停些，"比夫温和地说，"你的朋友走了。"

这家伙还在寻找辛格。他似乎从没有醉得这么厉害过。

他的模样奇丑无比。

"我这里有点东西给你，我想跟你谈谈。"比夫哄着他。

布朗特吃力地站起身，再次向街道走去，迈着散漫的大步子。

比夫靠着墙面。进进出出——进进出出。毕竟，这不关他的事。餐厅里此刻显得很空，一片寂静。时间停滞不前。他疲倦地垂下了头。一切动作似乎都慢悠悠地离开了餐厅。柜台、脸庞、卡座、餐桌，角落里的收音机、天花板上嗡嗡转的风扇——这一切似乎都变得模糊而静止。

他肯定是打了个盹。有一只手在摇晃他的胳膊肘。他慢慢清醒过来，抬头看看有什么需求。是威利，厨房里的黑人小男孩，头戴帽子、身穿白色围裙，站在他面前。威利说话结结巴巴，因为他无论要说什么总是很激动。

"所以他用拳头，狠狠地捶、捶打这里的砖墙、墙面。"

"怎么回事？"

"就在两家、家之外的一条小巷子里。"

比夫挺起胸，绷直了肩膀，整了整领带。"什么情况？"

"他们打算把他带到这儿来，他们随时会拥过来——"

"威利，"比夫耐心地安慰他，"从头说起，让我能听明白。"

"在这儿的那个矮个子白人，留着胡子的。"

"布朗特先生，是吗。"

"嗯——我没看到是怎么开始的。我听到一阵喧闹时，正站在后门那儿。听着像是巷子里的一场群殴。于是我跑过去看。刚才在这儿的那个白人发了疯一般，他在用脑门撞击砖墙的一侧，还用拳头狠狠地砸墙。他不停地咒骂、闹腾，我从没见过一个白人像这样打斗。只是跟那堵墙在打闹。他要是再继续打下去，很可能会敲碎脑袋的。有两个听见动静的白人走上去，站在旁边，看——"

"接下来怎么了？"

"嗯，你认识的，来这儿的那个哑巴绅士——双手插在口袋里——刚才还在这儿的——"

"辛格先生。"

"他来到那儿，站在原地四下打量发生了什么事。布、布朗特先生看到他，又开始了长篇大论，大喊大叫。接着，他突然倒在了地上。也许他已经敲破了脑袋。一个警、警察过来了，有人告诉他布朗特先生刚才来过这里。"

比夫垂下头，把刚刚听到的故事整理出一个简洁的版本。他搓了搓鼻子，思考片刻。

"他们随时会拥过来。"威利走到门口，向大街上张望，"他们都来了。他们拖着他。"

几个路人和一个警察都试图拥入餐厅。外面有两个妓女正站在路边透过前面的玻璃窗看热闹。每当发生什么不同寻常的事情时，总会有很多人不知打哪儿冒出来，真真是可笑至极。

"没必要制造更多的骚乱了。"比夫说。他盯着那个架着醉汉的警察。"其他不相干的人最好还是出去吧。"

警察把醉汉安放在一把椅子上，又将人群再次轰到大街上。然后，他转向比夫说："有人说他曾待在你这里。"

"不，不过他最好是待在这儿。"比夫说。

"要我把他带走吗？"

比夫略加思索。"他今晚不会再惹是生非了。当然，我负不了责——但我觉得这会让他冷静些。"

"好的。我下班前会再过来一趟。"

最后只剩下比夫、辛格和杰克·布朗特三个人。自打醉汉被人带进来后，比夫第一次将注意力集中在他身上。布朗特的下巴似乎伤得很严重。他瘫倒在餐桌上，一只大手捂着嘴巴，身子前后摇晃。他的头上有一道很深的口子，太阳穴处鲜血直流。他的指节都磨掉了皮，全身又脏又臭，仿佛刚被人捏着后脖子从下水道里拎出来。浑身的劲儿都泄光了，整个人都垮了。哑巴坐在他对面的餐桌边，用那双灰色的眼睛默默记录下了这一切。

这时，比夫发现布朗特没有伤到下巴，但他依旧抬起手捂住嘴巴，因为他的嘴唇抖个不停。脏兮兮的脸上开始流下眼泪。他的目光不时瞥向旁边的比夫和辛格，一脸怒容，因为他们目睹了他在哭泣。太尴尬了。比夫朝哑巴耸耸肩，抬了抬眉，一脸"该怎么办"的表情。辛格扭头朝另一个方向看去。

比夫陷入了窘境。他沉思片刻，考虑该如何处理眼下的情况。正在左右为难时，哑巴翻动菜单，开始写字。

　　如果你想不出地方安置他，就让他跟我回家。在此之前先来些热汤和咖啡会对他有好处。

比夫如释重负，不住点头。

他在餐桌上摆了昨晚的三碟特色菜、两碗热汤、咖啡，还有甜点。可布朗特什么都没吃。他的手不愿挪开嘴巴，好像嘴唇是他身上某个非常神秘的部位，正在遭到曝光。他的呼吸声伴随着刺耳的呜咽，宽阔的肩膀紧张地抽搐着。辛格先指了指一碟菜，然后又指了指另一碟，可布朗特就那么坐着，手捂着嘴巴，摇了摇头。

为了让哑巴能看懂，比夫一字一句、清楚无误，语气轻松地说："颤抖——"

汤的热气不断飘到布朗特的脸上，过了一会儿，他颤抖着抓起勺子。他喝了汤，又吃了点儿甜点。他那厚实的嘴唇仍在颤抖，他垂下头，几乎要碰到了面前的盘子。

比夫注意到了。他心想，几乎每个人身上都有某个特殊的部位被一直小心地守护着。哑巴身上就是那双手。那个孩子米克总是拉扯衬衫的前襟，为了不让布料摩擦她即将发育的娇嫩乳头。至于艾丽斯，就是她的头发。她以前在头皮上抹了发油后总是不让他同床。那么他自己身上是哪个部分呢？

他犹豫不决地转动着小手指上的戒指。不过，他知道这儿不是。不是，不再是了。一道深纹刻进了他的额头。口袋里那只手焦虑地伸向他的生殖器。他开始吹着口哨哼起一首歌，然后从餐桌边站起身。尽管如此，发现别人身上的这个部位很有趣。

他们搀扶布朗特站起来。他跟跄着步伐，有气无力。他不再哭泣，但似乎陷在思考什么可耻而郁闷的事里，不可自拔。他乖乖地被牵着走了。比夫从柜台后拿出手提箱，向哑巴解释它的来历。辛格一派镇定，仿佛什么事都不会令他吃惊。

比夫把他们送到门口。"打起精神，别再惹麻烦了。"他对布朗特说。

漆黑的夜空开始放亮，随着新一天的清晨将至，天色逐渐转为墨蓝。天上仅剩下几颗暗弱的银星。街道上空空荡荡、寂静无声，几乎是一片冷清。辛格左手拿着手提箱，另一只手搀着布朗特。他向比夫点头告别，两人便一同走向人行道。比夫伫立着目送他们远去。两人在走出半个街区之外后，墨蓝色的黑暗之中只剩下他们的黑色身形——哑巴身形挺拔，肩膀厚实、跌跌撞撞的布朗特紧紧抓着他。当两人完全从他的视线中消失时，比夫又等了片刻，然后抬头看了看天空。广阔深邃的天空既令他着迷，又令他烦恼。他搓了搓额头，返回那灯光刺眼的餐厅里。

他站在收银机后面，试图回忆晚间发生的这一切时，不由得蹙眉皱额，面沉似水。他觉得想要向自己解释些什么。他想起了所有这一切的繁琐细节，仍然迷惑不解。

餐厅的门开开关关了几次，突然之间，顾客如井喷一般涌了进来。夜晚结束了。威利将一些椅子翻叠在餐桌上，开始拖地。他准备回家，嘴里还唱起了歌。威利是个懒骨头。在厨房的时候，他总会停下手上的活儿，吹一会儿随身携带的口琴。此刻他一边以懒洋洋的节奏拖着地，一边不断地哼着他那孤独的黑人曲子。

店里还没到人头攒动的地步——这个点儿，正是那些一夜通宵的人与那些刚刚醒来准备迎接新一天的人相会的时刻。睡眼惺忪的女招待端上来的既有啤酒，也有咖啡。没有喧闹，没有交谈，因为每个人都似乎是独自一人。刚醒来之人与刚结束漫长一晚的人之间的互不信任，带给每个人一种疏离感。

街对面的银行大楼在黎明的晨曦中显得非常暗淡。接着它的白色砖墙逐渐清晰起来。最终，当旭日的第一缕阳光开始照亮街道时，比夫最后一次巡视餐厅，然后兀自上楼去了。

他进入房间时，转动门把手，故意发出嘎吱嘎吱的声响，就为了吵醒艾丽斯。"圣母马利亚！"他叫道，"乱糟糟的一晚！"

艾丽斯警觉地醒来。她躺在凌乱的床上，活像一只阴郁的猫，伸展四肢。房间沐浴在早晨新鲜炎热的阳光中，显得了无生气。一双丝袜软塌塌地从百叶窗的绳结上垂下，皱皱巴巴。

"那个蠢酒鬼还在楼下晃悠吗？"她质问道。

比夫脱下衬衫，查看领口是否干净、能够再撑一天。"你下去自己瞧瞧呗。我说过，没人会阻止你把他赶出去。"

艾丽斯带着睡意，伸手从床边的地板上捡起了一本《圣经》、空白菜单和一本主日学校手册。她快速翻查《圣经》，终于找到了某个段落，以几近痛苦的专注程度，逐字逐句，大声诵读。今天是星期天，她在为教堂少儿部的男孩们准备周课。"耶稣在加利利海边行走，看见弟兄二人，就是西门和他兄弟安得烈，在海里撒网。他们本是打鱼的。耶稣对他们说：'来跟从我，我要叫你们得人如得鱼一样。'他们就立刻舍了网，跟从了他。"

比夫进入浴室洗澡。艾丽斯还在大声研习，温和的低语不绝于耳。他倾听着。"次日早晨，天未亮的时候，耶稣起来，到旷野地方去，在那里祷告。西门和同伴追了他去，遇见了就对他说：'众人都找你。'"

她读完了。比夫让这些词句轻轻地盘旋在他的脑海中。当艾丽斯大声念出它们时，他试图将这些实际的词句和艾丽斯的声音区开。他想要记住这个段落，小时候他母亲常常念给他听。他充满眷恋地低头看了一眼小拇指上的婚戒，那枚戒指曾属于他母亲。他又一次纳闷，如果他母亲知道他放弃了教堂和宗教，不知会怎么想。

"今天上课的主题是门徒相聚，"艾丽斯自言自语地备着课，"课文是'众人都找你'。"

比夫猛然从沉思中惊醒，铆足劲打开了水龙头。他脱下自己的汗衫，开始擦洗。他腰以上的部分总是清洗得一丝不苟。每天早上，他都用香皂擦洗胸膛、手臂、脖子和双脚——这个季节他要擦两次，然后进入浴缸，洗净全身。

比夫站在床边，不耐烦地等待着艾丽斯起床。透过窗户，他看得出，今天会是个烈日炎炎又没风的日子。艾丽斯已经读完了她的课，仍然懒洋洋地躺在床上，尽管她知道比夫在等她。一阵平静阴沉的怒火油然而生。他略带讥讽地笑了笑，便挖苦道："如果你愿意，我可以坐下，读一会儿报。不过我希望，现在你能让我睡觉。"

艾丽斯开始穿衣服，比夫就铺起床来。他用娴熟的手法，尽可能地翻转床单，把上头转到脚下，然后翻过来，里外对调。等床铺得一丝不乱后，他等到艾丽斯离开房间才褪下裤子，爬到床上去。他的脚从床罩下伸出来，毛茸茸的胸膛在枕头的映衬下显得黑黢黢的。他很高兴自己没有告诉艾丽斯那个酒鬼身上发生的事。他想跟别人聊聊这件事，因为如果他大声地说出这些事，也许他就能弄清楚令他迷惑不解的根源。那个可怜的混蛋不断地说啊说，不曾让任何人理解他的意思。很有可能，连他自己都不理解。还有他被那个聋哑人吸引，挑选出他，试图把自己身上的一切完完全全交到他手上。

为什么呢？

因为就某些人而言，心中总是惦记着在某个时刻放弃个人的一切，趁着尚未发酵和毒化之前——抛给某个人类或是某个人类理念。他们不得不如此。就某些人而言——课文是"众人都找你"。也许那就是为什么——也许——正如那个家伙说的，他是个中国佬。还是个黑鬼、意大利佬和犹太人。如果他真的笃信，也许就是如此。他说的每个人、每件事，他是——

比夫的两条手臂向外伸出，一双赤脚交叉在一起。他的脸庞在晨曦中显得更老一些。他双眼紧闭，眼皮皱皱巴巴，脸颊和下巴上布满浓密坚硬的胡子。渐渐地，他的嘴巴松弛柔软下来。刺眼的黄色阳光透过窗户洒入室内，整个房间都热气腾腾、明亮晃眼。比夫疲惫地翻了个个儿，双手捂住眼睛。他是无名小卒——只是巴多罗买①——有一双拳头、伶牙俐齿的老比夫——布兰农先生——一个人。

三

太阳早早地叫醒了米克，尽管昨晚上她在外面待到很晚才回家。早餐喝咖啡也太热了，于是她喝了点兑糖浆的冰水，吃了几块冷饼干。她在厨房里忙活了一会儿，接着来到前门廊，读了滑稽连环漫画。她想，也许辛格先生会在门廊上读报，就像他惯常在周日上午那样。不过辛格先生并不在那儿，后来她父亲说他昨晚回来得很晚，还带了个人回房间。她等了辛格先生好长时间。除了他，其他住客都下来了。最后，她回到厨房，将拉尔夫抱离那把高脚椅，给他换上一件干净的衣服，擦了擦他的脸。巴布尔从主日学校放学回来的时候，她已经准备好带孩子们出去了。她让巴布尔跟拉尔夫一起坐在婴儿车上，因为他光着脚丫，火辣辣的人行道烫脚。她拉着婴儿车走了八个街区，一直走到一栋还在建的巨大新楼。梯子还靠在屋顶的边缘，她鼓足了勇气，开始往上爬。

---

① 耶稣十二门徒之一。

"你看着拉尔夫，"她回头朝巴布尔喊道，"当心小虫飞到他眼皮上。"

五分钟后，米克站起来，身板挺得笔笔直。她展开双臂，仿佛一对翅膀。这是每个人都想在此站立的地方。制高点。不过，没有多少孩子能做到。大部分人都害怕，一旦你没抓牢，从边上滚下去，会要了你的命。周围都是其他房子的屋顶，还有郁郁葱葱的树顶。在小镇的另一头能看见好多教堂的尖顶和工厂的烟囱。天空一片蔚蓝，又炙热如火。烈日令地上的一切要么白得晕眼，要么烤得焦黑。

她想放声高唱。所有她会唱的歌曲都涌向了嗓子眼，却发不出声音来。上周有个大男孩登上了屋顶的最高处放声一吼，接着开始大声朗诵一篇在高中学来的演讲——"朋友们，罗马人，同胞们，请听我说！"[1]人们登到至高处时总会有一种放飞自我的感觉，让人不由得想要大声喊叫或是唱歌，又或举起手臂，做展翅飞翔的样子。

她感到自己的网球鞋鞋底有些打滑，于是她慢慢蹲下身体，跨坐在屋顶上。这栋房子快完工了。它将成为这片社区里最大的建筑之一——两层楼，层高很高，还有她见过的最陡的屋顶。不过，很快施工都要结束了。木工会离开，孩子们不得不去找另一个地方玩耍了。

---

① 莎士比亚戏剧《裘力斯·恺撒》中安东尼在恺撒葬礼上的演讲片段。

她独自一人。四周没有人，一片寂静，这样她就能静静地思考一会儿了。她从短裤口袋里掏出昨晚买的那包烟。她缓缓地吸了口烟。香烟带给她一种醉酒的感觉，她的脑袋似乎变得沉甸甸的，肩膀松弛下来，她必须抽完。

M. K.①——等到她十七岁并且声名远扬的时候，她会在所有东西上都签上这个名。她会驾驶着一辆红白相间的帕卡德汽车回家，车门上刻着她名字的首字母。她会在她的手帕和内衣上都绣上 M. K.。也许她会成为一位伟大的发明家。她会发明像一粒嫩豌豆那么小的迷你收音机，这样人们就能随身携带，塞在耳朵里。还有像背包一样可以背在身后的飞行器，人们就可以遨游全世界了。在那之后，她还会第一个打通通往中国的巨大隧道，届时人们乘坐大型气球向下穿越隧道。这些都是她第一批的发明创造。它们已经在酝酿中了。

米克抽到一半时，掐灭了烟，把烟蒂弹下屋顶的斜坡。她俯身向前，好让脑袋搁在手臂上，然后便开始低声哼唱。

真是有趣至极——几乎每时每刻，她的脑海中总会浮现某种钢琴曲或是其他音乐。无论她在做什么或想什么，那些音乐几乎一直在那儿盘旋。寄宿在他们家的布朗小姐，房间里有一台收音机，去年一整个冬天，她每个星期天的下午都

---

① 米克·凯利的姓名首字母。

会坐在台阶上，收听广播节目。播放的大概是古典乐，但她对这些作品印象最深。其中有个家伙的音乐很特别，每次她听到这音乐，心就会一紧。有时候，这家伙的音乐就像五颜六色的水晶糖，还有些时候，它们又像是她想象中最柔软、最悲伤的东西。

突然传来了哭喊声。米克坐直了身子，侧耳倾听。风吹乱了她前额的刘海，明亮的阳光晒得她的脸泛白，湿漉漉的。呜咽声还在继续，米克匍匐在尖顶上慢慢地向前爬。来到屋顶尽头时，她俯身向前，这样她的头就探出了屋檐，能够看清下面的一切。

孩子们还在原地。巴布尔正蹲在地上的什么东西上，旁边是一个矮小的黑影。拉尔夫还被绑在婴儿车里。他还太小，才刚刚能坐起身，他抓着婴儿车的两侧，帽子歪歪扭扭地戴在头上，哭闹不止。

"巴布尔！"米克向下喊道，"看看拉尔夫想要什么，快给他。"

巴布尔站起身，恶狠狠地看着婴儿的脸庞。"他啥都不想要。"

"好吧，那就好好摇摇他。"

米克又爬回刚才坐着的地方。她想好好思考一会儿那两三个人，想对自己唱歌，想要制订计划。可拉尔夫还在大吵大闹，她根本没有片刻的清静。

她大胆地朝着靠在屋顶边缘的梯子爬去。斜坡很陡，上面只钉了几块木板，而且木板间隔得很远，那是工人们用来当立足点的。她头晕目眩，心怦怦直跳，不由得浑身颤抖。她气势威严地对自己大声说："双手紧紧抓住这儿，然后往下滑，直到脚尖找到一个抓点，然后紧跟着，再扭向左边。勇敢点儿，米克，你得勇往直前。"

　　向下是任何攀爬中最困难的一部分。她花了好长时间才来到梯子处，再次感觉安全了。最终站到平地上时，她似乎矮了些、也小了些，她感觉双腿仿佛跟她一起瘫软了。她提了提短裤，又猛拉腰带，多束紧一个扣子。拉尔夫还在哭，但是她毫不在意这哭声，而是径直走进了这栋空空荡荡的新房子。

　　上个月，他们在房子门口竖起一块牌子，上面说儿童不准进入。有一天晚上，一帮小孩在房间里嬉闹，一个女孩因为在黑暗中没看清，闯入了一间还未铺地板的房间，结果掉了下去摔断了腿。至今还在医院里打着石膏。还有一回，一些顽皮的小男孩在其中的一面墙上撒尿，整整一面墙都湿了，还写下了相当糟糕的话。可无论竖起多少"禁止入内"的牌子，除非等房子彻底粉刷完毕、装修完工，房主搬进来，他们是没法赶走孩子们的。

　　房间里有种新木料的味道，她走路时，网球鞋底发出噗噗的响声，回荡在整个房子里。空气炙热而安静。她静静地在前屋中央站了一会儿，突然想起了什么来。她在口袋里摸索，掏出两只粉笔头——一只绿的，一只红的。

米克非常缓慢地画了几个大写的字母。在最上头，她写了"爱迪生"，下面她又写下了"迪克·特雷西"①和"墨索里尼"的名字。在每个角她都用最大的字母，以绿色书写，外面红色勾画，写下了她的名字首字母——M. K.。写完之后，她穿过房间来到对面的墙，写下了一个非常下流的词——"女阴"，在下面也加上了她姓名的首字母。

她站在空荡荡的房间中央，盯着自己的作品看。粉笔还攥在她手里，她觉得还不够满意。她在努力回忆去年冬天她在广播上所听到的音乐的那位作曲家是谁。她曾问过学校里一个女孩，那女孩家里有钢琴，上过关于那位作曲家的音乐课，后来女孩去问了她的老师。似乎这个人只是个很久以前在欧洲某国生活过的少年。可即便他只是个少年，他创作了这些美妙的钢琴曲，还有为小提琴、管乐队或管弦乐队创作的作品。从她听到的他的那些乐曲中她脑子里能够记得大约六支不同的曲子。有几种曲子节奏轻快、叮叮当当的，有的曲子仿佛春季里一场大雨后的气息。但这些不知怎么都令她在同一时刻既悲伤又激动。

她哼着其中一个曲子，独自待在这炎热空旷的房间里，

---

① 美国畅销漫画《至尊神探》中的主人公。

过了一会儿，她感觉到泪水涌出了眼睛。她的喉咙发紧、粗哑，唱不下去了。她飞快地在这串名单的最上方写下了那个人的名字——莫扎特。

拉尔夫跟她离开的时候一样，还被绑在婴儿车里。他安静地坐着，一动不动，他那胖嘟嘟的小手抓着婴儿车两侧。拉尔夫长着整齐的黑色刘海和黑色眼睛，看上去像个中国小宝宝。太阳直射在他的脸上，所以他才嚎啕大哭。巴布尔不见了踪影。拉尔夫看见她来了，又开始大哭起来。她把婴儿车拉到新房子一侧的阴凉底下，从她的衬衫口袋里掏出一粒蓝色的软心豆粒糖。她把糖果塞进婴儿柔软温热的嘴巴里。

"你自己咂摸咂摸滋味吧。"她对他说。在某种程度上，这是一种浪费，因为拉尔夫还太小，尝不出糖果的真正美味。拿一块干净的岩石给他味道也是一样的，只不过这个小傻瓜会吞下去。他不理解味道的意义，正如他也不理解说话的意义。当你说你病得厉害，没力气拖着他到处转悠，你真想把他扔到河里时，这就仿佛在对他讲你有多么爱他是一样的。对他来说没有区别。这也是为什么带他出来兜风简直无聊透顶。

米克拢起双手，紧紧地合在一块儿，透过拇指缝向里面吹气。她鼓起了腮帮子，起初只有空气的刷刷声通过她的拳头。接着，一声尖锐刺耳的口哨声响了起来，几秒钟后，巴布尔从附近某栋房子的角落里跑了出来。

她拂了拂巴布尔头发上的木屑,正了正拉尔夫的帽子。这顶帽子是拉尔夫拥有的最精致的东西。它是用蕾丝做的,上面布满刺绣。垂到下巴的丝带,一边是蓝色,另一边是白色,耳朵上面是大朵的玫瑰花饰。他的脑袋太大,快戴不下这顶帽子了,上面的刺绣也破了,但她带他出门时总是给他戴上这顶帽子。拉尔夫并没有一辆像大部分同龄孩子那样的、真正意义上的婴儿车,或是夏天穿的婴儿短裤。他只能被安放在一辆破破旧旧的婴儿车上,那是三年前米克圣诞节时得到的。不过,那顶漂亮的帽子为他增光不少。

　　大街上空无一人,正是星期天快晌午的时候,外面骄阳似火。婴儿车一路上发出吱吱嘎嘎、当啷当啷的声响。巴布尔打着赤脚,人行道上热得直烫脚心。绿意盎然的橡树在地上投下了看似凉爽的阴影,但那点阴影根本不够。

　　"爬上婴儿车,"她对巴布尔说,"让拉尔夫坐在你大腿上。"

　　"我可以走路。"

　　漫长的夏天让巴布尔总是腹绞痛。他没穿件衬衫,肋骨线条分明,颜色泛白。烈日直射下,他的肤色并不显黑,反而更显苍白,胸膛上小小的乳头就像是青色的葡萄干。

　　"我不介意拉着你,"米克说,"上去吧。"

　　"好吧。"

　　米克慢慢地拖着婴儿车,因为她并不急着回家。她开始跟孩子们说话。但这些话与其说是讲给他们听的，实际上更像是在自言自语。

"这是件有趣的事——我最近老是做到的梦。我好像在游泳。却不是在水里，我使劲向外推出手臂，游过成群结队的人。这些人简直比星期六下午克雷斯百货商店里的人还要多百倍。世界上最大的人群。有时候，我大喊大叫着游过人群，不管我游向哪里都把他们撞倒在地——而有时候我躺在地上，人们踩踏着我的全身，把我的五脏六腑都踩出来，摊在人行道上。我猜想这更像是个噩梦，而不是个普通的梦。"

每到星期天房子里总是人满为患，因为房客的亲朋好友会来访。到处是刷刷翻动的报纸，还有满屋子的雪茄烟味，以及楼梯上响个不停的脚步声。

"有些事你自然而然希望保密，不是因为它们是坏事，只是你想要保密而已。有那么两三件事，我甚至都不想让你们知道。"

来到街角处时，巴布尔翻身下了婴儿车，帮着米克抬起车身下到路肩，然后又抬上另一条人行道。

"不过有一样东西，我愿意拿我的一切来交换。那就是钢琴。如果我们有一架钢琴，我一定会每晚都练习，学习弹奏世界上的每一首曲子。那是我最梦寐以求的东西。"

他们现在来到了自己家的街区。他们的房子只隔了几户人家。这是整个小镇北边最大的房子之一——有三层楼。可是住在家里的却有十四口人。真正的凯利一家并没有这么多人——可是他们的食宿是按每个人头五美元计算，你最好也把他们算在内。辛格先生并不是按照这种方式计算的，因为他只租了个房间，自己打扫。

房子狭小局促，已经有年头没粉刷过了。当初建造时似乎就不足以支撑三层楼的高度。现在房子的一侧已经开始下沉了。

米克解开拉尔夫，把他从婴儿车里抱起。她快速穿过前厅，眼角的余光瞥见客厅里挤满了房客。她的爸爸也在那儿。妈妈肯定是在厨房里。大家都无所事事，等待晚饭时间到来。

她走进最前面的三个房间，那是他们一家人住的地方。她把拉尔夫放在父母睡觉的床上，再给他一串珠子玩。隔壁房间紧闭的房门后，她能听见说话声，于是她决定进去瞧瞧。

黑兹尔和埃塔一见她就不说话了。埃塔坐在靠窗的椅子上，正在给脚指甲涂红色指甲油。她的头发上卷着钢质的发卷，下巴下方冒出一粒青春痘的地方抹了一小块面霜。黑兹尔则一如既往懒洋洋地躺在床上。

"你们在聊什么呢？"

"不关你的事，"埃塔说，"闭上嘴，离我们远点儿。"

"这不光是你们的房间，也是我的房间。我跟你们一样有权利待在这儿。"米克趾高气扬地从房间一角走到另外一角，直到走遍了整个房间。"可我不想挑起任何争吵。我只想要属于我的权利。"

米克用手掌向后捋了一下乱蓬蓬的刘海。因为她总是这么向后捋，以至于额头上有几绺微微翘起的头发。她缩了缩鼻子，对着镜子做了个怪腔。接着她又一次在房间里绕圈。

黑兹尔和埃塔就姐妹来说都还不错。可埃塔就像脑袋里塞满了蛆虫。整天想的就是当电影明星、上电影之类的事。有一回她给珍妮特·麦克唐纳①写了封信，后来收到一封打字机打的回信，上面写如果她来好莱坞的话，可以来她家，在她家游泳池游泳。打那以后，埃塔就对游泳池念念不忘了。她一心想的就是等攒够了路费去好莱坞，到那儿找份秘书的工作，跟珍妮特·麦克唐纳成为闺蜜，然后自己能拍上电影。

她整天涂脂抹粉，精心打扮。而这恰恰适得其反。埃塔不像黑兹尔那般天生丽质。最重要的是她几乎没有下巴。于是她就拽自己的下颌，还做许多从电影杂志上看来的下巴练习。她总是对着镜子照自己的侧影，试图让嘴巴定型。但这都是白费力气。有时候埃塔会托着脸，在夜里嚎啕大哭。

---

① 珍妮特·麦克唐纳，美国 20 世纪二三十年代著名的歌舞剧和轻歌剧明星，后来进入影视界，出演了多部大场面的歌舞片。

黑兹尔则懒得出奇。她长得漂亮，脑子却不大灵光。她今年十八岁，家里的孩子除了比尔，就数她最大了。也许这才是头疼的地方。无论什么东西，她总是第一个拿，而且总是最大的那份——新衣服总是她先挑，任何特殊待遇总是她拿最大的那份。黑兹尔从来不需要去争抢，她性子柔软。

"你打算一整天都在房间里转悠吗？看你穿着这些傻乎乎的男生衣服，让我恶心。得有人管管你，米克·凯利，教你规矩点。"埃塔说。

"闭嘴，"米克说，"我穿短裤，是因为我不想穿你们的二手货。我不想成为你们中的任何一个，也不想看上去像你们中的任何一个。我不想。所以我穿短裤。我宁愿有一天变成个男孩，我希望自己能搬出来跟比尔住。"

米克在床底下翻找了一会儿，拿出一个巨大的帽盒。当她捧着帽盒走到门口时，她俩在后面异口同声地叫道："总算走了！"

比尔拥有家里所有人之中最漂亮的房间。就像一间私室——他独占一切——除了巴布尔。比尔将许多从杂志上剪下来的照片钉在墙上，大部分都是美女的脸，而在另一个角落里钉着一些米克去年在免费美术课上画的图。这个房间里只有一张床和一张桌子。

比尔弓着背趴在桌子上，正在读《大众机械》。她走到他身后，双臂抱住他的肩膀说："嗨，你个大坏蛋。"

他没有像往常那样跟她嬉闹。"嗨。"他说着，微微耸了耸肩。

"我在这里待一会儿，会打扰你吗？"

"当然——要是你想留下，我不介意。"

米克跪在地上，解开大帽盒上的绳子。她的手悬在盒盖的边缘，可不知为什么，她无法下定决心打开它。

"我一直在想，我到底在这上面花了多少心思，"她说，"也许会有用，也许没用。"

比尔继续读他的杂志。她仍然跪在盒子边上，但没有打开它。她的目光飘向了比尔，他还是背对着她。他阅读时，一只大脚不断地在踩另一只脚。他的鞋磨破了。有一回他们的父亲说，比尔吃的午餐都跑到他的脚上去了，早饭跑去了他的一只耳朵，晚饭去了另一只。这么说是有点儿刻薄，为此比尔生了整整一个月的气，但确实很好笑。他长着一对招风耳，颜色很红，刚刚高中毕业后就已经穿十三码①的鞋了。他每次站起身时，把一只脚藏在另一只脚后面，试图隐藏那双大脚，可这样只会适得其反。

米克略微打开了盒子几英寸，又再次合上了它。她此刻心情激动，不敢去看。她站起身，在房间里绕圈走，直到情绪稍稍平复一些。几分钟后，她在那幅去年冬天参加政府为

_____

① 相当于中国 47.5 码。

学龄儿童举办的免费美术课上创作的画前停了下来。画上画的是海洋上的一场风暴中，一只海鸥在狂风中飞翔。这幅画取名为《风暴中折断背脊的海鸥》。老师在前两三节课上描述了海洋的情况，几乎所有人都从此处开始创作。尽管，许多孩子跟她一样，他们从未真正亲眼见过海洋。

那是她画的第一幅画，比尔把它钉在了自己房间的墙上。剩下的画上画的都是人。最初她画过不少海上风暴——一幅是关于一架飞机坠毁、人们跳出飞机自救，另一幅是关于一条横渡大西洋的邮轮沉没、人们相互推搡着挤上一艘小小的救生艇。

米克走到比尔房间里的橱柜前，取出一些她在美术班上画的其他画作——有几幅铅笔画，有几幅水彩画，有一幅是画在帆布上的油画。它们都画的是人。她曾想象过一场发生在布罗德大街上的大火，照她想象的样子画了下来。熊熊火焰是明亮的绿色和橙色，大火中残存的建筑只剩下布兰农先生的咖啡馆和第一国家银行。街道上死尸满地，人们四处逃生。一个男人穿着睡衣，一位女士正试图带走一捆香蕉。另一幅画叫《工厂锅炉爆炸》，人们跳窗、奔逃，一小群穿着工装裤的孩子挤成一团站着，手上拿着小桶，里面盛着给他们的爸爸送去的晚餐。油画画的是整个小镇上的人在布罗德大街上打架。她从未明白为什么自己要画这幅画，也想不出合适的名字来命名。从画面上你看不到大火、风暴或者别的引起这场打斗的原因。可是有越来越多的人靠近集中在一起，比其他任何一幅画上的人都多。这是最好的一幅画，可惜她想不出个真正的名字，太糟了。在她脑海中的某个角落，她知道画的是什么。

米克把画放回橱柜的架子上。这些都算不上出色的作品。那里的人有的没手指，有的人手臂比腿还长。尽管如此，美术班还是很好玩。她就毫无缘由地画下脑海中出现的东西——在她心里，画画给她带来的感觉不同于音乐。音乐是无与伦比的。

米克跪在地板上，迅速掀开大帽盒的盖子。里面是一把破旧的尤克里里琴，绷着两根小提琴琴弦、一根吉他琴弦和一根班卓琴琴弦。琴身背后的破损处已经用橡皮膏小心翼翼地修补好，中间的圆形洞被一片木头覆盖了。一只小提琴的琴马在末端支撑琴弦，两侧雕出了几个音孔。米克在给自己做一把小提琴。她把小提琴放在大腿上，感觉仿佛她以前从未见过这把琴。前一阵子，她用橡皮筋和雪茄盒给巴布尔做了一把很小的玩具曼陀林，由此萌生了制作小提琴的想法。打那以后，她到处搜寻琴身的零件，每天推进一点。在她看来，她已经用尽全力，除了没有用上脑袋。

"比尔，这跟我见过的任何一把真正的小提琴都不像。"

他还在看杂志——"嗯——？"

"它看上去不对头。它不太——"

那天她原本打算拧紧弦轴来调节小提琴。可她突然意识到这一切都是白费功夫，她不想再看到它了。慢慢地，她一根一根扯下琴弦。它们都发出了细微、空洞的砰砰声。

"我要怎么才能搞到一把琴弓呢？你确定琴弓只能用马毛做吗？"

"是的。"比尔不耐烦地说。

"把细铁丝或者人的头发之类的穿在一根可弯曲的棍子上难道不行吗？"

比尔的两只脚相互搓了搓，没有答话。

一股怒气令她的前额沁出了汗珠。她的声音沙哑，说："这甚至都算不上一把劣质小提琴。它只是一把曼陀林和尤克里里琴的杂交品种。我恨它们。我恨它们——"

比尔转过身。

"完全弄错了，这行不通。它太糟糕了。"

"安静些，"比尔说，"你没完没了的，是在抱怨那把你一直摆弄的破烂尤克里里琴吗？我大概一开始就告诉过你，你觉得自己能做一把小提琴，这简直疯了。这不是一件你坐着就能鼓捣出来的东西——你得花钱去买。我想任何人都懂得这样的道理。但我想，如果你自己明白过来，就不会太伤心了。"

有时候，她恨比尔甚于世界上任何一个人。他跟过去完全两样了。她真想把小提琴狠狠摔在地上，拼命踩烂，可是她没有，她把小提琴粗暴地放回帽盒里。眼睛里的泪水似火一般滚烫。她踢了一脚盒子，跑出房间，看都没看一眼比尔。

在她偷偷摸摸穿过前厅想到后院去时，迎面遇到了她妈妈。

"你怎么回事。现在这是要去哪儿？"

米克试图挣脱，但妈妈一把抓住她的胳膊。她郁闷地用手抹去脸上的泪水。她的妈妈刚才一直待在厨房，系着围裙，穿着便鞋。一如往常，她看上去仿佛千头万绪，都没空多问她几句。

"杰克逊先生带两个妹妹来吃饭，餐厅的椅子不够了，所以今天你跟巴布尔在厨房吃饭。"

"我没问题。"米克说。

她的妈妈终于放她走了，同时脱了身上的围裙。餐厅里传来了开饭铃，还有一阵突如其来的兴高采烈的说话声。她听见她爸爸在说这次因为没有续保意外险，他臀部骨折损失了一大笔钱。这是她爸爸唯一念念不忘的事——原本可能赚到钱，却没有。餐盘叮当作响，过了一会儿，说话声止住了。

米克靠在楼梯的栏杆上，突如其来迸发出一阵哭泣，令她不住打嗝。回想起过去一个月，对她来说，她脑海中从未真正相信那把小提琴可以演奏。但是她发自内心地不断要自己相信。即使到现在，还是很难做到一丝不信。她精疲力竭。比尔现在一点都帮不上忙。她以前总认为比尔是世界上最伟大的人。她以前常常跟在他屁股后头，他去哪儿，自己就去哪儿——去树林里钓鱼，去他跟其他小男孩搭建的俱乐部，去玩布兰农先生餐厅后面的老虎机——哪里都去。也许他并非有意令她失望至此。可不管怎样，他们再也不可能是要好的伙伴了。

前厅里飘来一股烟味和星期天午饭的香味。米克深吸一口气，朝后面的厨房走去。午饭闻起来很诱人，她饿了。她能听见波西亚跟巴布尔说话的声音，她哼哼唧唧，仿佛在哼唱着什么，又或者在对他讲故事。

"这正是我比大部分黑人女孩要幸运得多的种种原因之一。"波西亚边说边打开门。

"是什么原因？"米克问。

波西亚和巴布尔坐在厨房餐桌边吃他们的午饭。衬着波西亚的棕黑色皮肤，她的绿色印花裙看上去清爽怡人。她戴着绿色耳环，头发梳得紧致牢固、一丝不乱。

"你老是在别人说到尾声的时候突然闯进来，立马要知道前因后果。"波西亚抱怨道。她起身，站在炉子前，把午饭盛到米克的盘子里。"巴布尔和我刚才在说我外公位于老撒迪斯路的家。我告诉巴布尔，我外公和我几个舅舅他们拥有那整片地。足足十五英亩半。其中四英亩地他们一直种棉花，有几年他们换着种种豌豆，好让泥土保持肥沃，山上的一英亩地只种桃树。他们有一头骡子和一头种猪，还一直养着二十到二十五只左右的下蛋母鸡和小鸡。他们有一个菜园，种了两棵核桃树还有数不清的无花果、李子和浆果树。说真的，许多白人农场有好多良田，收成却还不如我外公的好呢。"

米克把胳膊肘撑在桌上，低头对着她的盘子。波西亚整天喋喋不休地讲着农场的事，还有她的丈夫和兄弟，除此之外就再没有别的话题了。听她这么说，你会以为那个黑人农场简直就是白宫。

"家里最初只有一间小房间。后来经过很多年不断扩建，直到外公、他的四个儿子和他们的妻儿，还有我哥哥汉密尔顿，大家都有了自己的房间。客厅里，他们有一架真正的管风琴和一台留声机。墙上挂着我外公穿着门房制服的照片。他们把所有的水果和蔬菜做成罐头，无论冬天如何严寒多雨，他们总是有足够的食物。"

"那你怎么不跟他们一起过呢？"米克问。

波西亚停下手中正在削的马铃薯，她那细长的棕色手指在桌上敲了敲，配合着她说话的节拍。"事情是这样的。你看，每个人都为家里造房子出了力。这些年大伙儿都辛勤工作。当然，现在大家都过得不容易。可是，我打小时候就跟我外公生活在一起了。可我打那时起就没干过什么活儿。尽管如此，只要我、威利和海博伊遇到麻烦，我们随时都能回去。"

"你父亲没有出力造一个房间吗？"

波西亚停止了咀嚼，说："谁父亲？你是说我父亲？"

"当然。"米克说。

"你很清楚，我父亲是这个镇上的黑人医生。"

米克以前听波西亚提起过这件事，但她以为是骗人的。一个黑人怎么可能是医生？

"事情是这样的。在我妈和我爸结婚前，她一心只知道仁慈善良。我外公自己也是个老好人。可我父亲跟他截然不同，差距大得就像白天黑夜一般。"

"坏人吗？"米克问

"不，他不是个坏人，"波西亚慢悠悠地说，"只是有点不对劲。我父亲跟其他黑人不大一样。这点很难说清楚。我父亲总是在自学。很久以前，他就形成了关于经营家庭的理念。他对家里的所有小事都指手画脚，到了晚上，他还试图给我们小孩上课。"

"这听起来不算很糟糕啊。"米克说。

"听下去，大部分时间他看上去都很安静。可一到有些晚上，他就会突然爆发，变得比我见过的任何人都疯狂。认识我父亲的人都说，他是个确凿无疑的疯子。他会做出疯狂暴躁的事，而我们的妈妈就去阻止他。那时我才十岁。妈妈带着我们几个孩子一起去了外公的农场，我们就在那儿长大的。我们的父亲总是希望我们回去。可即便妈妈去世后，我们也从没回家生活。现在我父亲还独自一人住着。"

米克走到炉子前，再次给她的盘子盛满了菜。波西亚的声音忽高忽低，抑扬顿挫，就像在唱一首歌，此刻一发不可收拾了。

"我不经常去看我父亲——也许一周一次——可我经常想起他。我对他感到很遗憾，胜过所有我认识的人。我知道他比这个镇子上任何白人读的书都多。他读的书越多，忧虑的事也越多。他整个人就被书籍和忧虑所包围了。他失去了上帝，拒绝了宗教。他所有的麻烦都来源于此。"

波西亚很激动。每次她说到上帝——或是说到她的兄弟威利或是她的丈夫海博伊——她都会情绪激动。

"现在，我不再是呼喊派了，我参加了长老会，我们不再集会时满地打滚或喋喋不休说个不停。我们不会每个礼拜都去接受圣化，沉湎其中。在我们的教堂里，我们吟唱，让牧师布道。实话告诉你，我觉得小小的吟唱和布道不会有害处，米克。你应该带着你的小弟弟去上主日学校，而且你也到年纪，该上教堂了。瞧你最近那趾高气扬的做派，你的一只脚已经踏进地狱了。"

"胡扯。"米克说。

"我们结婚前，海博伊是至善论派①的信徒。他喜欢每周日去接受圣灵，大声喊叫，净化自己。不过我们结婚后，我让他加入我的教派，虽然有时候让他保持安静有点难，但我认为他做得很好。"

"我不相信上帝，就像我不信圣诞老人一样。"米克说。

"等一等！怪不得有时候我觉得你比我认识的任何人都要像我父亲。"

"我？你说我像他？"

"我不是说面容或是长相方面。我说的是你们灵魂的形状和颜色。"

巴布尔坐在那儿，瞧瞧这个，又瞧瞧那个。他的围兜系在脖子上，手上还握着一把空空的勺子。"上帝都吃什么呀？"他问道。

米克从桌边起身，站在门口，准备离开。有时候捉弄波西亚很有趣。她每次都以同样的语调一遍又一遍地重复同一件事——仿佛那就是她唯一知道的了。

"像你和我父亲这样从不去教堂的人内心永远不会有片刻的安宁。就拿我来说吧——我有信仰，所以我有安宁。而巴布尔，他也有他的安宁。我的海博伊和我的威利也是如

---

① 19世纪后期美国新教中兴起的运动。

此。至于那位辛格先生，我看他也有安宁。第一次见他我就有这种感觉。"

"随你怎么说吧，"米克说，"你比你们的父亲还要疯狂。"

"但你从没有爱过上帝，或是任何一个人。你又粗又硬，就像块牛皮。但我还是了解你的。今天下午你会一直在这里逛来逛去，愁眉苦脸的样子。你东游西荡，就像是要寻找什么丢失的东西。你想用激情振奋自己。你的心怦怦直跳，几乎快要了你的命，因为你不会爱，没有安宁。有一天你会挣脱束缚，彻底崩溃。到那时什么都帮不了你。"

"是什么，波西亚？"巴布尔还在问，"上帝他吃什么样的东西？"

米克哈哈大笑，迈开步子走出房间。

下午的时候她的确在房子里闲逛，因为她没法平静下来。这样的情况已经有些日子了。一方面，每次一想到小提琴，她就焦虑不安。她永远没法做一把像真的一样的小提琴——几个礼拜的殚精竭虑，现在只要一有这个念头，她就恶心不止。可她怎么能这样确定这个主意能管用呢？这么蠢？也许当人们迫切渴望一样东西时，这种心情会让他们轻信任何能实现愿望的可能性。

米克不想再回到家人待着的房间里去。她也不想跟任何一个房客说话。除了大街上，已经没处可去了——此时太阳

060

还是火辣辣的。她在前厅漫无目的地来回晃悠，手掌不停地将凌乱的头发往后推。"见鬼，"她大声地自言自语，"除了一架真正的钢琴，我最想要的就是一个只属于自己的地方。"

波西亚身上有一种属于黑人特有的疯狂劲头，但她人不错。她从来不会偷偷摸摸地欺负巴布尔或是拉尔夫，像有些黑人女孩那样。可波西亚却说她从来没爱过谁。米克停下脚步，定定地站住了，她伸出拳头在头顶上搓了搓。如果波西亚知道实情，她会怎么想？她到底会怎么想？

有些秘密她一直守口如瓶。那是一个确定无疑的事实。

米克缓缓地走上楼梯。她经过第一个楼梯平台，继续往下个平台走。有些房间为了通风，房门敞开着，房子里四处都是吵吵嚷嚷的声音。米克来到最后一段楼梯处，坐了下来。如果布朗小姐打开她的收音机，她就能听见音乐了。也许会传来其他好听的节目。

她把脑袋搁在膝盖上，系好网球鞋的鞋带。如果波西亚知道她心里总是爱着一个又一个人，她会怎么说呢？每一次，她身体的某一部分都仿佛要爆炸，喷出成百上千块碎片。

可她总是独守秘密，没有人知道。

米克在台阶上坐了好久。布朗小姐没有打开收音机，那里只有大伙儿发出的吵嚷声。她思考良久，不停地用拳头敲打大腿。她的脸仿佛四分五裂，头都抬不起来。这种感觉比起挨饿来糟多了，可就是类似的感觉。我想要——我想要——我想要——是她脑中唯一的念头——但真正的需求是什么，她并不清楚。

约莫过了一个小时，上面的楼梯平台处传来了门把手转动的声音。米克飞快地抬起头，是辛格先生。他在过道上站了几分钟，脸上的表情悲伤而平静。接着他走去对面的浴室。他的同伴没有一起出来。从她坐着的地方，能看见房间的局部，同伴在床上睡觉，身上盖着被单。她等待辛格先生从浴室出来。她用手摸了摸火辣辣发烫的脸颊。也许事实是，她有时候登上那最高的几级台阶是为了能在楼下听布朗小姐的收音机时瞧见辛格先生。她很好奇，他双耳无法听到，而脑海中听到的是哪种音乐。没人知道。如果他能说话，他会说哪些事？也没人知道。

米克等待着，过了一会儿，他走出浴室再次来到过道上。她希望，他会朝下面看看，向她投以微笑。然后他走到门口时，真的向下瞥了一眼，点点头。米克笑了，嘴咧得很大，还微微颤抖。他走进自己的房间，关上了门。这也许是他故意邀请她进去见他的意思。米克突然很想进他的房间。过不了多久，等他没人做伴时，她会真的进去看辛格先生。她说到做到。

那个炎热的午后缓缓流逝，米克仍然独自一人坐在台阶上。那个叫莫扎特的音乐又一次盘旋在她脑海中。有趣的是，是辛格先生令她想起了这些音乐。她希望能有一个地方让她大声哼吟。有些音乐太过私密，不适合在一间人头攒动的屋子里哼唱。同样有趣的是，在一间拥挤的屋子里一个人却会如此孤独。米克在脑海中试图搜索一个隐秘的好地方，她能够去那儿一个人待着，学习这种音乐。尽管她绞尽脑汁想了老半天，但她打一开始就知道，根本没有这样的好地方。

<h2 style="text-align:center">四</h2>

临近傍晚，杰克·布朗特醒来时，感觉睡得好饱。他身处的房间迷你而整洁，四周的家具有一只五斗橱、一张桌子、一张床和几把椅子。五斗橱上一台电风扇正缓缓地从一面墙转向另一面墙，习习微风拂过杰克的脸庞仿佛凉水一般。窗边，一个男人坐在桌前，低头凝视着一盘摆在面前的象棋。在日光下，杰克看这个房间很陌生，但他一眼就认出了那个男人的脸，仿佛与他是老相识了。

无数的记忆在杰克脑海中交错成一团乱麻。他眼睛睁着，一动不动，双手翻开，掌心朝上。他的手很大，在白色床单的映衬下显得黑黢黢的。他把双手伸到面前，发现它们伤痕累累——血管肿胀，仿佛他一直在狠狠地抓某样东西，抓了好久。他满脸倦容，不修边幅。棕色的头发软塌塌地覆在前额上，胡须歪歪斜斜，不成形状。甚至连他的剑眉都显得粗糙凌乱。他躺在那儿，嘴唇稍稍动了动，胡须也跟着神经质地颤抖了一两下。

过了一会儿，他坐起身，用一只大拳头使劲地砸了砸脑袋一侧，让自己清醒过来。他身子一动，下棋的男人飞快地看了他一眼，微微一笑。

"天哪，我渴死了，"杰克说道，"感觉就像整支穿着袜子的俄国军队在我嘴里行军。"

男人望着他，依旧微笑，然后突然手伸向桌子另一头，拿来一只装着冰水的磨砂水罐和一只玻璃杯。杰克喘着粗气，大口地喝着水——此时他半裸着站在房间中央，头朝后仰，另一只手紧紧地握成拳头。他一气喝了四杯水后，才深深地吸了口气，稍稍放松一点。

刹那间，某些回忆涌上了他的心头。他记不得怎么跟这个男人回的家，但之后发生的事此刻反而清晰了。他醒来后，在一盆冷水里泡了会儿，后来他们一起喝了咖啡，还聊天。他说了许多肺腑之言，那个男人静静地听着。他一直说得嗓子都哑了，可他清楚地记得那个男人脸上的表情，比自己说的话记得还清。清晨他们一起上床睡觉，百叶窗拉了下来以免阳光射入房间。起初，他因为不断做噩梦无法入睡，只得打开灯，让自己再次清醒。灯光也会打扰这位同伴，但他没有丝毫抱怨。

"你昨晚怎么没把我赶出去？"

男人只是再次微笑。杰克纳闷他为什么如此安静。他打量四周，寻找他的衣物，瞧见他的手提箱搁在床边的地板上。他想不起来怎么从餐厅取回手提箱的，餐厅那儿还欠了酒钱。他的书、一套白色西装和几件衬衫，这些就是他打包的所有行李。很快他便开始穿衣服了。

等到他穿好衣服时，一只电咖啡壶正在桌上煮咖啡。那个男人把手伸进挂在椅背上的马甲口袋。他取出一张卡片，杰克疑惑地接了过来。男人的名字——约翰·辛格——刻在卡片中央，下面以同样优雅精致的钢笔字写着一条简洁的信息：

> 我是个聋哑人，但我能读懂唇语，理解你对我说的话。请别大喊大叫。

这种震惊令杰克有种轻飘飘、茫茫然的感觉。他和约翰·辛格只是互相望着对方。

"我就是纳闷，过了这么久我还没发现这一点。"他说。

他讲话时，辛格非常仔细地盯着他的嘴唇——他之前也注意到了。居然是个哑巴！

他们坐在桌边，啜饮着蓝色杯子里的热咖啡。房间里很凉爽，放下一半的百叶窗弱化了窗外刺眼的强光。辛格从壁橱里拿出一只铁盒，里面盛着一条面包、几只橘子，还有奶酪。他吃得不多，就靠坐在椅子上，一只手插在口袋中。杰克饿坏了，狼吞虎咽了一番。他必须立刻离开这个地方，好好思考一下。只要他还身陷困境，他就应该四处探寻，找份工作。这个安静的房间太过平静安逸，让人无所适从——他要出去，一个人走走。

　　"这儿还有其他聋哑人吗？"他问，"你有许多朋友吗？"

　　辛格还在微笑。他起初没有听懂他的话，于是杰克只能重复一遍。辛格耸了耸他那棱角分明的浓黑眉毛，接着摇摇头。

　　"觉得寂寞吗？"

　　男人摇头的方式，似乎既不是肯定也不是否认。他们静静地坐了一会儿，而后杰克起身准备离开。他再三感谢辛格晚上收留他，小心翼翼地动着嘴唇，确保辛格能看懂他的话。哑巴只是再次微笑，耸了耸肩。杰克问他是否能把自己的手提箱在床底下放几天时，哑巴点点头表示可以。

　　辛格从口袋里伸出双手，用一支银色的铅笔在一张便笺纸上仔细地书写着，写完后他将便笺推向杰克。

我可以在地板上铺一张床垫，在找到住处之前，你可以住在这儿。白天大部分时间我都是出门的，不会有任何不便。

出于一阵突如其来的感激，杰克觉得自己的嘴唇在颤抖。但他不能接受这份好意。"谢谢，"他说，"我已经有住处了。"

他正要走，哑巴递给他一条蓝色的工装裤，紧紧地卷成一团，还有七角五分钱。工装裤脏兮兮的，杰克一眼认了出来，随即上一周的记忆如潮水般涌上心头。辛格让他明白，这钱原来是在他口袋里的。

"再见，"杰克说，"很快我会回来看你的。"

门口只剩下哑巴双手插在口袋里，独自站着，脸上隐隐挂着笑容。他走下几级台阶，转过身挥了挥手。哑巴也向他挥挥手，关上了门。

屋外强烈而刺眼的阳光扑面而来。他站在房子前的人行道上，起初由于阳光照射，过于晕眩而无法看清四周。一个小屁孩正坐在屋子的栏杆上。他以前在什么地方见过她。他想起了她身上穿的男孩短裤，还有她眯缝起眼睛的样子。

他举起那团成卷的脏裤子。"我想扔了这玩意儿。你知道哪里有垃圾桶吗？"

那个孩子从栏杆上跳下来。"在后面的院子里。我带你去。"

他跟着她穿过房子旁边狭窄潮湿的巷子。他们来到后院时，杰克看见两个黑人正坐在后面的台阶上。两人都穿着白西装，脚上蹬着白鞋。一个黑人个子很高，他的领带和袜子是亮绿色的。另一个是个肤色略浅的黑白混血儿，中等身高。他将一把锡制口琴放在膝盖上来回摩擦。与他的高个子同伴形成鲜明对比的是，他的袜子和领带是火红色的。

那孩子指了指后篱笆处的垃圾桶，接着转身朝向厨房窗户大喊道："波西亚！海博伊和威利在等你。"

厨房里传来一个温柔的声音答应道："你不用大叫大嚷的。我知道他们在等着，我马上就戴好帽子了。"

杰克在扔掉之前先打开卷成一团的工装裤。裤子上沾着泥巴，硬邦邦的。一只裤腿撕破了，前襟上还沾了几点血迹。他把工装裤丢入了桶里。一个黑人女孩从房子里走出来，来到台阶上的两个白西装男孩身边。杰克瞧见那个穿短裤的小屁孩紧紧地盯着自己。她把一只脚的重心移到了另一只脚上，似乎很兴奋。

"你是辛格先生的亲戚吗？"她问道。

"不是。"

"很熟的朋友？"

"熟到可以留我过夜。"

"我只是好奇——"

"主街在哪个方向？"

她指了指右侧。"沿着这个方向走两个街区。"

杰克用手指梳理了一下他的胡须，便出发了。他在手里摇晃着七角五分钱，咬住下嘴唇，直到嘴唇变得斑驳鲜红。那三个黑人缓慢地走在他前头，自顾自地聊天。在这个陌生的小镇上人生地不熟，他紧紧地跟在他们后面，倾听他们的对话。那个女孩勾着两个人的胳膊。她穿了一条绿色的裙子，头戴红帽，脚蹬红鞋。两个男孩跟她挨得很近。

"今晚我们有什么安排吗？"她问。

"全听你的，亲爱的，"高个儿男孩说，"威利和我没什么特别安排。"

她看看这个，又看看那个。"你们俩决定吧。"

"好吧——"那个穿红袜子的矮个儿说，"海博伊和我觉得也许我们仨该上教堂。"

女孩用三种不同的调子唱出了她的回答。"没——问——题——从教堂回来后我有个主意，我们应该去看看父亲——就坐一小会儿。"他们在第一个街角处拐了弯，杰克站在那儿注视了他们片刻，然后才继续走下去。

主街上安静而炎热，几乎杳无人迹。直到此刻，他才意识到今天是礼拜天——想到这点不由得令他沮丧无比。那些关门的店铺上还支着遮阳篷，建筑物在这明晃晃的太阳下显得光秃秃的。他经过纽约咖啡馆，店门开着，可里面看上去空荡荡、黑黢黢的。那天早上他没找到袜子穿，滚烫的人行道已经烫穿了他单薄的鞋底。太阳就像一块滚烫的生铁压在他的头顶。这个小镇似乎比他去过的任何镇子都要孤寂冷清。街道上的静谧带给他一种异样的感觉。他喝醉时，这个地方似乎狂暴而喧嚣。而此时，一切仿佛进入了一种突如其来的静止状态。

他走进一家水果店买了一份报纸。招聘专栏的内容很短。有几条招聘二十五至四十岁之间、拥有汽车的年轻男性，按销售提成。看到这些他都很快地跳过了。有一条招卡车司机的广告吸引了他的关注，足足看了几分钟。但最底下那条让他最为关注，上面写着：

招聘——有经验机修工。阳光南方游乐场。求职者请至韦弗斯巷与十五街街角。

不知不觉中，他已经走回那家咖啡馆的门口——他在那里待了两个礼拜。这是水果店旁边这条街区上唯一一家还开门营业的店。杰克突然决定进门去看看比夫·布兰农。

从外面刺眼的明亮走进咖啡馆后，里面显得又黑又暗。一切都似乎比他记忆中的要黯淡、安静。布兰农照旧站在收银机后面，他的双臂交叉抱在胸前。他那位珠圆玉润的漂亮妻子正坐在柜台另一头锉指甲。杰克注意到他进来时，他们两人对视了一眼。

"下午好。"布兰农说。

杰克感觉空气中有些异样。也许那家伙在笑，因为他想起了他喝醉时发生的事。杰克呆立在那儿，一脸怒气。"请拿包靶牌香烟。"布兰农的手伸到柜台下去取香烟时，杰克认定他没在笑。白天的时候，这家伙的脸看上去不像晚上那么冷酷。他面色苍白，仿佛没睡觉似的，眼神就像一只疲惫的秃鹰。

"说吧，"杰克说，"我欠你多少钱？"

布兰农打开一只抽屉，拿出一本公立学校用的便笺簿放在柜台上。他慢慢地翻了几页，杰克望着他。便笺簿看上去更像一本私人笔记本，而非他记录常规账目的本子。上面有一长串一长串的数字，加加减减，涂涂写写的。他停在了某一页上，杰克瞧见角落里写着他的姓。那一页上没有数字——只有一些小小的钩号和大叉。页面上还胡乱地画了几只蹲坐着的圆滚滚的小猫，弯曲的线条是尾巴。杰克凝视了半天。小猫的脸是人类的脸，而且是女性。这些小猫的脸画的正是布兰农夫人。

"我打钩的代表啤酒，"布兰农说，"打叉代表晚餐，直线是威士忌。我来算算——"布兰农搓了搓鼻子，眼睑低垂。接着，他合上了便笺簿。"大约二十美元。"

"我要过一段时间才能还你，"杰克说，"但你应该会拿到钱的。"

"不急。"

杰克靠在柜台上,"那么,这个小镇是个什么样的地方?"

"普普通通,"布兰农说,"跟其他规模大小相似的小镇差不多。"

"人口多少?"

"大约三万。"

杰克拆开那包烟,给自己卷了一支。他的手在颤抖,"大部分是工厂?"

"没错。有四家纺织厂——是最主要的工厂。一家针织品厂。还有几家轧棉厂和锯木厂。"

"工资怎么样?"

"平均每周十或十一块——可是当然,他们时不时地会停工。你怎么问起这个来?你打算在工厂找份工作吗?"

杰克用拳头去戳戳眼睛,昏昏欲睡地揉了揉。"不知道。也许会,也许不会。"他将报纸放在柜台上,指指刚才读到的招聘广告。"我想我会去看看这个活儿。"

布兰农读了广告,略作沉思。"哦,"他最后说,"我去过那个游乐场看表演。不怎样——只有几个新奇的项目,比如旋转木马、秋千之类的。它吸引的主要是黑人、工人和孩子。他们在镇上不同的空地驻扎。"

"告诉我怎么去那儿。"

布兰农陪他来到门口，指了一个方向。"你凌晨时跟辛格回家了吗？"

杰克点点头。

"你觉得他怎么样？"

杰克咬着嘴唇。哑巴的脸庞清晰地浮现在他的脑海中。这张脸仿佛属于一个他相识已久的朋友。打离开他的房间起，他就一直在想那个男人。"我连他是个哑巴都不知道。"他最后开口道。

他开始沿着杳无人迹的炎热街道出发了。他走路时并不像走在一个陌生小镇上的陌生人。他似乎在寻找某人。很快他进入了临河的工厂区。街道变得狭窄，路面没有铺设过，这里也不再是空空荡荡的了。一群一群邋里邋遢、满脸饥饿的儿童互相叫喊，玩着游戏。两室大的棚屋千篇一律，破破烂烂，未经粉刷。食物和污水的恶臭与空气中的灰尘交织混杂。河上游的瀑布隐隐传来哗哗的水流声。人们默默地站在门口，或是懒洋洋地躺在台阶上。他们脸色泛黄、面无表情地望着杰克。杰克则瞪着那双棕色的大眼睛，回望着他们。他步履蹒跚，时不时用毛茸茸的手背抹抹嘴。

韦弗斯巷的尽头有一片空地。这里曾经一度是个废旧汽车的回收站。锈迹斑斑的零件，支离破碎的内胎仍旧散落得满地皆是。一辆拖车停在回收站的一个角落，旁边有一座旋转木马，一半用帆布覆盖着。

杰克慢慢地靠近。两个身穿工装裤的小屁孩站在旋转木马前。他们边上有个黑人坐在一个箱子上，在傍晚的阳光下昏昏欲睡，膝盖相互抵着。他的一只手抓着一块融化了的巧克力。杰克注视着他将手指戳入那脏兮兮的巧克力中，而后慢慢地舔舐。

"谁是这游乐场的经理？"

黑人把两根甜腻腻的手指塞入嘴中，舌头不停地翻转舔舐。"一个红头发的男人，"舔净手指后他说，"我就知道这些，老大。"

"他现在在哪儿？"

"就在那辆最大的货车后面。"

杰克穿过草坪时，解开领带塞进了自己的口袋里。太阳开始西斜。连绵的黑色屋顶上方，天空现出一片温暖的绯红。游乐场的主人正独自一人站着抽烟。他那冒出的一头红发就像头顶上安了块海绵，他那双有气无力的灰色眼睛凝视着杰克。

"你是经理吗？"

"嗯，我叫帕特森。"

"我看到今天早报上的招聘广告了。"

"不错。我不想找新手，我需要个有经验的修理工。"

"我经验丰富。"杰克说。

"你以前做过什么活儿？"

"我曾经做过纺织工、修理过纺织机，还在修车厂和汽车装配间工作过。各色各样的活儿都干过。"

帕特森领着他朝那座半覆盖着的旋转木马走去。傍晚的阳光中，这些一动不动的木马显得荒诞诡异。它们在静止状态下保持腾跃姿势，被暗淡的镀金栏杆所穿透。离杰克最近的那匹木马肮脏的臀部上有道木头裂缝，它的眼睛似乎在盲目而疯狂地乱转，眼窝处的油漆斑斑驳驳，成片地脱落。在杰克看来，这些静止的旋转木马似乎正处于一种醉酒后的酣梦中。

"我想找个有经验的修理工来操作旋转木马，并且让它们维持良好的运转状态。"帕特森说。

"我完全可以胜任。"

"这是双份工，"帕特森解释道，"你要负责整个游乐场。除了维护机械，你还要疏导人流。你要保证进来的人都有票，所有的票都是真的，而不是什么过期的舞厅票。人人都想要骑旋转木马，你会吃惊地看到，黑人没钱的时候会怎样想方设法来糊弄你。你要时刻睁大眼睛盯紧了。"

帕特森引领他走进机器内部、木马的圆圈中，给他指出各种各样的部件。他调节了一下操纵杆，稀稀拉拉的机器音乐声开始叮当奏响。围绕着他们的马队似乎把他们与外部世界隔绝了。木马停下时，杰克问了几个问题，便自己操纵机器了。

"原来那家伙不干了，"他俩走出旋转木马，再次来到那块空地时，帕特森说，"我向来讨厌训练新手。"

"我什么时候开始上班？"

"明天下午。我们每星期营业六天六夜——下午四点开始，晚上十二点打烊。你要三点过来，进行准备工作。晚上游乐场关门后还要花一个小时收拾。"

"薪水呢？"

"十二美元。"

杰克点点头，帕特森伸出一只惨白惨白、瘦骨嶙峋的手，指甲发黑。

他离开空地时天色已暗。那刺眼的蓝色天空渐渐泛白，东方悬挂着一轮明月。暮色隐去了街边房屋的轮廓。杰克没有马上穿过韦弗斯巷回去，而是在附近的街区转悠。远处传来某些气味和声音，令他时不时在尘土飞扬的街道一侧突然停下脚步。他的步伐飘忽不定，漫无目标地从一个方向转至另一个方向。他觉着脑袋很轻，仿佛是用薄玻璃做的。他身上正在发生一种化学变化。他体内陆陆续续储存的啤酒和威士忌开始起反应了。他被酒意擦着一下。先前似乎死气沉沉的街道突然生气勃勃。一条参差不齐的草带构成了街道的边界，杰克边走，边觉得地面渐渐隆起，几乎到了眼前。他坐在边界的草坪上，背靠着一根电线杆。他盘起腿，将姿势调整得更舒服些，然后用手抚平胡子的末端。一个声音袭来，他半梦半醒间大声地自说自话。

"怨恨是贫穷结出的最珍贵的花朵。不错。"

说说话感觉好多了。自己的声音令他愉悦。回声似乎飘荡在空中，以至于每个字儿都听到了两回。他咽了咽口水，润一润嘴唇，再次开口。突然之间，他很想回到那个哑巴安静的房间里，将自己心中的想法告诉他。想同一个聋哑人讲话，真是诡异。可他太寂寞了。

暮色四合，眼前的街道渐渐暗淡。偶尔有人经过距离他非常近的狭窄街道时，相互之间喃喃低语，脚边每一步都掀起一阵尘土。或是几个女孩结伴而行，或是怀抱孩子的母亲擦肩而过。杰克无知无觉地坐了一阵，最后他站起身，继续前行。

韦弗斯巷黑黢黢的。一盏盏油灯在门口和窗户上投下一片片摇曳的黄色光斑。有些房子里漆黑一片，全家人坐在门口的台阶上，通过邻近房子里投下的光影才能看清周围。一个女人从一扇窗户里探出身来，向街上泼了一桶脏水。有几滴溅到了杰克的脸上。充满怒气的高声咒骂从有几栋房子的后面传来。剩下的房子里只有椅子缓缓摇晃的平和之声。

杰克在一栋房子前停了下来，有三个男人正坐在门前的台阶上。房子里昏黄的灯光投在他们身上。两个穿着工装裤，但没穿衬衫，打着赤脚。其中一个高个儿身形灵活。另外一个身材矮小，嘴角长了个脓疮。第三个男人穿着衬衫和长裤，膝盖上放着顶草帽。

"嗨。"杰克打个招呼。

三个男人瞪着他，齐刷刷地面无表情、满脸菜色。他们低语了几句，但一动不动。他拿出口袋里那包靶牌香烟，递了一圈。他坐在最底下那级台阶，脱了鞋。凉爽潮湿的地面让他的脚感觉舒服多了。

"有工作吗？"

"嗯，"有草帽的那个男人说，"大部分时间有。"

杰克的脚趾相互拨弄。"我身上带着福音书，"他说，"我想向人传播。"

三个男人笑了。狭窄街道的对面传来一个女人的歌声。烟雾紧贴着他们在空气中凝滞。一个小屁孩穿过大街，停下步子，解开裤子开始撒尿。

"街角有一个帐篷，今天是礼拜天，"最后小个子男人开口说，"你可以去那儿，尽情传播你的福音。"

"不是那种。是更好的，是真理。"

"哪种？"

杰克舔了舔胡子，没有回答。过了一会儿他说："你们这儿有过罢工吗？"

"有过一次，"高个子男人说，"大概六年前，他们举行过一次罢工。"

"结果呢？"

嘴上长脓疮的那个拖着脚划拉一下，将烟蒂扔在地上。"咳——他们罢工，是因为他们想要一个小时二十美分。大概有三百人参与了。他们整天在大街上晃悠。于是工厂派了卡车，一个礼拜后，镇上就挤满了外乡来的打工者。"

杰克转过身子，面向他们三个。他们坐在比他高两级的台阶上，他只能抬起头直视他们的目光。"这难道不让你们发疯吗？"他问。

"你说'发疯'——什么意思？"

杰克额头的青筋暴起，透着鲜红。"上帝啊！我是说'发疯——就是发——疯'。"他冲着他们迷惑而蜡黄的脸庞大声咆哮。他们身后，透过敞开的前门，他看得见屋内的情况。前屋有三张床和一个洗手台。后屋里一个光着脚的女人正坐在一张椅子上打盹。此时，从旁边黑漆漆的门廊上传来了吉他声。

"我就是卡车运来的工人中的一个。"高个子男人说。

"无所谓。我想说得简单明了。拥有这些工厂的混蛋们都是百万富翁，可那些落纱工、刷毛工，还有在机器后面纺纱和织布的工人却几乎不能填饱肚子。明白吗？当你走在大街上，一想到这些，一看见那些贫困交加的人、那些长着罗圈腿的年轻人，这难道不让你发疯吗？不会吗？"

杰克脸涨得通红，几乎发黑，双唇颤抖。那三个男人警惕地望着他。然后，拿草帽的男人开始放声大笑。

"笑吧，继续嘲笑吧。就坐在那儿笑破你们的肚皮吧。"

他们缓慢而悠闲地笑着，三个人笑一个。杰克掸了掸脚底泥土，穿上鞋。他紧握双拳，嘴巴因为愤怒的讥笑而扭曲。"笑吧——你们也就这点本事。我希望你们就坐在那儿一直笑到烂成泥巴！"他步伐僵硬地走上大街，身后的讥笑和倒彩声不绝于耳。

主街上灯火通明。杰克在一个街角处闲逛，口袋里的硬币拨弄得叮当响。他的脑袋一阵阵的痛，尽管晚上很热，他的身上还是觉出一丝凉意。他想到那个哑巴，迫切地想要回去，同他一起坐一会儿。在他那天下午买报纸的水果店里，他挑选了一篮子用玻璃纸包好的水果。柜台后的希腊人说一共六毛，所以付完钱他兜里只剩五分钱了。他前脚从水果店里出来，马上意识到这份礼物送给一个没生病的人太滑稽了。几颗葡萄从玻璃纸内垂了下来，他饥渴万分地摘下了葡萄。

他进门时辛格在家。他坐在窗口，面前的桌上摆放着棋盘。房间还是原样，一如杰克离开时的样子，风扇开着，桌子旁边放着冰水罐。床上有一顶巴拿马草帽，还有个纸袋，看来哑巴前脚刚到。他扭头朝着对面桌边的椅子示意，将棋盘推到一边。他双手插袋，背向后靠去，脸上的表情似乎在询问杰克自打走后发生了什么。

杰克把水果放在桌上。"今天下午，"他说，"我的座右铭就是：外出闯荡，找到一条章鱼给它套上袜子。①"

哑巴微微一笑，杰克吃不准他是否明白了自己的意思。哑巴惊讶地看着水果，然后拆开了玻璃包装纸。他拿起水果时，脸上呈现出一种特殊的气质。杰克试图理解这种神情，却被难住了。接着辛格粲然一笑。

"我下午找到份游乐场的工作。我负责管理旋转木马。"

哑巴似乎毫不意外。他走向橱柜，拿出一瓶葡萄酒和两只杯子。他们默默地对饮。杰克感觉他从未在如此安静的房间里待过。头上的灯光在他面前闪闪发光的酒杯中反射出一个古怪的映象——同一个自己的夸张形象，在水罐或是锡杯的曲线表面上，他以前见过好多次了——鸡蛋似的脸庞，丑陋不堪，满脸胡子拉碴，几乎长到了耳后。坐在对面的哑巴双手端着酒杯。葡萄酒开始嘶嘶地穿过杰克的血管，他觉得自己再次进入了那目眩神迷的醉酒状态。胡子由于激动而颤抖、抽搐。他手肘撑在膝盖上，身子前倾，充满探寻意味的眼神死死地盯在辛格身上。

"我打赌，我是这个小镇上唯一发疯的人——我说的是

---

① 原文为 Go out and find an octopus and put socks on it，以"给章鱼穿袜子"比喻任务艰巨。

真正意义上的发疯——已经疯了整整十年。刚才我他妈的差点儿跟人打起来。有时候，我似乎觉得自己真的疯了，只是我不知道而已。"

辛格把酒推到他的客人面前。杰克直接从酒瓶里喝了起来，搓了搓头顶。

"你瞧，这就好比我身上有两个人。其中一个彬彬有礼。我曾经去过全国最大的几家图书馆。我阅读，不断地阅读。我阅读那些能传授朴素真理的书。那边我的行李箱内，放着卡尔·马克思、索尔斯坦·维布伦①以及类似作家的书。我反复阅读，越研究这些作品，我就越加疯狂。我认得印在每一页书上的每一个字。起初，我喜欢这些词儿。什么辩证唯物主义——耶稣会的谎言"——杰克深情而郑重地卷着舌从嘴里吐出了这几个音——"目的论倾向。"

哑巴用一块折叠整齐的手帕擦了擦额头。

"但我现在的问题在于此。当一个人知道了，却没法让别人理解，他该怎么办？"

辛格伸手拿起酒杯，将它倒满直至杯沿，然后坚定地递到杰克那伤痕累累的手中。"以为我喝醉了，是吗？"杰克猛地摆了摆手，几滴酒洒到了他的白裤子上。"可是听着！你放眼望去，到处都是卑鄙无耻和贪婪腐败之辈。这个房间，

---

① 也译凡勃伦（1857—1929），美国经济学家。在其著作《有闲阶级论》中首次提出"炫耀性消费"说。

这瓶葡萄酒，这些篮子里的水果，一切都是盈亏的产物。一个人如果不能向卑鄙无耻做出妥协就活不下去。有的人为了嘴里的每一口食物、身上的每一缕线累死累活——却似乎没人知道。人人都是眼瞎耳聋，头脑迟钝——愚昧无知且卑鄙无耻。"

杰克用拳头按了按太阳穴。他的思绪已经四散，射向好多个方向，无法掌控。他想发狂。他想跑到拥挤的大街上找个人轰轰烈烈地干一架。

哑巴依旧耐着性子、饶有兴致地看着他，然后掏出一支银色的铅笔。他小心翼翼地在一张纸条上写道：你是民主党还是共和党？写完将纸条推向桌子那头。杰克在手里捏皱了纸条。房间又开始旋转了，他甚至看不清纸上的字。

他将目光集中在哑巴的脸上，以此支撑住自己。辛格的眼睛似乎是房间里唯一不在移动的东西。它们色彩斑斓，呈现出琥珀色、灰色以及一抹浅褐色。他就一直凝视着它们，以至于自己几乎要被催眠了。他失去了发怒的冲动，再次恢复平静。那双眼睛似乎明了他之前想说的一切，而且还有话对他说。过了一会儿，房间不再旋转了。

"你懂了，"他声音含糊地说，"你明白我的意思。"

远处传来阵阵柔和而清脆的教堂钟声。银白色的月光洒在隔壁的屋顶上，天空呈现一片淡淡的夏日蓝色。大家心照不宣，杰克在找到房子之前会在辛格这里住上几天。酒瓶见底时，哑巴在床边的地板上铺上一张垫子。杰克和衣而睡，立时就睡着了。

五

在远离主街、镇上的一个黑人居住区里，本尼迪克特·马迪·科普兰医生独自一人坐在他那黑漆漆的厨房里。已经过了九点，礼拜天的钟声此刻终于止歇。尽管晚上很热，圆肚柴火炉中依然生着一团小火。科普兰医生靠近火炉，坐在厨房的直背椅上身子前倾，修长的双手抱着头。炉子里劈啪作响的红色火焰照亮了他的脸庞——在火光下，他的厚嘴唇在黑色皮肤的映衬下看上去几乎发紫，灰白的头发紧紧贴着头皮，仿佛一顶羔羊毛帽，同样也泛着蓝紫色。他以这个姿势坐了很久，一动不动。甚至连银框眼镜后射出的目光，都始终忧郁地聚焦在某一处。接着，他清了清喉咙，声音刺耳，从椅子旁边的地板上捡起一本书。他的周围都很暗，他不得不把书凑近火炉才能看得清字。今晚他读的是斯宾诺莎①。他没有完全理解这些难懂的概念和复杂的短语，可随着阅读的深入，他感觉到这些词语背后有一种强烈而真实的目标，他觉得自己几乎理解了。

---

① 斯宾诺莎（1632—1677），荷兰哲学家，唯理论的代表之一，著有《神学政治论》《伦理学》等。

晚上，尖锐刺耳的门铃声经常会将他从沉寂中唤醒，来到前屋他会看见一位摔断骨头或是被刀割伤的病人。可今晚没有人打扰他。在黑暗的厨房中独坐了几个小时后，他的身子开始慢慢地左右摇晃，喉咙里发出一种哼哼唧唧的呻吟。波西亚进来时，他正呻吟着。

科普兰医生预先知道她来了。他从外面的街道上听见了口琴吹奏的蓝调歌曲，他知道那是他的儿子威廉[①]在吹。他没开灯就穿过前厅，打开前门。他没走到门廊上，只是站在纱门后的黑暗之中。月光皎洁，波西亚、威廉和海博伊三人的影子黑乎乎地连成一片，投在尘土遍地的大街上。这个街区内的房子看上去都惨淡凄凉。科普兰的房子与附近的其他建筑都不同，是由砖石和灰泥筑成，坚实牢固。小小的前院周围装了一圈尖桩篱栅。波西亚在门口向她的丈夫和弟弟道别，然后敲了敲纱门。

"你干吗黑灯瞎火地坐在这儿呢？"

他们一起走过黑漆漆的前厅，回到厨房。

"你明明有很亮的电灯。搞不懂你干吗总是这样黑灯瞎火地坐着。"

科普兰医生旋亮了悬在桌子上方的灯泡，房间里顿时一片亮堂。"黑暗适合我。"他说。

---

① 即威利。威利是威廉的昵称。

房间里干净朴素，餐桌的一侧放着几本书和一个墨水台——另一侧摆着叉、勺和盘。科普兰医生身板挺得笔直，两条长腿交叉着，起先波西亚也僵硬地坐着。这对父女之间非常相似——两人都长着宽大扁平的鼻子，还有同样的嘴巴和前额。不过，与她父亲的皮肤相比，波西亚的肤色很浅。

"这儿还真似乎烤得火热，"她说，"我看除了烧饭的时候，你还是把火灭了吧。"

"你要是愿意，我们可以上楼去我办公室。"科普兰说。

"我还好。我不介意。"

科普兰医生扶了扶他的银框眼镜，然后双手交叠着，放在大腿上。"自从上次聚过之后你们近况怎么样？你和你丈夫——还有你弟弟？"

波西亚放松身体，两只脚从她的便鞋中抽了出来。"海博伊、威利和我过得都不错。"

"威廉还和你们住一起？"

"不然他还能住哪儿，"波西亚说，"你瞧——咱们有自己的活法、自己的打算。海博伊——他来管房租。我用自己的钱购买大家的食物。威利呢——他负责我们的教会税、保险费、住宿费和'周六之夜'的费用。我们仨有自己的计划，每个人都有分工。"

科普兰医生低着头坐在那儿，逐一拉扯自己修长的手指，直到每个指关节都劈啪作响。干净的衬衫袖口盖过了他的手腕——那双瘦骨嶙峋的手，肤色似乎比身体其他部分更浅，手掌是浅黄色的。他的双手总是一副一尘不染、干枯萎缩的样子，仿佛被一把刷子反复擦洗，然后又在一锅水里浸泡了好久。

"啊，差点忘了我带的东西，"波西亚说，"你吃过晚饭了吗？"

科普兰医生讲话时总是字斟句酌，每个音节似乎都从他那阴沉、厚重的嘴唇间滤过。"不，我还没吃。"

波西亚打开一个她刚才放在餐桌上的纸袋。"我带来了一把上好的芥蓝菜，我想也许我们可以一起吃晚饭。我还带了一块腊肉。这些芥蓝正好需要用腊肉来调味。你不会介意芥蓝跟肉一起烧吧，是吧？"

"没关系。"

"你还是不吃肉吗？"

"不吃。我食素纯粹是出于私人原因，不过要是你想用芥蓝烧肉，不妨事。"

波西亚没有穿鞋，就站在桌边开始仔细地择菜。"我的脚站在地板上很舒服。你不介意我脱掉那双又紧又勒脚的便鞋，在地板上走来走去吧？"

"没事，"科普兰医生说，"你自便。"

"那么——我们就享用这些新鲜的芥蓝，就着玉米饼，配上咖啡。我再给自己切几片白肉，煎一煎。"

科普兰医生的目光紧跟着波西亚。她穿着袜子的脚在房间里慢慢移动，从墙上摘下擦洗干净的平底锅，点上火，将芥蓝上的沙砾洗去。他再次想开口，可接着又闭上了嘴。

"那么说来，你、你丈夫和你兄弟有你们自己的合作计划。"他最终说道。

"没错。"

科普兰医生扯了扯手指，试图再次松松关节。"你们打算要孩子吗？"

波西亚没有回头看父亲。她气呼呼地泼掉盛着芥蓝的锅里的水。"有些事，"她说，"似乎我只能完全仰赖上帝。"

两人再没有说话。波西亚将晚饭放在炉子上烧着，默默地坐着，两条长胳膊绵软无力地垂在双膝之间。科普兰医生的脑袋抵在胸前，仿佛睡着了。可他没有睡着；脸上时不时地划过一阵神经性的颤抖。然后他就会深呼吸，再次沉下脸来。饭菜的香味开始充溢这个压抑沉闷的房间。一片安静之中，橱柜顶部的钟发出的声音异常响，似乎因为他们刚才对话的内容，钟表单调的滴答声听上去像是在叫："孩——子，孩——子。"叫了一遍又一遍。

他总是遇见其中一个——光着身子在地板上爬，要么在玩弹珠游戏，或是出现在黑漆漆的大街上搂着个姑娘。本尼迪克特·科普兰，男孩子都叫这个名字。不过，女孩子的名字可以叫本妮·梅，或是梅蒂本，再或者本妮迪恩·玛迪恩。他数过，至少有十几个孩子以他的名字命名。

可终其一生，他都在不断诉说、解释和劝诫。他会说，你不能这样做。他会告诉他们各种各样的理由，为什么不能有第六或第五或第九个孩子。我们需要的不是更多孩子，而是要为已经出生的孩子提供更多机会。黑人人种的优生优育正是他想劝说他们学习的。他总是以同一种方式，以简单的语言告诉他们，可这么多年过去了，这渐渐变成了一种他熟记于心的愤怒诗歌。

他研究了解任何前沿理论的发展。他自掏腰包向他的病人们发放计生用品。迄今为止，他甚至是镇上第一位考虑这些事的医生。他愿意发放、解释，再发放，再告知。尽管如此，一周的接生量大概也有四十次。梅蒂本还有本妮·梅。

这是唯一的要点。唯一的。

终其一生，他知道自己的工作有一个理由。他一直知道，他注定要向他的人民传道。他整天带着包挨家挨户地走，他会跟他们讲所有的一切。

经过漫长的一天，沉重的疲劳感会向他袭来。可一到晚上他打开前门，疲倦就会烟消云散。汉密尔顿、卡尔·马克思、波西亚和小威廉他们都在。还有黛西。

波西亚掀开炉子上平底锅的锅盖，用一把叉子搅了搅芥蓝。"父亲——"过了会儿她开口叫道。

科普兰医生清了清嗓子，朝手帕里吐了口痰。他的嗓音粗哑苦涩。"怎么了？"

"我们别在这里争吵了吧。"

"我们没在吵架。"科普兰医生说。

"吵架不需要用语言，"波西亚说，"在我看来，即使我们像这样安安静静地坐着，也总是争执。这只是我的感受。我跟你说实话吧——每次我来看你，几乎都要筋疲力尽。所以，我们试着别再以任何方式吵架了吧。"

"我的本意肯定不想吵架。如果你有这种感受，我很抱歉，女儿。"

她倒了咖啡，递了一杯没加糖的给她父亲。自己那杯她搁了好几匙糖。"我饿了，这咖啡味道应该不错。你边喝咖啡，我边告诉你这一阵子我们的情况。由于一切都结束了，现在看来有点好笑，不过我们绝对有理由别笑得太厉害。"

"开始吧。"科普兰医生说。

"嗯——前些日子，一个长相英俊、穿着体面的黑人来到咱们镇上。他管自个儿叫 B. F. 曼森先生，说自个儿从华盛顿特区来。每天他都挂着根手杖在大街上来回溜达，身上穿着件颜色鲜亮的衬衫。到了晚上，他就会去社会咖啡馆。他吃得比这个镇上任何人都好。每天晚上，他会给自己点一瓶金酒、两客猪排当晚饭。他的脸上始终挂着笑容，见到姑娘就微微欠身，为别人开着门、方便人进出。约莫过了一周，他就让自己到哪儿都讨人喜欢了。大家伙开始好奇、打听关于这位富有的 B. F. 曼森先生的事。很快，混得脸熟之后，他就开始安顿下来做他的生意了。"

波西亚张开嘴，向托盘中的咖啡吹了吹。"我估计你已经在报纸上读到过这个政府为老年人量身打造的补充养老计划吧？"

科普兰医生点点头。"退休金。"他说。

"嗯——他就是跟这个计划有关系。他是政府派来的，听命于华盛顿特区总统，让所有人都参与这个养老补充计划。他挨家挨户地敲门，向大家解释交一美元报名，之后每周交两毛五会费——等到你四十五岁的时候，政府在你有生之年每个月会付你五十美元。我周围的人听了都跃跃欲试。他给每个计划参与的人一张免费的总统照片，下面还有签名。他告诉大伙儿，到第六个月的月底，每个人会发一套免费制服。那个俱乐部叫做'黑人补充养老计划大联盟'——到第二个月月底，所有人会得到一根绣着俱乐部缩写字母GLPCP① 的橘色丝带。你知道，就跟政府里其他部门的缩写字母一样。他带着个小本子挨家挨户地拜访，大家都开始参与这个计划。他记下他们的名字，收了钱。每周六他都会上门来收钱。就三个礼拜的时间，这个 B. F. 曼森先生就号召

---

① GLPCP 代表"黑人补充养老计划大联盟"，即 Grand League of Pincheners for Colored Peoples。

了这么多人，以至于一个周六他都没办法跑遍每一家人家。于是他不得不花钱雇人，每三四个街区雇一个人去收钱。每周六一大早，我就在我们住的地方附近帮他收那两毛五的会费。当然，威利一开始就为他自己，还有海博伊和我报名了。"

"我在你们家附近的很多房子外见过总统的照片，我听到有人提起过曼森这个名字，"科普兰医生说，"他是个骗子吗？"

"是的，"波西亚说，"有人开始揭露这个 B. F. 曼森先生的老底，他被逮捕了。他们发现这人就是从亚特兰大来的，跟华盛顿特区或者总统没有一毛钱关系。所有的钱要么被转移，要么被花了。威利的七块五毛打了水漂。"

科普兰医生来了精神。"我就说——"

"下辈子，"波西亚说，"这个男人肯定会下十八层地狱。不过现在看来，整件事似乎有点好笑，当然了，我们有充足的理由别笑得太厉害。"

"每周五，黑人们都自主自愿地爬上十字架。"科普兰医生说。

波西亚的手抖了一下，咖啡从她手中的托盘里洒了出来。她顺着手臂舔了舔，说："你什么意思？"

"我的意思是，我一直在观察。我的意思是，如果我能找到十个黑人——十个我们的同伴——愿意贡献他们的一切，拥有气节、智慧和勇气的人。"

波西亚放下咖啡。"我们讨论的不是这些。"

"只要四个黑人，"科普兰医生说，"只要汉密尔顿、卡尔·马克思、威廉和你四个加在一起。只要四个拥有这些货真价实的品质和骨气的黑人。"

"威利、海博伊和我都有骨气，"波西亚气愤地说，"这是个残酷的世界，在我看来，我们三个一直在拼命努力。"

一时间，两人都沉默了。科普兰医生将他的眼镜放在桌上，用他那干瘪的手指挤压眼球。

"你总是用那个词——黑人，"波西亚说，"这个词总是很伤人。即使是过去使用的'黑鬼'也比这个词好。不过文明人——无论其中有多少细微的差别——总是说有色人种。"

科普兰医生没答话。

"就拿威利和我来说，我们算不上彻头彻尾的有色人种。我们的妈妈肤色很浅，我们俩身上有很大一部分白人的血统。至于海博伊——他是印第安人。他身上流淌着部分印第安人血统。我们大家都不是纯种的有色人，而你总挂在嘴边的这个词真的很伤人。"

"我对这些托词不感兴趣，"科普兰医生说，"我在意的只有纯粹的真相。"

"好吧，这里就有一个真相。那就是，大家都怕你。要让汉密尔顿、布迪、威利或是我家海博伊像我一样来到这栋房子、陪你坐坐，除非他们喝得酩酊大醉。威利说，他记得自己小时候你的样子，打那时他就害怕自己的父亲。"

科普兰医生发出刺耳的咳嗽声，清了清嗓子。

"人人都有感情——无论是谁——要是确定在这栋房子里感情会受到伤害，那么没人会愿意进来。你也是一样。我见过你的感情被白人无数次伤害，可是自己并不知道。"

"不，"科普兰医生说，"你没见过我的感情遭到伤害。"

"当然，我知道，威利、海博伊或是我——我们都不是知识分子。可海博伊和威利都有一颗金子般的心。这就是他们和你之间的区别。"

"没错。"科普兰医生说。

"汉密尔顿、布迪、威利或者我——我们都不喜欢像你这样说话。我们说话像我们的妈妈，还有她的先人，还有更早以前的先辈。你绞尽脑汁思考一切。而我们宁愿说出藏在心中已久的话。这就是我们之间的区别。"

"没错。"科普兰医生说。

"一个人没法选择自己的孩子，强迫他们变成自己所希望的样子。无论这样是否会伤害他们，无论是对是错。你已经尽自己所能了。而现在，我是几个孩子中唯一一个愿意来到这栋房子、同你像这样坐坐说话的人。"

科普兰医生的眼中闪着亮光，她的声音响亮而严厉。他又咳嗽起来，整张脸都在颤抖。他试图端起咖啡杯，咖啡已经冷掉了，可他的手就是不听使唤。他的眼中充满了泪水，他伸手去扶了扶眼镜，试图掩盖泪水。

波西亚见状，快步向他走来。她双手搂着他的头，脸颊紧贴着他的额头。"我伤了父亲的感情。"她温柔地说。

可他的声音很凶。"没有。老是念叨伤害感情这话，既愚蠢又粗糙。"

眼泪缓缓地顺着脸颊淌下，炉火烤得两人脸上一阵青一阵绿，又一阵红，"我真的真的很抱歉。"波西亚说。

科普兰医生用他的棉手帕抹了抹脸。"没有关系。"

"我们永远别再争吵了。我无法忍受我们之间这样的争执。对我来说，似乎每次我们在一块儿就会发生非常糟糕的事。我们永远别再这样吵架了。"

"不吵了，"科普兰医生说，"我们别吵了。"

波西亚一边抽噎着，一边用手背抹了抹鼻子。有那么几分钟，她就这么一直站在那儿，抱着父亲的头。过了一会儿，她最后抹了抹脸，走向炉子上炖着芥蓝的平底锅。

"这会儿芥蓝正嫩，再烧就老了，"她兴奋地说，"我觉得现在我要做些漂亮的小玉米饼来配芥蓝。"

波西亚穿着袜子的脚在厨房里缓慢地移动，父亲的目光紧紧跟随着她。又过了片刻，他们再次陷入了沉默。

他的双眼被泪水湿润，因此看东西的轮廓都模模糊糊，波西亚真的很像她的母亲。许多年前，黛西也曾这样在厨房里走来走去，一声不响地忙活着。黛西的肤色不像他这么黑——她的肤色一直好似那种漂亮的深色蜂蜜的颜色。她总是一派娴静温柔的模样，可是在那份温柔之下，她的身上存在着某种顽固的特质。无论他怎样认真彻底地研究，他都无法理解妻子身上这种温柔的固执。

他会恳求她，他会向她坦白心中所想，而她仍旧温柔如故。她还是不会听从他的话，依旧我行我素。

后来汉密尔顿、卡尔·马克思、威廉和波西亚接二连三地出生。对于他们每个人真正的目标，他态度坚决，而且清楚地知道该怎样为他们盘算每一件事。汉密尔顿会成为一名伟大的科学家，卡尔·马克思则会成为一名黑人老师，威廉会为了反抗不公而走上律师道路，波西亚适合做医治妇女儿童的医生。

甚至还在襁褓之中时，他就会对他们说必须要挣脱肩上的枷锁，即顺从和懒惰的枷锁。等长大一点了，他就向他们强调世上没有上帝，但是他们的生命都是神圣的，他们每个人生命的意义都是为了这个真正的目标。他反复向孩子们诉说，而孩子们却会一起坐在远离他的地方，睁着他们黑人儿童特有的大眼睛，望向他们的母亲。黛西则默默地坐着，并不理会，温柔而固执。

汉密尔顿、卡尔·马克思、威廉和波西亚降生的真正目标，他知道每一个细节该如何产生影响。每年秋天，他会带他们几个进城，为他们购买上好的黑鞋和黑袜。他给波西亚购买做裙子的黑色毛料，以及做领口和袖口的白色亚麻布。男孩子们则买了做裤子的黑色羊毛料，以及做衬衫的精细白色亚麻布。他不想他们穿着花里胡哨、薄片似的衣服。可是孩子们去上学，正想穿那样的衣服，黛西说他们会难为情，可他就是个严厉的父亲。他知道家就该有个家的样子。绝不要华而不实——不要俗气的年历、蕾丝靠垫或是无用的小摆设——房子里所有的东西必须朴实无华、颜色暗沉，具有真正的实用性质和意义。

可是有一天晚上，他发现黛西给小波西亚穿了耳洞。还有一回，他回到家里瞧见壁炉架上放着一只身穿羽毛裙的丘比特娃娃，黛西既温柔又固执，不愿扔掉娃娃。他也清楚，黛西在教给孩子们学会柔顺。她告诉他们关于地狱和天堂的事。她也说服他们相信有鬼魂和闹鬼的地方存在。黛西每个礼拜天都去教堂，满心忧愁地对牧师诉说她丈夫的种种行径。出于固执，她也总是带孩子们去教堂听布道。

整个黑人种族都是病秧子，于是他整天忙着出诊，有时要忙到三更半夜。漫长的一天过后，他总是精疲力竭，可每次回到家打开前门时，这份疲倦就会烟消云散。他走进家门，威廉正在用一把裹着厕纸的木梳弹奏音乐，汉密尔顿和卡尔·马克思正在掷骰子赌他们的午餐钱，波西亚则和她母亲哈哈大笑。

他愿意同他们重新开始，只是要以一种不同的方式。他会拿出他们的作业，给他们讲解。他们会紧挨着坐在一起，望着他们的母亲。他会不停地说，可是没人想要理解他的话。

他能感觉到这袭来的是一种黑色、可怕的黑人感觉。他会试着坐在办公室里，阅读、思考，直到他能够再次冷静下来、恢复理智为止。他会放下房间里的百叶窗，这样室内就只充盈着明亮的灯光、图书以及沉思的感觉。可有时这份冷静理智迟迟不来。他还年轻，这种可怕的感觉不会随着学习而消失。

汉密尔顿、卡尔·马克思、威廉和波西亚会害怕他，眼睛望向他们的母亲——有时候他意识到这点时，这种黑色的感觉会击垮他，他不知道自己做了什么。

他无法阻止这些可怕的事，后来他也始终无法理解。

"这顿晚饭闻起来真香，"波西亚说，"我觉着我们最好现在就吃，海博伊和威利随时都会过来的。"

科普兰医生扶了扶眼镜，把椅子拉到桌旁。"你丈夫和威利今晚去哪儿了？"

"他们去掷马蹄铁①了。雷蒙德·琼斯家的后院有个掷

---

① 掷马蹄铁，由两位选手（或者两队）轮流将马蹄铁投掷到两根木桩上的户外游戏。

马蹄铁的场子。这个雷蒙德和他妹妹卢芙·琼斯每天晚上都玩这个。卢芙是个丑姑娘，所以我倒不介意海博伊或威利去他们家，随他们喜欢吧。不过他们说会在九点三刻回来接我，我估计他们随时会来。"

"趁我还记得，"科普兰医生说，"我估计你经常收到汉密尔顿和卡尔·马克思的信吧。"

"我收到过汉密尔顿的信。他几乎接手了我们外公家农场里所有的活。至于布迪，他人在莫比尔①——你知道他从来不擅长写信。不过，布迪总是有办法同别人友好相处，我倒不太担心他。他是那种总能搞定一切的人。"

他们默默地坐在桌边，面对着晚餐。波西亚不停地抬头去看碗橱上的钟，海博伊和威利差不多该来了。科普兰医生对着餐盘垂下了头。他手上举着叉子，仿佛有千斤重，手指微微颤抖。他只是略尝了尝食物，每吞咽一口都很辛苦。空气中弥漫着一股紧张，似乎两人都想要继续聊几句。

科普兰医生不知如何起话头为好。有时候他会想，好多年前他曾对他的孩子们说了这么多，可他们却几乎没听懂，以至于现在根本无话可说了。过了一会儿，他用手帕抹了抹嘴，用一个犹疑不定的声音说道：

"你都没提到自己。跟我说说你的工作，最近都在干

---

① 莫比尔，亚拉巴马州西南部港市。

什么。"

"当然我还在凯利家干活,"波西亚说,"不过我告诉你,父亲,我不知道自己还能在他们家坚持多久。活儿太辛苦,我总是要花很长时间才能勉强应付。不过,这还不是最困扰我的,我最担心的还是报酬。我照理一周应该拿三块钱——可有时凯利太太不给足,会赊个一块或五毛。当然她总是尽可能快地补上。但多少会让我很为难。"

"这是不对的,"科普兰医生说,"你为什么还要忍下去?"

"这不是她的错。她也没法子,"波西亚说,"房子里一半的房客都不交租金,为维持日常生活需要一大笔开销。跟你说实话吧——警察很快就要来找凯利家的麻烦了。他们的日子相当不好过。"

"你应该还能找到别的工作。"

"我知道。可凯利家真的是心地善良的白人,能为他们工作很不错。我很喜欢他们一家。他们家三个孩子就像我自己家亲人一样,好比是我拉扯大了巴布尔还有那个宝宝。虽然米克和我在一起总会拌嘴,可我也是真心喜欢她的。"

"但你必须为自己做打算。"科普兰医生说。

"米克,现在——"波西亚说,"她真叫人大开眼界。没有一个人知道如何管教这个孩子。她心高气傲,一点也不受约束,时时刻刻都要闯出点祸来。我觉得这孩子挺有趣的,隐约觉着她总有一天会让人大吃一惊。不过到时是惊喜还是惊吓，我就不知道了。米克有时候会把我弄糊涂。但还是真心喜欢她。"

"你必须首先为自己的生计做打算。"

"就像我所说的，这不是凯利太太的错。经营这么一栋破旧巨大的房子，花销很大，而且还收不到房租。房子里只有一个人会为自己的房间按时如数地交房租，从不拖欠。那个人才搬来住不久。他是这附近的一个聋哑人。我第一次这么近距离地观察这样的人——他是个非常善良的白人。"

"长得又高又瘦、一双灰绿色的眼睛？"科普兰医生突然问道，"对所有人都彬彬有礼，衣着体面？不像从这个镇上来的人——倒更像是个北方人，也许是个犹太人？"

"就是他。"波西亚说。

科普兰医生的脸上涌现一阵急切的神情。他把玉米饼掰碎了，放进盘中的芥蓝菜汁中，似乎重新有了胃口，开始津津有味地吃了起来。"我有一个聋哑病人。"他说。

"你是怎么认识辛格先生的？"波西亚问。

科普兰医生咳了两声，用手帕捂住嘴。"我只是见过他几次。"

"我现在最好收拾一下，"波西亚说，"威利和海博伊肯定该来了。不过这儿有个真正的水槽和大流量自来水，洗这些盘子碟子花不了我多少时间。"

白人无声的傲慢无礼是他这么多年来竭力想要忘却的事。每当心中涌起怨恨，他便会沉思研究。在大街上，周围都是白人时，他会保持一副庄严的神情，默然无语。他年轻时，人家还叫他"小伙子"——现在都叫他"大叔"。"大叔，去街角的加油站给我找个维修工吧。"不久前，一个坐在车上的白人向他如此喊道。"小伙子，帮我一把。"——"大叔，帮个忙。"他不会搭理，继续一脸庄严地走开，默不作声。

几天前的晚上，一个白人醉鬼走到他面前，在大街上拖拽他。他身上带着就诊包，他以为有人受伤了。可醉汉把他拖到一个白人的餐厅里，柜台处有个白人正在大吼大叫，带着他们一贯的傲慢无礼。他以为这个醉汉在捉弄他。即便在那时，他依然保持着尊严。

不过，遇到这个又高又瘦、长着一双灰绿色眼眸的白人时，在他身上发生了一些事，以前遇到任何白人时都从未发生过。

事情发生在几周前、一个漆黑的雨夜。他刚刚看完一个产科病人，正在街角躲雨。他试着点烟，划了一根又一根火柴，结果都嘶嘶地熄灭了。他就一直叼着这支没点着的烟站在那儿，此时那个白人走上前来，在他面前举着一根点燃的火柴。黑暗中仅凭着两人之间的火光，他们看清了对方的脸。那白人朝他微笑，为他点燃了香烟。他不知道说什么好，因为此前他从未遇到过这样的事。

他们两一起在街角站了几分钟，接着白人递给他自己的名片。他想跟这个白人说话，问他几个问题，可他不敢确定他是否真的能理解。因为整个白人种族的傲慢，他害怕在亲切友好的交往中丧失尊严。

不过那个白人点着他的烟，报以微笑，似乎还愿意同他待在一起。打那以后，他无数次地反复琢磨这件事。

"我有一个聋哑病人，"科普兰医生对波西亚说，"这个病人是个五岁的小男孩。不知为何，我总摆脱不了负疚感，仿佛他的残疾是我造成的。我为他接生，产后又去拜访了两次我就忘了这孩子了。他的听力开始出现问题，不过他的母亲没把他耳朵流脓的情况放在心上，没带他来找我。最终来找我就诊时，为时已晚。当然他从此听不见了，也因此无法说话。但我悉心地留意他，似乎觉得如果他是个正常人，他一定会是个聪明睿智的孩子。"

"你总是对小孩子们很上心，"波西亚说，"你关注他们远超过大人，不是吗？"

"年幼的孩子身上有更多希望，"科普兰医生说，"不过对这个耳聋男孩——我一直有意咨询，寻找是否有愿意接收他的机构。"

"辛格先生能回答你。他是一位真正善良的白人，一点都不骄傲自大。"

"我不知道——"科普兰医生说,"有一两次我曾考虑过给他写个条子,看看他是否能提供我一些信息。"

"假如我是你,我肯定会这么做。你很擅长写信,写完我可以替你转交给辛格先生,"波西亚说,"两三周前他曾下来到厨房找我,他有几件衬衫想让我洗一下。他的衬衫一点儿不脏,仿佛是施洗者约翰一直在穿的一样。我要做的无非就是在温水里浸泡一下,搓一搓衣领,然后熨烫一番。那晚我把五件干净的衬衫送到楼上他房间时,你猜猜他给了我多少?"

"不知道。"

"他一如既往地微笑着,递给我一美元。整整一美元,就为他洗了几件小衬衫。他当真是个心地善良、乐善好施的白人,我敢于问他任何问题。我甚至不介意自己写一封漂亮的信。你就动手去写吧,父亲,要是你真想这么做的话。"

"也许我会的。"科普兰医生说。

波西亚突然坐直身子,开始整理她那厚实油腻的头发。这时隐约传来一阵口琴乐声,渐渐地音乐声越来越响。"是威利和海博伊到了,"波西亚说,"我这就走了,去跟他们碰头。你自己保重,要是需要我做什么,给我带个信。同你一起吃晚饭聊天,我很高兴。"

口琴声此刻越发清晰了,他们知道这是威利在前门一边等候,一边吹奏。

"等一下，"科普兰医生说，"我只见过两次你和你丈夫在一起，我想我们还不曾好好地认识彼此呢。威廉上次来见我还是三年前的事呢。为什么不让他们进门来坐一会儿呢？"

波西亚站在门口，正用手指拨弄着头发和耳环。

"上次威利过来时，你伤了他的感情。你看，你就是不懂如何——"

"好吧，"科普兰医生说，"只是个建议而已。"

"稍等，"波西亚说，"我去叫他们。我这就去叫他们进来。"

科普兰医生点上一支烟，在房间里来回踱步。他没法将眼镜调整到合适的位置，因为手指抖个不停。前院传来了低沉的嗓音。接着前厅响起了沉重的脚步声，波西亚、威廉和海博伊走进了厨房。

"我们来了，"波西亚说，"海博伊，我不敢相信你和我父亲还没有被真正地引见过彼此。不过你们彼此还是认识的。"

科普兰医生与两人都握了手。威利害羞地向后一缩，靠在墙边，而海博伊却向前走去，一本正经地鞠了个躬。"您的大名如雷贯耳，"他说，"我很高兴认识您。"

波西亚和科普兰医生从前厅搬了椅子过来，四个人围坐在煤油炉边。大家都沉默不语，气氛尴尬。威利左顾右盼，紧张地环顾房间——从餐桌上的书、水槽、墙边的折叠床，又看向他的父亲。海博伊咧着嘴，随意地扯着他的领带。科普兰医生似乎有话要说，他润了润嘴唇，还是没开口。

"威利，你的口琴吹得很不错，"波西亚最终打破了沉默，"照我看，你和海博伊肯定在人家那儿灌了不少金酒。"

"没有，女士，"海博伊彬彬有礼地说，"我们打星期六开始就没沾过。我们的掷马蹄铁游戏玩得很开心。"

科普兰医生还是没吭声，大家都继续拿眼睛瞟他，默默等待。厨房的空间逼仄，这股沉默令所有人都紧张不安。

"男孩子的衣服就是难对付，"波西亚说，"我每周六要给他俩洗白色西装，一周熨烫两次。看看它们现在什么样子。当然，他们平时都不穿，只有下班回家后才穿。可过不了两天，它们看上去就又脏又黑。昨晚我给他们刚熨了裤子，这会儿一条折缝都不剩了。"

科普兰医生依旧沉默。他的眼睛一直盯在儿子的脸上，威利注意到他的目光时，他不由得啃咬粗糙生硬的手指，低头望着脚。科普兰医生觉着他的脉搏突突直跳，击打着手腕和太阳穴。他咳嗽起来，握紧拳头，放至胸前。他想跟他的儿子说说话，可又想不出说些什么。昔日的苦楚袭上心头，他没有时间思量，只能置于一边。脉搏在体内激烈地跳动，他感到十分困惑。可他们都望着他，沉默的气氛如此压抑，他必须开口说话。

他的嗓门很高，声音听起来不像是从他的身体里发出的。"威廉，我想知道你还记得多少小时候我对你讲过的话。"

"我不懂你的意、意思。"威利说。

科普兰医生还没想好怎么说，话就出口了。"我的意思是，我把自己的一切都给了你、汉密尔顿和卡尔·马克思。我将我的信任与希望寄托在你们身上。可我所得到的回报就是漠然的误解、懒散和冷酷无情。我付出了一切，却了无收获。我失去了一切。我想做的仅仅是——"

"够了，"波西亚说，"父亲，你答应过我，我们不再争吵了。实在太疯狂了。我们经不起争吵了。"

波西亚站起身，开始朝着前门走去。威利和海博伊飞快地跟了上去。科普兰医生最后才走。

他们伫立在前门那一片黑暗之中。科普兰医生想开口，可他的声音似乎消失在身体的深处。威利、波西亚和海博伊三个人站作一团。

波西亚一只手勾着她的丈夫和兄弟，另一只手伸向科普兰医生。"在走之前，让我们讲和吧。我无法忍受我们之间的争吵了。让我们永远别再吵架了。"

沉默中，科普兰医生与三个人一一握手。"我很抱歉。"他说。

"我还好。"海博伊客气地说。

"我也还好。"威利咕哝了一声。

波西亚把大家的手拉在一起。"我们经不起争吵了。"

他们道了晚安，科普兰医生从黑暗的前门廊目送着他们三人一起走上了大街。他们离开时，脚步发出了一种寂寞的声音，他感到虚弱不堪、精疲力竭。他们走出一个街区远时，威廉又开始吹口琴了。乐声哀婉而空洞。他一直待在前门廊，直到他们的踪迹和声音完全消失为止。

科普兰医生关上屋里的灯，坐在炉子前的黑暗之中。可他没有得到安宁。他想将汉密尔顿、卡尔·马克思和威廉他们从脑子里赶走。可波西亚对他说的每个字，都以一种响亮、强硬的方式回到了他的记忆中。他突然起身，打开了灯。他坐到桌前，打开斯宾诺莎、威廉·莎士比亚和卡尔·马克思的书。当他大声朗读斯宾诺莎时，这些词句产生了一种浑厚而黑暗的声音。

他想起他们提到的那个白人。要是那个白人能帮他治疗那个耳聋病人奥古斯都·本尼迪克特·马迪·路易斯就好了。哪怕他没有这个缘由或是这些问题，写信给那个白人也没坏处。科普兰医生双手抱着脑袋，喉咙里发出一种奇怪的如泣如诉的呻吟。当他在那个雨夜中火柴发出的黄色火焰后微笑时，他想起了那张白人的脸——他终于得到了安宁。

六

到了仲夏时节，辛格的访客比房子里其他任何人的都要多。傍晚，他的房间里几乎一直都有人说话的声音。在纽约咖啡馆吃过晚餐后，他会洗个澡，然后穿上一件凉爽的浴衣，按照惯例他就不会再出门了。房间里凉快怡人。他的壁橱里有一台冰箱，里面存放着几瓶冰啤酒和果汁饮料。他从来不曾手忙脚乱或是慌慌张张。通常他会站在门口，面带欢迎的微笑，迎接他的客人们。

米克很喜欢跑上楼去辛格先生的房间。即使他又聋又哑，他还是能理解她对他说的每个字。与他交谈就像是做游戏。只是这远远超过了任何游戏的内涵。就像能在音乐中发现新的意义。她会告诉他一些自己的计划，而这些她绝不会向其他任何人透露。他会让她摆弄那些可爱的小棋子。有一回，她兴奋过了头，衬衣下摆被卷进了电扇，他充满善意的举动，根本没令她感到尴尬。除了她父亲之外，辛格先生是她认识的人里最善解人意的一个。

科普兰医生就奥古斯都·本尼迪克特·马迪·路易斯的病情写了一张便条给约翰·辛格，很快收到了一封礼貌的回信，并且邀请他在方便时来访。科普兰医生来到那栋房子的后屋，在厨房里与波西亚坐了一会儿。接着，他爬上楼梯来到了白人的房间。这个男人身上的确没有丝毫无声的傲慢。他们一起喝了柠檬水，哑巴写下了他想知道问题的答案。这个人与科普兰所遇到过的任何白种人都不一样。事后，关于这个白人他沉思了良久。之后不久，由于对方再次热情诚恳的邀约，他又去拜访了一次。

杰克·布朗特每周都会来。每次他走上楼梯前往辛格的房间时，整段楼梯都会吱吱颤抖。通常他会带来一纸袋的啤酒。房间里经常会传出他那响亮愤怒的声音。不过离开前，他的嗓音会渐渐低下去。他下楼时，手上没拿那袋啤酒，走路时若有所思，似乎都不曾注意自己要去哪里。

甚至连比夫·布兰农有一晚都来到聋子的房间。不过，由于他不能离开餐厅太长时间，所以只待了半小时就走了。

辛格总是对大家一视同仁。他坐在窗边一张直背椅上，双手紧紧地插在口袋里，或点头或微笑，向他的客人们证明他听懂了。

如果晚上没有访客，他会去看一场夜场电影。他喜欢坐在后排，看着演员们在银幕上滔滔不绝，走来走去。他进电影院之前从不会看片名，无论放映什么电影，他都会以同样的兴趣观赏每一幕镜头。

然而，七月的一天，辛格毫无征兆地离开了。他离开房间时门开着，桌上留了一个给凯利夫人的信封，里面装了四美元，用来支付过去一周的房租。他为数不多的几件简单行李消失了，房间干净整洁、朴素无华。他的访客们过来时，只看到这个空荡荡的房间，伤心而讶异地走了。没人能猜得出他为什么这样离开。

辛格在安东尼帕罗斯待的精神病院的所在小镇度过了他的整个暑假。他已经为这次旅行计划了好几个月，想象着他们会在一起度过的每一刻。两周以前他就订好了旅馆，装着火车票的信封也揣在他口袋里好久了。

安东尼帕罗斯没有一点变化。辛格走进他房间时，他从容地缓步走来迎接他的朋友。他甚至比以前更胖了，不过脸上那恍惚的笑容还是照旧如常。辛格怀里抱着些袋子，这最先引起了大块头希腊人的注意。带给他的礼物是一件猩红色的晨衣、柔软的卧室拖鞋和两件绣着花押字的衬衫式长睡衣。安东尼帕罗斯非常仔细地检查了盒子里所有绵纸的底部。当他发现里面没有藏着什么好吃的东西时，他一脸嫌弃地将所有礼物都摔在床上，不再多看一眼。

房间很大，阳光充裕。几张床被间隔着安放成一排。三个老人在角落里玩着"拍杰克"①。他们都没注意到辛格或安东尼帕罗斯，两个朋友则单独坐在房间的另一侧。

对于辛格来说，他们分开似乎已经有数年之久了。有太多话想说，以至于他打手语的速度跟不上趟。他那双绿眼睛

① 一种培养儿童机敏性的纸牌游戏。

闪烁着激情，额头上的汗水熠熠生光。他身上很快重燃起旧日的欢乐喜悦之情，以至于他无法控制自己。

安东尼帕罗斯那双乌黑、油腻的眼睛一直盯着他的朋友，一动不动。他的双手懒洋洋地摸索着他的裤裆。辛格还对他说了那些一直来看他的访客的事。他告诉他的朋友，有了他们，他就不会满脑子都想着他的孤独。他告诉安东尼帕罗斯，他们都是些奇怪的人，一直说个不停——但是他喜欢让他们过来。他飞快地为杰克·布朗特、米克，还有科普兰医生画了素描。接着，他一看出安东尼帕罗斯不感兴趣时，就把素描捏成一团，跳过了这个话题。护理员进来说探视时间到了，此时辛格想说的话一半还没说完。但他还是离开了房间，满身疲倦，却夹杂着快乐。

病人只有在每周四和周日才能接见他们的朋友。在无法探视安东尼帕罗斯的日子里，辛格就在旅馆的房间里来回踱步。

他第二次探视他的朋友，情形跟第一次相似，唯一不同是这次房间里那几个老人没在玩牌，而是无精打采地注视着他们。

费了一番周折后，辛格获得允许可以将安东尼帕罗斯带出去几个小时。他事先为这次小小的远足做了周密安排。他们搭乘一辆出租车来到乡间，四点半他们来到一家酒店的餐厅。安东尼帕罗斯非常喜欢这顿额外的大餐。他点了菜单上一半的菜品，吃起来狼吞虎咽一般。可当他吃完饭后却不愿离开了。他紧紧抓着餐桌。辛格又哄又骗，出租车司机想要使用武力。安东尼帕罗斯冷漠地坐着，他们要靠近他时，他就比划着下流的手势。最后辛格从酒店经理处买了一瓶威士忌，再次将他哄上了出租车。当辛格将未开封的酒瓶扔出窗外时，安东尼帕罗斯失望地嚎啕大哭，声音刺耳。这次小小远足的末尾令辛格十分难过。

他的下一次探视就是最后一次，因为他为期两周的假期已临近尾声。安东尼帕罗斯已经忘记了过去的一切。他们坐在病房里的同一个角落。时间一分一秒地流逝着。辛格绝望地打着手语，他那张窄长的脸异常苍白。最后到了分别的时刻。他抓着他朋友的胳膊，凝视他的脸，就像过去他们每天上班前分别时的情景。安东尼帕罗斯漫不经心地瞪着他，一动不动。辛格双手牢牢地插在口袋里，离开了病房。

辛格回到食宿公寓的房间不久后，米克、杰克·布朗特和科普兰医生就又开始拜访他了。每个人都想知道他去了哪儿，为什么他不让他们知道他的计划。可辛格假装听不懂他们的问题，他的微笑高深莫测。

他们一个接一个地来到辛格的房间，与他一起度过夜晚。哑巴总是一副若有所思、从容不迫的样子。那双颜色漂亮的温柔眼眸中，庄严的神色仿佛一位巫师。米克·凯利、杰克·布朗特和科普兰医生会过来，在寂静的房间中说话——因为他们觉得哑巴总能理解任何他们想对他说的话。也许有时还不止于此。

第二部

一

这个夏天与米克记忆中的其他任何时候都不同。没有发生多少她可以用思想或语言描述的事情——不过还是有一种变化的感觉。她一直都很兴奋。早上,她等不及起床就开始这新一天。夜晚,再次要睡觉时,她就恨得要死。

刚吃完早餐,她就带着孩子们出门了,除了回来吃饭,一天中大部分时间他们都在外面。他们在大街上闲逛了好一会儿——她拉着拉尔夫的婴儿车,巴布尔跟在后面。她的脑子里总是充满了各种想法和计划。有时候,她突然抬头一瞧,他们已经走到小镇某个很远的地方,她甚至都不认识了。有一两回,他们在街上遇到了比尔,由于她正沉迷于思考,他只能拽住她的胳膊好让她看见他。

大清早,天气还算凉爽,他们的影子在身前的人行道上拉得很长。可到了一天的晌午，天空中骄阳似火。明晃晃的阳光刺得人眼睛都睁不开。好几次，那些要发生在她身上的关于某些事的计划同冰雪混合在一起。有时候，她仿佛置身于瑞士，所有的山峦都覆盖着皑皑白雪，而她则在寒冷、泛青的冰面上滑冰。辛格先生和她一起在滑冰。也许还有卡罗尔·隆巴德①和收音机里演奏的阿图罗·托斯卡尼尼②。他们会一起滑冰，接着辛格先生会落入冰窟窿中，而她会奋不顾身地钻入水底，救了他的命。这就是她脑海中酝酿的计划之一。

通常他们闲逛一会儿后，她会把巴布尔和拉尔夫放在某个阴凉的地方。巴布尔是个乖孩子，她已经把他训练得很好了。如果她叫他不要走太远，要在听得见拉尔夫哭喊的距离之内，那么他就绝不会到两三个街区之外跟其他孩子打弹珠。他就独自在婴儿车附近玩耍，她离开他俩时都不必太担心。她要么跑去图书馆阅读《国家地理杂志》，要么四处闲逛，东想西想。如果身上有钱，她会在布兰农先生的店里买瓶碳酸饮料或是银河牌巧克力牛奶。他会给孩子们打折，五分钱的东西他只卖他们三分钱。

但无论何时——无论她在做什么——总有音乐。有时候

---

① 卡罗尔·隆巴德（1908—1942），出生于美国印第安那州韦恩堡，是 20 世纪 30 年代好莱坞最有才华的女星之一。

② 阿图罗·托斯卡尼尼（1867—1957），意大利指挥家，大提琴演奏家。

她一边走路一边自顾自地哼着调子，有时候她则静静聆听自己内心深处的歌曲。她的思绪里有形形色色的音乐。有些是她在收音机上听来的，有些则早已存在于她脑海中，自己都不记得在哪里听到过。

夜晚时分，孩子们一上床，她就自由了。那是一天里最重要的时刻。她独自一人时会有很多事发生，而且此时夜黑人静。刚吃完晚饭，她就再次跑到外面。她不能告诉任何人自己晚上做的事，每次妈妈问起，她就撒个貌似合理的小谎。不过一般来说，要是她跑出去的时候有人叫她，她就装作没听见。每个人她都这样糊弄，除了她爸爸。爸爸的声音里有些她无法逃避的东西。他曾经是小镇上最魁梧、最高大的男人。而他的声音如此温顺和蔼，以至于他开口说话时，人们会大吃一惊。无论她如何匆匆忙忙，爸爸喊她时她总会停下脚步。

今年夏天，她突然察觉到父亲身上某些她以前从来不知道的东西。在此之前，她从来没有将他当作一个真实独立的个体来对待。有好几回他叫住了她。她会去他工作的前屋，在他身边站几分钟——可听他说话时，她的心思总不在他说的话上。而有一天晚上，她突然理解了爸爸。那天晚上并没有什么异常，她不知道是什么让她产生了理解。后来，她觉得自己长大了，仿佛她能够很好地理解他，就像理解任何人一样。

八月末的一个晚上，她又急急忙忙地跑来跑去。她必须在九点赶到那栋房子里，可能也到不了。爸爸叫住了她，她走进前屋。他正弓腰缩背地坐在工作台前。出于某种原因，看见他在那儿似乎总是别扭。去年那场意外之前，他一直是个油漆匠兼木匠。每天清晨天亮以前，他都会穿着工装裤出门，一走就是整整一天。晚上他有时候会摆弄钟表，作为加班。好几回他尝试在钟表店找份工作，在那儿他可以整天独自一人坐在桌子后，身穿干净的白衬衫，配一条领带。眼下他再也不能做木工了，他只能在房子前插上一块牌子，上面写着"廉价维修钟表"。但是他看上去不像大部分钟表匠——市区里那些反应敏捷、深色皮肤的小个子犹太人。爸爸坐在工作台后显得个子太高，他的巨大骨架似乎连接得松松垮垮。

　　爸爸只是紧紧盯着她看。她看得出他叫住自己并没有特别缘故。他只是非常迫切地想要跟她谈谈。他试图想出某种方式来打开局面。一双棕色的眼睛与他那张瘦长脸孔不相匹配，显得太大。由于他已经完全秃顶了，苍白而光秃秃的脑袋让他有种赤身裸体的感觉。他仍旧望着她，一言不发，而她依然显得着急忙慌。她必须九点准时赶到那栋房子，时间不等人。爸爸看出她着急的样子，他清了清喉咙。

　　"我有样东西给你，"他说，"不多，但也许你可以给自己买点东西。"

他不必给她一个五分或一毛的硬币，仅仅因为自己孤独寂寞想找人说话。他攒的钱只够他一周喝两回啤酒。此刻他椅子旁边的地板上放着两个瓶子，一瓶喝完了，还有一瓶刚打开。每次他一喝啤酒，就喜欢找人说话。爸爸用手摸索着皮带，她把目光移开了。今年夏天他开始变得像个孩子一样，把攒下的五分一毛硬币藏起来。有时候，他会藏在鞋子里，有时候则藏在皮带上他划出的一道小口子中。她不怎么想拿那枚一毛硬币，可当他拿出来时，她还是下意识地摊开手准备收下。

"我还有很多活儿要干，我不知道从何下手。"他说。

这不是实情，他跟她一样心知肚明。他从来没有很多手表要修理，修完手表后，他会在房子里逛一圈，看看哪里有些差事需要做。然后，他会坐在自己的长凳上，擦拭废旧的发条和齿轮，试图让修表工作延续到睡前。自从他摔坏了髋骨无法持续稳定的工作后，他就必须时时刻刻找点事情做。

"今晚我想了很多。"她爸爸说。他倒了些啤酒，在手背上撒了几粒盐。接着他舔去盐粒，从玻璃杯中饮了一口啤酒。

她一副慌里慌张的模样，几乎在原地站不住脚。她爸爸注意到了这点。他想说什么——不过他并非为了告诉她什么特别的话才截住她。他只是想跟她聊两句。他的话刚到嘴边，又咽了回去。父女俩只是望着对方。静默在发酵，两人谁都没开口。

而正是此时，她理解了她的爸爸。这与她掌握了一个新的事实不一样——其实她一直都很清楚，只是不曾过脑子。现在她只是突然知道她了解她的爸爸。他孤独而又老迈。因为孩子们都不会去找他要什么，因为他赚的钱少，他感觉自己被家庭抛弃了。在孤独寂寞之中，他想要亲近他的一个孩子——他们都忙个不停，连他自己都没察觉。他觉得自己成了大家的累赘。

他们相互注视对方的时候，她明白了这点。这带给她一种怪异的感觉。她的爸爸拿起一根手表发条，用一把沾了汽油的刷子清理它。

"我知道你赶时间。我只是想吼一声打个招呼。"

"不，我不赶，"她说，"真的。"

那晚，她坐在他长凳旁一张椅子上，他们聊了好一会儿。他说起账户和开销，他说要是他能另外想个辙，情况就会两样了。他喝着啤酒，双眼涌出泪水时，就用衬衫袖口擤擤鼻子。那天晚上，她陪他待了好久，即使她真的非常着急。然而出于某种原因，她不能告诉他她脑海中的想法——关于那些闷热漆黑的夜晚。

这些夜晚是秘密，是整个夏天里最重要的时光。黑暗中她独自行走，仿佛自己是小镇上唯一一个人。夜晚时分，几乎每条街道在她看来都跟自己家的街区一样普通。有些孩子害怕在黑暗中穿过陌生的地方，而她不会。女孩子会害怕不知从哪里窜出个男人，用他那带把儿的东西塞进她们身体里。大部分女孩有妄想症。假如有个块头类似乔·路易斯①或者"巨人迪恩"②的人冲到她面前要施暴，那她拔腿就跑。可如果是个跟她体重差不了二十磅的人，那她会狠狠给他一拳，揍他个半死，然后继续走路。

夜晚很奇妙，她没时间琢磨担惊受怕这类事。每当她在黑暗中，她就不由自主地沉浸在音乐中。她一边走过大街小巷，一边自顾自地唱歌。她觉得整个小镇都在聆听她的歌声，而没有人知道是米克·凯利在唱歌。

在这些无拘无束的夏日夜晚中，她学到不少音乐。她每次走到小镇富裕的地区时，家家户户都有收音机。所有的窗户都敞开着，会传来非常了不起的音乐。过一会儿，她就知道哪户人家的收音机播放的是她想听的节目。有一户特别的人家播放的都是优质的管弦乐。晚上她会走去这栋房子，蹑手蹑脚地溜进黑漆漆的院子里，聆听音乐。房子周围还种着漂亮的灌木丛，她会坐在靠近窗边的一丛灌木底下。待音乐结束后，她会站在漆黑的院子里，双手插入口袋，沉思良

---

① 约瑟夫·路易斯·巴罗（1914—1981），小名乔·路易斯，外号"褐色轰炸机"，是一位职业重量级拳击手，被认为是历史上最伟大的重量级拳击手之一，出生在美国斐特，长期居住在底特律。
② 弗兰克·西蒙斯·莱维特（1891—1953），1900年代美国职业摔跤手，台上绰号"巨人迪恩"。

久。那是整个夏天里最真实的部分——聆听收音机上播放的音乐并琢磨品味。

"关上门，先生。①"米克说。

巴布尔是个刺头儿。"请帮个忙，小姐。②"他如此回应道。

在职校里学习西班牙语的确很棒。用外语讲话会让她感觉自己很有见识。开学后，每天下午她就兴致勃勃地说着新学的西班牙语单词和句子。起初，巴布尔给难住了，她开口说外语时，他的脸部表情好笑极了。随后，他很快就赶上来了，不久就能模仿她说的每句话。他也记住了他学会的单词。当然，他不知道每句句子的完整意思，不过话说回来，她也不是为了表达句子的意思而说的。过不多久，这孩子学得太快了，她已经说完了所有的西班牙语，只能胡乱诌几个单词发音。但没过多久，他就戳穿了她——没人能够糊弄老练的巴布尔·凯利。

"我要假装自己第一次走进这栋房子，"米克说，"这样我才能更好地判断所有的布置是否妥当。"

她走到外面的门廊，然后折回来，站在前厅。一整天她、巴布尔、波西亚和她爸爸都在忙着为派对布置前厅和餐

---

① 原文为西班牙语。
② 原文为西班牙语。

厅。装饰物是秋叶、藤蔓和红色的绉纸。餐厅的壁炉架上、衣帽架后的突出部分装饰着亮黄色的树叶。他们在墙壁上和即将摆放潘趣酒碗的桌子上布满藤蔓。红色的绉纸从壁炉架的长条边缘垂下，同时也缠绕在椅背上。装饰物铺天盖地。很不错。

她的手放在额头上搓了搓，眯起双眼。巴布尔站在她边上，模仿着她的一举一动。"我当然希望这个派对一切顺利。我肯定。"

这将是她举办的第一个派对。她去过的派对从没超过四五个。去年夏天，她参加了一个班级派对。可是没有一个男孩邀请她去派对或是请她跳舞，于是她只能呆呆地守着潘趣酒碗，直到所有的饮料喝完，然后回家。而这个派对绝不同于那个。几小时后，她邀请的人会陆续前来，喧嚣即将开始。

她已经记不起是怎么想到要举办一场派对的。她刚到职业学校上课不久，便冒出了这个念头。中学棒极了。一切都与小学截然不同。如果要像黑兹尔和埃塔那样不得不上速记课，那她就不会这么喜欢职业学校了——不过她获得特别许可，可以像男孩一样上机械课。机械课、代数和西班牙语都很棒。可英语课超级难。她的英语老师是明纳小姐。大家都说，明纳小姐把她的大脑卖给了一位著名医生，换了一万美元。在她死后，他就可以切开她的大脑，研究出为什么她这么聪明。在写作课上，她总是提出诸如"列举八位约翰生博士同时代的名人"和"从《威克菲尔德的牧师》①中引用十句话"之类的难题。她按照字母顺序点名，上课期间成绩册总是打开。即使她头脑聪明，也是个上了年纪的讨厌鬼。西班牙语老师曾经去欧洲旅行过一次。她说，在法国，人们带着成条的面包回家，包都不包。他们会站在大街上聊天，任由面包蹭到灯柱。还有法国人不喝水——只有葡萄酒。

几乎在每个方面，职业学校都妙不可言。课间休息时，他们在走廊里来回穿梭，午饭时，学生们聚集在体育馆。可很快这里有件事开始令她烦恼了。在走廊里，大家成群结队地走来走去，每个人似乎都属于某个特殊的小团体。一两个礼拜之内，她就认识了走廊和班级里的所有人、跟他们说话——可是仅此而已。她不属于任何一个小团体。在初中，她想加入哪个群体，直接走过去就行，问题就解决了。可在这儿行不通。

第一个礼拜，她独自在走廊里来来回回，思考着这个问题。她计划加入某个小团体，花的心思几乎跟音乐一样多。这两件事时时刻刻都盘踞在她脑海中。最后，她想到了举办派对。

她邀请对象的标准十分严格。小学的孩子不行，十二岁

---

① 《威克菲尔德的牧师》是奥利弗·戈德史密斯的小说，戈德史密斯是英国 18 世纪中叶杰出的散文家、诗人和戏剧家，他是塞缪尔·约翰逊和乔纳森·斯威夫特的朋友。

以下的不行。她只邀请十三到十五岁的孩子。她邀请的每个人她都认识，关系好到足够可以在走廊里说话——她不知道人家名字的话，就会去打听出来。她打电话给那些家里有电话的人，剩下的人她就在学校邀请。

在电话上她总是重复一样的话。她让巴布尔耳朵贴着听筒一起听。"我是米克·凯利。"她说。要是对方没听出是谁，她就继续说，直到对方想起来为止。"周六晚上八点，我将举办一个班级派对，我现在邀请你来。我住在第四大道103号，A公寓。"在电话上"A公寓"听起来很高级。几乎所有人都说很乐意前来。有几个淘气的男孩自以为是，反复在问她的名字。其中一个试图装傻，说："我不认识你呀。"她立刻压制他道："你滚去吃草吧！"除了那个自作聪明的男孩之外，一共有十个男孩和十个女孩，她知道他们都会来的。这是一场真正的派对，会比她以前参加过或者听说过的任何派对都要高出一筹、与众不同。

米克最后打量了一次前厅和餐厅。到衣帽架处她停下了，站在那幅"肮脏的老脸"肖像前。这是一张她妈妈的祖父的照片。内战时，他是一名少校，在一场战斗中牺牲。某个孩子有一次在他的照片上画了眼睛和胡子，铅笔痕迹擦掉后，他的脸上就脏兮兮的，所以她才叫他"肮脏的老脸"。照片位于一组三幅画框的中间一幅。两边是他儿子们的照片。他们看上去跟巴布尔的年纪相仿。他们穿着制服，满脸惊讶神色。他们也在一场战斗中牺牲了。那是很久以前的事了。

"我打算开派对的时候取下这幅照片。我觉得看起来太普通了。你觉得呢？"

"我不知道，"巴布尔说，"我们普通吗，米克？"

"我才不普通。"

她将照片放在衣帽架底下。布置很完美。辛格先生回家后会很高兴的。各处房间似乎空空荡荡、安静异常。桌子已经为晚饭准备好了。晚饭过后就是派对时间了。她走进厨房去看看饮料点心准备的情况。

"你觉得会一切顺利吗？"她问波西亚。

波西亚正在做饼干。点心饮料放在了炉子的顶层，上面有花生酱、果冻三明治、巧克力脆片和潘趣酒。三明治上盖着一块湿巾。她掀开偷偷看了一眼，不过并没有偷吃。

"我都告诉你四十回了，一切都会顺利的，"波西亚说，"我在家做完晚饭就马上回来，我会戴上白围裙，把食物准备得色香味俱全。然后我九点半就要走了。周六的晚上，海博伊、威利和我也有自己的安排。"

"好的，"米克说，"我就是希望你能在派对开始之前帮帮忙——你懂的。"

她同意了，然后拿了一块三明治。于是她让巴布尔跟波西亚待着，自己走进当中的房间。她要穿的裙子正摊开放在床上。黑兹尔和埃塔都很大方地借给她最好的衣服——也是考虑到她们不会参加派对。埃塔的是一件长款蓝色绉纱晚礼服，一双白色的浅口轻便鞋，还有一顶水钻发冠。这些服饰的确华丽夺目。简直无法想象她穿上后会是什么样子。

临近傍晚，橘黄的阳光透过窗户长长地斜照进来。如果她打算花两个小时精心打扮，那现在就该开始行动了。她一想到要穿上那些精美的衣服，就坐不住了。她非常缓慢地走进浴室，脱去身上的旧短裤和衬衫，打开水龙头。她用力擦洗了脚跟、膝盖，尤其是手肘上的粗皮。她用了很长时间洗了个澡。

她光着身子跑进了当中房间，开始穿衣服。首先她穿上了丝绸的连衫衬裤，然后是丝袜。她甚至戴上了埃塔的胸罩，只是为了好玩。接着，小心翼翼穿上裙子，套上浅口便鞋。这是她有生以来第一次穿上晚礼服。她在镜子前站了许久。由于她太高了，裙子下摆只到她脚踝上两三英寸——鞋子太短以至于硌脚。她在镜子前站了很久，最后她认定自己要么看上去像个傻瓜，要么看上去像个仙女。二者必居其一。

她在头发上尝试了六种发型。额前的一绺头发有点麻烦，于是她沾湿了前刘海，将它分成三绺卷发。最后，她将水钻发冠卡在头发上，又涂了厚厚的口红和粉霜。大功告成后，她像个电影明星似的抬起下巴，微微眯起眼睛。她缓缓地将脸从一侧转向另一侧。她看起来美若天仙——真的很美。

她感觉很不自在，仿佛成了一个跟米克·凯利完全不同的人。距离派对开始还有两个小时，她感到害羞，不想让家里任何人提前这么久看到她的装扮。她再次走进浴室，锁上了门。她不能坐下，否则会弄乱了裙子，所以就站在地板中央。靠近她的墙壁似乎在一阵兴奋中挤压过来。她感觉与过去的米克·凯利如此不同，而这——派对——会胜过她整个生命中的一切。

"吆呼！潘趣酒！"

"最漂亮的裙子——"

"天哪！你做出了那道三角题，四十六乘二十——"

"借过！别挡道！"

人们拥入房子里，前门开进开出，砰砰响个没停。尖声细语此起彼伏，直到只剩下一阵喧嚣声。女孩们身着华美的长款晚礼服围站成一团，男孩们有的穿着干净整洁的帆布裤，有的穿着后备军官训练队的制服，又或是穿着崭新的深色秋季西装，到处闲逛。四周不停地骚动，米克都没法注意一张脸或是一个人。她站在衣帽架边，环顾着整个派对。

"每个人都会拿到一张舞会卡片，可以约伴了。"

起初，房间里声音喧哗，没人听见或是留意。男孩们都密密麻麻地围在潘趣酒碗周围，以至于桌子和藤蔓根本看不出来。唯有她爸爸的脸从男孩们的脑袋中挤出来，他微笑着将潘趣酒分盛到小纸杯中。在她旁边衣帽架的底座上，有一罐糖果和两块手帕。有几个女孩以为今天是她的生日，她向她们道了谢，打开了礼物，不过并没有告诉她们，自己还要再过八个月才满十四岁。每个人都干干净净、神采飞扬，打扮得跟她一样。她们的身上很香。男孩们的头发都梳得油光水滑，服服帖帖。女孩们身穿颜色各异的长裙站在一起，仿佛一片娇艳的花朵。这个开场无与伦比。这场派对的头起得很好。

"我有部分苏格兰-爱尔兰和法国血统，还有——"

"我有德国血统——"

走进餐厅前，她又一次大声叫喊让大家拿好舞会卡片。很快他们开始从前厅拥出。每个人都拿了一张舞会卡片，贴着墙壁排成几列。现在才是真正的开场。

可突然之间，气氛变得非常怪异——一片安静。男孩们站在房间的一侧，女孩们站在对面那一侧。不知为何，大家立刻停止了嬉闹。男孩们举着他们的卡片，望着女孩们，房间里一片沉寂。没有男孩像往常那样出来邀约舞伴。这可怕的安静越发严重，而她参加的派对不够多，所以不知该如何应付。男孩们开始互相打闹，说个没停。女孩们咯咯直笑——不过即使她们没有盯着男孩们，你也看得出她们满脑子想的只有自己会不会受男孩们青睐。可怕的沉寂此刻消失了，可是房间里有一种不安的情绪。

过了一会儿，一个男孩走向一个名叫德洛丽丝·布朗的女孩。他刚约了她，其他男孩都一窝蜂地冲向德洛丽丝。她的卡片上约满了人后，他们才开始邀约另一个女孩，她名叫玛丽。那之后，一切再次戛然而止。还有一两个女孩收到几个邀约——由于她是派对的主办者，有三个男孩来约了她。仅此而已。

大家在餐厅和前厅晃悠。男孩们多数挤在潘趣酒碗处，相互攀比炫耀。女孩们围作一堆，大声嬉笑，假装她们玩得很开心。男孩女孩之间相互打量盘算着对方。可结果房间里形成了一种怪异的气氛。

正是那时她开始注意到哈里·米诺维茨。他住在隔壁的房子，她很小的时候就认识他了。虽然他比她大两岁，但她身体长得快，夏天里，他们常常在街边的草坪上摔跤、打闹。哈里是个犹太男孩，但他从长相上看不太出像犹太人。他的头发是浅棕色的直发。今晚他打扮得格外整洁，进门时，他将一顶插着羽毛的成人巴拿马草帽挂在了衣帽架上。

倒不是他的衣着引起她的注意。而是他的脸上有些许变化，因为他没戴平时戴的角质框架眼镜。一只眼睛里长出了一粒红色、下垂的针眼；为了能看清东西，他只能像一只鸟一样把脑袋歪向一边。他那瘦骨嶙峋而修长的双手不断触摸他的针眼，仿佛很疼似的。当他想要些潘趣酒时，他直接将纸杯塞到了她爸爸的面前。她看得出来他非常需要他的眼镜。他很紧张，老是撞到别人怀里。他没有邀请任何女孩跳舞，除了她以外——那是因为她是东道主。

所有的潘趣酒都喝完了。她爸爸担心她会尴尬，于是他和她妈妈回到厨房去做了些柠檬汁。有些人站在了前门廊和人行道上。她很高兴出来呼吸一下夜晚的凉爽空气。从那闷热、明亮的房子里出来，她能在黑暗中闻到初秋的气息。

接着，她看到了意料之外的事。沿着人行道的边缘，黑黝黝的大街上出现了一群隔壁街区的孩子。皮特、瑟克·威尔斯，"宝贝"和"排骨"——浩浩荡荡地走过来了，他们中年纪最小的比巴布尔还小，最大的刚过十二岁。其中甚至还有她压根不认识的孩子，他们不知怎么嗅到了派对的气味便赶着过来了。还有些跟她年纪相仿或是比她更大一些的孩子，她也没有邀请，因为他们曾经苛待她或者她苛待过人家。他们浑身脏兮兮的，要么穿着家常短裤，要么是邋遢热裤或是日常的旧裙子。他们只是在夜色中闲逛，观望着派对。看到这些孩子时，她产生了两种感觉——一是悲伤，另外则是一种警告。

"这支舞我约了你。"哈里·米诺维茨开口说明时就像在照着卡片念一样，不过她看到上面什么都没写。她爸爸来到门廊处吹响口哨，这意味着第一场舞会开始了。

"好的，"她说，"我们进去吧。"

他们动身往回走，绕过街区。身着长裙，她依然感觉雍容华贵。"看那米克·凯利！"一个孩子在黑暗中大声叫嚷。"看她呀！"她假装没听见走开了，不过那是"排骨"的声音，以后总会逮住他的。她和哈里沿着黑漆漆的人行道快步行走，等他们走到街尽头时，又拐入了另一个街区。

"你今年几岁了，米克——十三？"

"马上要十四了。"

她知道他在想什么。这常常令她担忧。身高五英尺六英寸①，体重一百零三磅，而她才十三岁。除了哈里，派对上的每个孩子站在她身边都成了侏儒，哈里仅仅比她矮几英寸。没有男孩愿意邀请一个比自己高一头的女孩跳舞。不过香烟可能会阻碍她之后的生长发育吧。

"光去年我就长了三又四分之一英寸。"她说。

"有一回我在市场上看见一位女士足有八英尺五英寸高。不过你大概不会长到那么高。"

哈里停在了一簇深色的紫薇丛边上。四下无人。他从口袋里掏出了什么来，开始摆弄起那件天晓得的东西。她探过身子一看——是他那副眼镜，他正用手帕擦拭眼镜。

"抱歉。"他说。接着他戴上眼镜，她能听见他深沉的

---

① 相当于 1.67 米左右。

呼吸声。

"你应该时时戴着你的眼镜。"

"是的。"

"不戴眼镜你是怎么过来的？"

"哦，我不知道——"

夜晚异常寂静，一片漆黑。他们过马路时，哈里抓着她的手肘。

"那边派对上肯定会有某位年轻的女士认为男孩戴眼镜很娘娘腔。这某位——哦，好吧，也许我就是一个——"

他话还未说完。突然，他加快了速度，跑了几步，一跃而起跳向一片距离他头顶约四英尺的树叶。她只能看见黑暗中那高高的树叶。他的弹跳力不错，第一次就够到了。于是他把树叶放进嘴里，向这黑暗中的假想敌挥舞了几拳。她赶上前去。

一如往常，她的脑海中盘旋着一首歌。她自顾自地哼唱起来。

"你唱的是什么？"

"一个名叫莫扎特的家伙作的曲子。"

哈里感觉好极了。他像一个动作敏捷的拳击手一样滑着侧步。"听起来像是个德国人的名字。"

"我想是的。"

"法西斯主义者？"他问。

"什么？"

"我说，莫扎特是个法西斯主义者，还是纳粹分子？"

米克想了一下。"不，这些都是新名词，这家伙已经死了很久。"

"这是好事。"说着他又开始在黑暗中击拳。他希望她会问他原因。

"我说这是好事。"他重复了一遍。

"为什么？"

"因为我恨法西斯主义者。要是我走在大街上碰到一个，我会杀了他。"

她望着哈里。树叶映着街灯在他脸上投下飞快斑驳的阴影。他兴奋极了。

"怎么会？"她问。

"天哪！难道你不读报纸吗？你看，是这样——"

他们绕着街区走了一圈回来了。她的房子里一片混乱。人行道上好多人高声叫嚷，来回奔走。她感觉肚子里一阵难受。

"没时间解释了，除非我们再绕着街区走一圈。我不介意告诉你我恨法西斯。我很愿意说说。"

这大概是他第一次有机会能向别人就这些想法高谈阔论一番。可她没空听。她正忙于盯着她家门前的情况。"好的，我们待会儿见。"舞会现在结束了，于是她能够审视思考眼前的混乱了。

她离开时发生了什么？她走的时候，大家身穿华服四处站着，是一场货真价实的派对。而此刻——才过了五分钟——这地方看起来更像座疯人院。她不在的时候，那些孩子从黑夜中径直钻入了派对里。他们好大的胆子！只见皮特·威尔斯手里拿着一杯潘趣酒，匆匆地走出前门。他们边跑边嚷，与被邀请的客人打成一片——穿着他们宽松的旧短裤和家常衣服。

"宝贝"·威尔逊在前门廊处嬉闹玩耍——"宝贝"才四岁不到。谁都看得出她这会儿应该在家里睡觉，就跟巴布尔一样。她一步一级地走下台阶，手上的潘趣酒高高举过头顶。她根本没有理由待在这儿。布兰农先生是她的姨父，她可以随时在他的店里拿到免费糖果和饮料。等她一走到人行道上，米克一把抓住她的胳膊。"你该回家了，'宝贝'·威尔逊。走吧，现在就走。"米克环顾四周，瞧瞧自己还能做些什么来让派对重回正轨。她向瑟克·威尔斯走去。他站在黑漆漆的人行道远端，手里端着纸杯，神情恍惚地望着大家。瑟克七岁，穿着短裤。他赤裸着胸膛、光着双脚。他倒没有引起任何混乱，可她对眼前一切气得发狂。

她抓住瑟克的双肩，开始摇晃他。起初，他紧锁牙关，可过了一会儿，他的牙齿开始咯咯作响。"你回家去，瑟克·威尔斯。不许在没邀请你来的地方瞎转悠。"她松开他时，瑟克夹起尾巴，灰溜溜地慢慢沿着街道离开了。可他没有一路回家。走过街角后，她看到他坐在路缘上，在他以为她看不见自己的地方注视着派对。

有那么一会儿，她觉得甩掉了瑟克感觉好多了。可是转眼之间，她产生了一种糟糕的忧虑感，她迈步走去让他回来。大孩子们才是把一切搅得乱七八糟的元凶。虽然是些名副其实的小顽童，但他们的胆大包天是她闻所未闻的。他们喝完了所有的饮料，把这场派对搅和得混乱不堪。他们在前门进进出出，将门摔得砰砰直响，还大声喧哗，撞来撞去。她走向皮特·威尔斯，因为他是所有人中最坏的那个。他戴着橄榄球头盔，用头顶撞别人。皮特已经足足十四岁了，可他总留级，一直在上七年级。她朝他走去，可他个子太大，不能像瑟克一样摇晃他。她叫他回家时，他身子晃了晃，猛地向她俯冲过来。

"我去过六个不同的州。有佛罗里达、亚拉巴马——"

"用银光呢做的，配有腰带——"

派对乱成一团。大家同时都在说话。职业学校受邀请而来的人跟街坊的孩子帮混在了一起。男孩女孩仍然各自分开站作一团——也没人邀请舞伴。房子里柠檬汁几乎喝完了。碗里只剩下浅浅的一口，上面漂着几片柠檬皮。她的爸爸对孩子们总是很客气。不管哪个孩子把杯子递给他，他都给倒上一杯潘趣酒。她走进餐厅时，波西亚正在上三明治。可不到五分钟就一扫而空了。她只拿到一块——一块被粉色果冻泡湿的面包片。

波西亚待在餐厅里观察着派对。"我在这儿真开心，不想走了，"她说，"我已经捎信给海博伊和威利了，告诉他们周六晚上我不跟他们一起了。大家在这儿这么激动人心，我要等在这儿看派对结束。"

激动人心——就是这个词。她可以在整个房间、门廊和人行道上感觉到这一点。她也觉得激动。经过衣帽架的镜子时，她看到了脸颊上的红色胭脂和头上的水钻发冠，还有她那礼服和画得很漂亮的脸蛋，可她不仅仅是为这些才激动。也许是因为派对的装饰物以及所有这些职业学校的同学和孩子们簇拥在一起的关系。

"看她跑的样子！"

"哎哟！闭嘴——"

"别这么幼稚！"

一群女孩在大街上奔跑，提着裙子，披头散发。有些男孩切下一株丝兰的锋利长叶，用来追逐女孩们。职业学校的新生们都为一场真正的舞会精心打扮过，可是行为却像小顽童。这半是闹剧半是现实。一个男孩拿着一支尖刺冲向她，她也开始奔跑了。

派对的想法现在彻底完了。这只是一场常规的嬉闹。可这是她见过的最疯狂的夜晚。那些孩子造成的。他们仿佛是传染病，他们的不请自来让其他人忘记了中学、忘记了即将成年。这就好比你下午洗澡之前，你会到后院打滚，沾上一身泥巴，只为了钻进浴缸前感觉能畅快些。周六晚上，人人都成了疯玩的野孩子——而她觉得自己是所有人当中最狂野的一个。

她大声喊叫，推推搡搡，总是第一个尝试新鲜绝技。她的吼声这么大，移动速度这么快，都没能注意别人在干吗。她上气不接下气，几乎不能随心所欲地撒野。

"去街边的沟渠！沟渠！沟渠！"

她第一个冲过去。他们沿着街区在街道下铺设了新管道，挖了一条非常深的沟渠。边缘的火盆在黑暗中通红明亮。她迫不及待地要爬下去。她一直跑到那起伏的火焰处，才跳下去。

要是穿着网球鞋，她大可像只猫一样着地——可是高跟的便鞋让她滑倒了，肚子撞上了管道。她的呼吸停止了。她双眼紧闭，静静地躺着。

这场派对——很长一段时间来，她一直记着她是如何设想派对的样子的，她是如何想象职业学校的新人的。还有她每天都想加入的小团体。现在她在走廊里会感觉不一样了，她知道他们与其他孩子一样没有什么特别。派对被毁了没有关系。但这都结束了。这是尾声。

米克从沟渠中爬出来。几个孩子在围着小火盆玩耍。火焰发出红色的光芒，投射出长长的、倏忽变幻的黑影。一个男孩回家了，戴着为万圣节提前购买的面具。关于这场派对，除她以外，一切都没有改变。

她慢吞吞地走回家。经过那些孩子时，她既没有说话，也没有看他们。门廊里的装饰被扯下来了，房子里似乎非常空旷，因为大家都来到了室外。在浴室里，她脱下了蓝色的晚礼服。裙子的下摆撕坏了，她仔细叠好，藏起了破掉的地方。水钻发冠也不知在哪儿弄丢了。她的旧短裤和衬衫还搁在地板上她原先放的位置。她穿上原来的衣服。她个子太大，这场派对后她再也穿不下这条短裤了。今晚之后再也不能了。再不能了。

米克站在外面的前门廊上。她卸了妆之后，脸色非常白。她双手握成杯状放在嘴前，深吸一口气道："所有人都回家！关门了！派对结束了！"

处在这安静隐秘的夜晚，她再次独自一人。时间不算很晚——街道旁的房子里透出四方形的黄色光线。她走得很慢，双手插在口袋里，脑袋耷拉到一边。她漫无方向地走了好久。

此时房屋之间的距离开始变远了，房子的庭院里长着高大的树木和黑色的灌木丛。她四处张望，发现自己正处于夏天里来过多次的那栋房子附近。双脚竟不知不觉地带她来到了这里。她等在那儿直到确定没人看见才走向那栋房子。接着，穿过旁边的院子。

收音机照常开着。她在窗边站了片刻，观察着里面的人。那个秃头男人和头发花白的女人正在桌边打牌。米克坐在地上。这是一个很温馨隐秘的地方。包裹在她周围的是郁郁葱葱的雪松，她完全隐没了。今晚的广播不好听——某人唱着结尾相似的流行歌曲。她似乎觉得饿了，手伸进口袋里，用手指摸索了一番。里面有些葡萄干、一颗七叶树种子和一串珠子——还有一支烟和一包火柴。她点燃香烟，双臂抱着膝盖。她好像太饿了，以至于人没有任何感觉或是任何念头。

节目一个接着一个播放，可所有的都是垃圾。她没有特别喜欢的。她抽着烟，捡了一小堆草叶。过了一会儿，一个新的播音员开始讲话。他提到了贝多芬。她在图书馆里读到过这位音乐家——他的名字读音应该是 a 的音，拼写却是两个 e。他跟莫扎特一样是个德国人。他在世的时候，住在外国讲外语——她也想这么做。播音员说即将播放贝多芬的第三交响曲。可她心不在焉地听着，因为她想再走走，而且她不很在乎播放的是什么音乐。接着，音乐响起。米克抬起头，她的拳头抵住了自己的喉咙。

怎么回事？刹那间，开场的音乐重心平衡从一侧移向了另一侧。就像一次散步或行军。仿佛上帝在夜晚威武踱步。她身体的外部突然冻住了，只有那音乐的第一部分在她心中灼烧。她甚至都听不见后面的音乐，但她坐在那儿静候着，双拳紧握，呆若木鸡。过了一会儿，音乐又响起了，更加有力、响亮。这与上帝没有任何关系。这是她，米克·凯利，白天漫步行走，夜晚踽踽独行。一切计划与情感，置于烈日和黑暗之中。这音乐就是她——那个原原本本的她。

她没办法好好地听完全部音乐。音乐在她体内沸腾。究竟是哪段？只抓住精彩的部分聆听、琢磨，以后就永远忘不了了——还是应该放弃局部，不假思索或试图记忆，倾听每一部分喷涌而来的音乐？天哪！整个世界都充满了这段音乐，她却不能努力地听个够。最后开场的音乐又来了，所有截然不同的乐器相互撞击，每一个音符仿佛一个又硬又狠的拳头猛击在她的心脏上。第一部分结束了。

这段音乐的时间不长也不短。它与时间的流逝毫无关系。她坐在那儿，胳膊紧紧抱着双腿，使劲啃咬着自己发咸的膝盖。也许她只听了五分钟，也有可能是半宿。第二部分是黑色的——一首缓慢的进行曲。并不悲伤，但仿佛整个世界了无生机、一片漆黑，回想以前的情景毫无意义。其中有某种像小号的乐器吹奏出哀伤而悦耳的曲调来。接着，音乐渐渐愤怒起来，底下隐藏着激情澎湃。最后，那黑色的进行曲又来了。

不过，或许交响乐的最后一部分是她最喜欢的——欣喜若狂，仿佛世界上最伟大的人物以一种猛烈而自由的方式不断奔跑、跳跃。像这种了不起的音乐可能是最伤人的。整个世界都充满了这首交响乐，她怎么听也听不够。

音乐结束了，她双臂抱膝，非常僵硬地坐在原地。收音机上又响起了另一个节目，她用手指堵住耳朵。刚才的音乐在她身上只留下了这可怕的伤害，以及一片空白。她一点都想不起那首交响乐了，甚至连最后几个音符都忘了。她试图回想，可是压根想不起任何声音。音乐结束了，此时只剩下她兔子一般的心跳声和这可怕的伤害。

房子里的收音机和电灯都关了。夜晚漆黑异常。突然，米克开始用双拳捶打她的大腿。她用尽全身力气狠狠砸同一块肌肉，直到泪水流过脸颊。但她感觉这样痛还不够。灌木底下的石子很锋利。她抓了一把，在同一个地方来来回回地刮擦，直到把手刮得鲜血淋漓。而后向后仰倒在地，仰视夜空。随着腿上的剧痛传来，她觉得好多了。她无力地躺在湿漉漉的草地上，过了一会儿，她的呼吸再度变得缓慢均匀了。

为什么那些探险家不能单凭仰望天空就知道世界是圆的呢？天空是呈弧线形的，就像一只巨大玻璃球的内壁，墨蓝色的背景上缀着点点璀璨明星。夜色宁静。空气里有一阵温和的雪松香。当她压根没有试图回想那段音乐时，它却又回到了她耳畔。第一部分在她的脑海中响起，好像就跟刚刚演

奏的一样。她以一种安静、舒缓的方式倾听着，就像解一道
几何题一样琢磨这些音符，好让自己能记住。她能非常清晰
地看见声音的形状，她不会忘记它们。

现在她感觉好极了。她大声地自言自语："愿主宽恕
我，因我不知自己所作所为。"她怎么会想到这句？过去几
年里，大家都知道根本不存在真正的上帝。她一想到自己过
去想象的上帝样子，眼前就会浮现出身上披着条白色长床单
的辛格先生的形象。上帝沉默不语——也许正因如此她才想
起这些来。她又说一遍，就如同她会对辛格先生讲的："愿
主宽恕我，因我不知自己所作所为。"

这部分音乐优美而清澈。现在，无论何时她想唱就能唱
出来。也许之后，某天早晨她醒来时，会想起更多音乐。如
果她再度听到这首交响乐，除了脑海中原来记得的部分，还
会想起其他部分。也许，如果她能再听四遍，就四遍，她就
能全部记住了。也许吧。

她又听了一遍这段音乐的开场。音符渐渐舒缓、柔和，
就仿佛自己缓缓陷入黑暗的大地之中。

米克猛然惊醒。空气转凉，她刚要醒来时，却梦见了老
埃塔·凯利正在拿走所有的铺盖。"给我条毯子——"她挣
扎着要说。接着她睁开了眼睛。天空一片漆黑，所有的星星
都没入了夜色。草地上湿漉漉的。她匆忙起身，因为她爸爸
会担心她。这时她回想起了那段音乐。她无法判断现在是午

夜还是凌晨三点，因此只能一溜烟地踩出一条小道朝家里跑去。空气中散发出一种秋日的气味。音乐在她脑海中迅猛奔腾，她朝着自家的街区，在人行道上越跑越快。

二

十月，天空湛蓝，秋意渐凉。比夫·布兰农脱下了那条浅色的泡泡纱裤，换上了深蓝色哔叽呢那条。他在咖啡馆的柜台后安装了一台制作热巧克力的机器。米克非常爱喝热巧克力，每周都会来三四趟，喝上一杯。他卖给她五分一杯，别人是一毛一杯，其实他想免费送她的。她站在柜台后时，他就目不转睛地注视着她，心神不宁，满怀忧伤。他想伸出手，去摸摸那被太阳晒得干枯、蓬乱的头发——不过并不是像他曾经触摸过任何一个女人那样。他的体内有一种不安，跟她说话时，他的声音粗哑而陌生。

他的心里有许多顾虑。一方面，艾丽斯身体不好。她像平常一样，在楼下从上午七点一直干到晚上十点，但她走路很慢，眼圈下布满乌青。只有在营业时，她才毫无掩饰地展露病容。有个星期天，她在打字机上打出这天的菜单时，给特价菜皇家奶油鸡标的价是二十美分，而不是五十美分，一直到好几个顾客已经点了菜准备结账时才发现这个失误。还有一回，她找了人家两个五块和三个一块作为一张十块钱的找零。比夫会长时间地站着注视她，若有所思地搓搓鼻子，眼睛半睁半合。

他们在一起时从不讨论这些。晚上，她睡觉时他在楼下看店，白天她一个人照管咖啡馆。他们俩一起在店里时，照平时的惯例，他就待在收银台后，负责厨房、清理餐桌。他们除了生意上的事务，一般不交谈，可比夫总是一脸茫然地站在那儿注视着她。

十月八日的下午，从他们睡觉的房间里突然传出一阵痛苦的叫喊声。比夫慌忙冲上楼。不到一个小时，他们就送艾丽斯去了医院，医生从她身上切除了一个几乎跟新生儿一般大小的肿瘤。接着，又过了一个小时不到，艾丽斯死了。

医院里，比夫坐在她的病床边，思绪陷入极度震惊。她临终之时他在场。由于乙醚的关系，她的眼神迷离而蒙眬。接着，眼球坚硬得如同玻璃一般。护士和医生撤出了病房。他继续凝视着她的脸庞。除了脸色泛青之外，她的脸几乎与生前毫无二致。他留意到她身上的每一个细节，仿佛这二十一年来他没有日日都盯着她看。他坐在那儿，思绪渐渐地变成了一幅长久以来深藏在内心深处的图景。

冰冷的绿色海洋，炙热的金色沙带。小孩子们正在丝绸般的泡沫边缘线上嬉戏。一个矮小结实、棕色皮肤的小女孩，几个瘦骨嶙峋、赤条条的小男孩，半大的孩子们追逐奔跑，用甜美刺耳的声音相互呼喊。在这里的孩子们他认识，是米克和他的外甥女"宝贝"，也有几张以前没人见过的、年轻陌生的脸庞。比夫微微低下头。

过了很久，他从椅子里站起身来，站在病房的中央。他能听见他的小姨子，露西尔，在外面的走廊里来来回回地走路。一只肥硕的蜜蜂爬过梳妆台的顶部，比夫敏捷地用手抓住它，将它放到窗外去了。他再度瞥了一眼死者的脸庞，然后带着鳏夫的镇定自若，他打开了通向医院走廊的门。

第二天将近中午时，他在楼上的房间里坐着缝补。为什么？为什么在真正的爱情中，活下来的那一方不太会结束生命、随逝者而去？仅仅因为生者必须埋葬死者？因为死亡发生之后必须完成那些繁文缛节？这就仿佛是有人在舞台上一度只剩下几步路，每一秒钟都会膨胀成无限的时间，而无数双眼睛在看着他，是这个缘故吗？还是因为存在一项任务他必须要执行？抑或，只要有爱，鳏夫或寡妇必须为了复活逝去的爱人而留在世上——如此一来，逝者就不算真的死去，而是不断生长，以生者的灵魂再度重生，是这个缘故吗？究竟为什么？

比夫弯下腰，紧贴着他缝补的东西，思考了许多事。他熟练地缝缝补补，手指尖上的老茧坚硬得很，以至于不用顶针，他就能将缝衣针穿过布料。两件灰色西装的手臂处已经缝上了黑纱，此刻他在缝最后一件。

天气晴朗炎热，初秋的第一批枯叶在人行道上蹭得沙沙直响。他一大早就出了门。每分钟都非常漫长。他眼前有的是无限闲暇。他锁上咖啡馆的大门，在外面挂上一个白色的百合花花环。首先要去的是殡仪馆，小心翼翼地挑选棺材。他摸了摸内衬的材料，又试了试棺木的框架是否牢固。

"这种绉织物叫什么名字——乔其纱吗？"

殡仪员以一种油嘴滑舌的腔调回答了他的问题。

"来你们这儿火化的比例有多少？"

又来到外面大街上，比夫煞有其事地迈着步子。西面吹来一阵和暖微风，依旧艳阳高照。他的手表停了，于是他拐到威尔伯·凯利家那条街，他家最近竖起一块钟表匠的广告牌。凯利穿着一件打了补丁的睡袍正坐在他的长凳上。他的店面也是间卧室，米克平日里放在婴儿车里，整天拖来拖去的宝宝正安静地坐在地板上的一个垫子上。每一分钟都是如此漫长，以至于其中包含充裕的时间用于沉思和询问。他请凯利解释一下手表中宝石轴承的具体用途。他注意到凯利那只透过钟表匠微型放大镜露出的扭曲右眼。他们聊了一会儿张伯伦和慕尼黑协定。接着，一看时间尚早，他决定上楼去哑巴的房间。

辛格正在换衣服准备去上班。昨晚他寄去一份吊唁信。他将在葬礼上抬棺。比夫坐在床上，他们一起吸了支烟。辛格时不时地用那双善于观察的绿眼睛凝视他。他给他倒了一杯咖啡。比夫没说话，哑巴停下来拍拍他的肩膀、盯着他的脸看了一会儿。辛格换好衣服后，两人一起出了门。

比夫在店里买了些黑丝带，然后去见了艾丽斯常去的那座教堂的牧师。一切都安排妥当后，他便回了家。要把事情都安排得井井有条——这就是他脑子里的念头。他将艾丽斯的衣服和私人物品打包捆好，交给露西尔。他彻底打扫清理了所有抽屉。他甚至将楼下厨房的架子重新整理了一遍，撤下了电风扇上色彩鲜亮的绉纸彩带。完成这些后，他坐在浴缸里，浑身上下洗了一遍。一个上午就过去了。

比夫咬断线头，抚平外套袖子上的黑纱。这会儿露西尔肯定在等他了。他和她，还有"宝贝"，将一起跟灵车走。他把针线袋放一边，将黑纱小心翼翼地在外套肩膀处比了比。他飞快地扫了一眼房间，出发前再次检查一遍是否一切就绪。

一个小时后，他到了露西尔的小厨房。他跷着二郎腿，大腿上铺着一张餐巾，一边啜饮咖啡。露西尔和艾丽斯在各个方面都是截然不同的人，不过这反而让人轻易地意识到她们是姐妹。露西尔又黑又瘦，今天她穿着一身黑衣。她正在整理"宝贝"的头发。小孩耐心地在厨房餐桌上等候着，她母亲在打扮她时，她双手交叠放在膝盖上。房间里的阳光静谧而柔和。

"巴多罗买——"露西尔说。

"什么？"

"你就没有回想往事吗？"

"我没有。"比夫说。

"你知道，这就好比我始终要戴着眼罩，这样我才不会胡思乱想或者回忆往事。我唯一能让自己想到的就是每天去上班、做饭，还有'宝贝'的前途。"

"这是正确的态度。"

"我去店里给'宝贝'做了手指冷烫①。不过，头发很快就不卷了，所以我考虑给她烫个永久的。我不想自己给她烫——也许我去参加美容师大会时带她北上亚特兰大，在那儿烫。"

"圣母马利亚！她还不到四岁。这会吓坏她的。而且，烫发可能会让头发变得粗糙。"

露西尔将梳子在一杯水中沾湿，压了压"宝贝"耳朵上方的鬓发。"不，不会的。她想要做个烫发。尽管'宝贝'还小，她已经拥有了跟我一样的雄心壮志。这就够了。"

比夫在手掌上蹭着指甲，摇摇头。

"每次'宝贝'和我去看电影，看见那些扮相漂亮的小孩，她都跟我有一样的想法。我发誓，她有想法，巴多罗买。后来我甚至都没法哄她吃晚饭。"

"看在上帝的分上。"比夫说。

① 手指冷烫，仅用手指和梳子的烫法。

"她的舞蹈课、表情课表现都很棒。明年我想让她学钢琴,会弹琴对她有好处。她的舞蹈课老师打算安排她在一场晚宴上跳独舞。我希望尽我所能地支持她。因为她越早开始自己的事业,对我们母女就越有好处。"

"圣母马利亚!"

"你不明白。一个有天赋的孩子不能像普通孩子一样对待。那也是我想要'宝贝'离开这个普通社区的原因。我不能让她像附近这些捣蛋鬼一样说话粗俗,或四处撒野。"

"我认识这个街区的孩子们,"比夫说,"他们都很好。街对面凯利家的孩子们——克兰家的男孩——"

"你很清楚他们没有一个能跟'宝贝'相提并论。"

露西尔将"宝贝"的最后一绺头发定好型,捏了捏孩子的小脸颊,在上面多抹点胭脂。接着她把"宝贝"从桌上抱下来。为了参加葬礼,"宝贝"穿上了一条白色小裙子,配着白色鞋袜,甚至还戴上了白色小手套。别人看着"宝贝"时,她总会以某种特定方式仰起头,现在她就是这样。

他们在狭小、闷热的小厨房里坐了一会儿,沉默无语。露西尔突然放声大哭。"我们从来都没有像姐妹那样亲密无间。我们各有不同,也不大见面。也许是因为我比她小得多。可是这跟你自己的血缘有关,发生这种事的时候——"

比夫嘟哝着安抚她。

"我知道你们俩的情况,"她说,"你与她之间也并不总是那么恩爱。不过也正因如此，现在可能对你来说更难过。"

比夫抓住"宝贝"的胳肢窝，一把将她甩到自己的肩头。孩子越来越沉了。他小心翼翼地举着她，走进卧室。"宝贝"在他肩头上觉得又暖和又亲密，她那条丝绸小裙子衬着他的黑外套显得越发雪白。她的小手紧紧扯住他的一只耳朵不撒手。

"比夫姨父！看我劈叉。"

他又轻轻地将"宝贝"放到地上站着。她弯曲双臂，环抱于头顶上方，双脚在打过蜡的黄色地板上缓缓朝相反方向滑去。片刻间，她已坐在地上，两条腿一前一后伸得笔直。她摆出个姿势，手臂高举呈一个神奇的角度，目光斜视，看着墙壁，脸上带着愁容。

她再次爬起来。"看我来个前手翻。看我——"

"亲爱的，安静些。"露西尔说。她坐在比夫身旁的长毛绒沙发上。"看着她是否让你有点想到了他——尤其是她的眼睛和脸庞？"

"见鬼，才没有。我在'宝贝'身上看不到一丁点儿勒罗伊·威尔逊的影子。"

露西尔相对于她的年纪来说，看上去过于瘦削、沧桑。也许是黑裙子的关系，而且她哭个不停。"不管怎样，我们还得承认他是'宝贝'的父亲。"她说。

"难道你就不能忘了那个男人吗？"

"我不知道。我想，我在两个人的事上总是犯傻。那就是勒罗伊和'宝贝'。"

比夫新长出来的胡子在他脸孔苍白的皮肤映衬下发青，他的声音听上去疲惫不堪。"难道你就没有想通一件事，发现既成事实、从中得出结论吗？难道你就不曾运用逻辑——如果这些就是客观事实，这不就应该是结果吗？"

"不是关于他的，我想。"

比夫的语气充满倦意，他的双眼几乎合上了。"你十七岁时嫁给了这个家伙，从此以后，你们之间就处于一场接着一场的闹剧之中。后来你跟他离婚。接着两年后，你又跟他结婚。现在他又跑路了，你都不知道他的下落。这些情况似乎向你证明了一点——你们两个不适合对方。抛开更个人的因素不谈——这个男人、这家伙碰巧就是不适合。"

"上帝知道，我从头到尾都明白他是个人渣。我只是希望他从此以后别再来敲那扇门了。"

"看，'宝贝'。"比夫立刻说。他将手指交叉，举起双手。"这就是教堂，这就是尖顶。打开门，里面就是上帝的子民。"

露西尔摇摇头。"你不必为'宝贝'担忧。我把一切都告诉她了。她了解所有的前因后果。"

"那么等他回来找你的时候，你会让他留下，在你这儿白吃白喝，只要他愿意——就像以前一样吗？"

"是的。我想我会的。每次门铃或是电话响起，每次门廊上传来脚步声，我就会下意识地想到那个男人。"

比夫向外伸出手掌。"你又来了。"

钟敲了两点。这个房间非常逼仄闷热。"宝贝"又做了个前手翻，在打蜡的地板上劈叉。比夫把她抱起放在自己大腿上。她那两条短小的腿在他的小腿间晃来晃去。她解开他马甲的扣子，钻进了他的怀里。

"听着，"露西尔说，"如果我问你一个问题，你会保证说实话吗？"

"肯定的。"

"无论什么问题？"

比夫摸了摸"宝贝"柔软的金发，一只手温柔地搁在她小脑袋瓜的一侧。"当然。"

"大约七年前。我们第一次结婚后不久。有一天晚上他从你那儿回来，满头的包，他告诉我，你揪住他的脖子，将他狠狠地往墙上撞。他扯了个谎说你为什么这么做，可我想知道真正的原因。"

比夫转动着手指上的婚戒。"我就是从没喜欢过勒罗伊，我们打了一架。那时候，我跟现在判若两人。"

"不。你这么做肯定有某个具体的原因。我们相识这么久了，到现在我终于明白你做任何一件事都有一个真正的理由。你的大脑由理性控制，而不仅仅是欲望。现在，你答应过告诉我真相的，我想知道。"

"现在已经没有意义了。"

"我说过，我必须要知道。"

"好吧，"比夫说，"那天晚上他来到我餐厅里开始喝酒，喝得烂醉如泥后，他就满嘴跑火车，说了很多关于你的胡话。他说他大约一个月回家一次，每次把你打个半死而你都不会反抗。过后，你还会走到外面的走廊上，大笑几声，为的是让其他房间的邻居以为你们刚才在打闹，一切都只是个玩笑。这就是当时的情况，所以忘了它吧。"

露西尔坐直了身子，两颊泛红。"你看，巴多罗买，这就是我为什么要假装时时戴着眼罩，为的是不要回忆过去或者胡思乱想。唯一能让我头脑专注的就是每天工作，在家里厨房做好三餐，谋划'宝贝'的职业生涯。"

"没错。"

"我希望你也会这么做，不要回首往事。"

比夫垂下头，抵在胸前，闭上了眼睛。在这漫长的一天里，他还没有想到过艾丽斯。当他试图回忆她的脸庞时，脑中浮现的是一片诡异的空白。他脑中唯一能清晰想到的就是她的双脚——肉乎乎的，又软又白，还有鼓鼓的小脚趾。脚底板是粉色的，靠近左脚后跟的地方有一颗褐色的小痣。他们结婚的那晚，他脱了她的鞋袜，亲吻她的双脚。每念及此，也的确值得回味，因为日本人认为女人身上最美的部位——

比夫回过神来，扫了一眼手表。过不了多久，他们就要出发去举办葬礼的教堂。他在脑海中过了一遍仪式的流程。教堂——自己同露西尔和"宝贝"伴着挽歌乘车跟在灵柩后——成群结队的人垂首肃立在九月的阳光下。太阳照耀在白色的墓碑上，照在渐渐枯萎的鲜花上，还有覆盖在新挖墓穴的帆布帐篷上。接着再回家——然后呢？

"无论你们怎么吵，她总是我的亲姐姐。"露西尔说。

比夫抬起头。"你为什么不再婚呢？干吗不找个没有老婆、愿意照顾你和'宝贝'的好小伙儿？要是你能忘了勒罗伊，你会成为一个贤妻良母。"

露西尔迟迟没有回答。最后她开口道："你知道我们总是怎么样——我们几乎时刻了解对方心意，没有任何让人脸红心跳的杂念。好吧，这就是我愿意跟其他男人保持的最亲密的关系了。"

"我也是这么觉得。"比夫说。

半个小时后，响起一阵敲门声。葬礼用车停在了房子前。比夫和露西尔缓缓站起身。"宝贝"穿着白色的丝绸裙走在前头，他俩走在后头，三人庄严安静地走到门外。

第二天比夫的餐厅歇业了一整天。到了傍晚，他从前门上取下已经凋谢的百合花花环，打开门再次营业。老顾客们一脸悲伤地走进餐厅,点菜前站在收银台旁跟他聊了几句。往日的常客都到了——辛格、布朗特,还有形形色色在沿街商店以及河边工厂里上班的人。晚饭后,米克·凯利带着她的小弟弟出现了,她向老虎机里塞了一枚五分硬币。她输掉第一枚硬币时,就用拳头敲打机器,不停地打开出币口查看,确保没有东西落下来。然后,她又塞了一枚五分硬币,差点中了大奖。硬币叮叮当当地掉出来,滚了一地。这孩子和她的小弟弟两人一边捡硬币,一边眼神犀利地盯着周围的人,以防有人在他们捡之前用脚踩住硬币。哑巴坐在中央的一张桌子,面前摆着他的晚饭。他对面坐着杰克·布朗特,身上穿着最好的衣服,边喝啤酒边聊天。一切都与往日毫无二致。过了一会儿,随着香烟的烟雾变浓,空气开始浑浊,四周逐渐吵闹起来。比夫很机警,任何动静都无法逃过他的眼睛。

"我四处游走。"布朗特说。他热切地从桌子一侧探过身,双眼紧紧盯着哑巴的脸。"我四处游走,试图劝说他们。可他们嘲笑我。我无法让他们理解任何东西。无论我说什么,似乎都不能让他们看见真理。"

辛格点点头,用他的餐巾抹了抹嘴。他的晚饭冷掉了,因为他不好意思低头吃饭,他如此彬彬有礼,宁愿让布朗特继续说下去。

与那些大人的粗哑嗓音相比,老虎机前两个孩子的说话声高亢响亮。米克正在将五分硬币塞入老虎机里。她不时地环顾四周，望向中央的桌子，可是哑巴背对着她，看不见她。

"辛格先生晚饭吃的是炸鸡，可他一块儿也没吃。"小男孩说。

米克非常缓慢地向下拉动老虎机的操纵杆。"别多管闲事。"

"你总是上楼去他的房间，或是去某个你知道他会在的地方。"

"我叫你闭嘴，巴布尔·凯利。"

"你就是这样。"

米克摇晃他，直晃得他牙齿咯咯作响，然后将他转过身，面朝门口推去。"你该回家睡觉了。早就跟你说过，白天我已经受够了你和拉尔夫，晚上本该是我的自由时间，我不想你跟着我转悠。"

巴布尔伸出脏兮兮的小手。"好吧，那么给我一枚五分硬币。"他将钱揣进衬衫口袋后就出发回家了。

比夫整了整外套，往后捋了捋头发。他的领带是纯黑色的，灰色外套的袖子上有他缝上去的黑纱。他想走到老虎机前跟米克说话，可不知为何他却做不到。他猛地吸了口气，喝下一杯水。收音机里传来一首舞曲，可他不想听。过去十年里的所有曲调都千篇一律，他分辨不出区别。打 1928 年以后，他就不喜欢音乐了。不过他年轻时常常弹奏曼陀林，熟悉当时每一首流行歌曲的歌词和旋律。

他的手指搁在鼻翼上，脑袋歪向一侧。米克过去一年里长大了许多，很快她就会比自己高了。她穿着红色套衫和蓝色百褶裙，自打开始上学后她每天都这么穿。眼下裙褶已经磨平，下摆也被拉松了，拖在她棱角分明而又突出的膝盖周围。她眼下的年纪，模样既像一个女孩，也像一个长过头的男孩。在这个问题上，为什么连大部分最聪明的人都不明就里呢？从本性来看，所有人都具有双性。因此，结婚和上床绝不代表一切。证据呢？真正的年轻人和老年人。通常老年男性声音会变得又高又尖，迈着扭怩作态的小步子。老年女性有时候会发胖，声音变得粗哑而低沉，她们还会长出黑色的小胡子。他自己甚至都能证明——他有时候几乎希望自己是一个母亲，米克和"宝贝"是他的孩子。突然之间，比夫从收银台转过身去。

报纸乱成一团。两周来，他都没有归档过一张报纸。他从柜台下面拾起一沓报纸。他熟练地从刊头到刊尾扫了一眼。明天他会整理后屋里的几摞报纸，考虑一下改变归档系统。做几个架子，再用那些装运罐头的结实箱子做些抽屉。按照时间顺序从1918年10月27日，往上一直排到现在。文件夹和顶部标记分类历史事件。有三套分类方法——第一类是国际事件，从一战停战协定一直到慕尼黑协定余波；第二

158

类是国内事件；第三类是当地新闻，从莱斯特市长在乡村俱乐部枪杀妻子到哈得孙河工厂大火。过去二十年所发生的一切都做了摘要、分类，完整无缺。比夫搓着下巴，一边用手挡住嘴巴，悄悄地面露喜色。尽管艾丽斯想让他把报纸拖出去，这样她就可以把这个房间改造成女厕所。她总在他耳边唠叨着要他办这事，可那次他揍了她一顿。只此一次。

在平静的沉思中，比夫开始专注于眼前报纸上的新闻细节。他专心致志地阅读着，不过出于习惯，他身体的某个次要部分对周围总是保持警惕。杰克·布朗特还在滔滔不绝地讲话，时不时他会用拳头砸桌子。哑巴啜饮着啤酒。米克在收音机附近焦躁地走来走去，眼睛注视着客人。比夫逐字逐句地读第一张报纸，还在边缘处做了些笔记。

突然，他一脸惊讶地抬起头。他原本张开嘴想打个哈欠，转眼又合上了嘴。收音机转到了一首老歌，这首歌可以追溯到他和艾丽斯订婚的年代。《黄昏时宝贝的祈祷》[①]。一个星期天，他们搭乘有轨电车前往老萨迪斯湖，租了一条小船。夕阳西下，他弹着曼陀林，她唱着歌。她戴着一顶水手帽，当他搂住她的腰时——艾丽斯——

追忆昔日失去的深情。比夫折好报纸，将它们放回柜台底下。他站立的重心在两只脚上来回倒腾。最后，他朝着屋

---

① 《黄昏时宝贝的祈祷》是美国男高音歌手亨利·伯尔于1918年唱的流行歌曲，讲述的是一个女孩为她在海外参战的父亲祈求平安。

子那头的米克喊了一声。"你在听音乐，是吗？"

米克关掉收音机。"没有，今晚没啥好听的。"

他想将一切都抛诸脑后，专注于其他事上。他趴在柜台上，逐一观察顾客。最终，他的注意力落到了中间桌子的哑巴身上。他瞧见米克一步一步挪向他，受他邀请坐了下来。辛格指了指菜单上某样东西，随即女服务员拿来一瓶可口可乐。除了这样的怪胎——一个与世隔绝的聋哑人，没人会邀请一个正常的年轻女孩来与两个正在喝酒的男人坐在同一张桌子上。布朗特和米克都望着辛格。他们交谈时，哑巴看着他们，脸上的表情起了变化。这是一件有趣的事。原因在他们身上，还是在他身上？他双手插在口袋里，非常安静地坐着，由于他的沉默让他看起来高人一等。那个家伙想到了什么、明白了什么？他知道什么？

那个晚上有两次，每当比夫要走向中间那桌时，最终克制住了。他们走后，他还在琢磨这个哑巴究竟是怎么回事——凌晨他躺在床上，脑海中反复思考着疑问和答案，结果并不令人满意。这种疑惑在他心里生了根。在意识深处困扰着他，令他心神不宁。一定有什么地方不对劲。

三

科普兰医生和辛格先生聊过好几次。他的确同别的白人不一样。他是个睿智的人，他能够理解这强烈而真实的目标，其方式是其他白人所不能的。他倾听时，脸上现出某种温柔、犹太人式的神色，以及对一个受压迫种族的认同。有一回，他带着辛格先生去巡诊。他领着他穿过寒冷狭窄的过道，四周散发着污秽、疾病以及煎炸背膘的油腻味。他向他展示了一场成功的脸部皮肤移植手术，女患者被严重烧伤。他给一个患梅毒的孩子治疗，指给辛格先生看，这孩子手掌上脱落的疹子、晦暗浑浊的眼球表面，以及斜出的上门牙。他们拜访过一个两间房的棚屋，里面住的人多达十二到十四个。在一个房间里，炉膛里橘黄色的火焰很微弱，一个老人因为肺炎而喘不上气来，他们孤立无援。辛格先生走到他身后，默默凝视，满心同情。他拿出几枚硬币给孩子们，由于他的性格安静、行为得体，他没有像其他访客那样打扰病人。

时下天气寒冷，变化莫测。小镇上爆发了一场流感，科普兰医生为此日夜不停地忙碌。他驾驶着那辆底盘很高的道奇车穿行于镇上的黑人社区，这辆车他已经开了九年。他把鱼胶窗帘扣在车窗上，以阻挡寒风，脖子上紧紧围着他那条灰色的羊毛围巾。这段时间，他没见过波西亚、威廉或海博伊三人，但他时常想起他们。有一回他出诊去了，波西亚过来看他留了张字条，借走半袋玉米粉。

有一天晚上，他累得筋疲力尽，尽管还有几家要去出诊，但他还是喝了热牛奶就上床睡觉了。他身上发冷，还有热度，所以起初辗转难眠。可似乎正当他要睡着时，一个声音在叫他。他疲惫地爬起来，依旧穿着他那件长款法兰绒睡衣，打开前门一看，是波西亚。

"老天爷帮帮我们吧，父亲。"她说。

科普兰医生瑟瑟发抖地站着，睡衣紧紧裹着腰部。他一只手捂住喉咙，望着她，等她开口。

"是威利出事了。他一直是个坏小子，这回惹下天大的麻烦了。我们得想想办法。"

科普兰医生迈着僵硬的步伐离开门廊。他走到卧室停下来，找出他的浴袍、围巾和拖鞋，然后回到厨房。波西亚正在那儿等着他。厨房里死气沉沉，冷飕飕的。

"好吧。他闯了什么祸？出了什么事？"

"稍等一下。让我先理一下思路，想明白一切，才能原原本本地告诉你。"

他把几张炉子上的报纸捏成团，又捡起几根引火棍。

"让我来生火，"波西亚说，"你就坐在桌边，炉子很快热了，我们喝杯咖啡。也许一切还没到不可收拾的地步。"

"没有咖啡了。昨天我喝了最后一点儿。"

他这么一说，波西亚忍不住大哭起来。她粗鲁地把报纸和木棍塞进炉子下面，一只手颤巍巍地点着了火。"事情是这样的，"她说，"今晚威利和海博伊在一个地方瞎混，他们在那儿没什么正经事。你知道吗，我多想整天让威利和海博伊待在我身边？好吧，要是我在场，就不会出这乱子了。可当时我在教堂参加女士聚会，他们两个男孩就闲不住了。他们去了丽贝卡夫人的'逍遥宫'。父亲啊，那可真是个邪恶糟糕的地方。那儿有个人坐在车上卖票——他们还有身材丰满、出身低下、搔首弄姿的黑人女孩，到处是红色的丝缎帘子和——"

"女儿，"科普兰医生不耐烦地打断她。他双手按着脑袋两侧。"我知道这个地方。说重点。"

"卢芙·琼斯在那里——她是个邪恶的黑人女孩。威利喝了酒，在跟她跳舞，后来你知道就出事了，他跟人打架了。跟他打架的这个男孩名叫朱恩伯格①——起因是卢芙。起初他们都赤手空拳，后来这个朱恩伯格掏出了他的小刀。我们威利没有小刀，于是他开始大吼大叫，绕着店堂逃窜。最后海博伊给威利找来一把剃刀，他又退了回去，几乎把朱恩伯格的脑袋切了下来。"

科普兰医生拽紧了围巾裹在身上。"他死了？"

"那小子太坏了，没死。他被送进医院，可他不久后就要出院了，又要来找麻烦。"

"威廉呢？"

---

① 原文为 Junebug，也是一种甲虫的名字，即绿花金龟。

"警察来了，把他送进黑玛利亚的监狱。到现在还关着呢。"

"他没受伤吧？"

"哦，他伤了一只眼睛，屁股被刺伤了。不过不太要紧。可我不明白的是，他怎么会跟那个卢芙搞上的。她至少比我还黑十个色度，是我见过的最丑的黑人。她走路的样子，就像两腿间夹着一枚鸡蛋，不想打破它似的。她甚至都不干净。而威利就是为了她刺伤了那个臭小子。"

科普兰医生凑近炉子，痛苦地哼哼着。他咳嗽了起来，面容僵硬。他拿手帕捂住嘴，上面沾着斑斑血迹。他脸上黑色的皮肤泛着青白。

"当然，一出事海博伊马上就跑来通知我。要知道，我家海博伊不会招惹这些坏姑娘。他只是陪着威利去的。他为威利难过得不行，打那之后就一直坐在监狱外的马路牙子上。"火红的泪珠从波西亚的脸颊滚落下来。"你知道我们三人总是在一起。我们有自己的打算，以前从没出过岔子。即便缺钱也没让我们伤脑筋。海博伊交房租，我来买食物——威利负责星期六晚上的娱乐花销。我们一直在一起，仿佛三胞胎似的。"

最后天终于亮了。工厂里第一个班头的哨声响起。太阳升起，照亮了炉子上方挂在墙上的干净炖锅。他们坐了好久。波西亚感觉耳垂刺痒，又红又紫，拉扯了一下耳环。科普兰医生依旧双手撑着脑袋。

"在我看来，"波西亚最后开口道，"要是我们能请一些白人写信为威利求情，或许会管些用。我已经去找过布兰农先生了。他完全照我说的写了信。事情发生后，他就在咖啡馆，仿佛他每天晚上都在。于是我就去了咖啡馆，解释发生了什么事。后来我带着信回了家。我把信夹在《圣经》里，这样就不会弄丢或弄脏了。"

"信里怎么写的？"

"布兰农先生照我的请求写。信上讲威利三年来如何为布兰农先生工作。还讲了威利是一个正直良善的黑人青年，在此之前从未惹是生非。他如果像其他某些黑人青年一样，他在咖啡馆里有的是机会小偷小摸，还有——"

"够了！"科普兰医生说，"这些都没用。"

"可我们不能坐着干等啊，眼看着威利关在牢里。我们家威利，这么可爱的小伙子，即便他今晚确实犯了错。我们总不能坐着干等呀。"

"我们只能等。这是我们唯一能做的。"

"好吧，我知道我啥也做不了。"

波西亚从椅子里站起身来。她心烦意乱地环顾房间，仿佛在寻找什么。接着，她猛地朝前门走去。

"等一等，"科普兰医生说，"你现在打算去哪儿？"

"我得去上班。我必须要保住工作。我必须待在凯利太太那儿，挣到每周的薪水。"

"我想去趟监狱，"科普兰医生说，"也许我能见到威廉。"

"我上班路上要经过监狱。我还得把海博伊送走，让他去上班——否则他可能会在那儿坐一个上午，为威利难过。"

科普兰医生匆忙换好衣服，同波西亚一起来到前厅。他们一起走出屋子，拥抱凉爽、蔚蓝的秋日早晨。监狱的人对他们很粗鲁，他们打听不出什么消息。科普兰医生随后去咨询一位律师，他以前为此人看过病。之后几天简直是遥遥无期，充满了忧虑。直到第三周末尾，威廉的审判终于开庭，他被判使用致命武器攻击罪，处以九个月苦役，立刻押送至本州北部的一座监狱。

即使现在，那个强烈而真实的目标还总是存在他的心里，他也无暇为之思考。他走家串户，工作没完没了。他大清早就开着汽车上路，到了十一点，病人们来到办公室。从室外凛冽的秋日空气中来到室内，屋里一股闷热陈腐的气息会让他咳嗽不止。前厅里的长凳上总是坐满了耐心等候的黑人病患，有时候甚至连前门廊和卧室里都挤得水泄不通。整个白天，甚至经常到深夜还要接诊。由于身体疲惫不堪，他有时就想躺在地上，双拳捶地，大哭一场。

如果他能好好休息，也许就会康复。他患有肺结核，一天给自己量四次体温，一个月照一次 X 光。可他无法休息。因为还有一件事比他的疲倦更重要——这就是那个强烈而真实的目标。

有时候只有在白天黑夜漫长的工作都结束后，他才会想起这个目标，他会放空思绪，这样他就会短暂地忘记这个目标是什么。然后，他会再次想起来，接着他便会焦躁不安、迫不及待地开始一项新任务。可是，他经常结结巴巴说不出话来，他的嗓音现在嘶哑了，不如以前洪亮。他努力当着他的同胞的面——这些满脸病容、充满耐心的黑人，挤出他要说的话。

他经常与辛格先生交谈。同他在一起时，他会谈到化学以及宇宙的奥秘。无穷小的精子和成熟卵子的分裂。谈复杂的百万倍细胞分裂。谈生命体的秘密和死亡的简明。他也同他谈到了种族。

"他们将我的同胞从大草原和黑暗的绿色雨林中带走，"有一次他对辛格先生说，"在被铁链锁住前往海岸的旅程中，他们中成千上万的人死去了。只有强壮的人幸存下来。他们被锁在肮脏的船上，载到这里，然后又死去一批。只有意志坚强、坚忍不拔的黑人才能活下来。他们饱受虐待，身负铁链，不断被拍卖，他们中那些不那么强壮的黑人再一次消亡了。最后，历尽多年的磨难，我同胞中最身强力壮的那些人活了下来。以及他们的子孙后代。"

"我来借点东西，请你帮个忙。"波西亚说。

她穿过前厅，站在门口跟他说话时，科普兰医生正独自待在厨房里。威廉被逮捕已经两周了。波西亚变了个人。她的头发不像往常那样梳得油光水亮、一丝不乱，她的眼睛里布满血丝，仿佛喝了烈酒。她双颊凹陷，再加上面色蜡黄，充满悲戚之色，此时更像她母亲了。

"你知道你这儿有一些漂亮的白色杯碟吧？"

"你拿去留着用吧。"

"不，我只是借来用用。我来还要请你帮个忙。"

"你尽管说。"科普兰医生说。

波西亚隔着桌子坐在父亲对面。"我想，首先我最好解释一下。昨儿我收到外公捎来的口信，说他们一家人明天过来，跟我们待一个晚上，还有周日半天。因为他们都非常担心威利，外公觉得我们应该重新聚在一起。他说得对。我当然希望再见见我们的亲人。威利被带走后，我太想家了。"

"你可以拿走那些杯碟，还有这里你能找到的一切，"科普兰医生说，"但是，挺起你的胸膛，女儿。你的姿态糟透了。"

"这会是一次真正的大团圆。你知道，外公第一次来镇上过夜是二十年前的事了。他一辈子只有两次在家以外的地方过夜。不管怎么样，他到了晚上多少有点紧张。一到夜里，他就要起来喝水，去瞧瞧孩子们是否都盖好了被子。我有点儿担心，外公到这里是否会住得舒坦。"

"我的任何东西，你觉得用得上的话——"

"因为李·杰克逊会把他们送来，"波西亚说，"李·杰克逊拉车的话，他们要花一整天才能到这儿。我估计他们晚饭前到不了。因为外公总是对李·杰克逊很耐心，他绝不会催促他。"

"我的老天！那头老骡子还在世呢？他肯定足有十八岁了。"

"还要更老。外公一直用他劳作了二十年。他拥有那头骡子这么久了，他总说李·杰克逊就像他的亲人。他了解李·杰克逊，就像爱他的孙辈们一样爱他。我从来没见过一个人像外公一样，如此了解动物的想法。他对所有能行走进食的生物都有种亲切感。"

"一头骡子用二十年是够长了。"

"的确是。眼下李·杰克逊已经很虚弱了。不过外公肯定会好好照顾他。它们在烈日下犁地时，李·杰克逊像外公一般，头上戴一顶巨大的草帽——还给两侧耳朵开了洞。那头骡子的草帽真逗，要是犁地的时候头上没戴那顶草帽，李·杰克逊一步也不肯挪。"

科普兰医生从架子上取下雪白的瓷碟，用报纸包裹好。

"你那儿的锅碗瓢盆烧菜够用吗？"

"足够了，"波西亚说，"我不准备弄得太麻烦。外公，他一向善解人意——一家人聚餐时，他总会带很多东西来给我们添菜。我只要准备足够的玉米粉和卷心菜，再买两磅上好的鲱鱼。"

"听上去不错。"

波西亚黄色的手指紧张不安地交缠在了一起。"还有一件事我还没告诉你。一个惊喜。布迪也要来，还有汉密尔顿。布迪刚从莫比尔回来。他现在正在农场上帮忙。"

"我上回见到卡尔·马克思已经是五年前了。"

"所以我过来问问你，"波西亚说，"你记得我进门时告诉你，我来借点东西，请你帮个忙。"

科普兰医生将指节按得噼啪作响。"没错。"

"好吧，我来是想问问明天的聚会你能不能来。除了威利，你所有的孩子都会来。对我来说，你应该参加。你要是能来，我肯定会很高兴。"

汉密尔顿、卡尔·马克思和波西亚——还有威廉。科普兰医生摘下眼镜，手指压在眼皮上。片刻之间，他眼前非常清晰地浮现出他们四人很久以前的模样。接着他抬起头，将眼镜重新架在鼻子上戴好。"谢谢你，"他说，"我会来的。"

那晚，他在黑暗的房间里独自坐在炉边，回忆往事。他回想起自己的童年时代。他的母亲生下来就是个奴隶，恢复自由之后，她成了洗衣女工。他的父亲是一名牧师，曾经认识约翰·布朗①。他们教他读书写字，从每周挣到的两三美元里省下一部分。待他十七岁时，他们送他去北方，在他的鞋子里藏了八十美元。他曾在铁匠铺里干活，也在一个旅馆里当过服务员和门童。这期间他一直都在学习、阅读、上学。后来他父亲死了，母亲不久也去世了。经过十年的辛苦奋斗，他成了一名医生，他清楚自己的使命，于是再次来到了南方。

他成了家。他没日没夜地挨家挨户宣讲他的使命和真理。他的同胞所遭受的绝望痛苦令他陷入疯狂，产生了一种狂热而不幸的毁灭感。他偶尔喝烈酒，拿脑袋撞击地板。他的内心里存在着一种野蛮的暴力倾向，有一次，他从壁炉里抓起拨火棒，把他的妻子打倒在地。她带着汉密尔顿、卡尔·马克思、威廉和波西亚一起回了娘家。他与自己的灵魂艰苦搏斗，努力抑制这种邪恶的黑暗。八年后，她去世时，儿子们都长大成人，他们都没有回到他身边。只剩下他一个孤零零的老人待在一栋空荡荡的房子里。

第二天下午他五点准时抵达了波西亚和海博伊的住所。他们居住在镇上某个叫"糖山"②的地方——一栋狭小的屋

---

① 约翰·布朗（1800—1895），美国南北战争前夕的废奴主义起义的领导人。
② 美国俚语，指黑人妓院区。

子，带有一个门廊和两个房间。从屋子里传来一阵叽叽喳喳的嘈杂声。科普兰医生步伐僵硬地走到近处，站在门口，手中拿着他那顶寒酸的呢帽。

房间里挤满了人，起初没人注意到他。他搜寻着卡尔·马克思和汉密尔顿的脸。站在他俩身旁的是外公，两个孩子并肩坐在地板上。波西亚瞧见他站在门口时，他还在目不转睛地盯着两个儿子的脸。

"父亲来了。"她说。

室内突然安静下来。外公在他的椅子上转过身来。他瘦骨嶙峋，伛偻着身子，脸上布满皱纹。他穿着三十年前在他女儿婚礼上穿过的同一件墨绿色西装。胸前的马甲上挂着一条光泽暗淡的铜表链。卡尔·马克思和汉密尔顿两人面面相觑，随即低头注视地板，最终望向他们的父亲。

"本尼迪克特·马迪——"那位老人开口道，"好久不见。真的相当久了。"

"可不是吗！"波西亚说，"这么多年来，这是大家第一次团聚。海博伊，你去厨房拿把椅子来。父亲，布迪和汉密尔顿过来。"

科普兰医生同他两个儿子握了握手。他们两个都又高又壮，手足无措的样子。在蓝衬衫和工装裤的映衬下，他们的肤色与波西亚一样，呈现同样的深棕色。他们没有直视他的眼睛，脸上也看不出爱憎。

172

"可惜不是所有人都到齐了——萨拉阿姨、吉姆还有其他人没来，"海博伊说，"不过，对于今天到场的人，我们高兴极了。"

"骡车坐得满满当当的，"其中一个孩子说，"因为骡车太挤了，我们只能走上一大段路。"

外公用一根火柴杆掏着耳朵。"总得有人留下看家。"

波西亚不安地舔了舔她那深色的薄嘴唇。"我在想我们家的威利。哪里有派对，或是哪里热闹，总少不了他这个出风头的人。我脑子里总惦记着我们家威利。"

一阵表示同意的低语声悄然在房间里响起。老人向后靠着椅背，上下晃动着脑袋。"波西亚，亲爱的，请你给我们读一段《圣经》吧。上帝的话在危难时必定有非凡意义。"

波西亚从房间中央的桌子上拿起《圣经》。"你这会儿想听哪段，外公？"

"整本都是圣主的箴言。你翻到哪儿就读哪儿吧。"

波西亚从《路加福音》开始读。她读得很慢，用纤细无力的手指点指文本。房间里一片寂静。科普兰医生坐在人群的边缘，指节按得略略直响，目光游移，从一点落到另一点。房间很小，空气闷热不堪。四面墙上挂满了年历，简陋地糊着从杂志上撕下的广告。壁炉架上摆着一花瓶红纸折成的玫瑰花。壁炉里的火缓缓燃烧，油灯里发出的摇曳灯光，在墙上投下影子。波西亚读得很慢，一字一句都流进了科普兰医生的耳朵里，令他昏昏欲睡。卡尔·马克思四仰八叉地躺在孩子们身旁的地板上。汉密尔顿和海博伊打起了瞌睡。只剩下老人似乎在琢磨这些词句的含义。

波西亚读完了这一章，合上书。

"我不止一次地思考这件事。"外公说。

房间里的人都从瞌睡中醒过神来。"什么事？"波西亚问。

"是这样。你们还记得耶稣起死回生、治愈病患的章节吗？"

"当然，我们记得，先生。"海博伊恭恭敬敬地说。

"有好多回我在耕地劳作时，"外公慢吞吞地说，"我边思考边琢磨耶稣何时会再度降临这片土地。因为我一直这么盼望着，在我看来我活着的时候还能看到这一天。我常常琢磨这事儿，是这样打算的。我估计我会和我的儿孙、曾孙、亲朋好友一起站在耶稣面前，我会对他说：'耶稣基督，我们都是一群悲伤的黑人。'然后他会将他那圣洁的手放在我的额头上，瞬间我们就会变成白人，如棉花般雪白。我已经在心里这样打算、琢磨了好多好多回。"

一阵寂静降临在房间里。科普兰医生猛地拉开袖口，清了清嗓子。他的脉搏突突直跳，喉咙发紧。他坐在房间的角落，感到孤立、愤怒又寂寞。

"你们中有人得到过来自天堂的预兆吗？"外公问。

"我有，先生，"海博伊说，"有一回我生病得了肺炎，我看到上帝的脸从壁炉中望着我。那是一张巨大的白人的脸，长着白胡子和蓝眼睛。"

"我见过一个幽灵。"一个孩子说——那个女孩。

"有一回我看见——"一个小男孩开口道。

外公举起手。"你们小孩子家别说话。你，西莉亚——还有你，惠特曼——现在是你竖起耳朵听，而不是开口的时候，"他说，"只有一次我遇到了一个真正的预兆。它是这么发生的。去年夏天的时候，天气炎热。当时我正在试图挖出猪圈附近那棵大橡树的树桩，当我弯腰时，突然间，一阵剧痛爬上了我的后腰。我直起身子，顿时四周天色渐暗。我一手扶着腰，抬头望向天空时，突然我看见了这个小天使。那是一个白皮肤的小女孩天使——在我看来大约就豌豆大小——黄头发，身穿白袍。就在太阳周围飞翔。随后，我进了屋子，开始祈祷。再次踏足田野之前，我足足研究了三天《圣经》。"

科普兰医生感受到了他身体里那似曾相识的邪恶怒火。这些话刚刚升到他的嗓子眼，他却说不出来。他们愿意倾听这个老人。可是对于理性的言辞，他们却毫不在意。这些就是我的同胞，他竭力告诉自己——可是因为他无法开口，这个想法此时于他无益。他紧张地坐着，郁郁不乐。

"真是个怪事儿，"外公突然开口道，"本尼迪克特·马迪，你是个好医生。每次我在地里干点活儿之后，后腰就疼得要命，是怎么回事？怎么会让我这么难受？"

"您今年高寿了？"

"我估摸着七十多、八十不到。"

老头热衷于寻医问药。以前他带着一大家子来看望黛西时，总会接受体检，给大伙儿带些药品和药膏回家。不过，黛西过世后老头儿就再没来过，从此他只能服用报纸上做广告的泻药和补肾药来满足自己的需求。此刻，老头儿注视着他，目光中充满了羞怯的渴望。

"多喝水，"科普兰医生说，"尽量多休息。"

波西亚走进厨房去准备晚饭。热乎乎的饭菜香开始充满房间。周围传来低低的闲聊声，可科普兰医生既没有倾听也没有说话。他时不时地看着卡尔·马克思和汉密尔顿。卡尔·马克思谈论起乔·路易斯。汉密尔顿谈论最多的是那场砸坏了许多庄稼的冰雹。他们与父亲的目光相接时，咧嘴一笑，双脚在地上蹭来蹭去。他一直盯着他们俩，眼神里充满了愤怒的痛苦。

科普兰医生咬紧牙关。对于汉密尔顿、卡尔·马克思、威廉和波西亚，还有他为他们几个设定的强烈而真实的目标，他思之再三，而一看见他们的脸，他心里就升起了一种黑暗的兴奋感。要是能够向他们一吐心声，从遥远的开始说起，一直讲到今晚，这样的诉说会缓解他心中尖锐的痛楚。

但他们不愿倾听，也理解不了。

他绷紧身体，好让身上的每一块肌肉都紧张僵硬。他对周围的事不闻不问。他坐在一个角落里，仿佛一个又瞎又哑的人。不久，他们来到餐桌边，老头做了饭前祷告。不过科普兰医生没吃东西。海博伊拿出瓶一品脱的金酒，他们有说有笑，嘴对着瓶口，一个接一个传下去。他同样也拒绝了。他顽固而沉默地静坐着，最后他拿起帽子，没有告别就离开了屋子。如果不能把这一大套真相原原本本地说出来，那么他宁愿只字不提。

一整晚他精神紧张地躺在床上，彻夜难眠。第二天是周日。他出了五六趟诊，将近中午时，他去了辛格先生的房间。这次拜访缓解了他心中的孤独感，于是当他道别时，他的内心再一次恢复了安宁。

然而，还没走出这栋房子，这份安宁就被打破了。发生了一件意外。他正下楼时，瞧见一个白人手里抱着个纸袋。他贴着楼梯栏杆走，好让他们俩能够错身而行。可那个白人低着头，一步两级冲上了楼梯，结果两人撞个满怀，力道之大，科普兰医生被撞得晕头转向、呼吸急促。

"老天爷！我没看见你。"

科普兰医生直勾勾地盯着他，没答话。他以前见过这个白人。他记起了这个矮小野蛮的身躯和那双巨大笨拙的双手。随即，出于一种心血来潮的临床兴趣，他观察起这个白人的脸，在他的眼中，他看到了一种奇特、固执、充满疯狂的孤僻神色。

"对不住。"白人说。

科普兰医生一手扶着栏杆，侧身走了过去。

四

"那人是谁？"杰克·布朗特问，"刚从这儿出去的那个又高又瘦的黑人？"

这个小房间非常整洁。阳光照射在桌上一碗紫色的葡萄上。辛格坐在那儿，椅背向后翘，双手插在口袋里，望着窗外。

"我在楼梯台阶上撞见了他，他看我的眼神——怎么说，从没有人用这么讨厌的眼神看我。"

杰克将那袋麦芽啤酒放在桌上。他吃惊地意识到辛格不知道他走进了房间。他走到窗边，碰了碰辛格的肩膀。

"我不是故意撞到他的。他没理由这样反应。"

杰克打了个冷战。尽管外头艳阳高照，房间里还是冷飕飕的。辛格抬起食指，去了前厅。回来时，他拎了一桶煤和一些引火之物。杰克注视着他跪在壁炉前。他跪在地上，轻轻地折断几支引火棍，然后将它们放在纸上。然后他按比例放上煤。起初火没点着。火焰微弱地跳跃着，被一团黑烟闷熄了。辛格拿一张双层报纸盖在了壁炉格栅上。气流重新燃起了炉火。房间里响起一阵呼呼的声响。纸张烧了起来，被炉膛吞噬。格栅里噼噼啪啪地燃起了一片橘红色火焰。

早上的第一杯麦芽啤酒闻着有股浓厚的醇香。杰克咕咚一口闷下了他的那杯，用手背抹了抹嘴。

"很久以前我认识一位女士，"他说，"不知怎么你让我想起了她。克拉拉小姐。她在得克萨斯拥有一座农场。她做了杏仁糖在城里卖。她是个身材高大的美貌女子。穿着松松垮垮的长款羊毛衫和笨重的鞋子，戴着顶男人的帽子。我认识她的时候她丈夫已经死了。不过我想说的是：假如不是因为她，我可能永远都不知道。我可能像那些一无所知的芸芸众生一样，浑浑噩噩地过着日子。我可能会成为一个传道士、纺织工或销售员。我的整个人生可能就虚耗了。"

杰克一脸讶异地摇了摇头。

"要明白我的话，你就得知道从前发生的事。你看，我小时候住在加斯托尼亚。那时我是个走路外八字脚的小不点儿，个子太小没法去工厂上班。我在一家保龄球球馆当球童，只管饭，没工钱。后来我听说，在离这儿不远的地方，一个聪明机灵、手脚麻利的男孩一天可以靠串烟叶赚三毛钱。所以我就去了那儿，干那每天赚三毛钱的活儿。那时候我十岁。我从家里出来。没留个信。他们很高兴我走了。那些事情你懂的。而且除了我姐姐，家里没人能识字读信。"

他凭空挥了挥手，仿佛拂去脸上什么东西。"不过我是这个意思。我最早的信念是耶稣。有一个家伙与我在同一个棚里工作。他有个神龛，每晚都祷告。我去了一听，于是就信了这个。我从早到晚脑子里想的都是耶稣。闲暇时间，我学习《圣经》并祷告。于是，有一天晚上，我抄起个锤子，一只手放在桌上。我很愤怒，把钉子直挺挺地敲了进去。我的手被钉在桌上，我看着它，手指不停颤动，开始发青。"

杰克摊开手掌，指了指手掌中央那个粗糙、死灰的伤疤。

"我想做一个福音传道者。我打算周游全国，一边传道，一边举办奋兴布道会。同时，我从一个地方搬到了另一个地方，差不多二十岁时，我到了得克萨斯。我在一片山核桃树林工作，克拉拉小姐就住在附近。我结识了她，有时候晚上我会去她家。她跟我谈话。你懂的，我不是立刻开始知道一切。我们中任何人都没有发生过这种事。是循序渐进的。我开始读书。我会工作到刚好攒到足够的钱，这样就能停下一段时间用来学习。这就仿佛再世为人。只有我们这些知道的人才能理解其中的含义。我们已经睁开眼睛，看到了。我们就像是来自遥远的国度。"

辛格表示同意。房间里像家一般舒服惬意。辛格从柜子里取出铁盒，里面装着他的饼干、水果和奶酪。他挑了一个橙子，慢慢地剥去皮。他剥掉了皮和瓤之间的衬皮，直到果肉在阳光下透明可见。他掰开橙子，将果肉分了一半给杰克。杰克一口吞下两瓣，然后把籽"嗖"的一声吐进炉火里。辛格慢慢地吃了他那半个橙子，整整齐齐地将籽放在手掌上。他们俩又开了两瓶啤酒。

"我们这样的人在这个国家有多少呢？也许一万。也许两万。也许还要多。我去了很多地方，可我只见过为数不多的几个像我们这样的人。我指的是一个人的确知道。他能看清世界的本质，他回顾数千年历史，为的是能看清来龙去脉。他观察着资本和权力的缓慢融合，看到这一过程在今天达到了顶峰。在他眼中美国就是一座疯人院。他看到人们如何为了苟且偷生而抢劫他们的兄弟。他看到忍饥挨饿的儿童，还有为了糊口、一周工作六十小时的女人。他看到他妈大批失业者，还有数十亿计的美元和成千上万亩的土地白白浪费。他看到战争降临。他看到人们饱受折磨时是如何变得卑鄙无耻、丑陋不堪，他们身上丧失了某些品质。但他看到的重点是，世界的整个体系是建立在一个谎言之上。尽管真相如同光辉的太阳般一目了然——那些不知道的人被蒙在鼓中这么久，他们就是无法看清。"

由于愤怒，杰克额头上的青筋暴起，隐隐泛红。他一把抓起壁炉前的煤桶，将煤一股脑地倒进了炉火中。他的脚失去了知觉，他使劲跺着脚，跺得地板直晃。

　　"我已经走遍了这个地方。我四处走动。我跟人交谈。我试图向他们解释。但那又有什么用？上帝啊！"

　　他凝视着那团火，因为喝了啤酒脸上飞红，而炉火的热量令他的脸色更红了。脚上的麻木感向上蔓延至大腿。他双眼迷离，看着火光的种种颜色，绿色、蓝色和亮黄色，相互交织。"你是唯一一个，"他迷迷糊糊地说，"唯一一个。"

　　他不再是个异乡客了。现在他已经熟悉了小镇上所有杂乱无序的贫民窟里的每一条街道、每一条小巷，以及每一道篱笆。他依然在阳光南方游乐场干活。整个秋天，游乐场从一片空地迁徙到另一片空地，总是在城市外围的边缘徘徊，直到最后绕着小镇兜了一圈。地点虽然在变，但是场景相似——一条狭长的荒地，周围是成排的破败棚屋，附近挨着工厂、轧棉厂或是装瓶厂。游客是相同的一群人，大部分都是工厂工人和黑人。游乐场到了晚上会亮起俗不可耐的彩灯。旋转木马伴随着机械的音乐声绕圈旋转。秋千飞旋，掷硬币游戏周围的栏杆处总是挤满了人。有两个摊位出售饮料、多汁的棕色汉堡和棉花糖。

　　他被招来当机械师，可渐渐地，他的职责范围越来越大。他在一片嘈杂中声嘶力竭地大吼大叫，不停地从游乐场的一处闲逛到另一处。满头大汗，胡须常常被啤酒打湿。每周六，他的工作是维持人流秩序。他那矮胖结实的身躯，运用蛮力，在人群中推搡穿行。只有他的眼神中没有流露出他身体其他部分的暴力。宽大阴沉的额头下，双目圆睁，露出一种沉默内敛、心不在焉的神色。

他一般在午夜十二点至一点之间回到家。他住的房子被隔成了四个房间，租金是每人一块五毛。后面有个茅房，门廊上有个水龙头。他的房间里，墙壁和地板散发出一种潮湿酸腐的气味。沾满煤烟污垢的廉价蕾丝窗帘悬挂在窗户上。他将他那套上等的西装藏在箱子里，工装裤就挂在一枚钉子上。房间没有暖气，也不通电。然而，窗外亮着一盏街灯，在室内投下了一片略带青色的苍白反光。除非想要阅读，不然他从来不点床头那盏油灯。油灯在寒冷房间里燃烧时的刺鼻气味熏得他恶心。

他要是待在家里，就会焦躁不安地走来走去。他坐在凌乱的床沿上，粗鲁地啃咬着他那参差不齐又脏兮兮的指甲末端。污垢的强烈味道留在口中久久难以消散。他身上的孤独感如此锋利，令他充满恐惧。平常他收着一品脱的走私威士忌。他会喝不掺水的纯酒，天亮时他就会觉得周身暖和，十分惬意。五点钟，工厂里第一个班头的哨声响起。这哨声会发出迷茫、阴森的回响，而且在哨声响过之前他绝对睡不着。

可他一般不会待在家里。他会走到外面狭窄逼仄、空空荡荡的街道上。清晨天色未亮的几个小时里，天空漆黑，繁星璀璨明亮。有时候，工厂在运作。灯光昏黄的厂房里传出机器的轰鸣声。他在大门口等待着上早班的人。穿着羊毛衫和印花裙的年轻女孩走出工厂，钻进了黑魆魆的街道。男人们手上拿着饭盒，蜂拥而出。有些人回家之前总会去咖啡餐车喝上一杯可口可乐或是咖啡，杰克会同他们一起走。在喧嚣的工厂里，那些工人能够清清楚楚地听见每一个说出来的字，可是出了工厂的第一个小时里，他们成了聋子。

在咖啡餐车前，杰克喝了杯加威士忌的可口可乐。他在同人谈话。冬日的黎明白蒙蒙、雾腾腾，十分寒冷。他盯着这些憔悴蜡黄的脸孔，醉眼蒙眬，神情迫切。他经常遭到嘲笑，每当这时，他就将自己矮小的身躯挺得笔直，带着讥讽的口气，蹦出些佶屈聱牙的字眼儿。拿着杯子的那只手，伸出一只小指，桀骜不驯地捻着他的胡须。如果还有人嘲笑他，偶尔他会打架。他疯狂地挥舞着那对棕色的大拳头，大声抽泣。

这样的清晨之后，他轻松地回到游乐场，心中释然。挤过水泄不通的人群，令他松弛下来。这喧嚣、这恶臭，还有在人群中的摩肩接踵，都缓和了他的心烦意乱。

由于镇上实行蓝色法规①，游乐场在安息日会停业。星

----

① 殖民地时期清教徒社团颁行的蓝色法规，禁止星期日营业、饮酒及娱乐等世俗活动，源出印在蓝色纸上的关于安息日的规定，美国独立战争后除若干州外已终止执行。

184

期天他会起个大早，从手提箱中取出他的哔叽西装。他来到主街上。首先，他拜访的是纽约咖啡馆，买上一袋麦芽啤酒。接着他就去辛格的住处。尽管镇上有很多人他叫得出名字或认得出脸，但哑巴是他唯一的朋友。他们在安静的房间里无所事事，默默地喝着麦芽啤酒。他会讲话，这些话来自那些大街上或在他房间里独自度过的黑暗清晨。这些言语经过组织，轻松地被说出口。

炉火熄灭了。辛格在桌边自顾自地下棋。杰克睡着了。突然他一个激灵醒了过来。他仰起头，转向辛格。"是的，"他仿佛在回答一个突如其来的提问，"我们之中有些人是共产党。但不是所有人——。至于我自己，我不是一名共产党。因为起初，我只认识他们中的一个人。你可能会游荡数年却碰不上共产党人。周围没有办公室，你没法找过去说自己想加入他们——假如有这样的地方，我也从没听说过。你不能乘个飞机去纽约就加入了。正如我说的，我只认识一个共产党人——他是个身材矮小、声名狼藉的禁酒主义者，有口臭。我们打了一架。倒不是我反对共产党人。主要原因是，我看不上斯大林和苏联。我憎恨他妈的每一个国家和那儿的政府。但即便如此，也许我还是应该首先考虑加入共产党。我不确定该怎样选择。你怎么看？"

辛格皱紧眉头，陷入沉思。他伸手去拿他的银色铅笔，在他的便笺本上写道，他不知道。

"可事情是这样。你看，我们在知道之后无法安于现状，我们应该行动起来。我们中有些人发了疯。有太多事要做，你不知道从何入手。这会让人发疯。即使是我——我做了很多事，回过头来审视它们时，似乎并不理性。有一次我单枪匹马发起了一个组织。我挑选了二十个纺织工，跟他们谈话，直到我以为他们知道了。我们的座右铭只有一个词：行动。哈！我们打算组织暴动——尽我们所能引起轩然大波。我们的终极目标是自由——一种真正的自由、伟大的自由只有依靠人类灵魂的正义感才能实现。我们的座右铭，'行动'，意味着消灭资本主义。在宪法（由我起草的）中，某些条款规定，一旦我们大功告成，就要将座右铭'行动'替换成'自由'。"

杰克将一根火柴的一头削尖，剔着一个烦人的牙洞。过了片刻，他继续说道：

"后来宪法起草完毕，第一批追随者也经过了有效组织——我就外出继续搭车环游，为我们的组织招募小组。不到三个月我回来了，你猜我发现了什么？第一次英勇的行动是什么？他们正义的怒火战胜了有计划的行动，结果他们在没有我参与的情况下继续前进了吗？是发生了破坏、杀人、革命吗？"

杰克在椅子上向前探身。他顿了顿，冷静地说：

"我的朋友，他们从经费里偷了五十七块三毛去购买了制服帽和免费周六晚餐。我发现他们围坐在会议桌前，掷着骰子，头上戴着帽子，手边放着一块火腿和一加仑金酒。"

随着杰克爆发出一阵大笑，辛格脸上露出了一抹腼腆的微笑。过了一会儿，辛格脸上的笑容渐渐绷紧淡去。杰克还在哈哈大笑。他额头上的青筋暴出，脸色暗红。他笑得太久了。

辛格抬头看看钟，指了指时间——十二点半。他拿起手表、银色铅笔和便笺本，还有壁炉架上的香烟火柴，塞进口袋里。到饭点儿了。

可是杰克依然大笑不止。他的笑声中存在某种机械性。他在房间里来回踱步，口袋里的零钱叮当作响。他那修长有力的手臂紧张笨拙地摆动着。他开始报出即将要进餐的部分菜名。讲到食物时，他一时兴起，脸上现出狂热的神情。每说出一个字，他就会鼓起上嘴唇，仿佛一头饥肠辘辘的动物。

"烤牛肉配肉汁。米饭。卷心菜和发酵白面包。还有一大片苹果派。我快饿死了。哦，约翰尼，我能听到北方佬来了。说到吃饭，我的朋友，我跟你提过克拉克·帕特森先生的事吗，就是那位经营阳光南方游乐场的绅士？他很胖，胖得大概有二十年没见过他的私处了。他整天坐在他的拖车上玩单人纸牌，抽大麻烟。他一般从附近的快餐摊上点餐，每天他都破戒——"

杰克后退了一步，好让辛格能离开房间。他和哑巴在一起时，总是停留在门口位置。他总是紧随其后，期望辛格来带路。他们下楼梯时，他继续滔滔不绝地讲述着，带着一丝紧张。他睁大那双棕色的眼睛，盯着辛格的脸。

下午的时光很柔和。他们待在室内。杰克带回来一夸脱威士忌。他坐在床尾处陷入沉思，默不作声，时不时地探过身子拿地板上的酒瓶为自己的杯子添酒。辛格坐在靠窗的桌边，下一局棋。杰克略微放松了些。他望着朋友的棋局，感觉到温和安宁的午后渐渐融入了傍晚的暮色中。火光在房间的墙面上生出沉默摇曳的暗影。

可是到了晚上，这种焦虑紧张又回到了他身上。辛格将他的棋子放到一边，他们相对而坐。紧张感令杰克的嘴唇一阵阵地抽搐，他不断喝酒使自己平静下来。反噬上来的不安和欲望困扰着他。他喝下威士忌，又开始对辛格说话。那些话语在他体内膨胀，然后从他嘴中迸发。他从窗口走到床边，又折回——就这样来来回回。最后，膨胀的话语如洪水般喷涌而出，他带着醉汉的腔调语气，向哑巴侃侃而谈：

"他们对我们干下的好事！他们将之变成谎言的真相。他们玷污并使之肮脏的理想。就拿耶稣来说。他是我们中的一员。他知道。他曾说，财主进天国要比骆驼穿过针眼还难——他说的就是他妈的他所表达的意思。可是瞧瞧教会过

188

去两千年里对耶稣做了什么。他们将他打造成了什么。他们如何为了自己的邪恶目的而扭曲他所说的每一个字。耶稣如果活到今天，他会被栽赃入狱的。耶稣会是那个真正知道的人。我和耶稣面对面地坐在桌边，我望着他，他望着我，我们俩都知道对方是知道的。我、耶稣和卡尔·马克思能一同围坐在一张桌子前——

"瞧瞧我们的自由落得什么下场。那些为美国独立而战斗的人，他们与美国革命女儿会的夫人们之间的差别，就像我和一条垂着肚子、喷了香水的京巴狗之间的差别。他们阐释了他们对自由的描述。他们是为一场真正的革命战斗。他们浴血奋战，于是这里才能成为一个人人都享有自由平等的国家。哈！那意味着，在造物主眼中人人都是平等的——机会均等。可这并不意味着，百分之二十的人口可以肆意抢夺剩下百分之八十人口的生存手段。这并不是要一个有钱人去榨干一万个穷人的血汗从而发财致富。也并不意味着独裁者们可以肆意让国家陷入如此窘境，千百万人随时准备为了一日三餐和容身之所铤而走险——行骗、撒谎，或是砍掉右臂。他们已经亵渎了'自由'这个词。你在听我说吗？对所有知道的人来说，他们已经让这个词变得臭不可当，就像一只臭鼬一样。"

杰克前额上的青筋猛烈地跳动着。他的嘴巴说话时在抽搐。辛格吓了一跳，坐直身子。杰克试图再次开口，可是话

189

却堵在他的口中说不出。他的身体突然一阵颤抖。他坐在椅子上，用手指紧紧捂住发抖的嘴唇。接着他粗哑着嗓子说道：

"就是这样，辛格。发疯没有好处。我们做不了任何事。于我来说就是这样。我们唯一能做的就是周游各地，宣传真相。只要等有足够不明所以的人了解真相，那么到时战斗就毫无意义了。我们唯一要做的就是让他们知道。所必需的一切。可是要怎么做？哈？"

火光投下的暗影拍打着墙壁。幽暗摇曳的火浪跃得更高了，房间似乎动了起来。房间上下起伏，打破了一切平衡。杰克感觉自己独自向下沉去，在波浪起伏中慢慢地滑入一片被阴影覆盖的海洋。在绝望和恐惧中，他凝聚目力，可唯一看到的只有黑暗猩红的波浪，气势汹汹地向他怒吼。最终，他分辨出自己所寻找的东西。哑巴的脸庞影影绰绰，似乎在千里之外。杰克闭上了眼睛。

第二天早上他很晚才醒来。辛格已经出去了几个小时。桌上摆着面包、芝士、一只橘子和一壶咖啡。吃完早饭时，已经到了上班时间。他低着头，面色阴郁地穿过小镇，走向他自己的房间。抵达自己居住的街区时，他穿过某条狭窄的街道，街道一侧挨着一栋砖头被烟熏得漆黑的仓库。这栋建筑的墙上隐约有什么东西吸引了他的注意。他朝着那里走去，接着他突然定住了。墙上用鲜红色的粉笔写着一行字，字母勾得很粗，令人生疑。

尔等必食勇士的肉，饮地上首领的血。^①①

　　他把这句话读了两遍，然后沿着街道前后焦躁地打量了一番。四下无人。略带疑惑地沉思了几分钟，他从口袋里掏出一支红色的粗铅笔，在那行字下面小心翼翼地写下：

　　无论是谁写下上面的字，请于明天正午与我在此处相会。11 月 29 日，星期三。或于次日。

　　第二天中午十二点，他在墙壁前等候。他偶尔不耐烦地走至街角，观察街道前后。没有人前来。等了一个小时后，他只得出发去游乐场。

　　第二天，他又来等候。

　　到了星期五，迎来一场漫长的冬日细雨。墙面被打湿了，那句话在墙上留下了条条痕迹，无法辨识。雨下个不停，天色阴沉、寒冷刺骨。

五

　　"米克，"巴布尔说，"我渐渐觉得我们都会淹死。"

---

① 　选自《圣经·以西结书》第 39 章第 18 节。

的确，雨水似乎永远不会停了。威尔斯太太用她的车接送他们上学，每天下午，他们只能待在前门廊或是屋子里。她和巴布尔在客厅的地毯上玩巴棋戏①、抽乌龟②还有打弹珠。眼下已经临近圣诞节，巴布尔开始嘟囔着小耶稣，他希望圣诞老人能送他辆红色自行车。透过窗玻璃看去，雨水银光闪闪，天空湿润，寒冷而阴沉。河水上涨，有些工人只能搬出他们的房子。接着，当雨水似乎持续不断、永无止歇时，突然它就停了。一天早上他们醒来时，阳光明媚。到中午时分，天气就暖和得如夏天一般了。米克放学后回家很晚，巴布尔、拉尔夫和"排骨"正待在屋前的人行道上。孩子们看起来热乎乎、黏答答的，他们的冬装发出一股酸臭味。巴布尔拿着他的弹弓，还有一口袋石子儿。拉尔夫坐在在他的婴儿车里，头上的帽子歪戴着，烦躁得很。"排骨"手上拿着他的新来复枪。天空呈现出一种美妙的蓝色。

"我们等你好久了，米克，"巴布尔说，"你去哪儿了？"

她一步三级跳上屋前的台阶，一把将运动衫扔向了衣帽架。"在体育馆里练钢琴。"

每天下午放学后，她会多留一个小时练琴。由于女子篮

---

① 似古代印度 25 点棋戏的一种现代棋。
② 一种简单的纸牌戏，先从牌中去掉一张牌，然后相互抽牌搭对子，最后手中持有单牌的人为输。

192

球队打比赛，体育馆里人头攒动，吵闹不堪。她今天两次被篮球击中了头。可是能得到一次坐在钢琴前的机会，挨多少打、费多少事都值得。她会将大量音符排列在一起，直到发出她想要的声音。这比她设想的要容易得多。经过最初的两三个小时后，她摸索出几组能与右手弹奏的主旋律相配的低音和弦。现在她已经能够分辨出乐曲中的任何一个小节。她也能创作新的音乐。这要比简单重复旋律高级多了。当她的双手摸索出这些优美而全新的声音时，那就是她有生以来最美妙的感觉了。

她想学会识读乐谱。德洛丽丝·布朗已经上了五年的音乐课。她每周付给德洛丽丝五毛钱请她授课，那是她的午餐费。这一来她整天都饥肠辘辘的。德洛丽丝能弹奏许多快速流畅的曲子——可德洛丽丝不知道如何解答她想了解的所有疑问。德洛丽丝只能教她不同的音阶、大小和弦、音符的意义，以及诸如此类的初级规则。

米克啪一声关上了厨灶的门。"就给我们吃这些？"

"亲爱的，这是我能为你们做的最好的饭菜了。"波西亚说。

只有玉米面包和麦淇淋。她一边吃，一边就着杯水，帮助下咽。

"别这么狼吞虎咽的。没人会跟你抢。"

孩子们还在屋前玩耍。巴布尔将他的弹弓揣进口袋里，此刻他在玩弄那支来复枪。"排骨"今年十岁，他的父亲几个月前死了，这把是他父亲的枪。所有年纪较小的孩子都喜欢把玩这支来复枪。每隔几分钟巴布尔就会把枪架上肩头。他瞄准目标，嘴里发出砰的一声巨响。

"别瞎弄扳机，""排骨"说，"我把枪上了膛。"

米克吃完了玉米面包，环顾四周想找点事做做。哈里·米诺维茨正坐在前门廊的栏杆上，手里拿着报纸。她挺高兴看见他。她开玩笑般地扬起一条手臂，向他大喊道："嗨！"

可哈里却一本正经。他走入他家的前门廊，关上了门。一不小心就伤害了他的感情。她很遗憾，因为最近她和哈里已经成了关系不错的好朋友。他们小时候总是在同一伙人中玩耍，可近三年里，他在上职业学校，而她还在读小学。他还做兼职。他突然之间就长大了，不再与孩子们前院后院地闲逛了。有时候她能看见他在卧室读报，或是深更半夜才脱衣休息。职业学校里，他是数学和历史课上最聪明的男孩。由于她也进了中学，他们经常会在放学路上相遇，一起回家。他们俩上的是同一节工艺课，有一次老师让他俩搭档组装一个马达。他每天都读书看报。他的脑子里时刻装着世界政治。他语速缓慢，一旦对某件事认真起来时，额头上就会沁出汗珠。可此刻，她却惹他生气了。

"我想知道哈里还拥有他的金币吗。""排骨"说。

"什么金币？"

"犹太男孩出生时，他们会为他在银行存上一枚金币。这是犹太人的习俗。"

"瞎扯。你搞混了，"她说，"你想到的是天主教徒。天主教徒会在婴儿一出生后就为婴儿买一把枪。未来有一天，天主教徒将发动一场战争，杀光非天主教徒。"

"修女会让我产生一种奇怪的感觉，""排骨"说，"我在大街上看到一个修女，简直吓坏了。"

她坐在台阶上，脑袋埋入膝盖。她走进"里屋"。于她来说，仿佛只存在两个地方——"里屋"和"外屋"。学校、家庭以及一切每天发生的事都属于外屋。辛格先生同时属于这两个地方。外国、计划和音乐都是里屋。她记挂的乐曲也在那儿。还有那首交响乐。当她独自一人待在里屋时，就会想起那晚派对后听到的音乐。那首交响乐仿佛一朵巨大的花朵在她脑海中慢慢绽放。有时候在白天，或是清晨刚醒来时，她会突然想起那首交响乐中一个新的段落。于是她会进入"里屋"，倾听多次，试着将它加入她已经记住的段落中。"里屋"是个非常隐秘的地方。她可能会待在满屋子人当中，却仍然感觉自己与世隔绝。

"排骨"举起他那脏兮兮的手放在她眼前，因为她直愣愣地盯着一个地方看。她打了他一下。

"修女是什么？"巴布尔问。

"一位天主教女士，""排骨"说，"一位从头到脚穿着一身巨大黑裙的天主教女士。"

跟这些小孩子玩,她感到腻歪了。她想去图书馆,看看《国家地理杂志》上的图片。世界各地的照片。法国巴黎,巨型冰川,还有非洲的原始丛林。

"你们这些孩子注意点,别让拉尔夫跑到大街上。"她说。

巴布尔把巨大的来复枪扛在肩头。"给我带一本故事书回来。"

这孩子仿佛天生就知道如何阅读一样。他才二年级,可他喜欢独自阅读——他从来不让别人读给他听。"你这回想要什么样的书?"

"挑两本里面有谈食物的故事书。我很喜欢那本,两个德国孩子外出来到森林中,走到一间由各种各样糖果建造而成的房子里,还有那个女巫。我喜欢其中有讲到食物的故事。"

"我会找一本的。"米克说。

"不过我对糖果有点厌倦了,"巴布尔说,"你看是不是能帮我带一本里面有讲到烧烤三明治的书。要是你一本都找不到,我想还是要一本讲牛仔的故事书。"

正当她准备出门时,突然,她停下了脚步,目不转睛。那些孩子也都不错眼地在瞧。大家都一动不动地望着"宝贝"·威尔逊走下她家的台阶,穿过大街。

"'宝贝'多漂亮啊!"巴布尔温柔地说。

也许是因为连续几周的大雨后这突如其来的艳阳天。也许是因为在这样一个下午他们深色的冬服太丑了。不管怎样,"宝贝"看上去仿佛一个仙女或是从电影里走出来的人。她身上穿着去年的晚礼服——一件小巧的粉色薄纱裙,裙摆突出的部分又短又挺括,还有一件粉色的背心、一双粉色的舞鞋,甚至还拿着一个粉色的小钱包。留着一头黄发,她整个人一团粉嫩,皮肤胜雪,金发耀眼——如此迷你纯洁,几乎看一眼都会伤了她。她以一种可爱的方式小心翼翼地穿过马路,却不会将脸转向他们。

"过来,"巴布尔说,"让我瞧瞧你那粉色的小钱包——"

"宝贝"沿着马路牙子经过他们,脑袋撇向一侧。她已经打定主意不跟他们搭话。

在人行道与马路之间有一块长条草坪。"宝贝"走到那儿时,突然停了片刻,然后翻了个筋斗。

"别理她,""排骨"说,"她老喜欢炫耀。她是去布兰农先生的咖啡馆拿糖果。他是她的姨父,可以白拿。"

巴布尔将来复枪的一头搁在地上。这把大枪对他来说太重了。他注视着"宝贝"走在马路上,不停地拉扯自己蓬乱的前刘海。"那绝对是一只可爱的粉色小钱包。"他说。

"她妈妈总说她是多么有天赋,""排骨"说,"她觉得她能让'宝贝'去拍电影。"

这会儿去看《国家地理杂志》已经太晚了。晚饭快好了。拉尔夫开始哭闹起来，她将他抱出婴儿车，放在地上。眼下是十二月了，对于巴布尔这样年纪的小孩来说，夏天已经过去很久了。去年整个夏天里，"宝贝"出门都是穿着那身粉色薄纱裙，在大街中央翩翩起舞。起初，孩子们会蜂拥而至来看她，可很快他们就厌烦了这一套。巴布尔是唯一一个在她出来跳舞时还会看她的孩子。他会坐在马路牙子上，看见有车经过时就冲她大喊。他已经看过一百遍"宝贝"跳她的晚会舞蹈了——不过夏天已经过去三个月了，现在这对他来说又是全新的体验了。

"我超希望我有一套礼服。"巴布尔说。

"你想要哪种？"

"一套非常酷的礼服。一套真正漂亮、五颜六色的礼服。像一只蝴蝶。这就是我圣诞节想要的。礼服，还有一辆自行车！"

"娘娘腔。""排骨"说。

巴布尔再次将巨大的来复枪扛上肩，瞄准街对面的一栋房子。"如果我有一套礼服，我会穿着它跳舞。我会每天穿它去上学。"

米克坐在门前的台阶上，双眼注视着拉尔夫。巴布尔并非如"排骨"所说的娘娘腔。他只是喜欢漂亮玩意儿。她最好别让"排骨"老兄胡说八道了。

"一个人应该为每一件得到的东西而奋斗，"她慢悠悠地说，"我注意过好多回了，家里越是不受宠的孩子就越是优秀。幼子总是最强悍的。我很顽强，因为我上面有好多孩子。巴布尔——他看上去病恹恹，又喜欢漂亮玩意儿，但他内心是有胆量的。如果这些话说的都是真的，拉尔夫长大后出去闯荡时，应该会成为一个真正的男子汉。尽管他只有十七个月大，我已经从拉尔夫的脸上看出了某些坚毅的特质。"

拉尔夫四下张望，因为他知道有人在谈论他。"排骨"坐在地上，把拉尔夫头上的帽子扯下来，放在他面前晃来晃去，逗他玩。

"够了！"米克说，"要是你把他惹哭了，你知道我会怎么对付你的。你最好乖乖留心着。"

周围万籁俱寂。太阳躲到了屋檐后，西方的天空一片紫红。后面一个街区传来了孩子们滑冰的声音。巴布尔倚靠着一棵树，似乎梦见了什么。屋里传来晚饭的香味，马上到吃饭的时间了。

"看呀，"巴布尔突然大叫，"'宝贝'又过来了。她穿粉色的礼服真漂亮。"

"宝贝"缓缓地朝他们走来。她得到了一盒有奖品的爆米花糖果，正把手伸进盒子里去找奖品。她走路的模样依然是那样扭扭捏捏、不胜娇弱。你看得出，她知道大家都在盯着她看。

"'宝贝'，求你了——"她经过他们身边要走时，巴布尔说，"让我看看你那只粉色的小钱包，摸摸你那粉色的裙子。"

"宝贝"自顾自地哼起一首歌，并不理会他。她走过巴布尔身边，并没有跟他一起玩。她只是低下头，对他咧嘴笑了笑。

巴布尔肩上仍然扛着那把大枪，大吼大叫发出"砰"的一声，假装开了枪。接着他又向"宝贝"喊——声音温柔而忧郁，仿佛在呼唤一只小猫咪。"求你了，'宝贝'——过来，'宝贝'——"

说时迟那时快，米克来不及阻止他。她只见他的手放在扳机上，紧接着发出了子弹呼啸的可怕声响。"宝贝"顿时蜷缩在人行道上，仿佛被钉在了台阶上，动弹不得，叫也叫不出。"排骨"举起一只胳膊抱住了脑袋。

巴布尔是唯一一个不知状况的人。"起来，'宝贝'，"他吆喝道，"我可要生你的气了。"

这一切都发生在刹那间。他们三人同一时间奔向了"宝贝"。她躺在脏兮兮的人行道上，身子蜷缩成一团。她的裙子盖在头上，露出了粉色的内裤和她的小白腿。她双手打开——一只手上还拿着糖果里的奖品，另一只手里握着她的钱包。她的发带和头顶的黄色鬈发上布满鲜血。她的头部中枪，脸扑向地面。

刹那间发生了这么多事。巴布尔大声尖叫，扔下枪就跑了。她站在原地，双手抱脸，也尖叫起来。接着来了许多人。她的爸爸是第一个到场的人。他将"宝贝"抱进屋里。

"她死了，""排骨"说，"她被打穿了眼睛。我看到她的脸了。"

米克在人行道上不停徘徊，她试图去问问"宝贝"是否死了，可是舌头堵在了嘴里。威尔逊太太从她工作的美容院里跑了一个街区赶来。她走进房子里，可又退了出来。她在大街上来回踱步，一边哭，一边拨弄手上的戒指。之后救护车到了，医生进门向"宝贝"走去。米克跟在后面。"宝贝"躺在前屋里的床上。房子里寂静无声，仿佛一座教堂。

"宝贝"躺在床上，看上去就像一只漂亮的小娃娃。要不是有血，她似乎都不像受伤了。医生俯身查看她的头部。检查完毕后，他们将"宝贝"放在担架上抬了出去。威尔逊太太和她的爸爸一起上了救护车。

房子里依然一片寂静。大家都忘了巴布尔。到处都不见他。一个小时过去了。她妈妈、黑兹尔、埃塔和所有住客都在前屋等待着。辛格先生站在门口。过了很久，她爸爸才回到家。他说，"宝贝"没有生命危险，不过她的颅骨骨折了。他要找到巴布尔。没人知道他在哪儿。外面已经天黑了。他们到后院和街上呼喊巴布尔。他们派"排骨"和其他几个男孩出去寻找他。看来巴布尔已经逃到街区外了。哈里前往一栋他们认为他可能会在的房子。

她爸爸在前门廊上走来走去。"我以前从没有鞭打过我的任何一个孩子,"他不停嘟囔着,"我从来不信这一套。可今天只要逮到他,我肯定要揍他一顿。"

米克坐在栏杆上,望着下面黑漆漆的街道。"我能管好巴布尔。一旦他回来,我会好好看管他的。"

"你出去把他找回来。你去找他,比别人管用。"

爸爸一说这话,她突然就知道巴布尔的下落了。在后院里有一棵大橡树,夏天的时候,他们在上面建了个树屋。他们把一个大箱子拖上了橡树,巴布尔常常喜欢独自坐在树屋里。米克离开前门廊上的家人和住客,走到房子后面穿过小巷来到了后院。

她在树干边上站了片刻。"巴布尔——"她轻轻地喊,"是我,米克。"

他没应声,但她知道他就在那儿,好像她能闻出他的味道。她翻上最低的那根树枝,慢慢往上爬。她真的被这个孩子惹怒了,必须要好好教训他。她来到树屋时,再次开口叫他——还是没有回音。她钻进那个大箱子,摸索着四周的边缘。最后,她摸到了他。他缩在一角,两条腿直打颤。他一直屏住呼吸,在她摸到他时,终于呜咽声、喘气声瞬间一齐爆发了出来。

"我——我不是有意要打倒'宝贝'的。她这么小巧可爱——好像我不得不朝她开一枪。"

米克坐在树屋的地上。"'宝贝'死了,"她说,"他们派了很多人在找你。"

巴布尔停止了哭泣。他一下子非常安静。

"你知道爸爸在家里干什么吗?"

她似乎能听出巴布尔在听。

"你知道拉韦斯①监狱长——你在收音机上听到过他。你知道新新监狱吧。好吧,我们的爸爸在写一封信给拉韦斯监狱长,等他们抓到你送去新新监狱时,请他善待于你。"

这些话在黑暗中听起来如此骇人听闻,以至于她不由打了个激灵。她能感觉到巴布尔在瑟瑟发抖。

"他们那儿有小型电椅——正好适合你的身高。他们通上电后,你就会像一片煎焦的培根一样被炸干。然后你就会下地狱。"

巴布尔蜷缩在角落里,一声不吭。她翻过箱子的边缘,俯下身子。"你最好待在这儿,因为他们找来警察守在院子里。也许后面几天里,我会给你带些吃的来。"

米克靠在橡树的树干上。这会给他一个教训。她一直管

---

① 刘易斯·拉韦斯(1883—1947),美国纽约州著名的新新监狱的监狱长,在任 21 年期间监督执行了 303 名犯人的死刑。

教他，她比任何人都了解这个孩子。大约一两年前有一次，他老想中途停下在灌木丛后面撒尿，然后玩一会儿自己的小鸡鸡。很快就被她知道了。于是她每次都会狠狠给他一巴掌，三天后，他就改了这个毛病。后来他甚至再也不会像其他孩子那样正常撒尿了——他会将双手背在身后。她总是得照看这个巴布尔，她也总能管住他。再过一会儿，她会重新上去回到树屋，将他带下来。此后他这辈子就再也不会想拿起一支枪了。

房子里依然飘浮着一种死寂的感觉。住客们都坐在前门廊上，既没有人交谈，也没有人摇晃椅子。她的爸爸和妈妈在前屋里。爸爸喝着一瓶啤酒，来回走动。"宝贝"很快就没事了，所以这份忧虑不是因为她。似乎没有人为巴布尔担心。还有别的事。

"这个巴布尔！"埃塔说。

"以后我都没脸走出这个屋子了。"黑兹尔说。

埃塔和黑兹尔走进中间的房间里，关上了门。比尔在后屋自己的房间里待着。她不想跟他们说话。她一个人站在前厅处，独自思考。

她爸爸的脚步声戛然而止。"这是存心的，"他说，"这不像是小孩子摆弄枪支、擦枪走火的意外。每个目击事件的人都说他是特意瞄准的。"

"我想知道什么时候威尔逊夫人会带话来。"她妈妈说。

"我们会听到一大堆，绝对的！"

"我想是的。"

太阳已经下山，此时又再度夜凉如水，如同十一月一般。人们从前门廊进来，坐在客厅里——却没有人生火。米克的运动衫挂在衣帽架上，于是她穿上了运动衫，弓腰缩背站着好取暖。她想到巴布尔正坐在寒冷漆黑的树屋里。他将她说的每个字都当真了。不过他的确应该担惊受怕。他差点杀了那个"宝贝"。

"米克，你难道想不出巴布尔可能在哪儿吗？"她爸爸问。

"我估计他就在这个街区。"

她爸爸手里拿着空酒瓶来来回回地踱步。他走路时就像个瞎子，脸上汗涔涔的。"这可怜的孩子不敢回家。要是我们能找到他，我心里还好过些。我从没动过巴布尔一指头。他不该害怕我。"

她会再等一个半小时。到时候他会对自己的所作所为懊悔不已。她总是能管住巴布尔，让他吸取教训。

过了一会，屋子里一阵喧嚣。她爸爸又打电话去医院询问"宝贝"的情况，几分钟后威尔逊太太回了电。她说想跟他们谈谈，她会过来。

她爸爸依然像个瞎子般在前屋里踱来踱去。他又喝了三瓶啤酒。"照眼下的情况，她可以把我告得倾家荡产。她唯一能得到的就是这幢未被抵押的房子。可事已至此，我们根本没有理由抱怨。"

突然米克想到了什么。也许他们真的会在法庭上起诉巴布尔，把他送进未成年人监狱。也许威尔逊太太会把他送进少管所。也许他们真的会对巴布尔做些可怕的事。她想立刻出门去树屋，坐在他身边告诉他不要担心。巴布尔一向瘦小机灵。谁要是试图把他从家里带走，她会杀了这人。她想亲他、咬他，因为她对他的爱如此之深。

可她不能走开。威尔逊太太几分钟后就会过来，她得了解后续情况。然后她会跑出门，去告诉巴布尔她说的这一切都是谎话。他最终会吸取自作自受的教训。

一辆廉价出租车驶上了人行道。大家都等在前门廊处，默然无语，心怀恐惧。威尔逊太太同布兰农先生下了出租车。他们走上台阶时，她都能听见她爸爸在紧张地磨牙。他们走进前屋，她紧随其后，站在门口。埃塔、黑兹尔和比尔还有住客们待在门外。

"我过来是要同你详细地讨论这件事。"威尔逊太太说。

前屋看上去一副破破烂烂、年久失修的样子，她瞧见布兰农先生观察到了一切。拉尔夫平时玩的那些破烂：压碎的赛璐珞娃娃和珠子四下散落在地上。她爸爸的工作台上放着啤酒，还有她爸妈睡觉的床上，枕头整个灰扑扑的。

威尔逊太太不停地在拨弄她的结婚戒指，一会儿扯下来，一会儿套上去。边上的布兰农先生十分镇静。他跷着二郎腿坐着，下巴发青，模样就像电影里的黑帮。他一直不喜欢她，跟她讲话时，他粗声粗气的，跟别人说话时他不是这样。是不是因为他知道了那时她和巴布尔从他的柜台顺走过一包口香糖？她讨厌他。

"总而言之，"威尔逊太太说，"你孩子故意开枪打了我家'宝贝'的头。"

米克走到房间中央，"不，他不是故意的，"她说，"我就在场。巴布尔一直在用枪瞄准我和拉尔夫，还有附近的其他东西。他只是凑巧瞄准了'宝贝'，手指一滑。我就在场。"

布兰农先生揉揉鼻子，悲伤地看着她。她确实讨厌他。

"我了解你们大家的感受——所以我想开门见山。"

米克的妈妈嘎啦嘎啦地拨弄钥匙，她爸爸非常安静地坐着，一双大手覆于膝盖上。

"巴布尔此前从没这种念头，"米克说，"他只是——"

威尔逊太太把戒指从手指上推上推下。"等一下。我了解一切情况。我可以诉诸法庭，把你们告个倾家荡产。"

她爸爸面无表情。"我实话告诉你吧，"他说，"我们家一穷二白，告也没用。我们只有——"

"先听我说，"威尔逊太太说，"我没带着律师一起过来，不打算起诉你。我们过来时，巴多罗买——布兰农先生——和我商量，我们在几个重点上意见一致。首先，我想要做到公平公正——其次，我不想让'宝贝'的名字在这个年纪就卷入官司里。"

室内一片鸦雀无声，每个人都僵硬地坐在椅子里。只有布兰农先生半当中对米克笑了笑，可她却斜着眼狠狠瞪了回去。

威尔逊太太很紧张，点烟的时候手不住颤抖。"我不想迫不得已起诉你或是怎样。我只是想对你公平而已。我不是要求你补偿'宝贝'遭受的一切痛苦和眼泪，可怜他们给她打了什么东西她才睡着。没有任何东西能补偿。我也不是要求你弥补将会给我们为她制定的职业生涯和规划带来的损失。她得好几个月脸上绑着绷带。她没办法在晚会上跳舞了——甚至她的头上可能还会秃一小块儿。"

威尔逊太太和她爸爸面面相觑，仿佛被施了催眠。接着威尔逊太太伸手去摸她的钱包，拿出一张纸条。

"这些是你们要支付的账单，费用是实报实销的。账单上有'宝贝'在出院前私人病房和私人护士的费用。还有手术室和医生的费用——这一次我倾向于马上支付医疗费。同时，他们剃掉了'宝贝'所有的头发，你还要支付我带她去亚特兰大烫发的钱——等她头发长回来的时候可以再烫一回。还有她的礼服和其他七零八碎的小费用。只要等我统计清楚了，就列出明细。我会尽可能地不偏不倚，等我把账单拿来时，你们必须支付所有费用。"

她妈妈抚平膝盖上的裙子，急促地吸了口气。"在我看来，儿童病房要比私人病房好一些。米克得肺炎的时候——"

"我就要私人病房。"

布兰农先生伸出他那双苍白粗短的手，仿佛放在天平上似的，左右平衡。"也许再过一两天，'宝贝'就能转到双人病房，与另一个孩子共住一间。"

威尔逊太太语气强硬。"你听见我的话了。你家孩子开枪打伤了我的'宝贝'，那么她理所应当享受更好的待遇，直到她康复。"

"你完全有权这么做，"她爸爸说，"可天晓得我们现在是一穷二白——但我也会凑一凑的。我明白，你不是要占我们便宜，我很感激。我们会竭尽全力。"

她想留下听完他们所有的谈话，可是心里一直记挂巴布尔。她想到他正直挺挺地坐在冰冷黑暗的树屋里、满脑子都是新新监狱时，她就坐立难安。她出了房间，穿过前厅，走向后门。外面刮着风，院子里非常黑，只有厨房里透出一方昏黄的灯光。当她回头看去，只见波西亚坐在桌边，那双手指修长、瘦骨嶙峋的双手捂着脸，神态安详。院子里悄无人迹，大风呼啸，恐怖吓人的阴影一闪而过，黑暗中还传来哀嚎声。

她站在橡树下。然而，当她正要开始攀爬时，一个可怕的念头猝不及防地袭来。突然之间，她觉得巴布尔走了。她大声叫他，没有回音。她悄然迅捷地爬上了树，简直动如脱兔。

"出声儿！巴布尔！"

箱子里无声无息，她知道他不在那儿。以防万一，她钻进箱子里，摸遍了每个角落。这孩子消失了。她前脚走，他肯定后脚就跟着下树了。他现在确凿无疑逃跑了，像巴布尔这样一个机灵鬼，说不准在哪儿能找到他。

她慌里慌张地爬下树，冲向前门廊。威尔逊太太正要离开，大伙儿都出了屋子随她走下台阶。

"爸爸！"她说，"关于巴布尔我们得想想法子。他离家出走了。我敢肯定他出了我们这个街区。我们大家都出去找找他吧。"

可是没人知道去何处找或者如何寻找他的下落。她爸爸在大街上徘徊许久，四下环顾。布兰农先生打电话为威尔逊太太订了一辆廉价出租车，然后自己留下帮忙寻人。辛格先生坐在门廊的栏杆上，他是唯一一个还保持冷静的人。大家都等着米克列出几处巴布尔最可能出现的地方。但是小镇太大了，这孩子又这么聪明，她不知该如何应对。

也许他去了位于"糖山"的波西亚家。她回到厨房，波西亚坐在桌边，双手捂着脸。

"我突然冒出个念头，他可能去了你家。帮我们找找他吧。"

"我怎么就没想到呢！我敢赌五分，我那可怜的小巴布尔肯定一直都躲在我家。"

布兰农先生借来一辆车。他、辛格先生、米克的爸爸带上她和波西亚一起钻进了车。除了她以外，没有人知道巴布尔此时的感受。没人知道他的出走的的确确是在逃命。

波西亚家一片漆黑，唯有地板上投下的一格一格的月光。他们一踏进屋子，就判断出两个房间里没有人。波西亚点亮前屋的灯。房间里有一股黑人的气味，他们四周的墙上到处贴着剪下的图样，桌上铺着蕾丝桌布，床上放着蕾丝枕头。巴布尔不在这里。

"他来过，"波西亚脱口而出，"我看得出有人来过。"

辛格先生发现厨房的桌子上有铅笔和纸条。他飞快地读了一遍，然后给大家看。字迹圆润潦草，那个小机灵鬼唯独拼错了一个词。纸条上写着：

亲爱的波西亚：
    我去佛罗莱达①了。转告大家。

你忠实的，
巴布尔·凯利

_____

① 巴布尔将 Florida（佛罗里达）拼成了 Florada，故译成"佛罗莱达"。

他们围成一圈站在原地，满脸惊讶，不知所措。她爸爸向门口张望，大拇指挖了挖鼻子，忧心忡忡。他们准备上车，驾车驶向通往南边的高速公路。

"等一等，"米克说，"即便巴布尔只有七岁，要是他想离家出走，他也不会笨到告诉我们他的目的地。佛罗里达只是个小花招。"

"小花招？"她爸爸说。

"是的。只有两个地名巴布尔非常清楚。一个是佛罗里达，另一个是亚特兰大。我、巴布尔和拉尔夫曾经多次去过亚特兰大路。他知道怎么走，那就是他要去的地方。他总是说起要是有机会去亚特兰大他会做什么。"

他们再次出门上了车。她正要爬进车后座时，波西亚拧了一下她的手肘。"你知道巴布尔干了什么吗？"她压低声音说，"你可别告诉别人，巴布尔以前还从碗橱里拿走了我的金耳环。我从没想到巴布尔会对我做这样的事。"

布兰农先生发动了汽车。他们开得很慢，向亚特兰大路驶去，沿路搜寻着巴布尔的踪迹。

的确，巴布尔身上有种粗野卑劣的天性。他今天的表现与以往截然不同。在此之前，他一向都是个从未真正犯过错、性格安静的孩子。伤害别人的感情时，他总会羞愧难安。那么他怎么会做出今天这些骇人听闻的行为呢？

他们沿着亚特兰大路缓慢行驶。他们经过了最后一排房子，来到黑暗的田野和树林。一路上，他们不时停下车询问路人是否看到巴布尔。"是否有一个打光脚、穿灯芯绒短裤的小孩子经过？"可即使他们找了十来英里，依旧没人看见或留意到他的踪迹。摇下的车窗外吹来凛冽刺骨的寒风，此时已是午夜。

他们继续开了一段路，然后调转车头驶回小镇。她爸爸和布兰农先生想去向所有二年级的孩子打探，但她让他们转了一圈再次回到亚特兰大路上。她始终记着她对巴布尔说过的话。关于"宝贝"死了、新新监狱和拉韦斯监狱长，适合他身高的小型电椅，还有地狱。黑暗中，这些话听上去阴森可怖。

他们行驶得非常缓慢，开出小镇半英里左右，恰在此时，她猛地看到了巴布尔。车灯照射到他，使他豁然出现在他们面前。可笑至极。他正沿着道路边缘行走，一边伸出大拇指企图搭车。波西亚的切肉刀拴在他的腰带上，他的身形在宽阔漆黑的道路上略显弱小，看上去不像七岁，更像是个五岁的孩子。

他们停下车，他跑到面前。他看不清他们是谁，目光斜视，就如平时瞄准弹珠时的样子。她爸爸一把揪住他的衣领，一顿拳打脚踢。这时他手上抄起了那把切肉刀。说时迟那时快，他们的爸爸一下从他手里夺下了刀。他就像一只困在陷阱里的小老虎拼命挣扎，但最终他们将他捉上了车。回家路上，他们的爸爸将他按在自己的大腿上，巴布尔坐得笔笔直，不倚不靠。

他们只能连拉带扯，将他拖进家里，所有的邻居和住客都出来看热闹。他们将他拖进前屋，进门后，他退缩到角落里，死命握紧拳头，斜着眼看看这个，又瞧瞧那个，仿佛准备要打群架似的。

自从他进屋后就没开口说过一个字，这会儿他开始尖叫道："是米克干的！我没做。米克干的！"

从来没有听见过像巴布尔发出的这种喊叫声。他脖子上的血管突出，两只拳头像小石块般硬邦邦。

"你不能抓我！没人能抓我！"他不停地大吼大叫。

米克抓住他的肩膀，摇了摇他的身子。她告诉他之前说的都是胡扯。他终于明白了她的意思，可他不愿安静下来。似乎没有办法能止住他的尖叫声。

"我恨所有人！我恨所有人！"

他们只是站在周围。布兰农先生揉了揉他的鼻子，低头凝视地板。接着，他终究趋于平静。辛格先生是唯一一个似乎了解状况的人。也许正是因为他听不见这可怕的噪声。他的脸上依然平静如水，巴布尔每看他一眼，他就似乎越发平静。辛格先生与其他人不同，每当这种时候，如果其他人愿意让他做主，事情就会有转机。他更理性，他知道普通人无法知道的事。他只是望着巴布尔，过了一会儿，这孩子完全安静下来了，他们的爸爸便将他抱上了床。

他趴着睡在床上，嚎啕大哭。他不停地大声啜泣，浑身颤抖不已。他整整哭了一个小时，三个房间里没有人能入睡。比尔挪到了客厅的沙发上，米克钻到床上与巴布尔一起睡。他不让她触碰或是挨着自己。而后他又哭又打嗝，再闹了一个小时后睡着了。

她久久不能入眠。黑暗中她搂住他，紧紧相拥。她抚摸他全身，亲了个遍。他这么柔软，这么幼小，身上有股汗津津的男孩子味儿。她感到对他的爱如此强烈，必须紧紧抱紧他，直到手臂发酸。她脑中将巴布尔和音乐联系在一起。仿佛她再怎么善待他也不够。她再也不会打他或是取笑他了。等早上她醒来时，他已经不在了。

可是那晚之后，她根本也没有机会能取笑他了——她或其他人都不行。枪击"宝贝"后，他再也不是那个小巴布尔了。他总是一声不吭，也不跟其他人一起玩耍。大部分时间他只是独自一人坐在后院或是煤库里。圣诞节一天近似一天了。她真的很想要一架钢琴，可她理所当然不会吐露半个字。她告诉所有人她想要一块米老鼠手表。大家问到巴布尔想要圣诞老人送他什么礼物时，他说他什么都不想要。他藏起了弹珠和折叠刀，不让任何人碰他的故事书。

那晚之后，没有人再叫他巴布尔了。街区里的大孩子们开始喊他"宝贝杀手"凯利。不过他不跟任何人多话，似乎与世无争。家里人用他的大名——乔治称呼他。起初，米克还是忍不住叫他巴布尔，她不想忍住。可好笑的是，过了一周左右，她也同别人一样顺其自然地叫他乔治。但他成了另外一个孩子——乔治——总是像一个年纪略长些的人，踽踽独行，没有伙伴，甚至没有她——那个了解他真正想法的人——在身边。

平安夜她跟他睡在了一起。他躺在床上，没有说话。"别再钻牛角尖了，"她对他说，"我们聊聊智者，聊聊荷兰的孩子是怎么把木鞋放在外面，而不是挂起他们的袜子。"

乔治没有答话。他睡着了。

凌晨四点，她起床了，吵醒了全家人。他们的爸爸在前屋生了一堆火，然后让他们去圣诞树下看看收到了什么礼物。乔治得到一套印第安人套装，拉尔夫得到了一个橡胶娃娃。家里其他人只是得到了衣服。她翻遍了袜子寻找米老鼠手表，可是却没有。她的礼物是一双棕色的牛津鞋与一盒樱桃糖。天还黑着，她和乔治走到外面的人行道，爆了几颗巴西果，放了些鞭炮，将盒子里的两层樱桃糖吃了个干净。天亮时分，他们觉得恶心犯晕，精疲力竭。她躺倒在沙发上。她闭上了眼睛，走进了"里屋"。

六

早上八点钟，科普兰医生坐在办公桌前，映着窗前透入的微熹晨光，正在研读一沓文章。他身旁的圣诞树，一棵枝繁叶茂的雪松直指天花板，苍翠深沉，郁郁葱葱。自他行医的第一年起，每年他都在圣诞节举行派对，现在已经一切就绪。成排的板凳和椅子排列在前屋的墙边。整栋房子里弥漫着新鲜烘焙的面包和热气腾腾的咖啡所散发出的香甜气息。办公室里，波西亚坐在一张靠在墙边的板凳上，双手撑着下巴颏，弯着腰几乎把身子折成了两段。

"父亲，你打五点起就在办公桌前鼓捣了。你又不用接诊。你应该躺在床上，直到有正经事了再起。"

科普兰医生用舌头润了润他的厚嘴唇。他的脑子片刻不得闲，以至于无暇关注波西亚。而她的存在令他烦躁不安。

最后他怒不可遏地转向她。"你为什么坐在那儿愁眉苦脸的？"

"我只是有些担心，"她说，"一来，我担心我们的威利。"

"威廉？"

"你看，他每个星期天都会固定给我写信。这信会在周一或周二送到。可上周他没写信。当然我不是非常焦虑。威利——他总是那么善良可爱，我知道他会一切顺利的。他已经从监狱被转移去锁链囚犯队了，他们要去亚特兰大北部劳动。两周前，他写信来说他们今天会去做礼拜，他请我把他的套装和红领带寄去。"

"威廉就说了这些?"

"他还写道这个 B. F. 曼森先生也进了监狱。他还碰到了伯斯特·约翰逊——威利过去认识的一个男孩。他还请求我把他的口琴寄去,因为要是不能吹口琴,他就快乐不起来。我给他寄了所有东西。还有一副象棋和一只白色糖衣蛋糕。可我真的希望接下来几天能收到他的信。"

科普兰医生由于亢奋,双眼闪着亮光,一时间手足无措。"女儿,我们得稍后讨论了。时间不够了,我必须在这里完成。你回厨房去看看是否一切准备妥当。"

波西亚站起身来,试图强颜欢笑。"你决定好怎么处理那笔五美元的奖金了吗?"

"我还拿不准怎样做最明智。"他慢条斯理地说。

他的某个朋友,一个黑人药剂师,每年会给他一笔五美元的奖金,用于奖励在命题作文中拔得头筹的高中生。那个药剂师指定科普兰医生作为论文比赛的唯一评判人,并且在圣诞派对上宣布获胜者。今年作文的题目是"我的志向:我如何能提高黑人种族在社会上的地位"。只有一篇文章值得认真考虑。然而,这篇文章过于稚嫩、缺乏理性,要是授予它奖项似乎有欠稳妥。科普兰医生戴上眼镜,全神贯注地重读了一遍。

以下是我的志向。首先,我希望上塔斯基吉学院,但我不希望成为一个像布克·华盛顿[1]或是卡佛博士[2]那样的人。当我认为自己完成学业时，我希望能当一名优秀的律师，就像那个为斯科茨伯勒男孩[3]辩护的律师一样。我会只接黑人同白人打官司的案子。每天我们的同胞都在以各种方式、各种手段被强迫认为自己低人一等。事实并非如此。我们是一个正在崛起的族裔。我们不能长期在白人的奴役下流血流汗。我们不能总是播种，而让别人收获。

我想像摩西一样，带领以色列的儿女们走出压迫者的土地。我想发起一个"黑人领袖和学者秘密组织"。所有黑人将会在这些精挑细选的领袖指导下成立组织，准备起义。世界上凡是同情我们种族困境的、想看到美国分裂的其他民族会对我们施以援手。所有黑人都会团结起来，发动一场革命，附近的黑人将会占领密西西河比以东与波托马克河以南的领土。我将在"黑人领袖和学者组织"的控制下成立一个强大的国家。白人都不许踏足——如果他们进入这个国家，他们将不被赋予法定权利。

---

[1] 布克·华盛顿（1856—1915），美国政治家、教育家和作家，是 1890 年到 1915 年间美国黑人历史上的重要人物之一。1881 年，他被任命为亚拉巴马州塔斯基吉学院的领导。

[2] 乔治·华盛顿·卡佛（1860—1943），美国农业学家、发明家，曾任教于塔斯基吉学院，主持新设立的农业系。

[3] "斯科茨伯勒男孩案"是美国历史上著名的冤案。1931 年，9 名年龄从 13 岁至 20 岁的黑人男孩在亚拉巴马被指控在火车上强奸了两名白人女性。

我憎恨整个白人种族，必将不懈努力，以期黑人种族能为他们的苦难折磨而实现复仇。这就是我的志向。

科普兰医生感到热血沸腾。他桌上的时钟滴滴答答响个没完，这声响刺激着他的神经。他怎么能把这个奖颁给一个秉持着如此疯狂理念的男孩？他应该如何决断？

至于其他作文，则根本言之无物。年轻人不愿思考。他们只写了他们的志向，完全忽略了题目的后半部分。只有一点还有些意义。二十五个人中有九个人都以这句起头："我不想当用人。"那之后他们就写希望开飞机，或是当拳击手、牧师或者舞蹈家。有一个女孩的唯一志向是善待穷人。

那篇困扰他的作文是一个名叫兰西·戴维斯的人写的。还没翻到最后一页看到签名，他就知道了作者的身份。兰西此前已经给他带来了些麻烦。他的姐姐在十一岁时出去做用人，结果被她的雇主强奸——一个人过中年的白人。大约一年后，他接到一通紧急电话要他去诊治兰西。

科普兰医生走向他卧室的档案柜，里面存放着他所有病患的病历。他取出一张标记着"丹·戴维斯太太和家人"的卡片，一条条记录地浏览，直到他发现兰西的名字。日期是四年以前。他的条目是用墨水书写的，写得比其他人的都仔细："十三岁——已过青春期。自我阉割失败。性欲过强、甲亢。两次诊视皆嚎啕大哭，尽管痛楚不大。健谈——偏执狂但非常喜欢说话。环境良好，只一例外。参照露西·戴维斯——母亲、洗衣女工。聪慧睿智、值得观察，所有可能性皆有助。保持联系。费用：一美元（？）"

"今年这是个艰难的决定，"他对波西亚说，"不过我估计我得把奖颁给兰西·戴维斯。"

"你要是已经决定了，那么——跟我说说这些礼物。"

派对上要分发的礼物都在厨房里。有好几纸袋的食品和衣物，上面都系着一张红色的圣诞卡片。任何想来的人都受到邀请来参加派对，不过那些打算参加的人都提前到这里（或者请朋友）在一本留言簿上签下了自己名字，留言簿就是为此专门放在前厅的桌子上。那些纸袋都堆在地板上。大约有四十袋，每袋的大小不一，取决于接受者的需求。有些礼物只是小包的坚果或葡萄干，其他还有些盒子几乎重得连个男人都拿不起来。厨房里塞满了好东西。科普兰医生站在门口，鼻孔翕张，一脸骄傲。

"我觉得今年你干得很不错。大家伙肯定喜欢。"

"哼!"他说，"这还不到需要的百分之一呢。"

"瞧，你又来了，父亲! 我知道这会儿你也高兴得不得了。可你就是不想表现出来。你就是要找点事来抱怨一番。这儿有四配克①豌豆、二十袋玉米粉、大约十五磅肋肉、鲱

---

① 英美谷物、水果、蔬菜等的干量单位，等于8夸脱或2加仑。

鱼、六打鸡蛋、大量粗玉米粉、成罐的西红柿和桃子。还有苹果和两打橙子。也有衣服、两个床垫和四条毯子。简直了不得！"

"杯水车薪而已。"

波西亚指了指墙角一个巨大的盒子。"还有这些——你打算怎么处理？"

这个盒子里放的都是垃圾——一个没有头的娃娃，一些脏兮兮的蕾丝，一块兔皮。科普兰医生仔细检查了每一件东西。"别把它们扔了。每样东西都可以物尽其用。这些礼物来自我们的客人，他们没有更好的捐赠物。我稍后会为这些东西找到用处。"

"要是你检查过这些盒子和袋子，我就开始把它们打包了。厨房里没地方放了。到时候宾客们会拥入厨房来喝饮料的。我打算把这些礼物放到后面的台阶上和院子里。"

早晨的太阳冉冉升起。今天会是晴朗而寒冷的一天。厨房里弥漫着醇厚的甜香气息。一盆咖啡在炉子上煮着，碗橱里挂着糖霜的蛋糕铺满了一个架子。

"没有一样是白人送的。所有都是黑人送的。"

"不，"科普兰医生说，"不完全是这样。辛格先生送来一张十二美元的支票用来买煤。我邀请他参加今天的派对。"

"老天爷啊！"波西亚说，"十二美元！"

“我觉得应该邀请他。他跟别的白人不一样。”

“你说得对，”波西亚说，“可我还是在惦记我的威利。我真希望他今天也能来这儿享受派对。我真希望能收到他的信。这件事一直在困扰我。可是瞧我！我们别瞎聊了，准备起来。派对快开始了。”

时间还绰绰有余。科普兰医生洗了个澡，一丝不苟地换上了衣服。他试图排练一会儿，把待会儿人到齐后他要讲的话复述一遍。可是一方面热切期待，一方面又焦虑不安，令他无法集中精神。十点钟来了第一批客人，不到半小时，所有人都到齐了。

“祝你圣诞快乐！”邮递员约翰·罗伯茨说。他乐呵呵地在拥挤的房间里走来走去，一肩高一肩低，用一块白色丝绸手帕擦着脸。

“年年有今日，岁岁有今朝！”

房子前面挤满了人。客人们堵在门口，他们在前门廊和院子里三五成群。没有发生推搡或摩擦；人群井然有序。朋友们相互呼唤，陌生人被相互介绍、握手。孩子们和年轻人聚成一团，朝着后面的厨房走去。

“送圣诞礼物啦！”

科普兰医生站在前屋中央，挨着圣诞树边上。他晕晕乎乎，摆着双手，稀里糊涂地回复问候。私人礼物被塞进了他的手中，其中有些礼物用丝带精美地扎好，另一些则是用报

223

纸包装。他找不到地方放这些礼物。空气逐渐浑浊，声音愈发响亮。无数脸庞围着他打转，以至于他晕头转向，无法辨认。他渐渐恢复了镇静。他找了个地儿把怀里的礼物先搁在一边。眩晕减轻了，房间里人少了些。他戴上眼镜，开始环顾四周。

"圣诞快乐！圣诞快乐！"

药剂师马歇尔·尼科尔斯，身穿一件长尾大衣，正同他开垃圾车的女婿在交谈。来自至圣耶稣升天教堂的牧师已经到了。还有来自其他教堂的两位执事。海博伊，穿着一件花哨的格子西装，在人群中往来交际。身强力壮的花花公子们向身着艳丽长裙的年轻女士们频频鞠躬。还有带着孩子的母亲们，朝俗气手帕里从容不迫吐痰的老者们。房间里一片温暖、人声鼎沸。

辛格先生站在门口。许多人盯着他看。科普兰医生记不清是否欢迎过他了。哑巴独自站在那儿。他的脸有点儿酷似斯宾诺莎的一幅画像。一张犹太脸。他能来真好。

房门和窗户都敞开着。穿堂风呼啸，炉火噼啪作响。喧哗声止住了。所有位子上都坐满了人，年轻人一排排席地而坐。前厅、门廊，甚至连院子里都挤满了安静的客人。终于轮到他发表演讲了——他即将要说什么？恐惧使他喉咙发紧。一屋子的人静候着。随着约翰·罗伯茨发出个信号，所有声音都被压下来了。

"我的同胞们。"科普兰医生以一种沉闷的语气开场道。停顿片刻后，突然言词从他口中喷薄而出。

　　"我们欢聚在此、庆祝圣诞，已经是第十九个年头了。当我们的同胞第一次听说耶稣基督降临时，那还是一个黑暗的时代。我们的同胞在这座小镇上的法院广场上被当作奴隶买卖。打从那时起，我们不知多少次听到过、讲述过他的生平，简直数不胜数。因此，今天我们的故事与众不同。

　　"一百二十年前，另一个人出生在一个叫做德国的国家——远在大洋彼岸。这个人如耶稣般明了一切。可他的思想无关天堂或死后。他的使命是针对活着的人。为了那些劳苦受难直到生命尽头的普罗大众。为了那些在家替人浆洗衣物、担任庖厨、摘捡棉花以及在工厂里滚烫染缸边劳动的人。他的使命是为了我们，这个人的名字叫卡尔·马克思。

　　"卡尔·马克思是一位智者。他学习研究并理解他周围的世界。他说这个世界分成两个阶级，分别是穷人和富人。对于每一个富人，都有一千个为他们工作的穷人来使他们越来越富。他没有将这个世界分成黑人或白人或中国人——对于卡尔·马克思来说，成为百万穷人中的一员或是少数富人中的一位，相较于一个人的肤色而言，似乎更为重要。卡尔·马克思的人生使命是让全人类平等，平均分配整个世界的伟大财富，如此一来就没有贫富之分，人人有份。这是卡尔·马克思留给我们的一项法令：'各尽所能，各取所需。'"

前厅里有个人举起布满皱纹的蜡黄手掌怯生生地挥了挥。"他是《圣经》里的马可吗?"

科普兰医生做了解释。他拼出了两个人的名字并引用了生卒年月。"还有其他问题吗?我希望你们每个人都随意参与讨论。"

"我推测马克思先生是一位基督教会的教徒?"一位牧师问道。

"他信仰的是人类精神的神圣性。"

"他是个白人吗?"

"是的。但是他没有把自己当做一个白人。他说:'凡是人性,我无不通。'他自认为是所有民族的兄弟。"

科普兰医生稍停顿了一会儿。他周围的脸庞都在等待。

"任何一项财产,任何一件我们在商店里购买的商品价值是多少?价值只取决于一个因素——那就是制作或生产这件东西的工作量。为什么一栋砖房要比一颗卷心菜贵?因为建造一栋砖房需由许多人共同劳动完成。需要有人制作砖块砂浆,还要有人伐树、制作铺地用的木板;需要有人执行,使建造砖房得以实现;需要有人将建材运送到施工现场;还要有人生产运送建材去现场的手推车和卡车。于是最终还要有建造房屋的工匠。一栋砖房涵盖了许多、许多人的劳动——而相比之下,我们中的任何人都可以在后院里种一颗卷心菜。一栋砖房比一颗卷心菜贵,是因为它需要更大的工作量来完成。因此，当一个人买下这栋砖房时，他支付的是参与制造房子的劳动。可是谁赚到了钱——利润？并不是那完成劳动的许多人——而是控制他们的老板。如果继续深挖下去，你会发现这些老板上面还有老板，他们上面还有更大的老板——真正控制这些工作量、从而生产值钱商品的人寥寥无几。到现在为止，听得明白吗？"

"我们听懂了。"

可他们真的听懂了吗？他又从头开始，复述了一遍刚才所说的话。这回有人提问了。

"可难道制作砖块的黏土不要钱吗？难道这不需要花钱去租地、种庄稼吗？"

"问得好，"科普兰医生说，"土地、黏土、木材——这些东西都被称为自然资源。人类不生产这些自然资源——人类只能开发它们，只能利用它们来劳动。因此，有任何个人或群体应该拥有这些资源吗？一个人凭什么拥有土地、空间、阳光和雨水来种地？一个人凭什么对这些资源说'这是我的'并且拒绝与其他人分享？所以，马克思说，这些自然资源应该属于每个人，不应该被分割为小份，而是应该根据各自的劳动能力为所有人使用。就像这样，好比说，一个人死了，把他的骡子留给了他的四个儿子。儿子们不希望把骡子切割成四块儿平均分配。他们愿意共同拥有、利用骡子劳作。这就是马克思所谓的，一切自然资源应该由全世界所有劳动者共同拥有——而不是由一群富人掌握。

"我们这个房间里的人都没有私人财产。也许我们中有一两个人拥有居住的房屋，或是有一两个美元的闲钱——但是我们拥有的仅仅是让我们最低限度维持生计的东西。我们唯一的财富就是我们的身体。我们活着的每一天都在出卖身体。我们早上出门工作的时候，整日劳动的时候，我们就是在出卖它们。我们被迫出卖它们，无论以任何价格，在任何时间，为了何种目的。我们被迫出卖身体，为了糊口度日。而我们出卖身体的价格也只能勉强维持生计，这样我们可以获得体力为别人的利益继续劳作。今天，我们已经不是聚集在月台上、在法院广场被贩卖出售的人了。可几乎我们活着的每一个小时都在被迫出卖我们的体力、我们的时间，还有我们的灵魂。我们从一种奴隶制中解放出来，结果又被投入了另一种奴隶制。这是自由吗？我们已经是自由人了吗？"

前院里传出了一个低沉的声音吼道："这才是真正的事实！"

"这才是真相！"

"不止我们处于这种奴隶制之中。全世界还有数百万人，不分肤色，不分种族，不分宗教。这一点我们必须铭记。我们的同胞中有许多人痛恨白人当中的穷人，而他们也恨我们。这个小镇上临河而居、在工厂上班的人们。那些人几乎跟我们一样贫困交加。这仇恨是一种可怕的罪恶，从中不会产生任何美好。我们必须铭记卡尔·马克思的话，根据他的教导看清真相。生存条件的不公，必须使我们团结一致，而非一盘散沙。我们必须铭记，我们都凭借劳动为世上生产创造有价值的东西。这些来自卡尔·马克思的重要真理，我们必须牢记在心，永不忘却。

"可是我的同胞们！我们这个房间里的人——我们黑人——有一项单单针对我们自己的使命。我们身上有一个强烈而真实的目标，如果我们没能完成这个目标，我们就会永远迷失了。那么让我们看看，这项特殊使命的实质是什么。"

科普兰医生松了松衣领，因为他有一种被扼住咽喉的感觉。他内心深处满怀着深沉的爱意，压得他喘不过气来。他望着身边这些噤若寒蝉的客人。他们静候着。院子里和门廊上的人群与房间里这些人，都同样安静而专心地站着，一般无二。一个耳背的老人一手扶着耳朵，向前探身。一个女人用一只橡胶奶嘴安抚着吵闹不休的婴儿。辛格先生专心致志地站在门口。大部分年轻人席地而坐。他们之中就有兰西·戴维斯。这个男孩嘴唇发抖，没有血色。他用双臂紧紧地抱住膝盖，年轻的脸庞充满阴郁之色。房间里的每一双眼睛都充满关注之色，其中不乏对真理的渴望。

"今天我们在此，将这份五美元的奖金颁给命题作文中拔得头筹的高中生，作文题目是：'我的志向：我如何能提高黑人种族在社会的地位'。今年获奖的是兰西·戴维斯。"科普兰医生从口袋里掏出一只信封。"无需由我告诉你，这个奖项的价值并不完全在于奖金的数额——而在于它所代表的庄严信任和承诺。"

兰西笨拙地站起身来。他发灰的双唇颤抖不已。他鞠了一躬，收下了奖金。"你希望我朗读一下我写的文章吗？"

"不用，"科普兰医生说，"不过我希望你这周有空来找我谈一谈。"

"是，先生。"房间里再次安静下来。

"'我不想当用人！'那是我在所有这些文章里一再读到的迫切渴望。当用人？我们中只有千分之一的人才有机会当用人。我们没在工作！我们没在当用人！"

房间里的大笑声令人不安。

"听着！我们五分之一的人要辛苦修路，或负责打扫城市卫生，又或是在锯木厂或农场工作。有五分之一的人根本找不到任何工作。可剩余五分之三的人——我们中占比最大的那群人呢？我们中有许多人要为那些不擅长给自己烧饭的人烹饪。许多人终其一生修草种花，只为了娱乐一两个人。许多人为豪宅美屋的地板打蜡抛光。抑或是我们为那些懒于开车的富人当司机。我们一生从事着成千上万种对任何人都没有实际用处的工作。我们辛苦劳动，同时我们所有的劳动都遭到浪费。这是服务吗？不，这是奴役。

"我们辛苦劳动，可我们的劳动遭到浪费。别人不允许我们当用人。今天上午你们这些在场的学生代表了我们族裔中的少数幸运儿。我们中大部分人都被禁止去上学。你们中的每一个人，其背后都存在着几十个目不识丁、无法书写自己姓名的年轻人。我们被剥夺了学习和智慧的尊严。

　　"'各尽所能，各取所需。'在场的大家都知道，为了真正的生存需求要遭受什么样的苦难？这是极大的不公。可还有一种不公，甚至要超过前者——那就是被剥夺人尽其才的权利。结果只能徒劳无用地劳碌一生。被剥夺服务的机会。相比之下，从我们身上抢走钱财，要比抢走我们思想和灵魂的财富好太多了。

　　"今天上午你们这些在场的年轻人可能会想当老师、护士或是你们同胞的领袖。可是你们中大部分人不会成功。你们将不得不为了一个毫无意义的目的出卖自己，维持生计。你们会被推倒，一败涂地。这个有望成为年轻化学家的人只能摘棉花。那个可能成为年轻作家的人无力读书识字。未来的老师在某块烫衣板前被徒劳地束缚。政府里没有我们的代表。我们没有投票权。在这个伟大的国度里，我们是所有民众里遭受压迫和苦难最深重的人。我们无法大声疾呼。我们的舌头因为缺乏使用而在嘴里腐烂。我们的心变得空空荡荡，缺乏达成我们目标的力量。

　　"黑人同胞啊！我们与生俱来就拥有一切人类思想和灵

魂的财富。我们贡献了最珍贵的礼物。可是我们的贡献却遭嘲笑鄙视。我们的礼物被扔在污泥中遭人践踏,弃如敝屣。我们被迫劳动,却比牲口的劳作还没有价值。黑人啊!我们必须再次崛起,团结一心!我们必须自由!"

房间里一阵窃窃私语。渐渐涌起一股歇斯底里的激动。科普兰医生上气不接下气,紧握双拳。他感到自己仿佛不断膨胀,鼓成了巨人一般大。心中的爱将他的胸膛变成了一个发电机,他想大声吼叫,让整个小镇都听到他的声音。他想落到地上,用巨人的声音大喊一声。房间里的叫嚷抱怨之声此起彼伏。

"救救我们!"

"万能的主啊!带领我们走出这片死亡的荒野!"

"哈里路亚!救救我们,主啊!"

他竭力控制住自己。他挣扎着,最终恢复了理智。他压制住内心深处的呼喊,寻找那真实有力的声音。

"注意!"他喊道,"我们要自我拯救。但不是靠哀悼祈祷。不是靠好逸恶劳或美酒佳酿,不是靠身体享受或愚昧无知。不是靠服从谦卑。而是靠自尊。靠尊严。靠坚强勇敢。我们必须为我们真真正正的目标而增强体魄。"

他的话戛然而止,身子挺得笔直。"每年这个时候,我们都会小范围地阐释卡尔·马克思的第一真理。你们参加聚会的每个人都提前带来了礼物。你们中许多人宁愿自己受苦，来减轻别人的窘迫需求。你们每个人都尽力而为，不曾考虑作为交换，自己收到的礼物价值几何。与他人分享，对我们来说是再自然不过的事。我们很久以前就认识到，施比受更有福。卡尔·马克思的话一直铭记在我们心中：'各尽所能，各取所需。'"

科普兰医生沉默了良久，仿佛要说的话已经说完了。接着，他又开口道：

"我们的任务是要雄赳赳、气昂昂地度过这些备受屈辱的日子。我们必须自尊自强，因为我们了解人类思想和灵魂的价值。我们必须教导我们的孩子。我们必须有所牺牲，确保他们能够赢得学习和智慧的尊严。因为这一天定会到来。终有一天我们中的富人不会遭到嘲笑鄙视。终有一天我们可以被人服务。那时我们辛勤劳动，我们的劳动果实不会被浪费。我们的任务是充满力量、信心十足地等待这一天。"

演讲结束了。掌声雷动，无数双脚在地板上以及室外坚硬的冻土上跺个不停。厨房里飘来热气腾腾的咖啡浓香。约翰·罗伯茨负责分发礼物，大声报出卡片上写的人名。波西亚将咖啡从炉子上的碟盆里舀出来，马歇尔·尼科尔斯传递着切成片的蛋糕。科普兰医生游走于宾客中，有一小群人总是簇拥着他。

有人在他近旁絮叨："你家布迪就是以他的名字命名的吧？"他回答是的。兰西·戴维斯跟在他身后提了些问题；

而他对所有问题都报以肯定回答。那份激动喜悦令他如痴如醉。去教导、去劝诫，去向他的同胞解释——去让他们理解。那就是最好的选择。去讲出真相，然后为此负责。

"我们在这个派对上真的很开心。"

他站在门厅处向众人道别。他一遍又一遍地握手致意。他有气无力地靠着墙壁，精疲力竭，唯有眼睛还能转动。

"我真心感激。"

辛格先生是最后一个离开的。他真是个好人。他是个才智出众、有真才实学的人。他身上没有一丝一毫的傲慢无礼。所有人都离开了，只剩下他最后还没走。他等待着，似乎在期待着最后的发言。

科普兰医生伸手握住喉咙，因为他的嗓子疼得厉害。"老师，"他哑着嗓子说。"是我们最急需的人。还有领袖。能团结引领我们的人。"

欢庆过后，房间里一片狼藉。房子里冷冷清清。波西亚在厨房里清洗杯子。圣诞树上的银色雪片被踩得满地都是，还弄碎了两个装饰物。

他累了，可是这份激动喜悦之情令他难以平静。他从卧室开始，将房子里每一处整理归位。档案柜的顶层有一张散落的卡片——兰西·戴维斯的病历。他想对他说的话开始在脑海中组织成形，他焦躁不安，因为他现在不能说出口。那个男孩忧郁的脸庞萦绕心头，他无法将其驱赶出脑海。他拉开档案柜的顶层抽屉,将卡片放回原处。A、B、C——他的拇指紧张地点过这些字母。然后,他的视线聚焦在了他自己的名字上:科普兰,本尼迪克特·马迪。

文件夹里有几张肺部 X 光片和一份简短的病历。他举起 X 光片对着灯光。左肺上叶有一块仿佛钙化星形物的亮斑。下叶有一块巨大的阴影,在右肺上面一点的地方也有块同样的阴影。科普兰医生迅速将 X 光片放回文件夹中。只有他为自己写的简短病历还拿在手中。病历上的字迹硕大潦草,向外延伸,以至于他无法阅读。"1920 年——淋巴腺钙化——淋巴门明显增厚。病变抑制——功能恢复。1937 年——病变重启——X 光显示——"他读不了病历了。起初,他辨别不出字来,接着等他可以看清楚字时,病历又不合逻辑了。最后结论处有几个词:"预后:不明。"

以前那种黑色、狂暴的情绪再度出现在他身上。他俯下身子,扭开柜子最底下的一个抽屉。一堆乱七八糟的信件。几封全国有色人种协进会①寄来的信。还有一封黛西寄来、已经泛黄的信。一张汉密尔顿的便笺,想要一块五毛钱。他在找什么?他的双手在抽屉里翻寻,最后他僵硬地站起身来。

岁月蹉跎。时光流逝。

---

① 美国的一个非裔美国人民权组织,始于 1909 年。该组织的目标是保证每个人的政治、社会、教育和经济权利,并消除种族仇视和种族歧视。

波西亚在厨房的餐桌上削土豆皮。她萎靡不振，一脸悲戚。

"挺起胸膛，"他愤怒地说，"别一副愁眉苦脸的样。你再这么没精打采、嘴角流着口水，我就不想看到你了。"

"我只是在想威利，"她说，"那封信应该三天就能到。可他没工夫像这样担心我。他不是那种男孩。我有种不好的感觉。"

"耐心点，女儿。"

"我想我必须耐心点。"

"我还有几个病人一定要去出诊，不过很快就回来。"

"好的。"

"一切都会好的。"他说。

在凛冽耀眼的正午阳光下，他的大部分愉悦感消失殆尽了。病患们形形色色的病症在他脑中凌乱铺开。脓肿的肾脏。脊膜炎。脊椎结核病。他从后座抬起汽车的发动机曲轴。往常，他会从大街上招呼几个路过的黑人帮忙，替他摇动曲轴、发动汽车。他的同胞总是乐于帮忙、效劳。可今天，他调节了曲轴，自己用力摇动它。他用外套袖子抹了抹脸上的汗水，然后赶紧钻进驾驶座，把车开上了路。

他今天所说的话有多少能被人理解？又有多少会具有些许价值？他回忆着使用的词汇，那些词似乎渐渐湮没，失去了力量。相比之下，那些没说出口的词压在他的心头，更加沉甸甸。它们囫囵着滚至口舌之间，相互摩擦挤压。那些饱受折磨的同胞的脸庞，在他眼前不断膨胀、移动着。当他驾车在大街上缓慢行驶时，他的心脏因为这份愤怒不安的爱而翻滚。

七

小镇已经许多年没经历过今年这般严寒的冬天了。窗玻璃上结了霜，屋顶上白蒙蒙的一片。冬日的傍晚亮着朦胧的淡黄色灯光，阴影呈现一种浅蓝色。大街上的水坑泥潭结上了一层薄薄的冰，据说，过了圣诞节的第二天，离北边只有十英里的地方下了一场小雪。

辛格身上发生了变化。安东尼帕罗斯最初离开的那几个月里，辛格经常独自外出长距离散步。他散步的方向朝着四面八方延伸出好几英里，覆盖了整个小镇。他漫步穿过河边人群密集的社区，那河水打从今年冬天工厂萧条下来后，比往常更加肮脏。许多人的眼中露出一种忧郁的孤独感。由于人们不得已闲散下来，大家就能感到某种焦虑。新的信仰狂热地爆发了。一个在工厂染缸边工作的年轻人，突然宣称一股神圣伟大的力量降临到了他身上。他说，从上帝那里传递一组新的诫命是他的责任。那个年轻人搭起一个帐幕，成百上千的人每晚前来，在地上打滚，相互摇晃，因为他们相信，在他们面前的是超越人类的存在。同时也出现了谋杀。一个赚不到足够钱来维持生计的女人，认为一个工头克扣了她的工资代币，于是她用刀刺向了他的喉咙。在一条冷冷清清的街道上，一家黑人搬入了街尽头的房子，这一举动引发了公愤，房屋遭到焚烧，那个黑人被邻居揍了一顿。可这些都是小摩擦。没有什么实质的变化。讨论多时的那场罢工从未发生，因为他们无法团结一心。一切照旧。即使在最寒冷的夜晚，阳光南方游乐场依然营业。人们与往常一般无二地梦想着，奋斗着，安眠着。出于习惯，他们减少了思考，这样一来他们就不会徘徊于明日以后的黑暗之中。

辛格步行穿过小镇上那几个分布各处、恶臭难闻的区域，主要是黑人聚集所在。那些地方有更多的欢乐气氛和暴力行为。通常金酒浓烈的醇香会盘旋在大街小巷之中。温暖怡人、催人入眠的火光映照在窗户上。教堂里几乎每一晚都举行聚会。舒适的小房子坐落于成片的褐色草丛中。辛格也穿行于这些区域。这里的孩子们身体更结实，对待陌生人也更友好。他漫步穿过富人的社区。这里的房子，宏伟而古老，饰有白色的柱子和精美的铸铁围墙。他走过几栋巨大的砖房，那里汽车在车行道上滴滴鸣响，大团大团的烟雾从烟囱中肆无忌惮地升腾而起。紧挨着路边往前走，那里由小镇通向杂货铺，每周六的晚上农民们都会过来，围坐在炉边。他经常游走于四个灯火通明的主要商业区，然后穿过后面乌漆墨黑、人烟稀少的小巷。小镇上就没有辛格不熟悉的区域。他望着从成百上千扇窗户里透出的黄色光块。冬天的夜晚美丽动人。天空呈现凛冽的蔚蓝色，群星璀璨生辉。

现在经常发生这样的事：在漫步时，他会被人拦下，有人会同他讲话。形形色色的人与他结识。如果跟他讲话的是个陌生人，辛格则呈上卡片，好让别人理解他沉默的原因。很快，他在整个镇上无人不知无人不晓了。他走路时，身子挺得笔直，双手总是向下插在口袋里。他灰色的眼睛似乎将他周围的一切都吸收殆尽，脸上的平和之色经常能在那些极度睿智或是极度悲伤之人的脸上瞧见。他总是乐于停下脚步，与任何希望得到他陪伴的人待在一起。毕竟，他也只是漫无目的地在散步。

如今，关于这个哑巴的各种流言蜚语开始在小镇上流传。之前与安东尼帕罗斯在一起的那些年里，两人步行往返上下班，但除此以外，他们总是孤独地待在房间里。那时候没人去打扰他们——要是有人注意到他俩，大块头的希腊人才是焦点所在。那些年里辛格则无人关注。

因此，关于哑巴的谣言五花八门、天花乱坠。犹太人说，他是一个犹太人。主街上的生意人宣称，他得到一笔巨大的遗产，是个大富翁。而在一个饱受恐吓的纺联会中，有传言说哑巴是美国产业工会联合会的组织者。一个孤零零的土耳其人情绪激动地向他妻子声称，哑巴是土耳其人，而此

239

人多年前流浪到小镇上，和家人在他们那个售卖亚麻布的小店铺后面苦苦挣扎。他说他讲起自己的语言时，哑巴能听懂。他这么宣称时，自己的声音渐渐温和，以至于忘了同他的孩子们争执，他满脑子计划，精力旺盛。一个乡下来的老人说，哑巴来自他老家附近某个地方，哑巴的父亲种了全国最好的烟草。林林总总都是关于他的传言。

安东尼帕罗斯！辛格心中始终保留着他朋友的记忆。夜晚，每当他合上眼睛时，希腊人的脸庞就浮现在黑暗之中——圆滚滚、油腻腻，露出聪明温和的微笑。在他的梦中，他们始终在一起。

他的朋友已经走了一年多。这一年似乎既不长，也不短。这一年反而从正常的时间感中剥离了出来——就仿佛一个人喝得醉生梦死或是在半梦半醒。每一个小时背后总是存在着他的朋友。可这段与安东尼帕罗斯在一起被掩埋的生活有了改变和发展，一如他周遭发生的事件。在最初几个月里，他想的最多的是安东尼帕罗斯被带走之前那可怕的几周——还有他犯病后随之而来的混乱、传唤逮捕，还有试图控制他朋友那些古怪行为的种种痛苦。他想到了过去他和安东尼帕罗斯在一起时闹别扭的时候。还有一段回忆，发生在遥远的过去，多次浮现在他脑海中。

他们没有朋友。有时候他们会遇到其他哑巴——过去十年里，他们结识了其中三个哑巴。不过变故总是在发生。他们刚认识了一个哑巴，一星期内他就搬去了另一个州。另一个结婚了，生了六个孩子，而且不用手语交谈。可正是他们与第三个哑巴的这段关系，让辛格在他的朋友离开后又回忆联翩。

这个哑巴名叫卡尔。他是个面色蜡黄的年轻人，在一家工厂工作。他的双眼呈淡黄色，牙齿尖利透明，似乎也是淡黄色。他那件蓝色的工装裤松松垮垮地搭在他瘦骨嶙峋的身体上，仿佛一个穿着蓝黄色衣服的布娃娃。

他们邀请他来吃饭，并安排好提前在安东尼帕罗斯打工的店铺碰头。他们到的时候，希腊人还忙个不停。他在铺子后面的厨房里刚做好一炉焦糖软糖。大理石长台面上搁着金灿灿、油亮亮的软糖。空气暖和，弥漫着甜味。安东尼帕罗斯将刀轻轻地推入温热的软糖中将其切成小块，他似乎喜欢卡尔注视着自己。他从沾满糖浆的刀刃上取下一角软糖，递给他的新朋友，为他表演那个小戏法——每当他想讨人喜欢时总会表演这一出。他指着炉子上正煮着的一桶糖浆，朝自己脸上扇了扇风，眯起眼睛，表示非常热。接着他把手放进一锅冷水里沾湿，倏地插入滚沸的糖浆里，然后迅速又把手放进冷水里。他双眼鼓胀，伸出舌头，仿佛痛苦异常。他甚至紧握着手，单脚蹦跶，震得房子直颤。接着他突然微微一笑，伸出他的手，表示这只是个玩笑，随即拍了拍卡尔的

241

肩膀。

　　这是一个惨淡的冬日傍晚，他们手挽着手走在大街上，呼出的气在冰冷的空气里凝成团团白雾。辛格走在中间，有两次他跑去商店里买东西，留下他们俩待在人行道上。卡尔和安东尼帕罗斯提着几袋食品杂货，辛格则紧紧地勾着他们的胳膊，一路微笑着回了家。他们的房间温暖惬意，他开心地走来走去，与卡尔对话。吃过饭后，他们两人交谈时，安东尼帕罗斯带着淡淡的笑意注视着他们。通常希腊人会蹒跚着走到壁橱前，倒上几杯金酒。卡尔坐在窗边，安东尼帕罗斯将酒杯推到他面前时他才喝，谨慎地抿了几小口。辛格甚至想不起来他的朋友以前有过如此热情地对待陌生人，他很高兴地设想到以后卡尔经常来拜访他们的情景。

　　过了午夜发生了一件扫兴的事。安东尼帕罗斯从壁橱前回来，满脸怒容。他坐在床上，不停地瞪着他们的新朋友，露出了恼羞成怒、极度厌恶之色。辛格试图用热情的对话来掩盖这奇怪的行为，可是希腊人不依不饶。卡尔蜷缩在一张椅子上，抱着他那骨瘦如柴的膝盖，震慑于大个子希腊人那古怪的表情而不知所措。他满脸通红，忍气吞声，十分腼腆。辛格没法再无视这种情况了，于是他最终问安东尼帕罗斯是否胃痛，或者他也许不舒服想睡觉了。安东尼帕罗斯摇摇头。他指着卡尔，开始比划各种他知道的下流动作。他脸上的厌恶表情很吓人。卡尔吓得瑟瑟发抖。最后，大个子希腊人咬牙切齿，从椅子上站起来。卡尔慌忙戴上他的帽子，走出了房间。辛格跟着他下了楼。他不知道该如何向这位陌生人解释他朋友的古怪举止。卡尔弓腰缩背站在楼下的门廊处，无精打采，鸭舌帽压得低低的，遮住了他的脸。最后他们握了握手，卡尔就走了。

安东尼帕罗斯让他明白，趁他们没留意的时候，他们的客人跑去壁橱前，喝光了所有的金酒。安东尼帕罗斯一点都听不进劝，他不相信是他自己喝完了那一瓶酒。大个子希腊人身子直挺挺地坐在床上，他那张圆脸上神情阴郁、充满责备之色。大颗大颗的泪珠沿着脸颊慢慢地滚落至汗衫的领口，没人能安慰他。最后，他睡着了，可辛格在黑暗中久久无法入眠。他们再也没见过卡尔。

接着，几年后，有一度安东尼帕罗斯拿走壁炉架上花瓶里存着的房租钱，全部花在老虎机上。有一年夏天的午后，安东尼帕罗斯赤身裸体地下楼取报纸。由于暑热，他备受折磨。他们分期付款买了一台电冰箱，安东尼帕罗斯不停地舔着冰块，甚至他睡着时有几块冰块融化在了床上。那回安东尼帕罗斯喝醉了酒，把一碗通心粉扔到了他脸上。

最初那几个月里，这些不堪的回忆与他的思绪交织在了一起，仿佛编织的地毯中掺杂了几根织坏的线。随后这一切都消失了。所有他们不快乐的时光都被忘得一干二净。岁月流逝，他对朋友的思念日渐加深，直到他心里剩下的是那个只有他自个儿才了解的安东尼帕罗斯。

这就是那个他可以倾诉一切心事的朋友。这就是那个除了他以外，无人知晓他睿智过人的安东尼帕罗斯。过去一年里，他朋友的形象似乎在他脑海中越来越高大，他的脸庞在夜晚一片漆黑中，以一种庄严而隐秘的方式向外张望。那些关于他朋友的记忆在他脑海中变了，结果他记不得那些错误或愚蠢的事——只记得睿智和美好的事。

他看见安东尼帕罗斯坐在他面前一张巨大的椅子上。他平静地坐着，纹丝不动。他的圆脸神秘莫测。他的嘴巴透着智慧，笑意盈盈。他的双眼深邃有神。他注视着他用手语对他讲的事。他用自己的智慧明白了。

这就是那个如今时时刻刻在他脑海中的安东尼帕罗斯。这就是那个他想将一切发生之事都向他倾诉的朋友。由于这一年发生的某些事。他仿佛被抛弃在一块陌生的土地上。孤零零的。他睁开眼睛，周围尽是些他无法理解的事。他茫然不知所措。

他观察着他们说话时的口形。

我们黑人需要一个最终获得自由的机会。自由只是奉献的权利。我们想要服务和分享，想要劳动，从而消费我们应得的东西。可你是我碰到过的唯一一个了解我同胞这份迫切需求的白人。

你明白吗，辛格先生？我时刻在心里记着这段音乐。我要成为一名真正的音乐家。也许我现在还不懂，可等我到二十岁时，我会懂的。明白吗，辛格先生？到那时我打算去一个下雪的国家旅游。

让我们喝完这瓶酒。我要那一小杯。我们在思考自由。这个词儿就像一条钻进我大脑中的虫子。是吗？不是？多大？多小？这个词儿代表着抢劫、盗窃和欺诈。我们会得到自由，最聪明的那些人会奴役其他人。但是！但是这个词儿还有另一种含义。所以词语中，这个词儿最为危险。我们知道的人必须万分小心。这个词儿令我们得意洋洋——实际上这个词儿是一个伟大的理念。可正是出于这种理念，蜘蛛为我们编织出了最丑陋的网。

最后那个人搓了搓鼻子。他不经常来，也不怎么说话。他会提问。

七个多月来，这四个人一直到他的房间来。他始终带着诚挚的微笑在门口迎接他们。想见安东尼帕罗斯的迫切心情也始终伴随着他——一如他朋友刚离开时的那几个月——跟任何别的人待在一起，总好过长时间形单影只。这就好似许多年前他曾向安东尼帕罗斯许诺时一样（甚至写在纸上、钉在他床上方的墙壁上）——保证戒一个月的烟、啤酒和肉。最初的几天非常难受。他简直坐立不安。他多次去水果铺拜访安东尼帕罗斯，以至于查尔斯·帕克都不给他好脸色看。

做完手边所有的雕刻活后，他会跑到店铺前面闲逛，跟钟表匠或女店员消磨时间，或是出门去冷饮小卖部喝一杯可口可乐。那段日子，同任何陌生人待着，都比独自惦记着他迫切想要的香烟、啤酒和肉，要好得多。

起初，他根本不理解这四个人。他们滔滔不绝地说啊说——几个月过去了，他们说得越发多了。后来他就适应了他们的口形，他们所说的每一个字他都明白。之后过了一阵，在他们开口之前，他就对每个人要说的话了然于胸，因为意思总是千篇一律。

他的双手对他是一种折磨。它们始终不安分。睡觉时，它们不时抽搐，有时他惊醒后发现做梦时双手在他面前比划着字。他不喜欢瞧着或是想着他的手。它们修长棕黑，坚实有力。这么多年来，他总是细心呵护双手。冬天里，他给手抹上油防止皲裂，指缘处的死皮一直修剪干净，指甲总是锉到贴合手指形状。他过去热衷于清洗保养双手。可现在他只是一天两次用一把刷子草草地擦洗一下，然后就将双手塞回口袋里。

每当他在房间里来回踱步时，他会按压指关节，而后拉扯手指，直到隐隐作痛。要么他就一手握拳，击打另一只手掌。有时候他独自一人，想到他的朋友，他的双手就不由自主地比划起字来。当他反应过来时，他就仿佛一个大声自言自语、被人抓了个现行的人。这就好像他做了什么不道德的事。惭愧和悲伤交织在一起，他双手交叠放在背后。可是它们不会让他放松。

辛格站在街上一栋房子前，这是他和安东尼帕罗斯以前住的地方。傍晚时分，烟雾朦胧，天色灰沉。西边有一条条淡黄色和玫瑰色条纹。一只毛蓬蓬的冬日树雀鸦在雾蒙蒙的天空下飞行，最后停落在房子的山墙上。大街上杳无人烟。

他的目光凝视在二楼右侧的一扇窗户上。那是他们的前屋，后面是安东尼帕罗斯烹饪他们三餐的大厨房。透过亮着灯的窗户，他望见一个女人在房间里来来回回地走动。灯光下，她显得身形健硕，又模模糊糊，系着条围裙。一个男人坐着，手中拿着晚报。一个小孩手里拿着一片面包，鼻子紧紧贴着窗玻璃。辛格瞧见那房间一如他离开时的样子——给安东尼帕罗斯睡的那张大床，自己睡的弹簧床，还有那张填塞得鼓鼓囊囊的大沙发和轻便折椅。一只被当作烟灰缸使用的破糖罐，天花板上的霉斑——那处正是屋顶渗水的地方，角落里的洗衣机。像这样的傍晚，厨房里通常不会有光亮，除了那只大炉子的燃油器发出的火光。安东尼帕罗斯总是旋转油门芯，因此每个燃油器内只能看见参差不齐的金色和蓝色火苗。房间里很暖和，弥漫着晚饭的饭菜香。安东尼帕罗斯用他的木勺品尝着菜肴，他们一杯接一杯地喝着红酒。燃油器中的火焰在炉子前的油布毯上投下了亮闪闪的倒影——五盏金色的小灯笼。似乳白的暮色渐浓，这些小灯笼越来越亮，结果最后夜幕完全降临时，它们燃烧的火焰纯净至极。晚饭总是在那个时间做好了，他们便打开灯，将椅子拖至桌子前。

辛格低头凝视着黑漆漆的前门。他想到他们早上一起出门，晚上一起回家。路面上有个缺口，安东尼帕罗斯有一次曾在那个地方绊了一跤，伤了手肘。还有那个邮箱，电灯公司的账单每月都投递进去。他能通过手指感觉到他朋友胳膊的温暖触碰。

街道此刻已经黑了下来。他又一次抬头望着那扇窗户，瞧见那个奇怪的女人、那个男人还有孩子围成了一团。一片空落落的感觉在他周身蔓延。一切都过去了。安东尼帕罗斯走了；他不是到这儿来缅怀回忆的。关于他朋友的记忆在其他地方。辛格闭上眼睛，试图想象精神病院和安东尼帕罗斯今晚待着的那个房间。他想起那白色的窄床，和那几个在角落里玩着"拍杰克"的老人。他紧闭着眼睛，可那个房间在他脑海中始终无法清晰起来。空落落的感觉沉到了他的心底，过了一会儿，他再一次抬眼瞥向了窗户，然后开始沿着黑咕隆咚的人行道走去，那条路他们曾共同走过无数次。

那是周六的晚上。主街上熙熙攘攘挤满了人。身穿工装裤、浑身打着哆嗦的黑人在小杂货铺的橱窗前转悠。人们拖家带口站在电影院售票厅前排队，少男少女们不错眼地盯着外面陈列的电影海报。路上车辆川流不息，十分危险，他只得等了很久才过马路。

他路过了水果店。橱窗里的水果甜美诱人——有香蕉、橘子、鳄梨，颜色鲜亮的小金橘，甚至还有几只菠萝。而查尔斯·帕克在里面招待一位顾客。在他看来，查尔斯·帕克的脸十分丑陋。有几次查尔斯·帕克不在的时候，他进到店里转悠了好一会儿。他甚至还去了后面安东尼帕罗斯制作糖果的厨房。不过查尔斯·帕克在的时候，他从不进店。自从安东尼帕罗斯登上巴士离开的那天起，他们俩就小心翼翼地避开对方。在大街上相遇时，他们总是扭过头去，也不点头致意。有一次，他想要给他的朋友寄一罐他最爱的蓝果树蜂蜜，于是他写信从查尔斯·帕克那儿订了一罐，这样就不必见到他了。

辛格站在橱窗前，注视着他朋友的表兄在招待一群客人。周六晚上的生意一如既往的红火。安东尼帕罗斯有时不得不工作到晚上十点。那台硕大的自动爆米花机放在靠门的地方。一个伙计塞进去一份玉米粒，爆米花就在容器里如一片片巨大的雪花旋转着飞爆出来。店里的气味温暖而熟悉。花生壳在地板上被人践踏。

辛格沿着街道继续走下去。他必须小心地在人群中穿行，以防遭人推搡。由于假日关系，大街两旁都串着成排的红绿色的电灯。人们手挽着手，三五成群站在一起，有说有笑。年轻的父亲照料着肩头上感到寒冷、大声哭嚷的小孩。一个戴着红蓝色女帽的救世军女孩在街角摇着铃，她望着辛格时，他觉得自己有义务向她边上的罐子里投一枚硬币。街上还有些乞丐，他们伸出帽子或又粗又硬的双手，其中既有白人也有黑人。霓虹灯广告投下一片橘红色的灯光，洒在人群中每个人的脸上。

他来到街角处，有一次八月的一个下午，他和安东尼帕罗斯在这儿看到一条疯狗。接着他走过军用剩余物资商店，安东尼帕罗斯每到发薪日都会来这儿拍张照。此刻他口袋里揣着许多照片。他转向西面朝那条河走去。他们有一回搞了一次野外午餐，过了桥在另一头的一片空地上享用的。

辛格沿着主街走了约莫一个小时。在这一片人声鼎沸中，他似乎是唯一一个形单影只的人。最后他拿出手表，身子转向那栋他住过的房子。也许今晚人群中有一个人会走进他的房间。他希望如此。

他给安东尼帕罗斯寄了一大箱圣诞礼物。他也给那四个人送了礼物，还有凯利太太。为了大家伙儿所有人，他买了一台收音机，放在了窗边的桌子上。科普兰医生没有注意到收音机。比夫·布兰农立刻注意到了，耸了耸眉毛。杰克·布朗特在的时候就一直开着收音机，始终播放同一个频道，他一边说话，一边提高嗓门咆哮以压过音乐声，额头上暴出了青筋。米克·凯利刚看到收音机时没弄明白。她的脸通红，一遍遍地问他这是不是真的属于他、自己是否能听。她将收音机拨调了好几分钟，才找到了那个她喜欢的频道。她坐在椅子上，身子前倾，双手搁在膝盖上，嘴巴张开，太阳穴突突直跳。不管收音机里播放什么，她似乎都在认真倾听。她在那儿坐了一整个下午，咧嘴朝他笑时，她的双眼湿润了，便用两只拳头揉了揉眼睛。她问他，在他上班的时候，她能否偶尔进来听听收音机，他点头同意了。因此，接下来几天，每当他打开门，就会看见她坐在收音机边上。她的手指穿过那头乱蓬蓬的短发，她脸上露出一种他以前从未见过的表情。

刚过了圣诞节不久的一天晚上，这四个人恰巧同一个时间来拜访他。这在之前是从未发生过的。他在房间里走来走去提供茶点，满脸微笑，竭尽全力地招待他的客人们，让他们感到宾至如归。可就是有些不对劲儿。

科普兰医生不愿坐下。他站在门口，手上拿着帽子，只是冷冷地向其他人点个头。他们瞧着他，仿佛在纳闷为什么他会在这儿。杰克·布朗特打开他带来的啤酒，白沫溅到了他胸前的衬衫上。米克·凯利听着收音机里播放的音乐。比夫·布兰农坐在床上，跷着二郎腿，扫视着眼前的这些人，然后眯起眼睛，收敛目光。

辛格不知所措。他们每一个人总是有滔滔不绝的话要说。而此刻,聚在一起时他们反而沉默了。他们刚来时,他原本以为会有一场大爆发之类的。他隐约期待这将会终结某些事。可房间里只是弥漫着一种压抑感。他的双手紧张不安,仿佛正在从空气中拽下什么隐形的东西,然后将它们捆绑在一起。

杰克·布朗特站在科普兰医生边上。"我见过你。我们之前有一次撞了个满怀——就在外面楼梯上。"

科普兰医生精确地吐字发音,一字一句好似是用剪刀裁剪而出。"我并没有意识到我们认识。"他说。接着他僵硬的身子似乎退缩了。他后退了几步,直到刚好站到房间的门槛外。

比夫·布兰农从容不迫地抽着烟。烟雾在房间里呈现一层层的淡蓝色。他转向米克,盯着她看时,他的脸上泛起了红晕。他的眼睛半睁半合,片刻间脸上又再度恢复了正常气色。"最近你忙活得怎么样?"

"什么怎么样?"米克疑惑地问。

"就是平常的那些事,"他说,"学校里——之类的。"

"还不错,我觉得。"她说。

每个人都看着辛格,似乎满怀期待。他迷惑不解。他只能微笑着提供茶点。

杰克用手掌搓了搓嘴唇。他放弃了与科普兰医生对话的打算，坐到床上挨着比夫。"你知道到底是谁经常用红色粉笔在工厂周围的栅栏和墙壁上写下那些可怕的告诫吗？"

"不知道，"比夫说，"什么可怕的告诫？"

"大部分来自《旧约》。我琢磨这件事好久了。"

每个人的话都主要说给哑巴听。他们的思绪似乎在他身上汇集，犹如轮子辐条都指向中心轮毂。

"这一阵天气冷得很不寻常，"比夫终于开口道，"那天我浏览了一些以前的记录，发现1919年气温降到过十华氏度①。今天早晨才十六华氏度，这是自那年大寒潮之后最冷的一年了。"

"今天早上煤库的房檐上垂着冰凌。"米克说。

"上周我们赚到的钱不够支付工资。"杰克说。

他们又继续聊了会天气。每个人似乎都在等待其他人说下去。接着，一时冲动之下，他们又都同时起身离开了。科普兰医生第一个走，其他人立刻紧随其后。他们走了之后，辛格孤零零地站在房间里，他没明白眼前的情况，于是他想忘了作罢。那晚他决定给安东尼帕罗斯写信。

安东尼帕罗斯不识字，而这不能阻止辛格给他写信。他

① 约等于零下12.22摄氏度。

一向知道他的朋友无法理解纸上文字的含义，可好几个月过去了，他开始想象也许以前是他弄错了，也许安东尼帕罗斯识字，只是向大家保密而已。同样，精神病院里也可能有一个能读懂他信的聋哑人，然后向他的朋友解释信的内容。他为自己的信安排了好几个正当理由，因为每当他感到彷徨或悲伤时，他总是迫切地需要写信给他的朋友。然而，一旦写完，这些信却永远不会寄出去。他从早晚的报纸上剪下连环画，每周日寄给他的朋友。每个月他会寄一张汇款单。而他写给安东尼帕罗斯的长信则在他的口袋里越积越多，直到他销毁它们。

四人离开后，辛格套上他那件暖和的灰色大衣，戴上灰色呢帽，离开了房间。他总是在店里写信。而且，他答应第二天上午要赶出一件活计，他想现在就做完，这样就不会延误了。夜晚寒冷刺骨。一轮满月，周围镶着一圈金色的光晕。璀璨的星空下，一片片屋顶黑黢黢的。他边走边想着信要怎么开头，可等他到了店铺，脑子里还没想清楚第一句话要怎么写。他用钥匙开门让自己走进黑咕隆咚的店铺里，打开了前屋的灯。

他在店铺的最尽头工作。一块布帘子隔开了他的工作区域和其余空间，这样就仿佛成了个私密的小隔间。他的工作台和椅子边上，是安放在角落里的一个沉甸甸的保险箱，有个厕所，装了一面绿兮兮的镜子，还有好几个塞满了箱子和废弃钟表的架子。辛格升起工作台的上端，从毛毡盒里取出他答应要完成的银盘。尽管店里很冷，为了不碍事，他还是脱下大衣，卷起衬衫的蓝条纹袖口。

银盘中央的花押字母他雕刻了好久。他以精细专注的笔触，引导着银盘上的刻刀。他工作时，双眼奇怪地显出一种穿透性的渴望之情。他正在思考那封要写给他朋友安东尼帕罗斯的信。干完活时已经过了午夜。他将银盘放置到一边时，额头上由于兴奋而汗涔涔的。他清理完工作台，开始写信。他喜欢用笔经过字斟句酌后写在纸上，无比小心地完成一封信，仿佛那纸就是一块银盘。

我唯一的朋友：

　　我从我们的杂志上看到，协会今年将在梅肯开会。他们邀请了演讲人，还有一场正式晚宴。我十分憧憬。记得我们以前总是计划要去参加一场大会，可从未成行。现在我希望我们能去。我希望我们能参加今年的大会，我已经能想象那情景了。当然，没有你我不可能去。与会者是来自各个州的人，他们都能说会道，心怀远大理想。在一个教堂里还会有一项特殊仪式，有点类似于一场争夺金牌的比赛。我一边写，一边想象着这一切。我既想，又没有想。我的双手已经沉寂了很久，很难再回忆起来了。可我一想象这场大会，我就想到所有像你一样的宾客，我的朋友。

有一天，我站在我们的家门口。现在有其他人住在里面了。你还记得门口的大橡树吗？枝干已经过修剪，为了不妨碍电话线，结果树枯死了。树枝腐烂，树干当中空洞洞的一片。还有，那家店里的猫（就是那只你过去常摩挲抚弄的）吃了什么有毒的东西，也死了。真是令人难过。

辛格的笔悬在纸上不动了。他坐了好久，身子绷得笔直而紧张，没有继续再写下去。然后，他站起身，给自己点了一支烟。房间里冷飕飕的，空气里散发着一股酸腐味——那是煤油、擦银剂和烟草的混合气味。他穿上自己的大衣，戴上手套，再次缓慢而坚决地开始书写。

你记得我去那儿时跟你提过的那四个人吗？我把他们画给你看了，一个黑人、一个小姑娘、一个留着胡子，还有一个是纽约咖啡馆的老板。我想告诉你关于他们的一些事，可是又不确定该如何诉诸笔端。

他们都是大忙人。事实上，他们太忙了，你很难想象他们。我不是说他们白天黑夜地工作干活，而是说他们心里有很多事，令他们无法平静。他们跑来我的房间向我诉说，而在此之前我还不知道一个人能如此频繁地张口闭口，不知疲乏。（然而，纽约咖啡馆的老板很特别——他不同于其他人。他留着乌黑浓密的络腮胡，以至于一天得刮两回，他拥有一把电动剃须刀。他观察他人。其他人都有一些他们憎恨的东西。他们都有一些在喜爱程度上远胜于吃、喝、睡觉或是友谊的东西。那就是他们总是如此忙碌的原因。）

我觉得嘴上留胡子的那个人是个疯子。有时候他一字一句讲得清清楚楚，就像很久以前我上学时的老师一样。可有时候，他却说一种我无法理解的语言。他时而穿一件朴素的西装，时而又穿着上班时的工装裤，又黑又脏，散发着臭味。他会晃着拳头，嘴里吐出些我不想让你知道、难以入耳的醉话。他认为他与我之间拥有一个共同的秘密，可我并不知道那秘密是什么。让我告诉你些难以置信的事吧。他能在喝下三品脱的快活日牌威士忌后，继续喋喋不休、走来走去，且不想躺下。你肯定不信，可这是千真万确的。

我从那个女孩母亲的手上租了我的房间，每个月十六美元。那女孩常常像个小男孩一样穿着短裤，可如今她开始穿蓝色裙子配衬衫了。她还只是一个小姑娘。我喜欢她过来看我。现在她随时都会过来，因为我为大家买了一台收音机。她喜欢音乐。我真想知道她听见的是什么。她知道我是聋子，可她觉得我了解音乐。

那个黑人患有肺结核，可是这里没有好医院收治他，因为他是个黑人。他是位医生，他的工作量比我见过的任何人都要大。他说起话来压根不像个黑人。其他黑人讲话我很难听懂，因为从他们的口形看不出词语来。这个黑人有时候会吓到我。他双眼炙热，熠熠发光。他邀请我去参加一个派对，我就去了。他有许多藏书。然而，他却没有任何悬疑小说。他不喝酒、不吃肉，也不看电影。

嗬，自由和掠夺者。嗬，资本和民主党人，嘴上留胡子的丑男人说。然后，他会反驳自己道，自由是所有理念中最伟大的。我只需要得到一个机会写下我心中的音乐，成为一名音乐家。我需要得到一个机会，女孩说。别人不允许我们当用人，黑人医生说。那就是我的同胞们的神圣需求。啊，纽约咖啡馆老板说。他是一个有主见的人。

这就是他们来到我房间时说话的样子。他们心里的这些话让他们不得安宁，因此他们总是忙忙碌碌。于是你会以为，当他们聚在一起时，就会像这周即将在梅肯召开大会的协会。然而并非如此。今天他们在同一时间来到我的房间。他们坐在那儿，仿佛来自五湖四海。他们甚至粗鲁无礼，你知道我一贯坚持认为，粗鲁无礼以及不顾他人感受是不对的。可情况就是这样。我弄不明白，所以写信给你，因为我觉得你会明白。我有些古怪的感觉。可我就这件事已经写得够多了，我知道你已经厌烦。我也是。

　　已经过去五个月零二十一天了。这所有我独自一人没有你相伴的时光。我唯一能想象的就是再次与你团聚的时候。如果我无法很快来找你，我不知道该如何是好了。

辛格将脑袋搁在工作台上歇了会儿。贴着脸颊的光滑木头的气味和触感，令他想起了学生时代。他双眼紧闭，感到难受。他脑海中出现的只有安东尼帕罗斯的脸庞，对他朋友的渴望如此犀利，以至于他屏住了呼吸。过了片刻，辛格坐直了身子，伸手去拿笔。

　　我为你订购的圣诞节礼物还没送到。我估计很快了。我相信你会欣然接受的。我总是想起我们俩在一起的时候，一切都难以忘怀。我很想念你过去常烧的菜。纽约咖啡馆里的食物比以前差多了。不久之前，我在我的汤里发现一只煮过了的苍蝇。它就像字母似的混在蔬菜和面条里。不过这算不了什么。我需要你，这是一种我无法承受的孤独感。我马上又要来了。要再过六个月我才能有假期，不过我想在此之前我能够安排。我想我一定会的。我不想孤独此生，失去那个善解人意的你。

你永远的，

约翰·辛格

他再次回到家里时，已经凌晨两点了。这栋熙熙攘攘的大房子陷入了黑暗，不过他小心翼翼地摸索着爬上三段楼梯，倒没有磕磕绊绊。他从口袋里掏出随身带着的卡片、手表和他的自来水笔。然后，他一丝不苟地叠好衣服，搭在椅背上。他那灰色的法兰绒睡衣温暖柔软。他几乎刚把毯子拉到下巴颏就睡着了。

混沌黑暗的睡眠之中孕育了一个梦。一些昏黄的灯笼照亮了一段黑黢黢的石头台阶。安东尼帕罗斯跪在台阶的顶端。他浑身赤裸，双手摸弄着举过头顶的什么东西，他双目凝视，仿佛在祈祷一般。他自己走到台阶半当中时也跪下了。他一丝不挂，寒冷刺骨，他的目光紧紧盯着安东尼帕罗斯和他举过头顶的东西。他身后的地上，他感觉到有几个人——留胡子的、女孩、黑人，还有最后那个人。他们都全身赤裸，跪倒在地，他感到他们正看着他。而他们的身后，还有不计其数的人跪在黑暗之中。他自己的双手变成了巨大的风车，他如痴如狂地凝视着安东尼帕罗斯举着的那个不知名的东西。黄色的灯笼在黑暗之中来回摇摆，其他一切却纹丝不动。可突然之间发生了一阵骚动。混乱之中,台阶倒塌了,他感觉自己正向下坠去。他猛地惊醒过来。晨曦照亮了窗户。他感到害怕。

时间过去了这么久,也许他的朋友遇到了什么不测。安东尼帕罗斯没给他写过信,因此他无从得知。也许他的朋友摔倒受了伤。他突然感到如此迫切地想再次见到他,他将不惜一切代价来安排——而且刻不容缓。

那天早上在邮局里,他在自己的邮箱中收到一张通知说他有个包裹要领取。那是他订购的没有准时送达的圣诞礼物。这礼物是件非常精美的物什。他采用两年分期付款的方式购买的。礼物是一台家用的电影放映机,还有五六部安东尼帕罗斯喜欢的米老鼠和大力水手动画片。

辛格是那天早上最晚一个到店里的人。他向雇用自己的珠宝商递上一份正式的手写请假申请,要求周五周六请两天假。尽管这周手头上还有四场婚礼要筹备,珠宝商还是点头允许了。

他事先没有知会任何人这次旅行,不过出发前他在门上钉了一张便条,说他将因出差离开几天。他夜里启程,火车抵达他的目的地时,冬日的红色黎明刚刚破晓。

下午即将要到探访时间时,他出门前往精神病院。他怀里抱着电影放映机的部件,篮子里是他带给他朋友的水果。

他径直走向了之前他探望安东尼帕罗斯的那个病房。

走廊、门、成排的病床一如他记忆中的样子。他站在门口，目光急切地寻找他的朋友。尽管所有的椅子上都有人，可他还是一眼就看出来，安东尼帕罗斯不在那儿。

辛格放下手上的盒子，在他的一张卡片底端写道："斯皮罗斯·安东尼帕罗斯在哪儿？"一个护士走进病房，他将卡片递给她。她没有明白。她摇摇头，耸了耸肩。他来到外面的走廊里，将卡片递给每一个遇到的人。没人知道。他心里一阵惊慌，以至于开始用双手比划起来。最后，他碰到一个穿白大褂的实习医生。他一把拽住实习医生的胳膊肘，塞给他卡片。医生仔细地读了，然后带着他穿过好几条走廊。他们来到一间小房间，有一位女士坐在一张桌子前，面前还有些文件。她读了卡片，然后从一只抽屉里翻检一些档案。

紧张恐惧的泪水在辛格的双眼中打转。这个年轻的女人不情不愿地在一沓便笺上书写，而他克制不住自己，立刻扭过身子去看她到底写了什么有关他的朋友。

安东尼帕罗斯先生已经转入住院部。他患了肾炎。我会请人为你带路。

在穿过走廊的路上，他停下来捡起刚才留在病房门口的盒子。那篮水果已经被人偷走，不过其他盒子倒一个不少。

他跟着实习医生走出大楼，穿过一片草坪，前往住院部。

安东尼帕罗斯！他们来到那个病房时，他一眼就认出了他。他的床位于病房中间，他靠着几个枕头坐在床上。身上披着一件猩红色的晨衣和一套绿色的丝绸睡衣，手上戴着一枚绿松石戒指。他的皮肤是浅黄色，双眼无神，一片黯淡。两鬓的黑发也染上了白霜。他正在织东西。他那肉乎乎的手指拿着象牙质的长毛衣针，非常缓慢地上下编织。起初，他没瞧见他的朋友。接着，当辛格站到他面前时，他安详地微笑了，毫无意外之色，还伸出他那只戴着珠宝的手

一股他此前从未感受到的羞怯和压抑之情突然袭上了辛格的心头。他坐在床边，双手交叉放在床罩的边缘。他不错眼地注视着他朋友的脸庞，他面如死灰。他朋友的豪华服饰令他吃惊。这身行头他是分几次寄来的，可他从没想象过它们组合在一起时会是什么样。安东尼帕罗斯比他记忆中更加肥硕了。他丝绸睡衣下露出了肚子上一层一层的巨大肉圈。巨大的脑袋靠着白色的枕头。他一脸的平静安宁，无动于衷，似乎根本没有察觉到辛格在他身边。

辛格羞涩地举起双手，开始说话。他那有力、娴熟的手指充满深情、准确无误地打出了各种手语。他讲起了寒冷漫长、孤身一人的那些岁月。他提到了往昔的时光，那只死去的猫，那家商店，那个他居住的地方。每一次停顿，安东尼帕罗斯都和蔼可亲地点点头。他讲到那四个人以及他们长期

地拜访他的住处。他朋友的双眼湿润、乌黑，他从里面看到了他曾无数次见过的自己那长方形的影像。温热的血液又涌上了他的脸颊，双手的比划速度加快了。他最后讲到了那个黑人、那个蓄着颤动的唇髭的和那个女孩。双手打出的手语越来越快。安东尼帕罗斯缓慢而庄严地点点头。辛格激动地凑近他，深深地吸了一大口气，双眼中充满晶莹剔透的泪水。

可蓦地，安东尼帕罗斯用那肉鼓鼓的食指在空气中慢慢地画了个圈。他的手指朝向辛格画着圈，最后他戳了戳他朋友的肚子。大块头希腊人咧开嘴大笑，吐出他那条肥大、粉红的舌头。辛格大笑起来，双手以近乎疯狂的速度打着手语。他的肩膀由于大笑而抖动不止，脑袋向后仰去。他为什么笑，他并不知道。安东尼帕罗斯的眼珠滴溜溜地转了转。辛格继续肆无忌惮地大笑着，直到笑得上气不接下气，手指颤抖不已。他一把抓住他朋友的胳膊，试图让自己冷静下来。他的笑声渐渐低去，犹如打嗝般痛苦难受。

安东尼帕罗斯首先让自己镇定下来。他那胖乎乎的小脚踢开了床尾的罩子。他的笑容渐渐消失，任性地踢着毯子。辛格赶紧整理好床，可安东尼帕罗斯皱着眉，竖起手指，颐指气使地示意一个经过病房的护士。当她按照他的喜好铺好床后，大块头希腊人装腔作势地歪了下头，仿佛这个动作代表一种居高临下的恩赐，而非一个简单表示感谢的点头。然后，他再次郑重地转向他的朋友。

辛格说啊说，他并没有意识到时间过得多快。当一名护士将安东尼帕罗斯的晚饭放在托盘上送来时，他才知道已经很晚了。病房里点亮了灯，窗户外面天已经擦黑。其他病人也在吃着他们面前托盘里的晚饭。他们放下手中的活计（有的人编篮子，有的人做皮革或编织活儿），无精打采地吃着饭。他们挨着安东尼帕罗斯的边上，各个都显得病入膏肓、了无生气。大部分人需要剪个头发，他们穿着邋里邋遢的灰色衬衫式长睡衣，衬衫后背都撕破了。他们目瞪口呆地望着两个哑巴。

安东尼帕罗斯揭开盘子上的罩子，谨慎地打量着食物。有鱼和一些蔬菜。他抓起鱼，对着灯光在手掌上仔仔细细地检查了一遍。接着他津津有味地吃了起来。晚饭期间，他开始一一指点病房里的各色人等。他指着角落里的一个人，做出厌恶的表情。那个男人则向他大声咆哮。他又指向一个年轻的男孩，微笑着点点头，挥了挥他那只肉鼓鼓的手。辛格高兴极了，以至于没有觉得尴尬。他从地上拾起盒子，放在床上以分散他朋友的注意力。安东尼帕罗斯拆掉包装纸，可是放映机对他一点儿也没有吸引力。他又转过身去吃晚饭了。

辛格递给护士一张纸条，解释了放电影的事。她叫来一位实习医生，然后他们又带来一位医生。三人商议一番后望着辛格，满脸好奇之色。众人知晓后，激动地用胳膊肘撑起身子。只有安东尼帕罗斯一人不为所动。

辛格事先已经练习过放电影了。他架起银幕，这样一来所有的病人都能观看了。接着，他们安放好投影仪和胶片。护士拿走晚饭托盘，病房里的灯灭了。银幕上闪现出一部米老鼠动画片。

辛格注视着他的朋友。起初，安东尼帕罗斯吓了一跳。他挺直了身子为了看得更清楚些，要不是护士阻止，他可能会从床上起身。之后他便满面笑容地看着电影。辛格可以看见其他病人相互之间又喊又叫，放声大笑。护士和护理员从走廊里赶来，病房里一片混乱。米老鼠放完后，辛格又放了一部大力水手。电影放到尾声时，他感到这种欢乐气氛第一次持续了如此之久。他打开灯，病房再次恢复了秩序。实习医生将放映机放在他朋友的病床底下，他瞧见安东尼帕罗斯的眼神狡猾地掠过整个病房，确信每个人都意识到这台放映机是属于他的。

辛格又开始打起手语。他知道很快就会有人来请他离开，可存在他心里的很多想法过于庞杂，很难在短时间内说清楚。他以近乎疯狂的速度，匆忙诉说着。病房里有个老人有气无力地拔着眉毛，脑袋还不由自主地颤抖。他嫉妒这个老人，因为，日复一日，他和安东尼帕罗斯生活在一起。辛格会愉快地与之交换位置。

他的朋友在胸口摸索着寻找什么东西。那是他一直佩戴着的铜十字架。一根红丝带取代了原来脏兮兮的绳子。辛格想起了那个梦，他也告诉了他的朋友。匆忙之中，他的手势有时变得含混不清，他只得摆摆手，从头再来。安东尼帕罗斯用他那乌黑而困倦的双眸注视着他。穿着一身色彩明亮、艳丽的服装一动不动坐在那儿，他仿佛传说中的某位英明君主。

负责病房的实习医生允许辛格在超过探访时间后再待一个小时。最后，他伸出他纤细、多毛的手腕，向他展示他的手表。病人都被安置睡觉了。辛格的手颤颤巍巍。他抓住他朋友的胳膊，专注地凝视着他的双眼，一如过去他俩每天早上分开上班之前他都会这么看着他。最终，辛格倒退着出了病房。在门口，他的双手比划出伤心欲绝的告别，而后紧紧攥成拳头。

在一月份的那些月夜里，辛格只要有空就继续每晚沿着小镇的大街小巷散步。关于他的流言蜚语越发离谱了。一个黑人老太太告诉几百号人，说他知道与亡者通灵的方法。某个计件工声称，他曾经和哑巴在州里某个地方的另一家工厂工作过。富人以为他很有钱，穷人认为他同他们一样一文不名。由于无法澄清，这些传言越来越异想天开、不切实际。每个人都按照自己心中所想来描绘哑巴。

八

为什么?

这个疑问一直萦绕于比夫心中,悄无声息,仿佛流淌在血管中的血液。他想到众人,想到了目标,想到了理念,还有他心中的疑问。午夜,黎明,午后。希特勒以及战争的谣言。猪里脊的价格和啤酒税。尤其是他在凝神思考哑巴的谜团。比方说,为什么辛格乘火车外出,而有人问他去了哪儿时他就假装听不懂问题?为什么每个人都锲而不舍地完全按照他们的希望来塑造哑巴呢——而这极有可能就是一个非常奇怪的误会。辛格一天三次都坐在中间那张桌子。上什么他就吃什么——除了卷心菜和牡蛎。周围人声鼎沸,独有他一人安静无语。他最喜欢又青又嫩的小菜豆,他把菜豆整整齐齐地码在叉子的尖头上。还用饼干蘸着肉汁食用。

比夫也想到了死亡。一件奇怪的事发生了。有一天,他翻找浴室柜的时候找到了一瓶花露水,上次他将艾丽斯剩下的化妆品送给露西尔时,这瓶是漏网之鱼。他若有所思地将那瓶花露水握在手中。到现在她去世已经四个月了——每个月似乎都跟一整年一样漫长而无聊。他很少想到她。

比夫拔掉了瓶塞。他没穿衬衫站在镜子前,抹了些香水在他乌黑、多毛的腋下。这香味令他身体绷紧。他向镜中的自己瞥了一眼，眼神了无生气又深奥难解，他站着一动不动。香水唤起的记忆令他震惊，并非因为一切历历在目，而是因为它们将漫长的岁月完整拼凑到了一起，完整无缺。比夫揉了揉他的鼻子，斜眼瞧着自己。生死之间。他从内心感觉着自己跟她生活在一起的分分秒秒。现在他们一起的生活是完整的，因为只有过去才可能完整。比夫蓦地转过身去。

卧室已经重新布置过。此刻完全属于他了。此前房间一直失于整修、装饰浮夸且死气沉沉。室内总是横拉一根线，上面晾着破了洞的袜子和人造丝短裤。那张铁床油漆剥落，锈迹斑斑，上面放有绣着脏兮兮的蕾丝边的闺房枕头作为装饰。楼下钻上来的一只骨瘦如柴的捕鼠猫会弓着背，凄惨地磨蹭着痰盂罐。

他将这一切都改变了。他卖掉铁床，换了一只沙发床。地板上铺了一块厚实的红地毯，他买了一块漂亮的青色布挂在墙上裂缝最严重的一边。他拆封了壁炉，下面铺好松木准备生火。壁炉架上方有一张"宝贝"的小照片，还有一幅彩色画，画上一个身穿天鹅绒衣服的小男孩双手捧球。角落里的一只玻璃橱中摆着他各方收集来的珍奇古玩——蝴蝶标本、一枚罕见的箭头、一颗形似人类侧影的稀奇石头。沙发床上搁着蓝色绸缎面的靠垫，他借来露西尔的缝纫机给窗户缝制了深红色的窗帘。他深爱这个房间。这里豪华舒适又安静怡人。桌子上摆放着一座日本小宝塔，挂着琉璃悬饰，一阵气流刮过时，叮当作响，发出奇特的乐声。

这间房间里没有什么东西会勾起他对她的思绪。可他经常会打开那瓶花露水，摸摸瓶塞处，然后抹在耳垂或手腕上。这香味与他缓慢的沉思融为了一体。他心中渐渐升起了一股怀旧之情。记忆几乎以建筑顺序自我构建。在一个他储藏纪念品的盒子里，他找到了几张他们结婚前拍的老照片。艾丽斯坐在一片雏菊地里。艾丽斯与他在河面上划独木舟。在诸多纪念品中，有一枚骨质的发夹，原来是属于他母亲所有。孩提时，他就喜欢看她梳头，将她一头乌黑的长发辫好。他曾以为发夹有弯曲的弧度，是为了模仿女人身体的曲线，他有时会把它们当洋娃娃一样玩。那时候，他有一雪茄盒的零碎布料。他喜欢漂亮布料的触感和颜色，他会坐在餐桌底下，一连几小时守着他那些布料。可到他六岁时，母亲把那些布料从他手里抢走。她是个身材高大、强壮的女人，带有一种男人般的责任感。她对他的爱之深，无以复加。即使到现在，他偶尔还会梦见她。她那只褪了色的结婚金戒指还总是戴在他手上。

除了花露水，他还在柜子里找到一瓶艾丽斯总是拿来做头发的柠檬染发剂。一天，他自己试了试。染发剂令他一头花白的黑发变得似乎蓬松浓密了不少。他很喜欢。他扔了过去常用的预防秃顶的发油，定期用柠檬染发剂来染发。他曾奚落艾丽斯的某些异想天开的古怪念头，如今却落到了他自己身上。怎么会？

　　每天早上路易斯，楼下的那个黑人男孩，会给躺在床上的他送一杯咖啡。通常他会用个枕头靠坐在床上，一个小时后他才起床穿衣。他点上一支雪茄，注视着阳光在墙上投下的光影图案。他陷入了沉思之中，不自觉地将食指放在他那又长又弯的脚趾间游走。他在回忆。

　　接着，他从中午开始一直到第二天清晨五点，都在楼下工作。星期天要忙一整天。咖啡馆一直在亏钱。大部分时间门可罗雀。不过一到了饭点儿，店里通常还是满座的，他每天就守在收银台后面，总能瞧见几百号老相识。

　　"你老站着想什么心事？"杰克·布朗特问他，"你看上去就像个德国的犹太人。"

　　"我有八分之一犹太血统，"比夫说，"我母亲的祖父是个来自阿姆斯特丹的犹太人。不过就我所知家族里剩下的亲属都是苏格兰—爱尔兰后裔。"

　　那是一个星期天的上午。客人们懒洋洋地坐在桌旁，到处是烟草味，还有翻阅报纸的沙沙声响。角落的卡座里有几个人在掷骰子，不过玩的时候很安静。

　　"辛格去哪儿了？"比夫问道，"你今天上午要去他的住处吗？"

　　布朗特的脸阴沉了下来，闷闷不乐。他的脑袋猛地向前一伸。难道他们吵架了——可一个哑巴怎么会吵架？不会，这样的事以前曾发生过。布朗特有时走来走去，样子像是在跟自己争论。不过很快他会走——他总是这样——然后两个人就会一起回来，布朗特喋喋不休地开始说话。

"你的日子不赖。光站在收银台后面。光站着伸手拿钱。"

比夫没有生气。他身子的重心撑在两只胳膊肘上，眯起眼睛。"我跟你好好谈一谈吧。你到底想要什么？"

布朗特双手砰的一声拍在柜台上。这双手温暖、厚实而又粗糙。"啤酒。还有一小袋花生酱夹心芝士饼干。"

"我不是这个意思，"比夫说，"那我们晚些再说。"

这男人是个谜。他总是在变。他还是像一条疯狂的鱼一般喝酒，但并没有像某些人一样被酒精拖垮。他的眼圈经常是通红的，他有个神经质的习惯，就是会猛地回头看去，吓人一大跳。他的脑袋又大又沉，撑在他那细细的脖子上。他就是属于那种孩子见了要嘲笑、狗见了想咬一口，人人嫌弃的家伙。然而，每当被人嘲笑时，这就戳到了他的痛处——他一下子就变成了个暴脾气、大嗓门的家伙，活像个小丑。他还总怀疑有人在笑他。

比夫若有所思地摇摇头。"得了，"他说，"是什么让你坚持在那个游乐场工作？你能找到更好的活儿。我这儿甚至都能提供你一份临时工。"

"上帝啊！就算你要把这鬼地方全权交给我，我也不愿意守在那收银盒后面。"

他又来了。真恼人。他永远都交不了朋友，甚至不能与别人好好相处。

"说正经的，"比夫说，"不开玩笑。"

一位客人拿着账单走上前来结账，他找了零。咖啡馆里依旧一片安静。布朗特坐立不安。比夫感觉他要走了。他想留住他。他伸手从柜台后面货架上取了两支 A - I 牌雪茄，递给布朗特一支。他的大脑小心谨慎地排除了一个又一个问题，最终他开口问道：

"如果能选择你所生活的历史时期，你会选哪个时代？"

布朗特用他那宽厚湿润的舌头舔了舔他唇上的髭须。"倘若你必须在做个死人和永不提问之间选择，你会选哪个？"

"的确，"比夫不依不饶，"仔细想想吧。"

他的脑袋歪向另一侧，目光越过他的长鼻子，向下凝视。这是一个他喜欢听别人讨论的话题。古希腊是他的选择。脚蹬凉鞋，漫步于蓝色爱琴海的边缘。宽松的长袍缠绕于腰间。孩子们。大理石浴场以及神庙中的冥想。

"也许会选择和印加人一起。在秘鲁。"

比夫的目光从头到脚打量着他，将他剥得一丝不挂。他看见布朗特被太阳晒成了一种鲜艳的红棕色，脸上光滑无毛，前臂上戴着一只镶嵌着奇珍异宝的金手镯。他合上眼睛时，这个男人就成了一个漂亮的印加人。可当他再次盯着他看时，这幅画面就消失得无影无踪了。这是由于他那与脸不相称的神经质的唇髭，他抖动肩膀的方式，细脖子上的喉结，还有他裤子松松垮垮的样子。远不止于此。

"或者选 1775 年左右。"

"那是一个值得生活的好时代。"比夫赞同道。

布朗特的双脚不自觉地在地上来回摩擦。他的脸庞粗犷，面色不悦。他准备起身离开。比夫机警地挽留他。"告诉我——你为什么会来到这座小镇？"话刚问出口，他立刻就知道这不是一个明智的问题，他对自己感到失望。然而，这个男人怎么会落脚在这样一个地方，依然令人生疑。

"这是我所不明白的上帝的真理。"

他们默默地站了片刻，两人都倚靠在柜台上。角落里的掷骰子游戏结束了。第一个点晚餐的已经上了菜，是那个 A ＆ P 商店的老板，点了一份长岛招牌鸭。收音机被调到了一个介于教堂布道和摇摆乐队之间的波段。

布朗特突然探过身来，凑到比夫的脸庞前闻了闻。

"香水？"

"剃须水。"比夫镇定地说。

他留不住布朗特了。这家伙就要走了。他晚些时候会跟辛格一起来。一贯如此。他想把布朗特彻底从脑海中排除，

274

这样他才能琢磨某些关于他的疑问。可布朗特从来不愿认真说话——除非对象是哑巴。这真是一件咄咄怪事。

"谢谢你招待的雪茄,"布朗特说,"回见。"

"回见。"

比夫注视着布朗特迈着摇摇晃晃、水手似的步伐走向门口。于是,他开始干手上的活儿。他查看橱窗里的展品。当日的菜单已经贴到了玻璃上,一份带各种配菜的招牌晚餐已经陈列出来吸引顾客。看上去不太诱人。脏兮兮的。鸭肉的汁水流到了红莓酱里,一只苍蝇粘在了甜品上。

"嘿,路易斯!"他大叫道,"快把这玩意拿到窗外去。给我拿只红色的陶碗和一些水果来。"

他依照色彩和设计来排列水果。最后,精心的摆放总算令他满意。他去了厨房,与厨师谈了几句。他揭开锅盖,嗅了嗅里面的食物,不过并不上心。艾丽斯总是负责这部分工作。他不喜欢这样。当他看见油腻腻的水槽底部沉淀的食物残渣时,他的鼻子感觉异常刺激。他写下第二天的菜单和采购。他欣然离开厨房,再次来到收银台坚守岗位。

露西尔和"宝贝"过来参加礼拜日聚餐。这个小孩现在不太妙。她头上还绑着绷带,医生说到下个月才能拆除。原本的一缕缕黄色鬈发,现在成了包扎伤口的纱布,让她的脑袋看上去光溜溜的。

"向比夫姨夫问好,亲爱的。"露西尔催促道。

"宝贝"不耐烦地昂着头。"向比夫姨夫问好亲爱的。"她学嘴说道。

露西尔试图脱下她的礼拜日外套，可她就是倔头倔脑。"你现在最好听话，"露西尔不停地说，"你得脱下衣服，否则我们再出门的时候你会得肺炎。你现在最好听话。"

比夫马上来打圆场。他用一个糖果球来哄"宝贝"，骗她从肩上脱下了外套。刚才在跟露西尔发脾气时，她的裙子已经皱得不成形了。他将裙子撑直，这样裙腰就整齐地位于胸前了。他重新系好她的腰带，用手指将蝴蝶结抚平，完好如初。接着，他拍了拍"宝贝"的小屁股。"我们今天准备了一些草莓冰淇淋。"他说。

"巴多罗买，你会是一个了不起的好母亲。"

"谢了，"比夫说，"不胜荣幸。"

"我们刚刚去了主日学校和教堂。'宝贝'，向你比夫姨夫背一段《圣经》里学到的章节。"

孩子犹豫不决，噘着嘴。"耶稣哭了。[①]"她好不容易开口。说这两个词儿时她用的那种嘲讽语气，让人听上去以为是一件可怕的事。

"想见路易斯吗？"比夫问她，"他在厨房后面。"

"我想见威利。我想听威利吹口琴。"

---

① 选自《圣经·新约·约翰福音》第 11 章 35 节，是《圣经》中最短的经文，原文只有两个词。

"好了，'宝贝'，你只是在碰运气而已，"露西尔恼火地说，"你很清楚威利不在这儿。威利被送进了监狱。"

"不过路易斯，"比夫说，"他也会吹口琴。去告诉他准备好冰淇淋，再给你吹上一曲。"

"宝贝"向厨房走去，一只高跟鞋在地板上拖曳着。露西尔将她的帽子放在柜台上。她的眼中噙着泪水。"你知道我总是这么说：如果一个孩子能得到精心照料，打扮得干干净净、漂漂亮亮的，那么这个孩子通常是又可爱又聪明。可如果一个孩子长得歪瓜裂枣，还邋里邋遢，那么你也不必期望太高。我试图要解决的是，'宝贝'因为失去头发和她头上那块纱布而感到丢脸，以至于这似乎令她时时刻刻都打不起精神。她不愿意练习演讲——她不愿意做任何事。她感觉糟透了，我没法管她了。"

"要是你能别再对她管头管脚了，她一切都会好起来的。"

最后，他把大家安顿在靠窗的一个卡座里。露西尔吃了一份招牌菜，"宝贝"吃了一份切成碎末的鸡胸肉、麦片粥和胡萝卜。她拨弄着她的食物，牛奶溅到了她的小连衣裙上。他陪她们坐着，直到吃饭的晚高峰开始了。于是他只能站起身来，忙东忙西，让一切井井有条。

人们大快朵颐。食物被送进一张张张开的大嘴。这是什么？他前不久刚读到过一句话。生命无非就是关于吸收、营养和繁殖。这个地方挤满了人。收音机上传来一支摇摆乐队的演奏。

接着，他在等候的两个人进来了。辛格首先进门，身形挺拔，穿着他那套定做的礼拜日西装，潇洒时髦。布朗特紧跟在他身后。他们走路的方式似乎触动了他。他们坐在桌前，布朗特兴致勃勃地边吃边说，而辛格则彬彬有礼地注视着他。吃完饭后，他们在收银台前停留了几分钟。等他们出门时，他再次注意到他们一起走路的方式令他犹疑好奇。究竟是哪里不对劲？他脑海深处的记忆被突如其来地打开，令人震惊。是那个过去辛格在上班路上偶尔会同行的痴痴呆呆的聋哑大块头。那个为查尔斯·帕克制作糖果的肥胖希腊人。希腊人总是走在头里，辛格跟在后面。他从未怎么注意过他们，因为他们从没来过这里。可为什么他就没想起来呢？长久以来，他一直对哑巴好奇却忽略了这么一个角度。整片图景尽收眼底，唯独遗漏了这三头跳着华尔兹的大象。但毕竟这又有什么关系呢？

比夫眯缝起眼睛。辛格以前什么样不重要。真正要紧的是布朗特和米克对他的改造类似于一种亲手造神的方式。由于他是个哑巴，他们能够赋予他一切他们希望他拥有的特质。不错。可这样一件怪事是怎么发生的？为什么会发生呢？

一个独臂人进门了，比夫免费请他喝了威士忌。可他不想跟别人说话。礼拜天晚餐是一顿家庭聚餐。那些工作日晚上独自喝啤酒的男人会在礼拜天把妻儿都带来。经常要用到他们放在后面的儿童椅。两点半,尽管许多桌都坐满了,饭也几乎吃完了。比夫过去四个小时里一直站着,筋疲力尽。他过去常常站十四或十六个小时,还根本不觉着累。可现在他上了年纪。不年轻了。这一点毫无疑问。抑或该用成熟这个词。还不——当然不——不老。餐厅里的声音此起彼伏,充斥着他的耳膜。成熟。他的眼睛感到剧痛,仿佛身体的热度令一切变得刺眼而锐利。

他唤来一个女服务员说:"替我顶一会儿,好吗?我要出门。"

因为是礼拜天,大街上空荡荡的。太阳明晃晃的,却并不暖和。比夫拽了拽外套的衣领,拢住脖子。独自一人站在大街上,他感觉像是被掏空了。从河上刮来的风冷飕飕的。他应该掉头回去,待在原本属于他的餐厅里。他出发要去的那个地方没有什么要紧事。过去四个礼拜天他都是这么做的。他去了那个也许会看见米克的街区。有什么地方——不太对劲。是的。是错的。

他沿着她住的房子对面的人行道慢慢地走着。上礼拜天她一直在前门台阶上读报纸上的连环画。可这回,他飞快地向房子扫了一眼发现她不在那儿。比夫压低呢帽的帽檐,遮住双眼。也许她稍晚些会出来。礼拜天晚饭后,她经常会出来喝一杯热可可,在辛格坐的桌子前停留一会儿。礼拜天她会穿一套不同的服装,平日里她穿的是蓝裙子和毛衣。她礼拜天的服装是一条酒红色绸缎裙,配一个泛黄的蕾丝领子。有一次,她穿上了长统袜——有些抽丝。他总是想为她准备些东西,送给她。不单是可以吃的圣代或糖果——而是真正有价值的东西。这就是所有他由衷希望——送给她的。比夫的嘴巴僵住了。尽管他没有做错,可内心深处涌起了一股奇怪的罪恶感。存在于所有男人内心中的那股黑色罪恶感,难以揣测,不可名状。

回家路上,比夫看到沟渠的垃圾堆里隐约露出一枚一分硬币。他贪婪地捡了起来,用手帕将硬币擦干净,装入他携带的黑色皮夹中。他抵达餐厅时已经四点了。生意冷清。咖啡馆里一个客人也没有。

大约五点,生意渐渐有了起色。他最近雇的做临时工的男孩提早来了。那个男孩名叫哈里·米诺维茨。他和米克、"宝贝"住在同一个街区。有十一名应征者前来应征报纸上的招聘广告,可哈里似乎是最佳人选。就他的年纪来看,他发育良好,干净整洁。面试中跟他说话时,比夫留意到男孩的牙齿。牙齿总是一个很好的指标。他的牙齿很大颗,非常白净。哈里戴副眼镜,不过这并不影响工作。他的母亲为街上一个裁缝做缝纫,一周挣十美元,而哈里是她的独子。

"好吧,"比夫说,"你已经跟着我一个礼拜了,哈里。

你觉着喜欢这个活儿吗？"

"当然，先生。我当然喜欢。"

比夫转动着手指上的戒指。"我来瞧瞧。你学校几点下课？"

"三点，先生。"

"嗯，那给你几个小时学习娱乐。然后六点到十点在这儿干活。这样你还有充足时间睡觉吗？"

"绰绰有余。我不需要睡那么久。"

"在你这个年纪大概需要睡九个半小时，孩子。完整的、不受打扰的睡眠。"

他突然感到很尴尬。也许哈里会觉得这关他什么事。的确是与他无关。他于是扭过头去，思忖了一会儿。

"你上职业学校了？"

哈里点点头，将他的眼镜放在衬衫袖子上擦了擦。

"你看。我认识那儿的好些男孩女孩。阿尔瓦·理查兹——我认识他父亲。马吉·亨利。还有一个名叫米克·凯利的孩子——"他感觉耳朵跟着了火似的。他知道自己像个傻瓜一样。他想转身走开，可他只是站在原地，一边面带微笑，一边用大拇指挤压着他的鼻子。"你认识她吗？"他胆怯地问道。

"当然，我就住在她家隔壁。不过在学校里，我是高年级，她是刚入学的新生。"

比夫将这微不足道的信息小心翼翼地储存进大脑，以待晚些时候他独自一人时细细咀嚼。"生意会清闲一阵，"他赶忙说，"我就把这儿交给你。此刻你知道怎么应对处理了。只是观察喝啤酒的客人，记住他们喝了多少，这样你就不必问他们、指着他们的回答了。找零的时候也留神周围情况。"

比夫把自己关在楼下的房间里。这是他存放档案的地方。这房间只有一扇小窗，面向旁边的巷子，空气浑浊、冰冷。堆积如山的报纸垒到了天花板。一个自制的档案柜覆盖了一面墙。门旁边有一把老式的摇椅和一张小桌子，上面放着一把剪刀、一本字典和一把曼陀林。由于这些堆成小山的报纸，房间里朝哪个方向都不可能走两步以上。比夫坐在那把椅子上摇晃着，无精打采地拨弄着曼陀林的琴弦。他合上双眼，开始用一种忧伤的声音唱道：

我去了动物集会。
鸟儿和野兽在开会，
沐浴着月光的老狒狒
正梳理着他的赭色毛发。

他用一个和弦结束了曲子，余音袅袅，在冰冷的空气中回荡。

去收养几个小孩子。一个男孩和一个女孩。大约三四岁，这样他们就会把他当作他们的亲生父亲。他们的爸爸。我们的父亲。小女孩大概米克（或"宝贝"）的年纪。圆润的脸颊，灰色的眼睛，亚麻色的头发。他会为她做衣服——裙腰和袖口处饰有细巧褶皱的粉色双绉连衣裙。丝袜配白色鹿皮鞋。小小的红色天鹅绒外套、帽子，还有冬天用的手筒。那男孩一头乌黑的头发。小男孩跟在他身后，模仿他的一举一动。夏天里，他们三个就去墨西哥湾的一栋木屋，他会为孩子们穿上日光浴装，带领他们小心翼翼地进入浅浅的碧波之中。随着他日渐老去，那时他们将长大成人。我们的父亲。他们会满腹疑惑、向他提问，而他则会一一回答。

　　为什么不可以？

　　比夫又拿起了他的曼陀林。"哒哒-哒哒，彩色洋娃娃的婚礼。"曼陀林模仿着副歌的曲调。他唱完了整首歌的歌词，摇晃着脚来打拍子。接着他弹奏了"卡-卡-卡-卡蒂"和"爱情的甜蜜老歌"。这些曲子就像花露水一样令他回忆联翩。一切的一切。在一起的第一年他很快乐，而她似乎更快乐。三个月里他们将床弄塌了两次。他不知道每时每刻她的脑子里都在钻营如何能省下一分一厘。后来他跟里奥一起，女孩们在她那儿。有捷普、玛德琳和卢。再后来，突然之间，他就失去了一切。他再也不能跟一个女人同床了。圣母马利亚！于是，最初一切似乎都无影无踪了。

露西尔一向清楚整个来龙去脉。她了解艾丽斯是什么样的女人。也许她也了解他。露西尔会催促他们离婚。她尽了个人全力试图捋顺他们之间的纠葛。

　　比夫突然皱紧眉头。他的手猛地从曼陀林的琴弦上抽回，结果一段乐曲戛然而止。他在摇椅中坐直了身子。接着，他出人意料地暗自大笑起来。他怎会碰上这样的事？噢，老天老天老天！那是他二十九岁生日那天，他去看完牙之后，露西尔邀请他来她的公寓坐坐。这段记忆的小插曲里，他以为会得到——一盘樱桃塔或是一件漂亮的衬衫。她在门口迎接他，进门前蒙上了他的眼睛。接着她说她马上就回来。在寂静的房间里，他听到了她的脚步声，等她走到厨房时，他放了个屁。他站在房间里，双眼被蒙住，不停地放屁。突然之间，他惊恐地明白了房间里不止他一个人。开始是一阵窃笑，很快雷鸣般的哄堂大笑淹没了他的声音。那一刻，露西尔回来了，揭开了他的眼罩。她捧着一只放在托盘里的焦糖蛋糕。房间里挤满了人。勒罗伊和那帮朋友，当然还有艾丽斯。他恨不得钻进地缝里去。他站在那儿，露出那张木然的脸，羞得通红。他们戏弄了他，接下去的一个小时简直可怕透顶，跟他母亲去世时有一比——他看待两件事的态度相似。那天夜里，他喝了一夸脱的威士忌。后来的几个礼拜——圣母马利亚啊！

　　比夫咯咯地冷笑。他在曼陀林上拨了几根弦，开始弹奏一首欢快的牛仔歌曲。他闭上双眼，以一种柔和的男高音，沉浸于演唱之中。房间里几乎是黑漆漆的。潮湿的寒意刺入骨髓，他的双腿由于风湿而疼痛不已。

最后，他放下曼陀林，在黑暗中缓缓地摇着椅子。死亡。有时他几乎能在房间里感到它如影随形。他在摇椅中前后摇摆。他明白什么？一无所知。他向何处进发？乌有之乡。他想要什么？想去了解。什么？一个含义。为什么？一个谜。

破碎的画面犹如一幅七零八落的拼图散落在他脑海中。艾丽斯在浴缸里用肥皂擦洗。墨索里尼的照片。米克拉扯婴儿车里的宝宝。一只橱窗里的烤火鸡。布朗特的嘴巴。辛格的脸庞。他感觉自己在等待。房间里完全陷入了黑暗。他能听见厨房里路易斯的歌声。

比夫站起身，压了压摇椅的扶手使它静止不动。他打开房门，外面的走廊里非常温暖、明亮。他想起来也许米克会来餐厅。他整了整衣服，向后抹平头发。温暖和生气回到了他的身上。餐厅里一片喧嚣。一轮轮的啤酒和礼拜天的晚餐开始了。他向年轻的哈里投以亲切和蔼的微笑，自己站到了收银台后。他迅速扫视了一遍餐厅，犹如一条套索一般。餐厅里坐得满满当当，生意兴隆，人声鼎沸。橱窗里的那碗水果是一种附庸风雅的陈列。他注视着门口，继续用老练的眼光打量餐厅内部。他很警觉，专心致志地等待着。辛格最终还是来了，用他那支银色铅笔写道，他只要汤和威士忌，因为他得了感冒。可米克却没来。

九

她身上连一枚五分硬币都拿不出了。他们穷得叮当响。钱成了头等大事。从始至终，最大的问题除了钱，还是钱。他们必须为"宝贝"·威尔逊的私人病房和私人护士支付一大笔钱。刚付完一笔账，马上就会有其他开销冒出来。他们大约欠下了两百美元，需要立刻支付。他们卖了房子。他们的爸爸从交易中获得一百美元，让银行收走了房子作为抵押。然后，他另外又借了五十美元，给辛格先生写了借据。之后，他们每个月要担心的是房租而不是税费。他们穷得跟工厂工人一个样了。没有人瞧得起他们。

比尔在装瓶厂找了份工作，一周能赚十美元。黑兹尔在一家美容院帮工，能赚八美元。埃塔在一家电影院卖票赚得到五美元。每个人都将收入的一半用于维持生计。房子里有六位住客，每人收五美元。辛格先生总是非常准时地支付房租。他们的爸爸将所有这些收入汇总，一个月大约有两百美元——还要从里面拿出钱来提供六位住客可口的食物，要养家糊口，支付整栋房子的房租以及家具的分期付款。

乔治和她现在拿不到午餐费了。她不得不停下了音乐课。波西亚将晚上的残羹剩饭留下来，给她和乔治下课后吃。他们总是在厨房里吃饭。比尔、黑兹尔和埃塔是跟住客坐在一起吃，还是待在厨房里吃，这取决于有多少食物。在厨房里，他们早饭吃的是粗玉米粉、劣质黄油、咸猪肉和咖啡。晚饭时，吃的是跟早上一样的东西，再加上些餐厅里剩下的残渣。有时候，她和乔治会被结结实实地饿个两三天。

可这是在"外屋"。这与音乐、外国以及她制订的计划没有关系。冬天很冷。窗玻璃上结满了霜。夜里，客厅的炉火劈啪作响，非常温暖。一家子和住客们坐在火炉边，因此她就可以独占中间的卧室了。她穿了两件毛衣和比尔的一条过肥的灯芯绒裤子。她兴奋得浑身发热。她从床底拿出她的私房盒子，坐在地板上忙活。

大盒子里装着几幅她在政府免费艺术课上画的画。她将这些画从比尔的房间里拿出来。盒子里还藏着三本爸爸送她的悬疑小说、一块粉饼、一盒手表零件、一条水钻项链、一个锤子，还有一些笔记本。其中一本笔记本上方用红色蜡笔写着——私密。禁止翻阅。私密——用一根线扎着。

整个冬天她都在这本笔记本上研究音乐。夜里她放下了学校功课，所以就能有更多时间花在音乐上。她通常只能写下几个小调——没有词，甚至没有任何低音的曲子。它们非常短小。不过即使曲子只有半页长，她也给曲子命名，将她名字首字母签在下面。这本笔记本中没有一首真正的乐章或乐曲作品。它们只是些她脑海中想记住的曲子。她用被它们唤起记忆的方式来命名这些曲子——比如"非洲""大战"和"暴风雪"。

她无法写出在她脑海中回响的音乐。她只能将它弱化为区区几个音符;否则她的脑中就会乱成一团,无以为继。关于如何写作,她还知之甚少。可也许在她掌握了如何快速地写下这些简单音符之后,她就可以记录下脑中完整的音乐了。

一月,她开始创作一段非常棒的曲子,名叫"我想要的,我不知道"。这是一首优美动人的歌曲——非常舒缓柔和。起初,她伴随着曲子开始创作一首诗,可她想不到适合这音乐的意象。另外,也很难在第三行想出一个压"道"韵的词来。这首新曲子令她的悲伤、激动和幸福瞬间交织在一起。如这首曲子一般优美的音乐很难写成。任何一首歌曲都很难写成。某些她在两分钟里哼唱的小调,在记录到笔记本上之前,意味着整整一周的工作量——在她衡量出曲子的规模、时间以及每一个音符之后。

她必须集中精力,反复吟唱多遍。她总是嗓音嘶哑。她爸爸说,这是因为她从婴儿时期就声嘶力竭地大哭大嚷。她像拉尔夫那么大时,爸爸只能起床,每晚都抱着她来回走路。他总唠叨,唯一一件能让她安静下来的事,就是要他用一根拨火棒击打煤桶，一边唱着《迪克西》①。

她趴在冰冷的地板上，思绪万千。不久后——等她二十岁了——她会成为一名世界知名的伟大作曲家。她会拥有一支完整的交响乐团，指挥她所有的音乐作品。她会站上指挥台，面对台下黑压压的观众。要指挥交响乐，她将穿上一件真正的男式晚礼服，或是一件缀满水钻、闪闪发光的红色礼服。舞台的幕布是红色天鹅绒，上面会印有金色的字母 M. K.。辛格先生会坐在台下，演出后他们会一起出去吃炸鸡。他会欣赏她，视她为自己最好的朋友。乔治会到台上献上巨大的花环。这会发生在纽约或是在国外。名流们会指着她——有卡罗尔·隆巴德、阿图罗·托斯卡尼尼和海军上将伯德②。

她还可以随心所欲地演奏贝多芬的交响曲。去年秋天她听到的这首曲子有一点古怪。这首交响乐盘踞在她的内心，然后一点一点消逝。原因在于：整部交响乐都在她的脑海中。必须如此。她听清了每一个音符，音乐仍然完整地萦绕于她的脑海深处，一如它被演奏时那样。可是她却没法再次重现它。只能等待，为她突然之间想起新的一段乐曲而做好准备。等待着它蓬勃重现，仿佛一棵春日的橡树上树叶悠悠

---

① 《迪克西》是美国南北战争时期在南部各州流行的战歌。迪克西是南方邦联的俗称。
② 理查德·伊夫琳·伯德（1888—1957），美国海军少将，20世纪航空先驱者，极地探险家。

地在枝干上抽出新芽。

在"里屋",伴随着音乐,还有辛格先生。每天下午,她在体育馆弹完钢琴,马上就沿着主街,走过他上班的店铺。从前面的橱窗,她看不见辛格先生。他在后面干活,隔着一道帘子。可她望着他每天待着的店铺,瞧着他认识的熟人。于是每天晚上,她在前门廊上等他回家。有时候,她会跟着他上楼。她坐在床上,注视着他放好帽子,解开领子上的纽扣,梳梳头发。出于某种原因,他们两人仿佛是在共同保守一项秘密。抑或是好像等待着要告诉对方一些以前从未说过的事。

他是"里屋"中唯一的人。很久以前,里面还有其他人。她回想当初,想起在他来之前的情景。她想起来老早以前有一个名叫塞莱斯特的六年级女孩。这女孩有一头金色的直发,长了一只朝天鼻和满脸雀斑。她身穿一件红色羊毛无袖裙,搭配一件白色衬衫。她走起路来脚有点内八字。每天她会带个橘子在课间小憩时享用,还有一只蓝色的锡餐盒是为稍长的课间休息准备的。其他孩子会在小憩时就把带来的食物狼吞虎咽地吃掉,然后晚一点就饥肠辘辘了——不过塞莱斯特不会这样做。她将三明治的面包皮扯掉,只吃柔软的中间部分。通常她还有一只饱满的水煮蛋,她会将鸡蛋握在手里,用拇指捏碎蛋黄,这样她的指纹就印在了上面。

塞莱斯特从没跟她说过话，她也从没跟塞莱斯特说过话。尽管这正是她最迫切渴望的事。夜里，她醒着的时候就会想到塞莱斯特。她会设想她们是最好的朋友，想到塞莱斯特会跟她回家吃晚饭，晚上一起玩。可这从未实现。她对塞莱斯特的感觉，让她永远无法像对其他人那样，走上前去跟她交朋友。一年后，塞莱斯特搬家去了小镇上另一个地方，上了另一所学校。

　　然后还有一个叫巴克的男孩。他是个大个子，脸上长着痘痘。八点三十分，她站在他旁边成一列前进时，他的身上散发着臭味——好像他的裤子需要吹一吹了。巴克在小学时有一回，一头撞向校长，结果被停了学。他大笑的时候，会掀起上嘴唇，浑身发抖。她想到他时，就跟想起塞莱斯特的感觉一样。接着就是那位在有奖销售活动中卖彩票的女士。还有教七年级的安格林小姐。电影中的卡罗尔·隆巴德。所有这些人。

　　不过，辛格先生出现之后，那里就截然不同了。她对他的感觉是慢慢浮现的，而她无法回忆起，也无法意识到这是如何发生的。其他那些人很普通，而辛格先生却不是。第一天，他按了门铃来询问是否有房间，透过猫眼她久久地凝视着他的脸庞。她打开门，仔细读了他递来的卡片。然后，她叫来母亲，返回厨房，告诉波西亚和巴布尔关于他的事。她跟在他和母亲身后上了楼，注意到他戳了戳床垫，卷起百叶窗看看是否好用。他搬来的那天，她正坐在前门廊的栏杆上，瞧见他带着行李箱和棋盘从廉价出租车里钻了出来。后来晚些时候，她听见他在房间里砰砰的跺脚声，想象着他的样子。其余的印象则是逐渐出现的。因此，如今他们之间存在着这种神秘的感觉。她跟他说话的频率，远远超过了之前跟其他任何人说话。假如他能够开口说话，他一定会告诉她许多事的。这就仿佛他是一个伟大的老师，仅仅因为他是个哑巴，无法教课。夜里躺在床上，她设想自己是个孤儿，跟辛格先生生活在一起——他们两人相依为命，住在一栋国外的房子里，冬天那里会下雪。也许是在一个瑞士的迷你小镇上，周围遍布高耸的冰川和山脉。房顶上怪石嶙峋，尖顶陡峭如削。或是在法国，人们将从店里买来裸露的面包带回家。又或是在远在挪威的异国他乡，紧挨着灰蒙蒙的冬季大洋。

早上醒来后她首先就会想到他。还有音乐。她穿上了裙子，心里盘算这天她会在哪里看到他。她会抹一些埃塔的香水或是一滴香草香精，这样一来，如果在前厅里遇见他，她的身上就会散发香气。她故意迟些上学，为的是亲眼看着他走下楼梯前去上班。到了下午和晚上，如果他在的话，她就绝不会出门。

她每了解到关于他的一件新鲜事都很重要。他将牙刷和牙膏放在桌子上的玻璃杯中。于是，她把浴室架子上的牙刷取下来，依样画葫芦放在一只玻璃杯里。他不喜欢卷心菜。
为布兰农先生打工的那个哈里曾向她提到过。现在她也不吃
卷心菜了。当她了解到关于他的新闻，或是对他说了什么
时，他会用他的银色铅笔写上几句话，她总是要独自琢磨许
多。同他待在一起时，她脑中的主要想法就是事无巨细地进
行存储，为了稍后她能够再次重现、回忆这一切。

可是"里屋"中有音乐、有辛格先生，这些还远远不
够。许多事情发生在"外屋"。她从楼梯跌落，摔断了一颗
门牙。明纳小姐给了她英语两次低分。她在一片空地上丢了
一枚两毛五的硬币，尽管她和乔治寻觅了三天还是没找到。

还有一件事：

一天下午，她坐在后院的台阶上为英语测验而复习功
课。哈里开始在栅栏的那一侧砍柴，她朝他喊了一声。他跑
过来，用图解的方法为她分析了几个句子。在那副角质眼镜
后，他的双眼扑闪扑闪地飞快眨动。他向她解释了英语问题
后，他站在原地，双手不停地从他那短夹克衫的口袋里伸进
伸出。哈里总是精力充沛，紧张不安，时时刻刻都得说话或
者做事，忙个没停。

"你瞧，如今这年头就只剩两件事了。"他说。

他喜欢语不惊人死不休，而有时候她不知该如何回
应他。

"千真万确，这年头眼下只剩两件事了。"

"是什么？"

"激进民主或是法西斯。"

"你不喜欢共和党吗？"

"胡扯，"他说，"我不是这个意思。"

一个下午他就详详细细地剖析了法西斯分子。他说纳粹是如何迫使犹太小孩四肢着地趴在地上啃草的。他还说到他计划如何行刺希特勒。他已经筹谋周全。他说法西斯主义是如何灭绝正义和自由。他说报纸上刊登别有用心的谎言，人们不知道世界上正在发生何事。纳粹可怕至极——人人都知道。她同他密谋去刺杀希特勒。最好有四五个人参与密谋，因为万一没成功，其他人依旧可以干掉他。即使他们牺牲了，他们也都会成为英雄。当一个英雄跟当一个伟大的音乐家相差无几。

"非此即彼。尽管我不赞同战争，可我依然准备为我认为正确的理念而战斗。"

"我也是，"她说，"我想要跟法西斯分子战斗。我可以打扮成一个男孩子，没人看得出来。剪掉头发就行了。"

那是一个晴朗的冬日午后。天空一片靛蓝，后院中的橡树树枝在天色的映衬下显得黑压压、光秃秃。太阳温暖怡人。这一天让她感觉活力四射。她的脑海中是音乐。为了随便做些什么，她捡起一枚三英寸长的钉子，狠狠地将它敲打进台阶里。他们的爸爸听到了锤子的声音，穿着浴袍跑出来，站了一会儿。树下放着两张木工的锯木架，小拉尔夫正忙着把一块石头搁在其中一张锯木架上，然后又把石头运到另一张上。来来回回，忙个不停。他走路时伸出双手，保持平衡。他走路罗圈腿，尿布耷拉到了他的膝盖。乔治在打弹珠。他要理发了，他的脸看起来很瘦。他有几颗恒齿已经冒了出来——可它们又小又青，好像他老是吃黑莓弄的。他为石弹游戏画了条线，趴在地上，瞄准第一洞。他们的爸爸回来做他的钟表活儿时，他把拉尔夫带走了。过了一会儿，乔治独自一个走进了小巷。自从他枪击了"宝贝"，他就不跟任何一个人交朋友了。

"我得走了，"哈里说，"我六点前得去上班。"

"你喜欢在咖啡馆干活儿？你会有免费的好东西吃吗？"

"当然。形形色色的人都会到这儿来。与我以前的任何一份工作相比，我最喜欢这份。钱多。"

"我讨厌布兰农先生。"米克说。尽管他从未对她说过什么刻薄话，这点不假，他说话方式总是粗俗搞笑。他肯定知道那回她和乔治顺走一包口香糖的事儿。那么他为什么会问她近况如何——比如在辛格先生房间里的时候那样？也许他觉得他们之间已经习以为常了。可他们并没有。他们当然没有。只有一次，小杂货铺里的一小套水彩颜料。还有一只五分钱的卷笔刀。

"我受不了布兰农先生。"

"他很好，"哈里说，"有时候他似乎是一种特古怪的人，可他不会发脾气。你要是了解他的话。"

"有一件事我以前就在想，"米克说，"与女孩相比，男孩有很大的优势。我的意思是，一个男孩通常可以找到一份可以不用辍学的临时工，让他还有闲暇时间做别的事。可是女孩就找不到那样的工作。一个女孩想要一份工作，她就得辍学，全职来干。我当然也想像你一样找一份每周能赚几块钱的活儿，可就是四处碰壁。"

哈里坐在台阶上，松开他的鞋带。他用力拉紧鞋带，直到一根绷断了。"一个叫布朗特的人常来咖啡馆。杰克·布朗特先生。我喜欢听他讲话。他喝啤酒时讲了不少事，我从中学到不少。他激发了我一些新的想法。"

"我跟他很熟。他每个星期天都来这儿。"

哈里松开他的鞋子，把断了的鞋带扯到两边一样长，这样他能再次打个蝴蝶结。"听着"——他将眼镜放在短夹克上紧张地擦了擦——"你不必向他提起我说的话。我是说，我怀疑他是否记得我。他没跟我说过话。他只跟辛格先生说话。他可能觉得这样很有趣，如果你——你懂我的意思。"

"好的。"她明白言外之意：他喜欢布朗特先生，她明白他的感受。"我不会提起的。"

天色渐暗。月亮，乳白似牛奶，挂在蓝色的天空中，空气寒冷凛冽。她能听见拉尔夫、乔治和波西亚在厨房里。炉子里的火光映在厨房窗户上，一片温暖的橘色。飘来了烟味和饭菜香气。

"你知道，这很重要。我从没告诉任何人，"他说，"我讨厌自己意识到这一点。"

"什么？"

"你记得自己第一次开始读报、思考你读到的内容吗？"

"当然。"

"我以前是个法西斯主义者。我过去曾以为我是。事情是这样的。你知道，你见过那些照片，照片上在欧洲我们这个年纪的人都在行军唱歌，步伐一致。我过去以为这棒极了。他们所有人彼此宣誓，由同一个人领导。他们所有人志同道合，大步向前，整齐划一。我没有太担心犹太少数裔的处境，因为我不想考虑。因为那时，我不想设身处地地为犹太人考虑。你瞧，我不明白。我只是看着这些照片，阅读照片下面的文字，懵懵懂懂。我从来不知道这是多么可怕的事。我以为我是一个法西斯主义者。当然，后来我发现了不同之处。"

他的声音在苛责自己，不停地在一个男人和一个小男孩之间切换声音。

"嗯，那时你没有意识到——"她说。

"这是一项严重的罪行。一个道德错误。"

他就是这个样子。所有事非黑即白、非对即错——没有中间地带。任何一个二十岁的人碰了啤酒或葡萄酒，或是吸烟，这就是不对。考试作弊是一项严重的大罪，而抄袭作业却不是。女孩涂口红或穿露背裙就是道德败坏。购买任何带有德国或日本标签的东西就是严重犯罪，无论它有多廉价。

她回想起小时候的哈里。有一回，他得了斗鸡眼，病了一年。他会坐在外面的前门台阶上，双手放在膝盖之间，注视着一切。非常安静，斜着眼睛。他在小学里跳了两级，十一岁时准备上中学。可是在中学里，大家读到《艾凡赫》[①]中的犹太人时，其他孩子会齐刷刷地盯着哈里，他就跑回家大哭一场。于是他的母亲将他从学校领回了家。他辍学了整整一年。其间他长得又高又胖。每回她翻过篱笆，就会瞧见他在厨房里给自己做吃的。他们一起在街区上玩耍，有时候他们会扭打摔跤。小孩子时，她喜欢跟男孩打架——不是真的打架，只是嬉闹。她会结合使用柔道和拳击。有时候他将她撂倒，而有时候她将他打趴下。哈里从未对人非常粗鲁。小孩子们只要摔坏了玩具，就会去找他帮忙，他总会花时间修好。他能修理任何东西。什么东西出了故障，街区上的女

---

① 《艾凡赫》，英国作家沃尔特·司各特创作的长篇历史小说，小说中有一个犹太人艾萨克，作者用略带戏谑的笔调勾画出的一个存在于基督徒传统观念中的犹太人形象，胆小而贪财，待人接物总是显得诚惶诚恐。

士们就会找他来修理，不是电灯就是缝纫机。等他长到了十三岁，他又回到中学，开始用功读书。他送报纸，每周六打工、阅读。很长一段时间，她没怎么看见他——直到她举办了那个派对后。他变化巨大。

"比如说，"哈里说，"以前我总是对自己定下远大目标。一个伟大的工程师、一个出色的医生或者律师。我能想到的就是此刻世界上发生的一切。关于法西斯和欧洲的混乱——而另一方面，还有民主。我的意思是，我无法对我原本打算的生活进行思考和努力，因为我对其他问题思考太多。我每天晚上都梦见刺杀希特勒。我在黑暗中醒来时，口干舌燥，惧怕某种——我不知道的东西。"

她望着哈里的脸，一种深沉严肃的感觉令她悲伤。他的头发垂在前额上。他的上嘴唇很薄，紧绷着，下嘴唇却很厚，微微颤动。哈里看上去还不到十五岁。暮色中，一阵寒风吹来。寒风在街区中的橡树间吟唱，吹得遮阳篷撞击房子的一侧，砰砰作响。大街上，威尔斯夫人在呼喊瑟克回家。阴沉的傍晚令她心中的悲伤愈发强烈。我想要一架钢琴——我想上音乐课，她对自己说。她看着哈里，他干瘦的手指交织在一起，做出各种形状。他身上有一种温暖的男孩气息。

究竟是什么让她做出突如其来的举动？也许是回忆起他们童年的时光。也许正是因为这股悲伤令她感到异常。可不管怎样，她突然推了一把哈里，差点让他摔下台阶。"操你奶奶。"她朝他大吼一声。接着她就跑开了。这是附近的孩子们寻衅打架时常说的话。哈里站起身，一脸惊讶。他把鼻梁上的眼镜调整好，瞅了她一眼。然后他跑回小巷。

冷空气让她强壮得同参孙①一般。她哈哈大笑，传来一阵短促的回声。她用肩膀撞哈里，而他则压在她身上。他们拼命摔跤，放声大笑。她个头最高，可他的双手强劲有力。可他打架并不在行，她最终将他按倒在地。接着他突然之间停止了挣扎，她也不动了。他的呼吸拂过她的脖子暖洋洋的，他一动不动。她坐在他身上，感觉到他的肋骨抵着她的膝盖，呼吸困难。他们一块儿爬了起来。他们不再大笑，小巷中静悄悄的。他们穿过黑黢黢的后院，不知为何，她觉得好笑。没有什么奇怪的事，可顷刻之间这就发生了。她轻轻推了他一把，他又把她往回推。然后她再次大笑，感觉一切正常了。

"再见。"哈里说。他是大孩子了，不能再翻篱笆了，于是他跑着穿过侧巷来到他家的前门处。

"老天，热死了！"她说，"我简直快闷死了。"

波西亚在炉子上热她的晚饭。拉尔夫用他的勺子敲击高脚椅上的托盘，砰砰作响。乔治的小脏手拿着一片面包，搅

---

① 参孙，《圣经》中的大力士，以身强力壮著称。

着他的粗玉米粉，眯缝起双眼，神情恍惚。她给自己弄了点白肉、肉汁、粗玉米粉和葡萄干，搁在盘子上搅拌在一起。她吃了三口。粗玉米粉都吃完了，可她还是没饱。

她一整天都在想着辛格先生，晚饭一吃完她就上楼了。可她跑到三楼时，发现他的门开着，房间里漆黑一片。这带给她一种空虚的感觉。

在楼下她坐立不安，难以静下心来为英语考试复习。仿佛她太过强壮，无法像其他人一样正常地在房间里坐在椅子上。仿佛她能够撞破屋子里所有的墙，然后如巨人一般冲到大街上。

最后她从床底下拿出她的私房盒子。她趴在地上，翻阅着笔记本。现在已经有二十首歌曲了，可她并不满意。她要是能写一首交响曲多好！一整支交响乐团——你会怎么创作？有时候几种乐器演奏一个音符，所以乐团人数将非常庞大。她在一张大的考卷上画了五线谱——每条线之间间隔约一英寸。一个音符是小提琴、大提琴或长笛演奏的，她会写下乐器的名称以示区分。当所有乐器一起演奏同一个音符时，她会在上面画一个圆圈。在这一页的顶端，她用大写字母写下了"交响乐"。下面接着写"米克·凯利"。再之后她就无法继续了。

要是她能上音乐课多好！

要是她能拥有一架真正的钢琴多好！

过了好久，她才开始动笔。旋律在她的脑中，可她却无法明确如何写下它们。这看起来是世界上最难的演奏。她却不停地琢磨，直到埃塔和黑兹尔进房间上了床，说她必须要关灯了，已经十一点了。

十

六个礼拜来，波西亚一直在等威廉的信。每天晚上，她会过来问科普兰医生同样的问题："你看有人收到过威利的来信吗？"每天夜里，他都只能告诉她，他还没收到任何消息。

最后她不再提这个问题了。她会走进前厅，默默无言地望着他。她借酒浇愁。她经常衣衫不整，纽扣半搭，鞋带松松垮垮。

到了二月。天气转暖，渐渐热了起来。阳光灼热刺眼，普照大地。鸟儿在光秃秃的树上吟唱，孩子们赤着脚、光着膀子出门玩耍。夜晚如仲夏一般酷热难耐。然而几天后，冬天再度降临小镇。和暖的天色阴沉了下来。一场冷雨降下，空气变得潮湿、寒冷刺骨。小镇上，黑人备受煎熬。燃料供应已经耗尽，到处为了取暖而挣扎。一场流行性肺炎在潮湿逼仄的街道肆虐横行，整整一周，科普兰医生衣不解带，几乎没合过眼。威廉依然没有信送来。波西亚写了四封信，科普兰医生写了两封。

白天黑夜里大部分时间，他都无暇思考。可偶尔他会忙里偷闲在家歇息片刻。他会喝上一壶厨房炉子上煮的咖啡，一种深深的焦虑在他内心油然而生。他的病人中已经死了五个。其中一个就是奥古斯都·本尼迪克特·马迪·路易斯，那个小个子聋哑人。他被邀请在葬礼上发言，不过他向来是不参加葬礼的，所以无法接受这份邀请。这五位病人并非是由于他的疏忽而丧命。要怪只能怪这背后经年累月的贫困。每天吃的是玉米面包、腌猪肉和糖浆，四五个人挤在一间屋子里。穷死的。他沉思着，喝了口咖啡来保持清醒。他不时地举起一只手托着下巴，近来每当疲劳时，脖子上神经的一阵轻微颤动会令他不由自主地晃动脑袋。

二月的第四个礼拜，波西亚来了。此时才清晨六点，他已经坐在厨房的火炉边，正在热一锅牛奶当早餐。她醉得不轻。他闻到了金酒的甜腻刺鼻的味道，鼻孔因为恶心而张大了。他没有瞧她，而是自顾自忙着做早餐。他在一只碗里撕了一些面包，将热牛奶倒进去。他准备好咖啡，端上了桌。

然后他坐下身即将开始他的早餐时，他神情严峻地望着波西亚。"你吃过早饭了吗？"

"我不吃早餐了。"她说。

"你会需要的。如果你今天打算去上班的话。"

"我不去上班。"

一阵恐惧袭来。他不想进一步询问她了。他双眼直勾勾地盯着他那碗牛奶，一只手拿着勺子，颤颤巍巍地舀着喝。吃完后，他抬眼望着她头上方的墙壁。"你舌头打了结？"

"我正要告诉你。你要听一听。只要我能够说出口，我就会告诉你。"

波西亚如泥塑般坐在椅子上，她的目光从一个墙角缓缓地移向了另一个。双臂无力地垂于身侧，两条腿随意地绞在一起。他的视线从她身上挪开，片刻间，他感到一种危险的安逸自由的感觉油然而生，这种感觉比以往都强烈，因为他知道很快它就要被摧毁了。他拨旺了火，暖暖手。接着他卷了一支烟。厨房处于一种井井有条和一尘不染的状态。墙上挂着的几只炖锅在炉火的映照下闪闪发亮，每一只后面都有一块黑色的圆影。

"是关于威利的。"

"我知道。"他用两只手掌小心翼翼地卷着烟。他双眼胡乱地扫视了一下四周，贪婪地盯着他那最后些许的乐趣。

"有一回我跟你提过，伯斯特·约翰逊跟威利在一起坐牢。我们以前就认识他。他昨天被送回了家。"

"然后？"

"伯斯特的腿落下了终身残疾。"

他的脑袋颤了一下。他的手用力按住下巴，不让自己打颤，可他难以控制这顽固不化的颤抖。

"昨晚，朋友们来到我家，说伯斯特回家了，有些威利的消息要告诉我。我一路飞奔过去，听了他告诉我的。"

"嗯。"

"他们有三个人，威利、伯斯特和另一个男孩。他们仨是好朋友。然后就生出了麻烦。"波西亚顿了顿。她用舌头舔湿了手指，接着抹了抹干燥的嘴唇。"这事跟那个白人看守老是找他们的茬有关。有一天，他们在外面给道路施工，伯斯特顶了两句嘴，然后另外那个男孩试图跑去树林里撒尿。他们三个都被抓了回来。他们把三个人押去营地，关在一间冰冷的屋子里。"

他再次示意继续。可他的脑袋不停颤抖，说话的声音听上去像是卡在喉咙里呼哧作响。

"这大约是发生在六个礼拜前，"波西亚说，"你还记得当时那场寒潮吧。他们将威利和那两个男孩关在一间雪洞似的屋子里。"

波西亚低声地诉说着，她既没有在言语之间停顿，脸上的悲伤也没有缓和。仿佛一首低沉的曲子。她继续说着，可他无法理解。话音在耳边清晰异常，却没有成形或具体含义。他的脑袋宛如一只小船的船头，那些话音就像拍打在他身上的水波，而后渐渐流过身边。他感到必须回顾一下，重新发现那些已经说过的话。

"……他们的脚肿得可怕,他们躺在地上,拼命挣扎,大喊大叫。可没有人来。他们整整喊了三天三夜,可是没人过来。"

"我聋了,"科普兰医生说,"我听不懂。"

"他们把我们的威利和其他两个男孩子关在这个冰窟窿似的房间里。从天花板上垂下一根绳子。他们脱掉他们的鞋,用这根绳子绑住他们的光脚。威利和他的同伴就平躺在地板上,光着两只脚。他们的双脚肿胀不堪,他们在地板上挣扎,大声吼叫。房间里天寒地冻,他们的脚冻僵了。脚肿得馒头似的,没日没夜地叫唤了三天。可没人来救他们。"

科普兰医生用双手按压脑袋,可依然止不住地在颤抖。"我听不见你说的话。"

"到了最后,他们终于过来放了他们。他们迅速将威利和另外两个男孩送入病房,他们的双腿严重肿胀冻僵。得了坏疽。他们锯掉了我们威利的两只脚。伯斯特·约翰逊锯了一只脚,还有一个男孩没事。可我们的威利——就终身残疾了。他的两只脚都锯掉了。"

话说完了,波西亚弯下身子,头趴在桌子上。她没有哭喊,也没有呻吟,可她的脑袋一次又一次地撞击着擦洗得硬邦邦的桌子台面。碗勺当啷当啷直响,他把这些东西都放进水槽里。波西亚的话七零八落地散布于他脑海中,可是他没有试着去拼凑它们。他用热水烫了烫碗勺,冲洗干净洗碗

306

布。他从地上捡起了什么，放在某个地方。

"残疾？"他问，"威廉？"

波西亚的脑袋还在敲打桌子，撞击声蕴含着一种缓慢鼓点似的节奏，他的心脏也随之跳动。这些话语悄然复活，找到了合适的意义，他终于理解了。

"他们什么时候送他回家？"

波西亚耷拉着脑袋，靠在胳膊上。"伯斯特不知道。很快他们就将三个人分开安置在不同的地方。他们把伯斯特送到另一个军营。因为威利只有几个月的服刑期了，他认为威利很快会回家的。"

他们喝着咖啡，坐了很久，相互对视。他的咖啡杯碰到牙齿咯哒作响。她把咖啡倒进茶碟，有一些滴到了她的大腿上。

"威廉——"科普兰医生说。他念出这个名字时，牙齿深深地咬进了舌头里，他痛苦地转动着下巴。他们坐了很久。波西亚握住他的手。惨淡的晨曦照得窗户灰蒙蒙。外面天还在下雨。

"要是我还打算去上班，我最好现在就走。"波西亚说。

他跟着她穿过前厅，在帽架前停下，穿上外套，裹好披巾。敞开的门外刮进来一阵潮湿的冷风。海博伊坐在外面的马路牙子上，头上顶着一张湿报纸挡雨。人行道边上有一道栅栏。波西亚一边走一边半倚靠着栅栏。科普兰医生慢了几步紧随其后，他的双手也同样扶着栅栏的木板才能站稳。海博伊则跟在两人身后。

他等待着那股黑色的暴怒，仿佛在等待某个从黑夜中蹿出的野兽。可是这股怒气没有向他袭来。他的五脏六腑似乎灌了铅，他步伐缓慢，靠着栅栏，抵着路边寒冷潮湿的建筑外墙，踌躇不决。不停地向下跌入深渊，直到最终下方没有裂缝为止。他摸了摸充满绝望、硬邦邦的底部，然后放松了下来。

从中他察觉到某种强烈而神圣的愉悦。遭受迫害的大笑，黑奴在皮鞭下为他愤怒的灵魂而歌唱。此刻他体内有一首歌——尽管这不是音乐，只是一种仿佛歌曲的感觉。这充满宁静的沉重感压得他四肢无法挪动，结果只有带着那强烈而真实的目标，他才能行动。他为什么要继续前行呢？他为什么不能在这极尽羞辱的底部略作休息，心满意足片刻呢？

可他还是继续前行。

"叔叔，"米克说，"来些热咖啡会让你感觉好些吗？"

科普兰医生凝视着她的脸，却对她的话毫无反应。他们穿过了小镇，最后来到了凯利家后面的小巷。波西亚第一个进去，他跟在后面。海博伊留在外面的台阶上。米克和她两个弟弟已经待在厨房里。波西亚诉说了威廉的事。科普兰医

308

生没有听见她的话，可她的声音蕴含着一种节奏——一个起始，一个中段，一个结尾。等她说完后，她又从头开始说了一遍。其他人走进了屋子，听她讲话。

科普兰医生坐在角落里的一张凳子上。他的外套和披巾搁在椅背上，靠着炉火烘干。他把帽子放在膝盖上，修长黝黑的双手紧张不安地绕着磨损的帽檐来回转动。双手手掌蜡黄，潮乎乎的，他不时地用手帕擦拭。他的脑袋颤抖个不停，所有肌肉都绷紧，尽力保持静止。

辛格进了屋。科普兰医生抬起头面向他。"你听说了吗？"他问。辛格点了点头。他的眼中没有露出惊慌、怜悯或是恨意。在所有那些开悟的人中，只有他的双眼没有表现出这些反应。因为唯有他一人能理解。

米克压低声音向波西亚道："你父亲怎么称呼？"

"他叫本尼迪克特·马迪·科普兰。"

米克身子凑近科普兰医生，冲他大吼道："本尼迪克特，来些热咖啡会让你感觉好些吗？"仿佛他是个聋子一般。

科普兰医生一惊。

"别大声嚷嚷，"波西亚说，"他跟你一样听力正常。"

"哦。"米克说。她倒掉壶里的咖啡渣，然后再一次将咖啡放在炉子上烧。

哑巴依然在门口徘徊。科普兰医生依然盯着他的脸。"你听说了？"

309

"他们会怎么处理那些监狱看守？"米克问道。

"亲爱的，我不知道，"波西亚说，"我真不知道。"

"我会做些什么。我肯定会做些什么的。"

"我们无可奈何。上上策就是闭口不言。"

"他们应该尝尝威利和其他男孩子吃的苦头，甚至让他们遭更大的罪。我真想抓住这些人，亲手宰了他们。"

"这么说话不像基督徒，"波西亚说，"我们只能静待，他们会被撒旦用干草叉叉碎，生生世世遭受煎熬。"

"不管怎样，威利还能吹他的口琴。"

"两只脚被锯掉后，他能做的事也就仅限于此了。"

房子里一片喧闹嘈杂之声。厨房正上方的房间里，有人在挪动家具。餐厅里挤满了住客。凯利夫人慌里慌张地往返于餐桌和厨房之间。凯利先生穿着一条宽松肥大的裤子和一件浴袍，溜溜达达。凯利家年幼的孩子们在厨房里狼吞虎咽地吃饭。几扇门砰砰作响，房子里每个角落都能听见说话声。

米克递给科普兰医生一杯掺了淡牛奶的咖啡。牛奶令咖啡泛出一层浅蓝色光泽。一些咖啡溅在了杯碟上，于是他先用手帕擦干了杯碟和杯子边缘。他压根儿不想喝咖啡。

"我真想宰了他们。"米克说。

房子里消停了下来。餐厅里的人们出去上班了。米克和乔治去上学，婴儿被关在了前面的一个房间里。凯利夫人头

310

上裹了条毛巾，拿着一把扫帚上了楼。

哑巴依然站在门口。科普兰医生凝视着他的脸。"你知道这事儿吗？"他又问了一遍。这话听上去不真——它们仿佛噎在了他的喉咙里——可他的双眼还是问了同样的问题。接着哑巴走了。只留下科普兰医生和波西亚两个。他在角落里的凳子上坐了一会儿。最后，他起身要走。

"你坐回去，父亲。我们今天上午就待在一块儿。我去煎些鱼，吃一顿鸡蛋面包配土豆。你待在这儿，我打算给你做顿像样的热饭。"

"你知道我还要出诊。"

"我们就放一天假吧。求你了，父亲。我觉着快要崩溃了。而且，我不想你一个人在大街上瞎转。"

他犹豫着，摸了摸外套的衣领，非常潮湿。"女儿，我很抱歉。你知道我有预约。"

波西亚举着他的披巾放在炉子上烘，直到羊毛发热。她将他外套的纽扣扣好，竖起衣领。他清了清嗓子，朝他口袋里随身携带的一方纸中吐了口痰。接着，他扔进炉子里烧了它。出门时，他停下脚步，跟台阶上的海博伊说了几句。他建议，海博伊要是请得出假的话，最好陪着波西亚。

空气刺骨地寒冷。低垂阴暗的天空，毛毛细雨下个不停。雨水渗入了垃圾箱内，小巷中充斥着潮湿垃圾散发出的恶臭。他走在路上，扶着一块篱笆不让自己摔倒，深色的双眸紧紧盯着地面。

他不折不扣地进行了所有必需的出诊。接着他又接待了门诊病人，从中午一直到两点。之后他坐在桌边，紧握双拳。可试图仔细思考这件事却徒劳无用。

他希望永远不要再看见一张人脸了。可与此同时，他无法在空荡荡的房间里独坐。他穿上外套，再次走上潮湿阴冷的大街。他的口袋里有几张要给药店的处方。不过他不想同马歇尔·尼科尔斯说话。他走进药店，将处方搁在柜台上。药剂师放下他正在称量的药粉，双手拿起处方。他厚实的嘴唇默念了片刻，然后他恢复了镇静。

"医生，"他一本正经地说，"你必须明白，我、所有我们的同事，以及我所在教区的成员——大家都对你的悲痛感同身受，希望向你表达我们最深切的同情。"

科普兰医生立马转过身，一言不发地走了。这太微不足道了。还有更多需要。强烈而真实的目标，追求正义的意愿。他的步伐僵硬，手臂紧贴身体两侧，向主街走去。他的沉思毫无结果。他想不出整个镇上有哪个掌权的白人既勇敢又无私。他考虑过熟悉的每一位律师、每一位法官、每一位政府官员——可一想到这些白人中的每一个人，他的心就愈加痛苦。最后，他决定去找高等法院的法官试试。他来到法院大楼，没有丝毫犹豫便立即进入，决心要在那天下午见到法官。

轩敞的前厅空空荡荡，只有几个闲人在通往办公室的门口两侧无所事事地转悠。他不知道去哪里找法官的办公室，所以在大楼里犹豫不决地徘徊，瞧着大门上的告示牌。最后他来到一条狭窄的过道。走廊中间有三个白人站在一处，挡住了路。他想贴着墙壁穿过，可其中一个转过身挡住了他。

"你找谁？"

"劳驾，请问法官的办公室位于何处？"

那白人伸出大拇指朝走廊尽头戳了戳。科普兰医生认出他是副治安官。他们相互见过对方十几次了，可副治安官不记得他。对黑人来说，所有白人都外貌相似，黑人却小心翼翼地区分他们。另一方面，对白人来说，所有黑人也都外貌相似，可白人通常不会费心在脑子里记住一个黑人的面孔。因此那个白人说："你找谁，教士？"

这个随意的滑稽称呼惹恼了他。"我不是牧师，"他说，"我是个医生，一个医学博士。我叫马迪·科普兰，我有急事想立刻见见法官。"

治安官像其他白人一样，那一字一句异常清晰的说话方式令他怒不可遏。"是吗？"他奚落道。他朝他的朋友们眨巴眨巴眼。"那么我是副治安官，我是威尔逊先生，我跟你说法官很忙。改天再来吧。"

"我非见法官不可，"科普兰医生说，"我会等。"

走廊入口处有一条长凳，他便坐下了。三个白人继续交谈，不过他知道治安官在注视他。他打定主意不走。半个多小时过去了。好几个白人在走廊上随意地来回走动。他知道治安官还在注视着他，他坐姿僵硬，双手压在两膝间。他的谨小慎微告诉他现在应该离开，等下午晚些时候治安官不在了再回来。终其一生与这样的人打交道时，他一贯谨慎小心。可现在他身上某种说不清道不明的东西不让他退缩。

"过来，说你呢！"副治安官终于开口道。

他的脑袋颤颤巍巍，起身时险些站不稳。"嗯？"

"你想见法官什么事？"

"我不会说，"科普兰医生说，"我只能说要见他为了一件急事。"

"你身子都站不直。长期酗酒，是吧？我从你的呼吸中就能闻出来。"

"没这回事，"科普兰医生缓缓地说，"我没有——"

治安官揍了他的脸。他倚着墙倒在地上。两个白人抓住他的胳膊，将他拖下通往主楼的台阶。他没有反抗。

"这个国家的症结就在于此，"治安官说，"这些像他一样狂妄自大的黑鬼。"

他一声没吭，任他们为所欲为。他等待着那可怕的怒火，感受它在体内熊熊燃烧。愤怒令他虚弱不堪，他踉跄而行。他们将他带进囚车，里面有两个警卫。他们把他送到警察局，接着关进了监狱。只有当他们踏入监狱的那一刻，那股愤怒的力量才涌上他的全身。他猛地从警卫的手里挣脱出来。在角落里，他们将他包围起来。他们用短棍击打他的头部和肩膀。他身上有一种惊人的力量，他听见自己一边反抗一边放声大笑。他的笑声伴随着抽泣。他的双脚疯狂地乱踢。他用双拳反抗，甚至用脑袋去顶撞他们。接着他被牢牢地抓住，无法动弹。他们拖着他一步一步地穿过监狱的长廊。一间牢房的门敞开着。后面有个人踢中他的小腹，疼得他跪倒在地。

逼仄的隔间里还有其他五个囚犯——三个黑人和两个白人。其中一个白人年纪很大，喝得烂醉如泥。他坐在地上，浑身挠痒。另一个白人囚犯是个男孩，顶多十五岁。三个黑人都很年轻。科普兰躺在床铺上，朝上望着他们的脸，认出了其中一个。

"你怎么会进来的？"那个年轻人问，"你不是科普兰医生吗？"

他说是的。

"我叫达里·怀特。去年你帮我妹妹切除了扁桃体。"

冰冷的牢房里弥漫着一股腐臭。角落里有一只盛满尿的木桶。墙上到处爬着蟑螂。他合上眼睛后，肯定立刻睡着了，因为当他再次抬眼望去，那扇带有铁栏杆的小窗户已经一片黑了，走廊里亮起了灯。地上放着四只空的锡盘。他身旁放着他的晚餐——卷心菜和玉米面包。

他坐在床铺上，用力打了几个喷嚏。呼吸时，痰液在他的胸腔咯咯作响。过了一会儿，那个年轻的白人男孩也开始打喷嚏。科普兰医生拿出几方纸，只能使用口袋里一本笔记本上的纸页了。白人男孩在角落的尿桶上俯下身子，让鼻涕从鼻子流淌到他衬衫的前胸。他双眼圆睁，清澈的脸颊一片通红。他在一张床铺的边缘缩成一团，不停呻吟。

不久他们被人带出去上厕所，回来后他们准备睡觉了。四张床要供六个人睡。那个老人躺在地上鼾声大作。达里和另一个男孩挤在一张床铺上。

时间很漫长。走廊里的灯光刺痛他的眼睛，班房里的气味让每一次呼吸都异常恶心。他无法保暖。牙齿咯咯打架，他冻得直发抖。他裹着一条脏兮兮的毯子坐起身，前后摇摆。有两次他将毯子伸过去盖住那个白人男孩，那男孩睡觉时嘴里嘟嘟囔囔，两条胳膊露在了外面。他摇晃身体，双手抱住脑袋，喉咙里发出一阵哼唱般的呻吟。他不能去想威廉。他甚至也不能思考那个强烈而真实的目标，从中汲取力量。他只能感受到自身的悲惨遭遇。

此时他的热度又上来了。一阵暖流席卷全身。他向后靠去，似乎陷入了一个暖洋洋、红通通、十分惬意的地方。

第二天早晨艳阳高照。这古怪的南方冬季即将终结。科普兰医生被释放了。监狱外有一小群人等候着他。辛格先生在其中。波西亚、海博伊和马歇尔·尼科尔斯也在现场。他们满脸困惑，他无法看清楚他们。阳光非常耀眼。

"父亲，你难道就不知道其他可以救出威利的办法吗？难道在白人的法院捣乱有用？此刻我们最明智的做法就是闭紧嘴巴，默默等待。"

她那咋咋呼呼的声音沉闷地回响在他耳边。他们钻进了一辆廉价出租车，回到家后，他的脸紧紧压在了那干净的白枕头中。

十一

米克彻夜难眠。埃塔病了，于是她只能睡在客厅里。沙发又窄又短，难以安睡。她做了噩梦，梦到威利。打从波西亚说了他们怎么处置他的，将近过了一个月——可她还是无法忘怀。晚上她两次梦见这些可怕的事，然后在地板上惊醒过来。她的额头上肿了个大包。六点钟时，她听见比尔走进厨房给自己弄早饭。天已经亮了，可是百叶窗压得低低的，房间里依然半明半暗。她觉得在客厅里醒来很诡异。她不喜欢这种感觉。身上裹着床单，一半搭在沙发上，一半掉在了地上。枕头位于房间中央。她起身打开通往前厅的门。楼梯上没人。她穿着睡袍就跑去了后屋。

"睡过去，乔治。"

这孩子躺在床铺正中央。夜里很暖和，他剥得一丝不挂就像只松鸦。两只拳头握得紧紧的，甚至连睡觉时眼睛也眯缝着，仿佛他正在思考什么棘手的事。他的嘴巴张开，枕头上有一小摊水渍。她推了推他。

"等等——"他在梦中嘟囔。

"往你那边过去一点。"

"等等——让我做完这个梦——就这儿。"

她把他拖到他原本睡觉的位置，自己挨着他躺下。等她再次睁眼时，已经很晚了，因为阳光从后窗照射进来了。乔治不见了踪影。院子里传来孩子们的嬉闹声和水流声。埃塔和黑兹尔在中间的屋子说话。她穿衣服时，突然有了一个念头。她在门口偷听，可很难听清她们的对话。她砰一声飞快地打开门，想吓她们一跳。

她们正在读一本电影杂志。埃塔还躺在床上。她的手正悬在半空指向一个男演员的照片。"看这儿，难道你不认为他青睐那个过去跟——跟谁约会来着的男孩吗？"

"埃塔，你上午觉得怎么样？"米克问道。她低头去看床底下，她的私房盒子仍旧好端端地搁在她上次放的地方。

"你管得真多。"埃塔说。

"你没必要找茬。"

埃塔的脸苍白瘦削。她肚子病得厉害，卵巢有病。就是她身体不适的原因。医生说他们必须立刻切除她的卵巢。可他们的爸爸说，他们必须再等等。没钱了。

"那么，你指望我怎么表现呢？"米克说，"我彬彬有礼地提问，接着你就开始怼我。我觉得我应该为你感到遗憾，因为你生病了，可你不让我保持风度。因此我自然而然要发火。"她把前刘海往后拢，全神贯注地照着镜子。"天哪！瞧瞧我头上的包。我敢打赌我的脑袋摔破了。昨晚我两次摔到地上，似乎是撞到了沙发边上的桌子。我不能睡在客厅了。沙发又小又挤，我睡不下。"

"说话小点儿声。"黑兹尔说。

米克跪在地上，将那个大盒子拖出来。她仔细察看上面捆扎的绳子。"嘿，你们俩有人摆弄过这个吗？"

"去你的！"埃塔说，"我们动你那些垃圾干什么？"

"你们最好没有。有人敢动我的私人物品，我会杀了他。"

"听听这话，"黑兹尔说，"米克·凯利，我认为你是我认识的最自私自利的人。这世界上你不在乎任何人、任何事，除了——"

"哼，放屁！"她摔门而去。她恨她们俩。这种想法很可怕，可事实如此。

她爸爸同波西亚在厨房里。他穿着睡袍，正饮着一杯咖啡。他双眼布满血丝，咖啡杯咯哒咯哒撞击着碟子。他绕着餐桌走了一圈又一圈。

"几点了？辛格先生已经走了吗？"

"他走了，亲爱的，"波西亚说，"快十点了。"

"十点！老天啊！我以前可从没睡到这么晚才起。"

"你拖出来的那只大帽盒里装了什么？"

米克探身到炉前，拿了五六块烤饼。"不向我提问，我就不会说谎。好打听的人没有好下场。"

"要是还有点多余的牛奶，我想我会把它浇在皱巴巴的面包上，"她爸爸说，"牛奶吐司汤。但愿这能安抚我的胃。"

米克掰开烤饼，将成片的煎白肉嵌入其中。上午阳光温暖明媚。"排骨"和瑟克同乔治在后院玩耍。瑟克穿着他的防晒泳衣，另外两个孩子脱得光溜溜的，只剩一条裤衩。他们正拿水管相互冲对方。水柱四处飞溅，在太阳下闪闪发亮。风吹散了水花，仿佛起了水雾，而雾气中呈现出彩虹般的五颜六色。一排衣服被风刮得啪啪作响——有白色的床单、拉尔夫的蓝裙子、一件红衬衫和几件睡衣——湿漉漉、明艳艳，被吹得七零八落、奇形怪状的。这天就跟夏日时节一般。几只毛毛的黄色小绒物围着小巷篱笆上的金银花嗡嗡直叫。

"瞧我高高地举过头顶！"乔治大嚷道，"瞧这水洒的。"

她精力充沛，难以坐定。乔治曾用泥土装满一只面粉口袋，挂在树干上充作沙袋。她开始击打沙袋。砰！扑！她和着早上醒来时脑中的乐曲节奏，一拳一拳地击打沙袋。乔治在泥土中掺杂了一块锋利的石头，割破了她的指关节。

"啊！你把水喷到了我的耳朵里。涨破我的耳膜了。我都听不见声音了。"

"瞧这儿。让我再喷些。"

水流激射向她脸上，一度孩子们将水管对准她下半身。她害怕她的盒子会湿掉，于是她拿起盒子穿过小巷来到前门廊。哈里正坐在台阶上读报。她打开盒子，拿出笔记本。然而，她无法集中精神思考那首她想记录下来的曲子。哈里朝她的方向望来，她无法思考。

近来她与哈里讨论了如此之多的事。几乎每天他们放学都一起走回家。他们讨论了上帝。有时她半夜会醒来，想到他们说的话，瑟瑟发抖。哈里是个泛神论者。那是一种宗教信仰，就跟浸礼会、天主教或是犹太教一样。哈里相信，人死去被埋葬之后，会转化为植物、火、土、云和水。经过几千年后，最终人会变成整个世界的一部分。他说，他觉得这样会比变成一个天使好得多。不管怎样，总比化为虚无要好。

哈里将报纸扔到他家的前厅，然后又折回来。"这天就像大暑天似的，"他说，"才三月份而已。"

"是啊。真希望我们能去游泳。"

"如果有地方的话我们可以去。"

"没地方。除了那个乡村俱乐部泳池。"

"我真想做些什么——出去闯闯。"

"我也是,"她说,"等等!我知道有个地方。在十五英里外的乡村。树林里有一条又宽又深的小河。女童子军夏天会在那里露营。去年威尔斯太太带着我、乔治、皮特和瑟克在那儿游过一次泳。"

"如果你想去的话,我可以弄到自行车,我们可以明天去。我每个月有一个星期天休假。"

"我们骑车去,中饭在外面野餐。"米克说。

"好的。我去借自行车。"

他到点去上班了。她注视着他走到大街上。他挥挥胳膊。走出半个街区时,路边有棵树枝低垂的月桂树。哈里一阵猛跑助跳,抓住了一根树枝,做引体向上。她心中涌起一阵喜悦,因为他们成了真正的好朋友,千真万确。而且他很帅。明天她要借黑兹尔的蓝色项链戴,穿丝绸裙。中饭他们吃果酱三明治,喝果味苏打水。也许哈里会带来什么古怪玩意儿,因为他们是正统派犹太人。她一直注视着他,直到他转过街角去。的确,他已经长成了一个非常帅气的小伙。

身处乡村的哈里与坐在后院台阶上读报、思考希特勒的那个哈里判若两人。他们一大早就出发了。他借来的自行车是那种男孩骑的款式——两腿之间有一条横档。他们将午餐和游泳衣扎在挡泥板上，九点不到就出发了。早晨天气炎热，晴空万里。一个小时内，他们就远离小镇，踏上了一条红土路。一片片田野绿油油的，刺鼻的松香弥漫在空气中。哈里异常兴奋，讲个没完。暖风吹过他们的面庞。她的嘴巴很干，饥肠辘辘。

"看到山上的那栋房子了吗？我们去那儿歇歇，喝口水。"

"不，我们最好等等。井水会让你得伤寒的。"

"我得过伤寒。我还得过肺炎，腿骨折过，一只脚还感染过。"

"我记得。"

"没错，"米克说，"我和比尔得伤寒的时候待在前屋，皮特·威尔斯从人行道上跑过来，捏着鼻子抬头朝窗户里看。比尔尴尬极了。我的头发都掉光了，成了个秃子。"

"我敢打赌，我们现在离镇上至少有十英里。我们已经骑了一个半小时——还骑得飞快。"

"我真的很渴，"米克说，"还很饿。你那袋子里装了什么当午餐？"

"冷餐肝馅布丁、鸡肉沙拉三明治和派。"

"一顿不错的野餐食物。"她为自己带的东西感到惭愧。"我带了两只煮鸡蛋——已经填了馅料——分开的两小份盐和胡椒。还有三明治——黑莓果酱配黄油。所有食物都包裹在油纸里。还带了餐巾纸。"

"我没指望你带什么,"哈里说,"我母亲做了我们两人的午餐。我请你出来的,就是这样。我们很快就到一家小店了,喝些冷饮吧。"

他们又骑了半个小时,最后才来到一个加油站的小卖部。哈里撑好自行车,她走在了他前头。从刺眼的阳光里走进来,店里似乎很暗。架子上堆着大块的白肉、一罐罐的油,还有成包的玉米粉。苍蝇嗡嗡地盯着柜台上一大罐黏糊糊的散装糖。

"你这儿有什么饮料?"哈里问。

店主开始为他们一一介绍。米克打开冰柜,朝里看去。她双手放在冰水中舒服极了。"我要一瓶巧克力苏打水。你这儿有吗?"

"我也一样。"

"不,稍等一下。这儿有冰啤酒。要是你请得起的话,我想来一瓶啤酒。"

他也给自己点了一瓶。他觉得,二十岁以下的人喝啤酒就是一种罪孽。吞了第一口之后,他做了个怪脸。他们坐在小卖部前面的台阶上。米克的腿酸得要命,腿上的肌肉突突直跳。她用手抹了抹瓶颈,痛痛快快地畅饮了一口。路对面有一大片长满草的空地，再远处是一片松树林的边缘。树林呈现出各种层次的绿色——从浅黄绿到深得几乎发黑的墨绿。天空一片炙热的蓝色。

"我喜欢啤酒，"她说，"我以前常把面包浸在我爸爸剩下的一点啤酒里。我喝啤酒时喜欢舔舔手上的咸味。这是我独自喝过的第二瓶啤酒。"

"喝第一口是酸的。不过之后的味道就好极了。"

店主说这里距离镇上十二英里。他们还要骑四英里。哈里付了账，他们走出小卖部，再次暴露于烈日之下。哈里大声讲话，没来由地哈哈大笑。

"天啊，啤酒加上这火辣辣的阳光，让我头晕目眩。不过我真的感觉棒极了。"他说。

"我迫不及待想要游泳了。"

地上有沙子，他们只能使足全身力气去踩踏板，以防自行车深陷其中。哈里的衬衫被汗水浸湿黏在了后背上。他还在滔滔不绝地说着。道路变成了红土路，沙地甩在了他们后面。她的脑中响起了一支节奏悠缓的黑人曲子——波西亚的弟弟以前常用口琴吹奏。她一边和着节奏一边踩踏板。

他们最终抵达了她一直在寻找的地方。"就是这儿！看到牌子上写的'私家领地'了吗？我们得翻过带刺铁丝网，然后走那条路——瞧！"

树林里寂静无声。地上覆盖着光滑的松针。几分钟后，他们就到了那条小溪。溪水泛褐色，且湍急。沁人心脾。水流潺潺，高大的松树间微风拂过，除此以外周围没有任何声音。仿佛这浓密寂静的树林令他们腼腆害羞，他们沿着溪边轻柔地漫步。

"它看上去真美。"

哈里大笑，"你怎么轻声细语了？听！"他双手啪地合在嘴巴上，发出一串悠长的印第安人呐喊，四下回声飘荡。"来吧，我们跳进水里，凉快凉快。"

"你不饿吗？"

"好吧。那我们先吃饭。我们先吃一半的午餐，然后等我们游完泳再吃一半。"

她打开果酱三明治。他们吃完后，哈里小心翼翼地将包装纸揉成一团，塞进一个浅浅的树墩里。接着，他拿着游泳裤，走进一条小路。她在灌木丛后脱掉身上的衣服，费力地套上黑兹尔的游泳衣。泳衣太小了，将她的两腿擦破了。

"你好了吗？"哈里喊道。

她听见水花溅起的声音，等她到溪边时，哈里已经在游泳了。"先别跳水，等我找找是否有暗礁或浅滩。"他说。她就望着他的脑袋在水里浮上浮下。反正她从没打算跳。她甚至还不会游泳。她此前只去游过几回泳——当时她总是带着浮圈，要不就待在不会没过她头顶的浅水区。可要是告诉哈里就太丢脸了。她很尴尬。突然，她信口开河道：

"我不会再跳水了。我以前常跳水，还是高处跳水，一向如此。可有一回，我把脑袋撞开了花，所以我就再也不跳了。"她想了想。"当时我做了个屈体两周跳水的动作。等我冒出水面时，水里好多血。可当时我脑子里一片空白，只是做动作划水。其他人冲我大吼大叫。于是我发现了水里的血是从哪儿来的。打那以后，我就再也游不好泳了。"

哈里爬上岸来。"老天！我从没听说过这种事。"

她本想再添油加醋一番，让故事听起来更合理，可她却直勾勾地看着哈里。他的肤色是浅棕的，沾着水看起来闪闪发亮。他的胸口和腿上长着毛。裹着紧身的游泳裤，他仿佛一丝不挂。没戴眼镜的时候，他的脸庞更宽阔、更英俊。他的眼睛湿漉漉、蓝盈盈。他瞧着她，仿佛突然之间两人都陷入了尴尬。

"水深大约十英尺，只有对岸那里有片浅滩。"

"那我们去游吧。我打赌，冰凉的溪水肯定舒服极了。"

她不害怕。她感觉好似被困在了一棵高大树木的树顶上，除了尽全力爬下来之外，她别无他法——一种近乎麻木的冷静。她一步步离开岸边，进入了冰冷的溪水中。她抓着一块树根，直到树根在手中断裂，接着她便开始游。她一度呛了水，几乎沉入水下，可她并不气馁，没有丢脸。她拼命游，终于游到了对面能够触到水底的岸边。此时她感觉好极了。她用双拳狠狠地拍打水面，大声呼喊，口出狂言，四周回声阵阵。

"看这儿！"

哈里在攀爬一棵又细又高的小树。树干弯曲易折，等他爬到树顶时，由于他的重量树枝下垂。结果他掉进了水里。

"我也要！瞧我的！"

"这是棵小树。"

她身手矫健，是爬树的好手，不输给街区里任何人。她完全复刻了刚才他的动作，只听得一声巨响，掉到了水里。她也会游泳了。现在她游得不错了。

接着他们玩了模仿游戏，在溪岸边跑来跑去，跳进冰冷的褐色溪水中。他们大吼大叫，上蹿下跳。这样玩了大约两个小时。接着他们站在岸边，两人相互直视对方，似乎无所事事了。突然她开口说：

"你裸泳过吗？"

树林异常安静，他沉默了片刻，没有作答。他很冷。他的乳头变得又硬又紫。双唇发紫，牙齿不停打颤。"我——我想没有过。"

她身上充满了这股子兴奋劲，还说了些违背心意的话。"你敢我就敢。不过我谅你不敢。"

哈里将他那湿漉漉的黑色刘海往后抹去，说："没问题。"

他们俩都脱了游泳衣裤。哈里背对着她。他跟跟跄跄，耳朵根都红了。然后他们转过身来，面对着对方。也许他们在那里站了有半个小时——也许连一分钟都不到。

哈里从树上扯下一片树叶，撕个粉碎。"我们最好还是穿上衣服。"

野餐的时候两人都没有说话。他们将食物摆放在地上。哈里将所有食物都一分为二。夏日的午后闷热难当、令人昏昏欲睡。树林深处，除了潺潺的水流声和燕雀的欢鸣外，他们听不见任何声音。哈里拿起他那只填了馅料的鸡蛋，用大拇指把蛋黄碾碎。这个动作让她想起了什么来？她听见自己的呼吸声。

此时他抬头越过她的肩膀望去。"听着。我觉得你很漂亮，米克。我以前从没这么想过。我不是说我以前觉得你长得很丑——我的意思是——"

她向水里扔了一颗松果。"要是想在天黑前回家，也许我们最好现在就动身了。"

"不，"他说，"我们躺下吧。就躺一小会儿。"

他捧了一把松针、树叶，还有灰色的苔藓来。她吮吸着自己的膝盖，注视着他。她双拳紧握，仿佛浑身绷得紧紧的。

"现在我们可以睡一会儿，养足精神好回家。"

他们躺在柔软的"床"上，望着在天空的映衬下，墨绿色的松树密密匝匝。一只鸟儿吟唱着一首她此前从未听过的嘹亮悲歌。一个好似双簧管吹出的高音——骤然降了五个调，而后再又鸣叫。这曲子如泣如诉，仿佛一个无言的疑问。

"我喜欢那只鸟，"哈里说，"我觉得它是一只绿鹃。"

"我真希望我们身处海洋。在海滩上望着远处海面上的船只。有一年夏天你去过海滩——到底是什么样的？"

他的嗓音粗哑而低沉。"嗯——有海浪。海水有时候是蓝色，有时候是绿色，在耀眼的阳光下，海水清澈见底。在沙滩上，你可以捡到这些小贝壳。我们也照样装在雪茄盒里带回来了。海面上有好些白色的海鸥。我们是在墨西哥湾——凉爽的海湾清风时时刻刻吹个不停，从不像这儿炙热灼人。总是——"

"雪，"米克说，"那是我最想看的。像电影中的，冰冷、白色的纷纷扬扬的大雪。暴风雪。白色冰冷的大雪轻柔地下个不停，下啊下，要下一整个冬天。就像阿拉斯加的大雪。"

他们俩同时转过身来。两人紧贴着对方，凑得很近。她感到他在颤抖，而她的拳头捏得紧紧的，几乎要爆裂了。"哦，上帝啊，"他说了一遍又一遍。她的脑袋好像脱离了身体，被丢弃了。她的双眼直视着刺眼的太阳，脑中在数着什么东西。接着一切就发生了。

事情就是如此。

他们沿着大路缓缓推着自行车。哈里耷拉着脑袋，一副
佝肩缩背的样子。他们的影子在灰扑扑的路上拉得又长又
黑，此时已近傍晚。

"听着。"他说。

"嗯。"

"我们必须要理解这事儿。我们必须。你那
个——吗？"

"我不知道。我想我不知道。"

"听好。我们得做些什么。我们坐下来。"

他们放下自行车，坐在路边的一条沟上。他们俩离得远
远地坐着。午后的阳光照在他们头上滚烫，身边到处是褐
色、易碎的蚁巢。

"我们必须要弄明白这事儿。"哈里说。

他哭了。他静静地坐着，眼泪滚落下他那白皙的面庞。
她无法思考那件让他哭泣的事。一只蚂蚁叮了下她的脚踝，
她用手指捏了起来，将它凑到近处观察。

"是这样的，"他说，"我以前甚至从没亲过一个
女孩。"

"我也是。我从没亲过哪个男孩。除了家人以外。"

"我以前老想着——要亲亲某个女孩。我常常会在学校

里计划这事儿，晚上还会梦见。后来有一回，她跟我约会了。我看得出她有意让我亲亲她。而我只是在黑暗中看着她，却做不到。这就是我想到的一切——想亲她——可事到临头，我却做不到。"

她在地上用手指挖了个洞，把死蚂蚁埋在里面。

"这都是我的错。无论你怎么看，通奸都是一项严重的罪行。你比我小两岁，还只是个孩子。"

"不，我不是。我不是什么孩子。可尽管现在我希望我是。"

"听好。如果你认为我们应该这么做的话，我们可以结婚——秘密结婚或者以其他方式。"

米克摇摇头。"我不想这样。我永远不会同任何男孩结婚。"

"我也永远不会结婚。我明白。我不只是说说而已——千真万确的。"

他的面容吓坏了她。他的鼻子翕动，下嘴唇被他咬得鲜血淋漓。他双眸灼灼，湿润而阴沉。他的脸色比她记忆中任何人的脸都要白。她扭过头不看他。假如他能停下那喋喋不休的说话劲头，事情就好办了。她的眼睛缓缓打量着四周——看到了那沟渠中红白条纹相间的泥土，看到了一个破碎的威士忌酒瓶，看到了他们对面旁边立着一块县治安官广告牌的一棵松树。她想静静地坐一段时间，不做思考，不说一字。

"我要离开小镇了。我是一个出色的机械工，我能在别的地方找到工作。如果我待在家里，母亲会从我眼神中看出端倪的。"

"告诉我。你能从我脸上看出不一样来吗？"

哈里盯着她的脸瞧了一阵，点点头说他能。他接着说：

"还有一件事。一两个月后，我会把我的地址寄给你，你可以写信告诉我你是否真的安然无恙。"

"你是什么意思？"她缓缓地问。

他向她解释说："你只需要写'O.K.'，我就知道了。"

他们再次出发，推着自行车走回家。他们的身体在路上投下了巨大的影子。哈里身形伛偻，像个老乞丐一般，不停地用衣袖去擦鼻子。太阳还未落山隐没于树林之前，一瞬间万物都披上了一层金光灿烂的余晖，他们的影子消失在面前的道路上。她觉得非常衰老，仿佛身体中有什么沉甸甸的东西。她此刻已是一个成人了，无论她是否想要长大。

他们走了十六英里，最后终于来到了家门口黑漆漆的小巷。她看见他们家厨房透出的黄色灯光。哈里的家还黑着——他母亲还没回家。她在一条小街的店铺里为一个裁缝打工。有时甚至星期天都上班。你朝窗里望去时，可以看见她正在后面俯身操作缝纫机，或是在将一根长针穿过厚重的布匹。你盯着她看，而她从不抬头。晚上，她会给哈里和自己烧些传统的食物。

"听好——"他说。

她在黑暗中等待着，可他没说下去。他们握了握手，哈里走进两栋房子之间黑漆漆的小巷。他走到人行道处，扭过头朝后看了看。一道光照在他的脸上，面容苍白而坚毅。然后他就走了。

"这儿有个谜语。"乔治说。

"说吧。"

"两个印第安人走在一条小路上。前头那个是后面那个的儿子，可后面那个不是他父亲。他们是什么关系？"

"我想想。是他的继父。"

乔治向波西亚咧嘴一笑，露出他那小小的蓝色方块牙。

"那就是他叔叔。"

"你猜不到的。是他的母亲。这个诡计在于你想不到一个印第安人会是个女人。"

她站在屋外注视着他们。厨房被门廊的框架勾勒，仿佛一幅画。里面是一派温馨整洁的画面。只有水槽旁的灯亮着，屋子里有片片暗影。比尔和黑兹尔在桌上玩着二十一点，用火柴当筹码。黑兹尔用她那肉鼓鼓的粉色手指抚摸辫子，而比尔吸着腮帮子，用一种特别顶真的方式在发牌。水槽边，波西亚拿一块干净的格子毛巾擦干碗碟。她身形瘦削，肤色金黄，那一头油亮的黑发梳得纹丝不乱。拉尔夫安静地坐在地上，乔治正在试穿一件用旧的圣诞金箔做成的小马甲。

"波西亚，这儿还有一个谜语。如果一只钟的指针指向两点半——"

她走进了屋子。她好像期待着大家看见她时会后退，然后围成一圈站在那儿盯着她看。可他们只是扫了她一眼而已。她坐在桌边，默默等待。

"大家都吃完饭了，你才拖拖拉拉地回来。我好像永远不会下班似的。"

没人注意她。她吃了一大盘卷心菜和鲑鱼，连乳冻一起吃完了。她心里惦记的是她妈妈。门开了，她妈妈进来告诉波西亚，布朗小姐说在她房间里发现一只臭虫。再把汽油拿出来。

"别这么皱着眉头，米克。你长大了，应该好好打扮，竭尽所能地看起来漂漂亮亮。等等——我跟你说话的时候不许这样打断——我想让你在拉尔夫睡觉前给他好好搓个澡。彻底洗洗他的鼻子和耳朵。"

拉尔夫柔软的头发上粘着燕麦片。她用一块抹布擦去了燕麦，在水槽边清洗了他的脸和双手。比尔和黑兹尔玩好了牌。比尔收起火柴时，他的长指甲剐蹭着桌面。乔治把拉尔夫抱上床。只剩下她和波西亚两个待在厨房里。

"听着！看看我。你注意到什么不一样吗？"

"我当然注意到了，亲爱的。"

波西亚戴上她那红色的帽子，换上鞋。

"那——？"

"你该抹点儿润滑油，在脸上擦擦。你的鼻子蜕皮得很厉害。他们说润滑油对严重的晒伤最有效。"

她独自一人站在黑漆漆的后院，用指甲把橡树的树皮一片片剥下。这几乎更糟糕。要是他们能看出差异来，也许她会感觉好受些。要是他们知道的话。

她爸爸从后院台阶上叫她："米克！啊，米克！"

"是的，先生。"

"电话。"

乔治凑上前来，试图偷听，可她将他一把推开。米诺维茨太太说话很大声，情绪激动。

"我家哈里这个点儿早该到家了。你知道他在哪儿吗？"

"不知道，夫人。"

"他说你们两个会骑车出游。他现在会在哪儿呢？你知道他在哪儿吗？"

"不知道，夫人。"米克又说了一遍。

十二

如今天气又热了起来，阳光南方游乐场总是人头攒动、熙熙攘攘。三月的风悄然止住。树上的绿叶带着些许暗红，郁郁葱葱。天空一片湛蓝，万里无云，一道道阳光越发强烈。空气闷热难耐。杰克·布朗特讨厌这天气。他头晕目眩地想着未来那几个月漫长灼人的夏日时光。他觉得难受。近来，头痛开始不时地折磨他。他的体重增加，结果肚子开始有点鼓了出来。他只能松开裤子最上头那颗纽扣。他知道这是酒精导致的肥胖，可他还是喝个不停。烈酒能缓解他头部的疼痛。他就只喝一小杯来减轻症状。现如今，喝一杯对他来说跟一夸脱是一样的。过去几个月里，令他感觉兴奋的不是喝酒那一刻——而是对一切浸透他血液的酒精在喝第一口时的反应。一勺啤酒可以缓解他脑袋里那种突突直跳的感觉，可一夸脱威士忌却无法让他喝醉。

他彻底戒了酒。有好几天，他只喝清水与橙汁。这种痛苦就像有条虫子在他脑袋里爬。漫长的下午和晚上，他工作得精疲力竭。他无法入眠，尝试阅读却痛苦不堪。他房间里潮湿、酸腐的气味令他大为光火。他在床上辗转反侧，等他终于睡着时，天也亮了。

他被一个梦所困扰。最初做这个梦是四个月前。他会从惊恐中醒来——可奇怪的是，他从来记不住他梦中的情景。他睁开双眼时，只有这种感觉还萦绕于心。每次惊醒时的恐惧几乎一模一样，以至于他毫不怀疑这些都是同一个梦。他习惯了做梦，还有那些诡异荒诞的噩梦——酒精导致的噩梦将他拖入疯子的混乱区域，可清晨的阳光总会驱散这些狂野噩梦的效果，他忘得一干二净。

这个空白而隐秘的梦具有截然不同的性质。他醒来时，却什么都记不得。一种危机感缠绕着他，久久不散。于是，一天早晨他醒来时又是那种似曾相识的恐惧，不过这次隐约记得那种他身后的黑暗。他一直在人群中行走，怀里抱着什么东西。这是他能够确定记得的一切。他偷东西了？他试图要保护什么财产？他正在被周围这些人追捕吗？他不这么觉得。他越是琢磨这个简单的梦，他就越糊涂。之后过了些日子，这个梦就再没做过。

他遇见了那个去年十一月用粉笔写标语的人。打从他们碰面的第一天起，这个老人就像个邪恶的天才，紧紧地跟随他。他叫西姆斯，他在人行道上宣讲布道。寒冷的冬天让他驻足于室内，可到了春天，他就出门整天待在大街上。他的白发软塌塌的，蓬乱地盖着脖子，他随身带着一个丝绸的女式大手提包，里面装满了粉笔和基督的广告页。他双眸有神，眼神中充满狂热。西姆斯试图让他皈依。

"厄运之子，我在你的身上闻到了罪孽深重的啤酒恶臭。而且你还抽烟。如果主想要我们抽烟，祂会在祂的《圣经》中如是记录。撒旦的标记在你的额头上。我瞧见了。忏悔吧。让我向你展示光明。"

杰克的眼睛向上翻了翻，缓缓在空中做了个虔诚的手

338

势。接着他打开那只油迹斑斑的手。"我只给你看。"他声音低沉、字正腔圆地说。西姆斯低头凝视着他手掌中的疤痕。杰克俯身凑近，低语道："还有其他神迹。你知道的神迹。因为我天生就有。"

西姆斯后退几步靠到了栅栏上。他用一个娘娘腔似的动作从他的前额上掀起一绺银发，抹向脑后。他的舌头紧张地舔了舔嘴角。杰克哈哈大笑。

"亵渎上帝的家伙！"西姆斯尖叫道，"上帝会逮住你。你和你那些同伙。上帝会记住所有冷嘲热讽的人。他眷顾我。上帝眷顾每一个人，可他最眷顾我。正如他眷顾摩西一般。上帝在晚上告诉我许多事。上帝会逮住你。"

他带着西姆斯来到一家街角的店铺，买了可口可乐和花生酱饼干。西姆斯又开始对他布道。他出发去游乐场时，西姆斯跟在他后面一路跑着。

"今晚七点到这个街角来。耶稣降与你一道旨意。"

四月头上的几天和风习习、温暖怡人。白云在湛蓝的天空中逶迤飘过。风中夹杂着河流的气味，还有小镇远方田野的清香。游乐场里每天从下午四点到午夜都是人山人海。人群很难应付。随着一个崭新的春天开始，他隐隐感觉有祸事到来。

一天晚上，他正在修理秋千的机械装置，一些愤怒的声音突然打断了他的思绪。他飞快地挤过人群，看见旋转木马的售票处一个白人女孩正在同一个黑人女孩打架。他奋力将两人拉开，可她们依然不依不饶，互相攻击。人群分成两派各站一边，吵吵嚷嚷，像是炸开了锅。那个白人女孩是个驼背。她的手里紧紧握着什么东西。

"我看见你了，"黑人女孩大叫道，"我要把你那坨罗锅给削平了。"

"闭上你的臭嘴，你这个黑鬼！"

"下贱的工厂货。我已经付过票钱了，我就要骑。那个白人，你让她把票还我。"

"黑贱人！"

杰克看看这个，又瞧瞧那个。人群渐渐逼近。两边都有人在窃窃私语，七嘴八舌地发表意见。

"我看见露莉丢了票，又看见那个白人姑娘捡了起来。千真万确。"一个黑人男孩说。

"黑人不许碰白人女孩，可是——"

"你别再推我。哪怕你是白皮肤，我可要还手了。"

杰克粗暴地推开众人，挤到人群中心。"够啦！"他大喝一声。"往前走——都散了吧。你们他妈的每个人都散了。"他双拳的大小有种莫名的威吓，人们悻悻地散去了。杰克转过身面向两个女孩。

"现在就是这么回事，"黑人女孩说，"我敢说，我是为数不多每周要干到星期五晚上才能攒上五毛钱的人。这周我已经熨了两倍的衣服。我已经为她手上拿着的票付了五分钱。现在我一定要骑旋转木马。"

杰克迅速解决了这个麻烦。他让那个驼背留着那张有争议的票，又发了另一张票给黑人女孩。此后那晚就太平无事了。可杰克警觉地穿过人群。他感到心慌意乱，惴惴不安。

除了他以外，游乐场还有其他五名员工——两个男人操控秋千并检票，三个女孩负责售票。这五个人里不包括帕特森。游乐场老板大部分时间在他的拖车里独自打牌。他眼神呆滞，瞳孔收缩，脖子上的皮肤打着一层层黄色的油褶。过去几个月来，杰克已经加了两次工资。一到午夜，他的工作就是向帕特森汇报，然后将晚上的收入上交。有时候，他在拖车里待了好几分钟后，帕特森才注意到他来了；他会凝视着纸牌，突然就陷入恍惚之中。拖车里的空气浑浊，弥漫着食物和大麻烟卷的臭味。帕特森一手捂着肚子，仿佛在保护腹部。他总是仔仔细细地核对账目。

杰克同另外两个操作员发生过口角。这两人以前都是一家工厂的落纱工。起初他试图与他们交谈，帮助他们看到真理。有一次，他邀请他们去台球房喝一杯。可他们愚钝得厉害，他帮不了他们。此后不久，他偷听到两人之间的谈话，结果惹出了乱子。那是星期天的凌晨，两点左右，他在跟帕特森核对账目。他走出拖车时，四周俨然一片空寂。月色皎洁明亮。他想到辛格，第二天是休息日。当他路过秋千时，听见有人在说他的名字。那两个操作员干完了活儿，正在一块儿抽烟。杰克留步倾听。

"要是有什么比黑鬼更令我讨厌的，那就是赤色分子。"

"他让我好笑。我不理他。他那副趾高气扬的派头。我从没见过这么个三寸丁的矬子。你估计他有多高？"

"大约五英尺吧。可他认为他必须要向大家宣讲。他应该被关进牢里。就应该去那儿。红色布尔什维克。"

"他就是让我好笑。我一看到他就忍不住大笑。"

"他不必在我面前充老大。"

杰克注视着他们向韦弗斯巷走去。他蹦出的第一个念头就是冲过去跟他们对质，不过一阵莫名的退缩阻止了他。接下来几天他都生着闷气。于是一天晚上下班后，他跟随那两人走过几条街区，在他们要转过一个街角时，他突然冲到他们面前。

"我听到你们说的话了，"他气喘吁吁地说，"碰巧听到了你们俩上周六夜里说的每一个字。我确实是个赤色分子。至少我认为我是。可你们又是什么东西？"他们三人站在街灯下。那两人后退几步远离他。附近的社区荒无人烟。"你们这些脸色苍白、胆小如鼠的软骨头！我一伸手就能掐断你们的细脖子——一只手就够了。不管是不是矬子，我都能把你们埋在这人行道上，他们得用铁锹才能挖出来。"

那两人互相对视，胆战心惊，试图朝前走开。可杰克不放他们走。他紧跟上他们，倒退着走路，脸上现出愤怒的讥讽之色。

"我要说的不过就是：日后你们如果觉得有必要评论我的身高、体重、口音、举止或是意识形态，我建议你们直接来找我。还有最后那句我也不是信口胡说——以防你们不明白。我们可以一起讨论。"

打那以后，杰克见到这两人就投以愤怒的鄙视。他们则在背后对他冷嘲热讽。一天下午，他发现有人故意损坏了秋千的马达，他不得不多花三个小时来修理。他总觉得有人在嘲笑他。每回他听见女孩们在一起叽叽喳喳，他便挺直了身板，若无其事般自顾自地笑起来，仿佛想到了某个私密的玩笑。

墨西哥湾吹来的西南暖风充满了春天的气息。白天越来越长且阳光明媚。慵懒的暖意令他无精打采。他又开始喝酒了。一干完活儿，他立马就回家躺倒在床。有时候他就那么神情呆滞，和衣而卧，一躺就是十二三个小时。这种几个月前令他呜呜抽泣、啃咬指甲的心烦意乱似乎消失了。然而在他的慵懒之下，杰克感受到了似曾相识的紧张感。在所有他去过的地方里，这是其中最孤独的小镇。或者说要是没有辛格在，这里会是最孤独的。只有他和辛格知道真相。他了解，可是他没法让那些不知道的人看清事实。这就仿佛试图战胜黑暗、高温或是空气中的恶臭。他愁眉苦脸地凝视着窗外。街角处一棵被烟熏黑的矮树抽出了深绿色的新叶。天空一如既往呈现刺眼的深蓝色。一条泛着恶臭的溪流经过小镇该区域，溪水招来的蚊子在房间里嗡嗡叫着。

他得了疥疮。于是他用一些硫黄混合猪油，每天早晨涂抹身体。他把自己抓得皮开肉绽，可这瘙痒似乎永远不会缓解。一天晚上，他打破了束缚。他独自一人坐了好久。他将金酒和威士忌调和，喝得烂醉。将近清晨时分。他的身子探出窗外，望着漆黑寂静的街道。他想到了所有身边的人。正在酣睡中。那些不知道的人。突然他大声怒吼道："那就是真相！你们这些混蛋什么都不懂。你们不知道。你们不知道！"

大街小巷在怒气中惊醒。灯亮了，睡意蒙眬的咒骂声向他袭来。同一栋屋子里的住客们怒不可遏地敲打他的房门，震得咯咯响。街对面一家妓院的女孩子们把脑袋从窗户里戳出来。

"你这大大大傻帽。你这大大大——"

"闭嘴！闭嘴！"

前厅里的人正在用力推门："你这个醉鬼！等我们狠狠揍你一顿，你就会是个安静些的傻帽了。"

"外面有多少人？"杰克咆哮道。他在窗台上砸碎一只空酒瓶。"所有人，都上吧。一个一个上，还是一起上。我一次能搞定你们三个。"

"说得对，亲爱的。"一个妓女喊道。

门被推开了。杰克从窗口一跃，跑进了一条侧巷。"嘚嘚！嘚嘚！"他醉醺醺地大喊道。他打着光脚，赤膊上阵。一个小时后，他跌跌撞撞地进了辛格的房间。他四仰八叉地躺倒在地，笑着笑着便兀自睡去了。

四月的一天清晨，他发现了一具尸体，此人是遭谋杀的。一个年轻的黑人。杰克是在距离游乐场三十码的一处沟渠里发现他的。黑人的喉咙被砍断了，导致脑袋以一个可怕的角度朝后翻转。太阳热辣辣地照射在他了无生气、睁着的双眼上，沾满前胸的血迹已经干涸，大群苍蝇在血迹上盘旋不去。死者挂着一根红黄色拐杖，装饰的流苏像是在游乐场汉堡摊位上购买的。杰克阴郁地低头凝视尸体良久。线索毫无头绪。两天后，死者的家人在太平间认领了尸体。

阳光南方游乐场里时常会发生打斗争执。有时候两个朋友手牵手进来，有说有笑，吃喝玩乐——可还没出游乐场的门，他们就怒气冲冲地扭打成一团了。杰克总是高度警觉。在这纸醉金迷的欢乐气氛下，灯光绚丽，笑语莺声，他感觉到某种阴沉邪恶的东西。

在这头晕目眩、颠三倒四的几周时间里，西姆斯始终跟着他，絮叨个不停。那老头喜欢带一只肥皂箱和一本《圣经》，往人群中间一站开始布道。他讲到基督复临。他说，审判日将于 1951 年 10 月 2 日到来。他会指出某几个醉汉,用他那粗哑沧桑的声音朝他们尖叫。他激动得满嘴唾液,话语中漾出一种湿润的水流声。一旦他溜进来设好他的演讲台,下面再怎么议论他都不会挪窝。他送了杰克一本基甸国际所赠的《圣经》,要他每晚跪下祈祷一个小时,将别人给他的每一杯啤酒或是每一支香烟都扔掉。

他们在墙边和篱笆处争吵。杰克也开始将粉笔装在口袋里。他写下简短的句子。他试图传达信息,为的是有路人会停下脚步思考其中的意义。为的是有人会好奇。为的是有人会思考。同样,他也写简短的传单,在街上分发给众人。

要不是为了辛格,杰克知道他可能会离开小镇。只有到星期天,他和他的朋友待在一起时,他才能感到内心的平静。有时候,他们会一起散步或是下棋——可更多时候他就静静地在辛格房间里度过一天。如果他想说话,辛格总是非常专注。如果他一整天都郁闷地坐着,哑巴明白他的心情,也不会大惊小怪。于他来说,似乎现在只有辛格能够帮他。

一个星期天,他爬上楼梯时瞧见辛格的房门开着。房间里空无一人。他独自坐了两个多小时。最终他听见楼梯上传来了辛格的脚步声。

“我还在纳闷呢。你去哪儿了?”

辛格微微一笑。他用一块手帕掸掸帽子,放在一旁。然后,他不慌不忙地从口袋里掏出他那支银色的铅笔,靠在壁炉架上写了一张便条。

"你什么意思?"杰克读了哑巴写的便条后问,"谁的腿被切除了?"

辛格收回纸条,又多写了几句。

"哼!"杰克说,"一点不奇怪。"

他对着纸片沉思了片刻,接着在手里捏成一团。过去一个月里无精打采的样子一扫而光,他突然间变得心神不宁。"哼!"他又嘟囔了一声。

辛格煮上一壶咖啡,拿出他的棋盘。杰克将便条撕成碎片,在汗津津的手掌间搓成纸团。

"可这事还有补救的余地吧,"他过了一会儿说,"你知道吗?"

辛格犹豫地点了点头。

"我想见这男孩,听听来龙去脉。你什么时候能带我去那儿?"

辛格沉思半晌。于是他在一沓纸上写下:"今晚。"

杰克的手捂着嘴,开始绕着房间焦虑地踱步。"我们可以做些什么。"

十三

杰克和辛格等候在前门廊处。他们按下门铃时,黑暗的

347

屋子里没有响起铃声。杰克急躁地敲了敲门，鼻子紧贴在纱门上。辛格泥塑般地站在他身旁，脸上带笑，面颊泛起两坨红晕，因为他们俩一起喝了一瓶金酒。晚上静悄悄、黑漆漆的。杰克望着一束黄光温柔地穿过前厅。波西亚为他们开了门。

"我相信你们没等太久吧。有好多人来过，所以我们觉得撤了门铃比较好。两位先生让我帮你们拿帽子吧——我父亲病得不轻。"

杰克吃力地踮起脚跟在辛格身后，穿过光秃秃的狭小前厅。在厨房门口，他略停了停。厨房里挤满了人，十分闷热。一个小柴炉里烧着火，窗户紧闭。烟味混杂着某种黑人的气味。炉子里的火光是室内唯一的光源。前厅后方传来的死气沉沉的声音此时停了下来。

"这里有两位白人先生前来探望父亲，"波西亚说，"我想也许他应该能见见你们，不过我最好先进去准备一下。"

杰克用手指抚弄他那厚实的下唇。鼻尖处有一块前面纱门印出来的格子印。"不用了，"他说，"我来跟你兄弟谈谈。"

房间里的黑人站起身。辛格示意他们再次坐下。两个头发花白的老人坐在炉子边上一条长凳上。一个四肢瘫软的黑白混血儿倚靠在窗边。角落里一张折叠床上躺着一个截去双腿的男孩，他的裤脚管被整齐叠好，别在他那粗短的大腿根下方。

"晚上好，"杰克局促地说，"你叫科普兰？"

男孩将双手放在残肢上，向后蜷缩在墙角。"我叫威利。"

"亲爱的，你别担心，"波西亚说，"这是你曾听父亲提到过的辛格先生。那位白人先生是布朗特先生，他是辛格先生的好朋友。他们只是好心来探望身处困境的我们。"她转身面向杰克，对房间里另外三个人示意。"那个靠在窗边的男孩也是我兄弟。名叫布迪。炉边两位是我父亲的挚友。马歇尔·尼科尔斯和约翰·罗伯茨先生。我觉得，清楚跟你共处一室的都是谁这样比较好。"

"多谢。"杰克说。他又面向威利。"我只是希望你能告诉我来龙去脉，这样我能理清思路。"

"事情就是这么回事，"威利说，"我觉得双脚还痛得要命。我感觉这痛楚一直延伸到脚趾。而我双脚原来的位置依旧很痛，仿佛它们还在我的腿上。可现在我的脚已经不在了。令人费解。我的双脚始终疼痛难忍，我不知道它们在哪里。他们从没把它们还给我。它们在距离这儿一百多英里以外的什么地方。"

"我的意思是，这一切怎么发生的。"杰克说。

威利不安地抬头望着他姐姐。"我记不——太清楚了。"

"你肯定记得，亲爱的。你一遍又一遍地告诉过我们。"

"嗯——"男孩的声音胆怯而低沉。"那天我们都在外面的大路上，伯斯特对看守说了什么。那个白人拿了一根棍子。这时另一个男孩试图逃跑。我就跟着他。所有事发生得太突然了，我记不清是怎么回事。后来他们就把我们带回军营——"

"剩下的我知道了，"杰克说，"不过告诉我另外两个男孩的名字和他们的住址。告诉我那些看守的名字。"

"听好，白人。我觉着你打算把我卷入麻烦之中。"

"麻烦！"杰克粗鲁地说，"看在基督的分上，你以为你现在是什么处境？"

"别吵了，"波西亚紧张地说，"事情就是这样，布朗特先生。他们在威利服刑结束之前就放他出营了。可他们也命令他不要——我相信你明白我们的意思。威利自然很害怕。我们自然要小心翼翼——因为那是我们唯一能做的。我们已经有够多的麻烦了。"

"那些看守怎么样了？"

"那些白人被开除了。这是他们告诉我的。"

"你的朋友们眼下在哪儿？"

"什么朋友？"

"就是那两个男孩。"

"他们不——不是我的朋友，"威利说，"我们闹崩了。"

"你是指什么？"

波西亚扯了扯她的耳环，她的耳垂好似橡胶一般得到拉伸。"威利是这个意思。你看，那三天里他们伤得这么重，三人却开始争吵。威利再也不想看见他们俩了。父亲和威利已经为这事大吵一架。这个伯斯特——"

"伯斯特装了一条木腿，"窗边的男孩说，"今天我在街上看见他了。"

"这个伯斯特没什么朋友，父亲的意思是让他搬过来跟我们同住。父亲想要把三个男孩聚在一起。他怎么会认为我们养得起他们，这点我的确不明白。"

"这不是个好主意。而且，我们从来也不是非常要好的朋友。"威利用他那双黑色有力的双手摸了摸双腿的残肢。"我只想知道我的双脚在哪儿。这事儿最让我发愁。医生永远不会把它们还给我。我真希望我知道它们在哪儿。"

杰克淡琥珀色的双眸茫然地环顾他的四周。一切都似乎朦胧而陌生。厨房里的热度令他头晕，以至于说话声音在耳中回响。他被烟呛着了。天花板垂下的灯亮着，不过灯泡包裹在报纸中，亮度柔和了许多，大部分光线是从烧红的炉子缝隙中透出的。他周围所有黑人的脸庞上都有一抹红晕。他感到孤独不安。辛格离开房间去探望波西亚的父亲。杰克希望他能回来，这样他们就能走了。他笨拙地走向长凳，坐在马歇尔·尼科尔斯和约翰·罗伯茨中间。

"波西亚的父亲在哪儿?"他问。

"科普兰医生在前屋,先生。"罗伯茨说。

"他是一个医生?"

"是的,先生。他是一位医学博士。"

外面一阵杂沓的脚步声,后门开了。一阵温暖清新的微风缓和了沉闷的空气。最先走进房间的是一个身穿亚麻西装、脚上穿着一双浮夸鞋子的高个男孩,怀里抱着一个厚纸袋。他身后跟着一个约莫十七岁的年轻男孩。

"嗨,海博伊。嗨,兰西,"威利说,"你给我带了什么来?"

海博伊刻意向杰克欠了欠身,将两水果罐红酒放在桌上。兰西在边上放了一只盘子,上面盖着一块干净的白色餐巾。

"这红酒是协会送的礼物,"海博伊说,"兰西的母亲送了一些桃子味泡芙。"

"医生怎么样了,波西亚小姐?"兰西问道。

"亲爱的,他近来病得很重。令我忧心的是他如此坚强。一个病人突然变得如此坚强时,不是什么好兆头。"波西亚转向杰克,"你不认为这是个凶兆吗?"

杰克茫然无措地盯着她看。"我不知道。"

兰西愠怒地扫了一眼杰克,翻下他那件过于宽大的衬衫的袖口。"代我们全家向医生问好。"

"我们真的非常感激,"波西亚说,"父亲有一天还说起你来。他有一本书想给你。请稍等片刻,我这就去拿,还要腾出这只盘子好还给你母亲。她这样真是太客气了。"

马歇尔·尼科尔斯朝杰克凑近身子,似乎要开口同他说话。老人穿了一条细直条纹裤,一件纽孔上别着花的晨礼服。他清了清嗓子说:"抱歉,先生——不过我们不得已偷听到了你与威廉的一部分对话,涉及他眼下所处的困境。我们不可避免地已经考虑了最佳对策。"

"你是他的亲戚还是他所在教堂的牧师?"

"不,我是一名药剂师。你左手边的约翰·罗伯茨受雇于政府邮政部门。"

"一个邮递员。"约翰·罗伯茨重复道。

"请您允许——"马歇尔·尼科尔斯从他口袋里掏出一条黄色丝帕,小心翼翼地擤了擤鼻子,"我们自然已经广泛讨论过此事了。毫无疑问,作为美国这个自由国度中有色人种的一员,我们迫切想为拓展友好关系而尽我们所能。"

"我们总是希望能做正确的事。"约翰·罗伯茨说。

"我们应该谨小慎微,不去破坏这段已经建立的良好关系。而后会循序渐进出现一种更好的状况。"

杰克看看这个,又瞅瞅那个。"我貌似没明白你的意思。"他热得透不过气来。他想出去。他的眼球上仿佛蒙上了一层薄膜，周围所有人的脸庞都渐渐模糊了。

房间那头威利在吹他的口琴。布迪和海博伊静静聆听。音乐阴沉而悲伤。曲子吹完时，威利用衬衫前襟擦拭口琴。"我又饿又渴，嘴巴里的口水都沾湿了口琴。我很乐意尝试一下布基伍基①。只有来些好喝的饮料才能让我忘记这场不幸。要是我知道我的双脚在哪儿，并且每晚喝一杯金酒，我就无忧无虑了。"

"别难过，亲爱的。你吃点东西吧，"波西亚说，"布朗特先生，你愿意来点桃子味泡芙、喝杯红酒吗？"

"多谢，"杰克说，"这敢情好。"

波西亚迅速铺上一块桌布，摆好盘叉。她倒了满满一大杯红酒。"你随意，在这儿就跟在自己家一样。要是不介意，我去给其他人弄吃的。"

水果罐一个人喝了又传给另一个人喝。他先借来波西亚的口红在罐子上画了条红色的线，标好红酒的刻度后，才将罐子递给威利。内室一片酒水的汩汩声，伴随着欢声笑语。杰克吃完了他的泡芙，拿着玻璃杯回到刚才两位老人中间的位置。家酿的红酒如白兰地一般口味醇厚，劲道十足。威利开始在口琴上吹奏一支低沉哀婉的曲子。波西亚打着响指，在房间里徘徊。

––––––––––––––––––––

① 布鲁斯乐曲的一种。

杰克转向马歇尔·尼科尔斯说："你说波西亚的父亲是一位医生？"

　　"是的，先生。没错。一位医术高超的医生。"

　　"他怎么了？"

　　两个黑人警觉地互相瞥了一眼。

　　"他遇到了一场事故。"约翰·罗伯茨说。

　　"什么样的事故？"

　　"很糟糕，很悲惨的事故。"

　　马歇尔·尼科尔斯将他的丝帕摊开又叠好。"正如我们刚才说的，重要的是不要损害这些友好关系，而是应该尽一切之能事促进它们。我们的黑人同胞必须竭尽所能地提升我们公民的社会地位。那边的医生已经尽他所能了。可有时候在我看来，他似乎不能完全认清不同种族的特定成员和具体情况。"

　　杰克迫不及待地一口吞下了他杯中剩下的红酒。"老天爷啊，说明白些吧，你说的话我一点都听不懂。"

　　马歇尔·尼科尔斯和约翰·罗伯茨互相交换了一个受伤的眼神。房间对面的威利仍旧坐着吹奏曲子。他的嘴唇在口琴方形的小孔上嚅动着，仿佛肥乎乎、皱巴巴的毛虫一般。他的肩膀强壮宽阔。大腿的残肢随着音乐不时抽动。布迪和波西亚和着节奏击掌打拍子，海博伊随之起舞。

　　杰克站起身来，当再一次站立时他意识到自己醉了。他跌跌跄跄，恶狠狠地环视四周，可似乎没有人注意到他。
"辛格在哪儿？"他含糊不清地问波西亚。

音乐戛然而止。"怎么，布朗特先生，我以为你晓得他已经走了。你坐在桌边吃桃子味泡芙时，他来到门口拿出手表，示意他该走了。你直视着他，摇了摇头。我以为你晓得。"

"也许我当时在想别的事。"他转向威利，怒气冲冲地对他说："我甚至还没告诉你我来的目的。我不是来请求你做什么事。我唯一想要的——我唯一想要做的就是，你和另外两个男孩出来为发生的事作证，我来解释为何发生。为何发生是唯一重要的事——而不是发生了什么。我会把你们所有人都赶上一辆车，你们会讲述自己的故事，之后我会解释为何会发生。也许这可能会起些作用。也许——"

他感觉他们在嘲笑他。神志不清导致他忘了要说的话。房间里充满了陌生的黑色脸庞，空气浑浊得难以呼吸。他看见一扇门，跌跄着走去。他身处一只漆黑的散发着药物味道的壁橱里。接着他的手在转动另一个门把手。

他站在一个白色小房间的门口，房间里只有一张铁床、一只橱柜和两把椅子那么几件家具。床上躺着的正是他在辛格家楼梯上遇到的那个可怕的黑人。他的脸庞在硬邦邦的白色枕头映衬下，显得特别黑。漆黑的双眸因为仇恨而红得发烫，厚重发青的嘴唇却十分平静。他除了呼吸之间鼻孔缓慢而剧烈的翕动，他的整个面部如死一般纹丝不动，仿佛戴了一个黑色面具。

"滚出去。"那黑人说。

"等等——"杰克无助地说，"你为什么这样说？"

"这是我家。"

杰克的视线无法从这黑人可怕的脸庞上挪开。"可为什么？"

"你是个陌生的白人。"

杰克没有离开。他异常小心地走向其中一把直背白色椅子坐下。黑人的双手在床罩上摸索移动。他的黑眸由于发热而闪闪发亮。杰克注视着他。他们都在等待着。房间里弥漫着一种如阴谋般的紧张气氛，抑或如发生爆炸前死一般的风平浪静。

午夜已经过了很久。春天清晨温暖阴沉的空气在房间里旋起一圈圈蓝色的雾气。地上躺着揉皱的纸团，还有一瓶喝了一半的金酒。散落在床罩上的烟灰灰扑扑的。科普兰医生把头紧紧地压在枕头里。他脱了晨衣，白色棉睡衣的袖子高高地卷起直到手肘处。杰克坐在椅子上，身体前倾。他的领带松开，衬衫领子被汗水浸湿，软塌塌的。几个小时下来，他们两人之间产生了一段漫长而疲劳的对话。此刻一阵停歇。

"那么是时候准备——"杰克开口说道。

可科普兰医生打断他道："现在我们有必要——"他嗓音嘶哑着喃喃低语。他们停止了交谈。两人直视着对方的双眼，默默等待。"你说什么。"科普兰医生说。

"抱歉，"杰克说，"请说。"

"不，你说下去。"

"好吧——"杰克道，"我不会说我开始打算要说的话。不过，关于南方我们要最后说一句。被扼杀的南方。被荒废的南方。卑躬屈膝的南方。"

"还有黑人。"

为了稳住身体，杰克从他身旁的地板上拿起酒瓶，灌了一大口火辣辣的酒。然后，他不慌不忙地走向橱柜，拿起一只当作镇纸用的廉价小地球仪。他缓缓地旋转手上的球体。"我唯一能说的就是：这个世界充满了卑劣与邪恶。哼！四分之三的地球都处于战争或压迫的状态之中。撒谎成性与穷凶极恶之徒沆瀣一气，开悟之人却孤立无援。可是！可是倘若你要让我指出这个地球上最野蛮的区域，我会指这儿——"

"看看准，"科普兰医生说，"你指到大洋去了。"

杰克又转动地球仪，粗糙肮脏的大拇指按在精心选择的一个点上。"在这儿。这十三个州。我知道我在说什么。我读万卷书，行万里路。我曾去过这他妈的十三个州里的每一个州。我在每个州都干过活儿。我这么做的原因是：我们生活在世界上最富裕的国家。我们物产富饶，却不足以养活身处贫困的男女老幼。除此以外，我们这个国家建立的基础应该是一个伟大真实的原则——那就是自由、平等以及每一个人的权利。哼！由此开端又带来了什么？我们有数十亿美元规模的公司——可是成千上万的人却吃不饱饭。在这十三个州里对人类的压榨剥削如此之甚——这是你必须去亲眼见证的一件事。我在生活中已经见过许多令人疯狂的事了。至少有三分之一的南方人他们生存和死亡的状况比欧洲任何一个法西斯国家里最底层的农民更悲惨。一个租佃农场的工人每年的平均工资仅有七十三美元。你注意，那才是平均工资！收益分成的佃农每人的工资从三十五到九十美元不等。一年三十五美元意味着一天的工作量仅有一毛钱收入。糙皮病、钩虫病还有贫血症到处盛行。还有单纯普通的饥荒。可是！"杰克用他脏兮兮的指关节搓了搓嘴唇。他的额头沁出了汗水。"可是！"他重复道。"那些仅仅是你能看见、能触及的罪恶。还有些事更为可怕。我要说的正是人民如何被隐瞒真相。恶毒的谎言。因此，他们不被允许了解真相。"

"还有黑人，"科普兰医生说，"要了解我们身上正在发生的事，你必须——"

杰克野蛮地打断他。"谁拥有南方？北方的公司巨头拥有整个南方的四分之三。他们说，那些老母牛在所有地区放牧——东南西北，无所不至。可是她只在一个地方产奶。她的奶涨满时，衰老的乳头只在一处悬垂。她到处放牧，却只在纽约产奶。收走我们的棉花厂、纸浆厂、通丝工厂和床垫工厂，归北方所有。结果呢？"杰克的胡须愤怒地颤抖着。"现成的例子。地点，一个根据美国工业伟大的父系制度运营的磨坊村。属于在外地主所有。村子里有一家巨型砖厂，也许一共建了四五百间棚屋。这些屋子不适合人类居住。而且，这些屋子原先只是作为危房建造的。每间棚屋也许仅有两三个房间和一个厕所——建造的时候缺乏远见，造得还不如一个牲口棚。漫不经心，甚至还不如猪圈的要求高。在这样的体制下，猪可比人精贵得多。你没法从村里瘦骨嶙峋的小孩身上产出猪排和香肠。眼下人只能卖掉一半价格。可要是一头猪——"

"等等！"科普兰医生说，"你跑题了。而且，你并不特别关注针对黑人的独立问题。其他方面我听不到一个字。我们以前都全盘考虑过，可如果没有我们黑人在内的话，绝不可能看清完整的情况。"

"回到我们的磨坊村，"杰克说，"时下一个年轻的纺织工开始工作时，一周工资不错的话能有八美元或十美元，他就能找到活儿。然后结婚。第一个孩子出生后，女人也必须在工厂工作。两人都工作，工资加起来一周能有个十八美元。咳！他们用四分之一的收入来租工厂提供给他们的棚屋。他们在一家公司直营店购买食物和衣服。商店卖的每样东西都宰他们。有了三四个孩子之后，他们就像上了锁链似的，被控制了。这就是农奴制的整体原则。可在美国这里，我们称自己为自由的。好笑的是这一切都已经深深地烙印在了佃农、纺织工和其他人的脑子里，他们深信不疑。可是为了隐瞒他们，有人编造了见鬼的大量谎言。"

"只有一条出路——"科普兰医生说。

"两条出路。只有两条出路。曾几何时，这个国家不断扩张。人人都以为自己有机会。咳！可是这个时期已经过去了——一去不返。不到一百家的公司吞并了整个市场，仅仅留下零星的些许小公司。这些企业已经吸干了大家的血，榨干了大家的骨头。过去的扩张时期已经一去不回头了。资本主义民主的全套体系腐败不堪。眼前只剩下两条路。第一条是法西斯主义。第二条是最具革命性、恒久性的改革。"

"还有黑人。不要忘了黑人。就我和我的同胞而言，现在的南方就是法西斯，而且一直都是。"

"没错。"

"纳粹夺走了犹太人合法的经济文化生活。这里黑人也总是被人剥夺了这些。假如这里没有像德国一样发生大规模恶性的打砸抢烧，这仅仅是由于首先黑人从来不被允许获得财富。"

"就是这体制。"杰克说。

"犹太人和黑人，"科普兰医生怨恨地说，"我们黑人同胞的历史与犹太人漫长的历史足以等量齐观——唯一不同的是，我们的历史更血腥、更残暴，就比如某一种海鸥。如果你抓住其中一只，将一股红绳绑在它腿上，那么其余海鸥会群起而攻之，啄死它为止。"

科普兰医生摘下他的眼镜，在断裂的铰链上重新绑了根铁丝。接着，他在睡衣上擦了擦镜片。他的手激动地颤抖着。"辛格先生是一名犹太人。"

"不，你说得不对。"

"但我很肯定他是。这名字，辛格。我第一次见到他时我就辨别出了他的种族。还有他的眼睛。而且，他还对我这么说过。"

"怎么会，他不可能这么说，"杰克坚持道，"要是我没看错的话，他是纯种的盎格鲁-撒克逊人。爱尔兰人和盎格鲁-撒克逊人的后代。"

"可是——"

"我确定。绝对是的。"

"好吧，"科普兰医生说，"我们别争了。"

外边夜色渐凉，房间里升起一股寒意。此时已近黎明。清晨的天空一片丝绸般的墨蓝，月亮的颜色已经由银转白。四周万籁俱寂。唯一的声音是外面漆黑之中一只春鸟清脆孤独的啁啾。虽然一阵微风从窗户吹进来，室内的空气仍又酸又闷。两人之间有一种紧张而疲惫的感觉。科普兰医生从枕头上起来，身体前倾。他的眼睛里充满血丝，双手抓紧床罩。睡衣的领口从他骨瘦如柴的肩膀处滑落下来。杰克的脚后跟搁在椅子的横档上保持平衡，他巨大的双手交叠着放在两膝间，以一种孩子气的态度默默等待。他们相互对视，默不作声。沉默的时间越久，两人之间的紧张感就越紧绷。

最后科普兰医生清了清嗓子说："你肯定是无事不登三宝殿。我相信，我们不是漫无目的地整晚讨论这些话题。现在我们已经谈到了一切问题，除了那个最核心的主题——出路。必须要做的事。"

他们依旧互相望着对方，默默等待。两人面对面，相互之间暗含期许。科普兰医生靠着枕头，身体坐得笔笔直。杰克手托着腮，身体前倾。沉默还在继续。于是，他们踌躇再三又同时开了口。

"抱歉，"杰克说，"你先说。"

"不，你说。你先开口的。"

"你说吧。"

科普兰医生哼了一声道："你继续。"

杰克凝视着他那双蒙眬神秘的眼睛。"是这样的。这是我的看法。对人民来说唯一的解决办法就是让人民知道。一旦他们知道了真相，他们就不再会被压迫。只要有半数人知道了，那么整场战役就获胜了。"

"是的，一旦他们了解了这个社会的运行方式。可你打算如何告诉他们？"

"听着，"杰克说，"想想连锁信①吧。如果有一个人给十个人寄信，然后这十个人再分别给另外十个人寄信——你懂吗？"他声音颤抖着说，"倒不是由我来写信，可原理是一样。我就四处传播讲解。如果在一个小镇上，我能够向十个不知道的人揭示真相，这样我觉得会有些效果。明白吗？"

科普兰医生吃惊地望着杰克。然后他哼了一声。"别犯傻。你不可能四处宣讲。还连锁信！知道的和不知道的！"

杰克双唇颤抖，一阵暴怒，低头垂眉。"好吧，你有什么建议？"

"我首先要说，过去我也曾像你一样思考这个问题。可是我已经知道，这种态度是大错特错。半个世纪来，我认为最理智的方法就是保持耐心。"

"我没说过保持耐心。"

"面对暴行，我谨慎小心。面对不公，我缄口不言。我牺牲了手头的一切，为了假想中全体的利益。我相信言辞而非武力。作为反抗压迫的防护，我在人类的灵魂中教授大家耐心与信念。现在我知道自己大错特错了。我背叛了自己和我的同胞。一切都烂到了根。现在是时候行动，要快速行

---

① 要求收信人阅后转给他人或复写成一定份数分寄给他人，并以这种方式不断持续下去的信。

动。以彼之道，还施彼身。"

"可是要怎么做？"杰克问，"怎么做？"

"咳，要站出来，干实事。要号召广大人民团结一心，让他们游行示威。"

"啊！最后那句话出卖了你——'让他们游行示威'。如果你让他们为了一件他们不知道的事游行示威，那又有什么用呢？你这是往猪屁股里塞饲料，白费劲。"

"我很讨厌这么粗俗的表达。"科普兰医生一本正经地说。

"看在耶稣的分上，我才不在乎你讨厌不讨厌呢。"

科普兰医生抬起手来。"我们别这么剑拔弩张的，"他说，"我们还是试着求同存异吧。"

"我习惯这样。我不想同你争吵。"

他们两人沉默不语。科普兰医生的视线从天花板一角移向了另一角。他好几次润了润唇想开口，可每次话到嘴边却又停住了。最终他说："我对你的建议是，不要试图单打独斗。"

"可是——"

"没有可是，"科普兰医生教训道，"试图单打独斗，对一人来说是最致命的。"

"我明白你的意思。"

科普兰医生从骨瘦如柴的肩膀上拉了拉睡衣的领子，紧紧地拢在喉咙口。"你以为我的同胞是为了他们的人权而奋力斗争的？"

医生焦躁不安，他嘶哑的声音提出的温和问题，突然之间令杰克的双眼饱含泪水。出于一阵迅猛激烈的爱意，他蓦地抓住床罩上那只干瘦黝黑的手，牢牢握紧。"当然。"他说。

"我们极端的贫困？"

"没错。"

"缺乏公正？苦大仇深般不平等？"

科普兰医生一阵咳嗽，拿出放在枕头底下的一方纸，吐了口痰。"我有一个计划。这是个非常简单、集中的计划。我打算集中于一个目标。今年八月我打算带领全县一千多个黑人游行示威。向华盛顿游行。我们团结一心，众志成城。要是你看看那边的柜子，会发现一摞我这个礼拜写的信，即将以个人名义邮寄。"科普兰医生双手放在狭窄的床两侧，紧张地上下磨蹭。"还记得我刚才对你说过的话吗？你会记起来，我给你的忠告是：不要试图单打独斗。"

"我明白。"杰克说。

"可一旦你踏足，就必须团结所有人。这是重中之重。你现在在为此奋斗，并将奋斗终生。你必须毫无保留地全身心奉献自己，不要抱有退步抽身的希望，不要中途休息或是抱有中途休息的希望。"

"为了南方黑人的权利。"

"南方以及我们这整个县的黑人。此事不成功便成仁。没有中间道路。"

科普兰医生向后靠在枕头上。似乎只有他的眼睛还有生气。他面红耳赤，仿佛烧红的炭一般。热度令他的双颊紫得可怕。杰克沉着脸，指节压着他那柔软颤抖的宽大嘴唇。血色涌上了他的脸庞。室外清晨的第一缕曙光已经划破天际。天花板上悬着的电灯泡在晨曦中发出刺眼而丑陋的光芒。

杰克站起身，僵硬地站在床脚。他漠然地说："不。这根本不是正确的角度。我百分之百肯定这不对。首先，你永远出不了城镇。他们会说这将威胁公共健康或是编造其他理由来破坏。他们会逮捕你，一切都是徒劳的。可即便有奇迹发生，你到了华盛顿也没什么用。咳，整个理念都很疯狂。"

科普兰医生的喉头发出一阵嘎嘎刺耳的咳痰声。他的嗓音粗粝。"既然你这么着急讽刺批评，那么你有什么建议？"

"我没有讽刺，"杰克说，"我只是评价你的计划太疯狂。我今晚过来，带着一个更好的主意。我想要你的儿子威利，还有另外两个男孩允许我把他们弄上一辆马车带走。他们会告诉世人他们的遭遇，之后我会说明原因。换句话说，我要发表关于资本主义辩证法的演讲——揭露其中所有的谎言。我会详细解释，这样所有人都能明白为什么这些男孩的

367

腿会被截断。让所有看见他们的人都知道。"

"哼！哼！"科普兰医生怒不可遏，"我不相信你有理智。假如我认为值得嘲笑，我会毫不犹豫地嘲笑。我从来没有机会直接听到这样的胡言乱语。"

他们相互瞪视着对方，眼中露出深切的失望和愤怒。外面大街上传来一阵马车的嘎嘎声。杰克咽了咽唾沫，咬着嘴唇。"咳！"他最终开口道，"你才是那个唯一的疯子。你把一切都倒退了。在资本主义制度下解决黑人的唯一方法是阉割这些州里的一千五百万黑人。"

"所以这就是你大声嚷嚷的正义之下所蕴含的理念。"

"我不是这个意思。我只是说，你只见树木，不见树林。"杰克谨慎而痛苦地说，"必须从底层开始。破旧立新。为世界塑造一个崭新的格局。第一次人类成为社会生物，生活在一个秩序井然的社会中，人们不必为了生存而被迫铤而走险。在一个社会传统——"

科普兰医生嘲讽地拍了拍手。"非常好，"他说，"可是要织布就必须先摘棉花。你和你这套不切实际的理论只能——"

"嘘！谁在乎你和你那千把个黑人能否拖着步子一路北上来到那个叫华盛顿的化粪池？这又有什么意义？这几个人有什么作用——就那么千把人，黑人，白人，是好是坏？我们整个社会都建立在黑色谎言的基础上。"

"至关重要！"科普兰医生声嘶力竭地说，"至关重要！至关重要！"

"无关紧要！"

"在这个地球上，最卑劣的灵魂与我们中最邪恶的人在正义面前要比——"

"哦，见鬼！"杰克说，"胡说八道！"

"亵渎者！"科普兰医生尖叫道，"无耻的亵渎者！"

杰克拼命摇动小床的铁条。他额头的青筋暴起，脸色因狂怒而发黑。"目光短浅的老顽固！"

"白人——"科普兰医生的声音渐渐低了下去。他挣扎着，可是叫不出声来。最后他勉强发出一阵哽咽的低语："魔鬼。"

明黄色的晨曦透过窗户。科普兰医生的头向后倒在了枕头上。他的脖子一歪，扭成一个病态的角度，双唇上有一块血沫。杰克激动地抽泣着，看了他一眼，猛地冲出了房间。

十四

此刻她不能待在"里屋"了。她的身边始终有人。每分每秒都在做着什么。如果她独自一人，她就数数。她数了客厅墙纸上所有的玫瑰花。她计算了整个房子的体积。她数了后院的一草一叶，每一株灌木上的每一片叶子。因为一旦她脑子里不在数数，这股可怕的恐惧感就会袭来。五月的午后她会从学校步行回家，有时候突然之间，她会迅速地闪过一个念头。一件美好的事——非常好。也许她匆忙间会想起一段爵士乐。或是想到她回家后冰箱里会有一碗果冻。抑或是打算在煤库后面抽支烟。也许她还会试图畅想未来她去北方看雪，甚至去异国他乡旅游。可是这些关于美好事物的思绪无法持久。果冻五分钟后就吃完了，香烟也抽完了。那么之后呢？那些数字在她脑中缠绕。雪景和异国都是遥远的未来。那么此时又有些什么呢？

只有辛格先生。他去哪儿，她就想跟去哪儿。上午，她会望着他走下前门台阶去上班，然后跟在他身后走了半个街区。每天下午一放学，她就在他上班的店铺附近的街角转悠。四点钟，他会出门去喝一杯可口可乐。她注视着他穿过马路，走进药店，然后又出来。她跟着他下班回家，有时候甚至他散步的时候她也跟着。她总是隔了老远跟在他后面，而他丝毫不知。

她会上楼到他的房间去看他。首先她要擦洗脸和手，在裙子的前襟处放些香草。她现在一周去拜访他两次，因为她不想惹他厌烦。大多数情况下，她开门时他总是坐着，面前放了一盘古怪而精美的国际象棋。

"辛格先生，你曾经在冬天会下雪的地方生活过吗？"

他将椅子向后仰斜靠在墙上，点点头。

"在某个与这里不同的国家——异国他乡？"

他又一次点头表示肯定，用他那银色的铅笔在便笺本上写道：曾经他去加拿大的安大略旅游——从底特律过河。加拿大在极远的北方，白雪在家家户户的屋顶上飘扬。那里是五大湖和圣劳伦斯河的所在。满大街的人相互之间都讲法语。极北之地有浓密的森林和白色的圆顶冰屋。北极地区会出现绚丽的极光。

"你在加拿大的时候，有没有到室外取来新鲜的雪，混着奶油和白糖吃？我曾经读到过，说这样吃可美味了。"

他将头转向一侧，因为他不明白。这个问题她不能再问一遍，因为它突然听起来很傻。她只是望着他，默默等待。他的头在身后的墙上投下一个巨大的黑影。电风扇给浑浊闷热的空气降了温。一切静悄悄。好似他们等着要告诉对方他们以前不曾讲过的事。她要说的事非常严重，令人担忧。可他会告诉她的事如此真实，一切难题会迎刃而解。也许这是一件无法用言语或文字表述的事。也许他必须要让她从另一个角度来理解。这正是她对他产生的感觉。

"我只是在问你关于加拿大的事——不过这无关紧要，辛格先生。"

楼下的客房里闹出了不少乱子。埃塔依然病得很重，她已经没法三个人挤在一张床上睡觉了。百叶窗始终拉着，黑乎乎的房间里恶臭难闻。埃塔的工作丢了，这意味着每周除了医生的账单之外，还少了八美元进账。有一天拉尔夫在厨房里转悠，被灼热的炉子给烫伤了。绷带令他的手发痒，必须得有人一直看着他，否则他会戳破水泡。乔治生日的时候，他们给他买了一辆红色的小自行车，车把手上装了车铃和篮子。为了送他这份礼物，每个人都凑了份子。不过后来埃塔丢了工作，他们无力支付余款了，于是在两期分期付款到期后，商店派人来把自行车收回了。乔治只能眼睁睁地看着那个人推着自行车出了门廊，经过他身边时，乔治踢了踢后挡泥板，然后走进煤库关上了门。

从始至终都是一个问题：钱、钱、钱。他们欠杂货铺的钱，欠一些家具的尾款。眼下他们失去了房子，所以也欠了债。六个房间总是有人住的，不过没有人按时付过房租。

有一阵子，他们的爸爸每天出门去再找一份工作。他没法再做木工活儿了，因离地十英尺以上就会让他紧张不安。他申请了许多工作，可是没人愿意雇他。于是最终他想到了这个办法。

"要打广告，米克，"他说，"我总结下来，现在一切就要依靠我钟表维修的生意了。我要推销自己。我要出去让人们知道，我会修表，修得又好又便宜。你记着我这些话。我打算好好做这门生意，这样下半辈子我就能让全家过上好日子了。要靠打广告。"

他拿了十几张锡铁皮和一些红油漆回家。接下来一周里他忙得不可开交。对他来说，这似乎是个顶顶好的主意。广告牌全都铺放在前屋的地板上。他趴在地板上，专心致志地书写每一个字母。他忙活时一边吹口哨，一边摇头晃脑。他好几个月都没这么兴高采烈了。时不时他会穿上那套好西装，走到街角喝杯啤酒让自己冷静冷静。一开始他在广告牌上写下：

威尔伯·凯利
钟表维修
质美价廉

"米克，我希望广告能抓人眼球。无论你站哪里它都能弹眼落睛。"

她帮了忙，他给了她三枚五分硬币。最初广告没什么问题。接着，他又在上面画蛇添足了一番，彻底毁了。他想加的词儿越来越多——在广告牌的四个角和天头地脚。他还没完工，广告牌上已经刷满了"价格优惠""立等可取"和"任何手表，包管修好"等广告语。

"你在广告牌上写了这么多，人家什么都看不到了。"她告诉他。

他又带回来一些锡铁皮，让她来设计。她用油漆清楚无误地书写下巨大的印刷体字母，还画了一只钟。很快他就有了一摞广告牌。他的一个朋友骑车载着他去乡间，他将广告牌钉在树木和围栏桩上。街区两头他挂上广告牌，一只黑色的手指向他们家。还有一块广告牌挂在了前门上。

打完广告的第二天，他穿上一件干净的衬衫、打上领带，等在前屋。没有动静。那个以半价给他大量活儿干的钟表商送来了几只钟。仅此而已。他大受打击。他不再出门寻找其他工作了，可每分每秒他在家里都忙个不停。他卸下门，给铰链上油——不管是不是有这个必要。他为波西亚搅拌麦淇淋，擦洗楼上的地板。他设计了一个装置，让冰箱流出的水通过厨房窗户排走。他为拉尔夫刻了一些精美的字母积木，还发明了一枚小小的穿针器。在那为数不多的几个他必须修理的手表上，他费了好大功夫。

米克还在跟踪辛格先生。可她不想这样做。她跟踪他，却又不让他知道，这样做似乎有点不对。她逃课逃了两三天。他去上班时她就跟在后头，整天在他上班的铺子附近的街角转悠。他在布兰农先生的咖啡厅吃晚饭时，她便走进咖啡厅，花五分钱买一包花生。然后到了晚上，她跟随他在黑暗中悠悠漫步。她走在他对面那一侧的街上，落后他一个街区。他停下时，她也停下——他加快步速，她也奔跑着赶上。只要能看见他，靠近他，她就无比快活。可有时候，她突然会产生这种古怪的感觉，她知道这么做不对，所以她拼命让自己在家中忙个不停。

她和她爸爸在某些方面很像，以至于现在他们总是得摆弄些什么。她总是在房子里和社区里忙东忙西。"排骨"的大姐在一次电影院抽奖之夜赢了五十美元。"宝贝"·威尔逊头上的绷带已经拆除了，不过她剪了个假小子似的短发。今年她无法跳独舞了，她母亲带她去看演出，"宝贝"在看到其中一支舞蹈时哭喊不止，大发脾气。他们只得将她拖到歌剧院外面。在人行道上，威尔逊夫人不得不抽打她，让她安分些。可是威尔逊夫人也哭了。乔治恨"宝贝"。当她经过家门口时，他都会捏着鼻子，捂住耳朵。皮特·威尔斯离家出走已经三个星期了。他回来的时候，打着光脚，饥肠辘辘。他吹嘘自己是如何千里迢迢到新奥尔良去的。

　　由于埃塔生病，米克继续睡在客厅里。那只短沙发又小又窄，她只能在学校的自修室里补觉。一晚隔一晚，比尔跟她交换，她就跟乔治一起睡。接下来，幸运的转机突然就降临了。楼上一个房间的住客搬走了。整整过了一个星期，报纸上的广告没有回复，他们的妈妈告诉比尔，他可以搬到楼上的空房间去。比尔很高兴能拥有一个完全属于自己、远离全家的空间。她则搬去和乔治一起睡了。他睡觉时仿佛一只暖乎乎的小猫咪，呼吸非常轻。

　　她又一次体验到了夜晚时间。可这次不像去年夏天那样，她独自在黑暗中行走、倾听音乐、制订计划。现在她以另一种方式体验夜晚。她醒着躺在床上。一种奇怪的恐惧感袭上心头。仿佛天花板正慢慢地压到她的脸上。要是房子倒塌了会怎么样？有一回他们的爸爸说过，这整个房子应该会被没收。他的意思是，也许某天晚上他们熟睡时，墙体会开裂、房子会倒塌？把他们埋在灰泥、破碎的玻璃和砸毁的家具之下。这样他们就无法移动或是呼吸了？她依然醒着，全身肌肉僵硬。夜里响起一阵吱吱嘎嘎的声音。有人在走路——除了她以外还有人没睡——是辛格先生吗？

她从没想起哈里。她已经打定主意忘了他，她也确实忘了他。他写信来说他在伯明翰的一家修车厂找到一份工作。她回寄了一张卡片，上面写着"O.K."，一如他们事先的计划。他每周给他母亲寄三美元。他们一起去过树林后，似乎已经过了非常久。

白天，她在"外屋"忙活。可到了晚上，她独自一人待在黑暗之中，数数是不够的。她想找个伴。她试图让乔治醒来。"保持清醒，在黑暗中聊天肯定很有趣。我们一起聊会儿天。"

他含糊地应了一声。

"看看窗外的星星。很难意识到，这些小星星中的每一颗都跟地球一样巨大无比。"

"他们怎么会知道这个？"

"他们就是知道。他们有办法测量。那是科学。"

"我不相信这个。"

她试图怂恿他进行一场争论，这样他就生气睡不着了。他任由她说话，似乎不太在意。过了一会他说：

"看，米克！你瞧见那棵树的树枝了吗？它看上去像不像是一位清教徒前辈移民平躺着，手上拿着把枪？"

"确实。看起来的确酷似。瞧那边柜子上面。那个瓶子难道看起不像一个戴帽子的滑稽男人吗？"

"才不呢，"乔治说，"在我看来一点都不像。"

她拿起地板上的一杯水喝了口。"我们玩一个游戏吧——命名游戏。如果你愿意，你先来。随便什么。你来选。"

他两只小拳头举到脸上，呼吸平和匀称，因为他睡着了。

"别睡，乔治！"她说，"很有意思的。我先来，人名首字母是 M，猜猜我是谁。"

乔治叹了口气，声音疲惫不堪。"你是哈勃·马克斯[1]吗？"

"不对。我甚至不是电影人。"

"我猜不出。"

"你肯定猜得到。我的名字以字母 M 打头，我住在意大利。你应该猜得出。"

---

[1] 哈勃·马克斯（1888—1964），美国电影演员，马克斯三兄弟之一，作品有《真实好莱坞》等。

乔治翻了个身，蜷缩成一团。他没回答。

"我的名字 M 打头，可有时候我又叫另一个 D 打头的名字。在意大利。你猜猜看。"

房间里静悄悄、黑黢黢，乔治睡着了。她捏了他一把，拧了拧他的耳朵。他嘴里嘟嘟囔囔，却没有醒来。她朝他挤挤，将脸贴在他热乎乎的裸露的肩膀上。她正琢磨着十进制数，他则会睡上一整晚。

楼上房间里辛格先生醒着吗？天花板吱嘎作响，是不是因为他在安静地来回踱步，饮着一杯冰橙汁，研究桌上摆下的棋局？他是否曾感受过这般可怕的恐惧？不。他从未做错过任何事。他从未做错过事，他的心灵在夜里平和安宁。而与此同时他也理解。

假如她能告诉他这点，那么会更好些。她思考她会如何开口告诉他。辛格先生——我知道这个女孩年纪跟我一般大——辛格先生，我不知道你是否理解这样的事——辛格先生。辛格先生。她一遍又一遍地重复着他的名字。她爱他胜于爱家里的任何人，甚至超过了乔治或是她爸爸。这是一种不同的爱。与她此前生命中体验过的感受完全不同。

早上，她和乔治会一起穿衣服、聊天。有时候，她非常想亲近乔治。他的个头长得更高了，肤色苍白，形容消瘦。他柔软的淡红色头发乱蓬蓬地遮住了那对小耳朵的尖尖处。他那双尖锐的眼睛总是眯缝着，因此显得面容紧绷。他在长

378

恒牙，不过它们颜色发青、缝隙很大，就像他以前的乳牙一样。他经常歪着下颚，因为他习惯用舌头舔舔感受发炎的新牙。

"听着，乔治，"她说，"你爱我吗？"

"当然。我很爱你。"

这是学校上课的最后一周，一个炎热而晴朗的早晨。乔治穿戴完毕，趴在地板上做他的数学作业。脏兮兮的小手指紧紧捏着铅笔，不停地折断笔芯。他写完后，她抓住他的肩膀，死死地盯着他的脸。"我是说很爱。非常爱那种。"

"放开我。我当然爱你。你不是我姐姐吗？"

"我知道。可假设我不是你姐姐。那你还会爱我吗？"

乔治退了几步。他没有衬衫了，穿了一件邋里邋遢的套头羊毛衫。他的手腕很细，布满青筋。羊毛衫的袖子拉得很长，松松垮垮，两只手看起来非常小。

"如果你不是我姐姐，那我可能不认识你。因此我不会爱你。"

"可假如你的确认识我，我又不是你姐姐呢。"

"可你怎么知道我会不会？你又没法证明。"

"嗯，就假设是这样吧。"

"我估计我还是会喜欢你。可我还是要说你没法证明——"

"证明！你脑子里都是这个词。证明和诡计。万事万物，要么是诡计，要么就得证明。我受不了你，乔治·凯利。我恨你。"

"好吧。那么我也一点不喜欢你。"

他钻到床底下找什么东西。

"你在那底下找什么？你最好别碰我的东西。要是我抓到你乱动我的私房盒子，我就把你的脑袋往墙上撞。我说到做到。我会踩爆你的脑袋。"

乔治从床底钻出来，手上拿着他那本拼写课本。他那脏兮兮的小爪子伸向床垫上一个小洞，那里藏着他的弹珠。什么事也不会令那孩子发愁。他仔仔细细挑选了三颗棕色的弹珠随身带走。"啊，呸，米克。"他回嘴道。乔治少不更事，脾气倔强。没有道理要爱他。他知道的事甚至还不如她多。

学期结束了，她每门课都合格——有的科目得了 A+，有的则勉强过关。天又热又长。最后她又可以钻研音乐了。她开始创作一些小提琴和钢琴的片段。她创作歌曲。音乐总是盘旋在她脑中。她听着辛格先生的收音机，在房子里漫步，思考她听到的演奏。

"米克哪儿不舒服吗？"波西亚问，"究竟是什么咬了她的舌头？她走来走去，一言不发。她甚至都不像以前那么馋了。她最近变成了个中规中矩的淑女。"

她仿佛是在以某种方式等待——但要等什么她却不知道。骄阳似火，大街小巷被烤得炙热无比。白天，她要么钻研音乐，要么同孩子们玩耍。等待着。有时候她会飞快地环顾四周，这种惊慌便袭上心头。接着六月底的时候，突然发生了一件改变一切的大事。

那天晚上大家都在外面门廊上。暮色之中，光线朦胧柔和。晚饭差不多准备完毕，卷心菜的香味从敞开的前厅中飘向他们。除了黑兹尔下班还没到家、埃塔仍然卧病在床，其他人都在一起。他们的爸爸向后靠在椅子里，穿着袜子的双脚蹬在栏杆上。比尔和孩子们在台阶上玩。他们的妈妈坐在秋千上用报纸给自己扇风。街对面，社区里新来的一个女孩穿着旱冰鞋在人行道上上上下下地溜冰。街区的灯刚点亮，远处一个人在呼喊某人。

然后黑兹尔到家了。她的高跟鞋踩在台阶上哒哒作响，她懒洋洋地靠在栏杆上。昏暗中，她柔软的胖手显得很白，她摸了摸背后的麻花辫。"我真希望埃塔能上班了，"她说，"我今天找到了这份工作。"

"什么样的工作？"她爸爸问，"我能干吗，还是只招女孩子？"

"只招女孩。伍尔沃斯①的一个售货员下周要结婚了。"

"那个杂货店——"米克说。

"你有兴趣？"

---

① 美国连锁杂货商店。

这一问让她吃了一惊。她刚才在想前一天她在那儿买的一包薄荷糖。她感觉浑身发热，精神紧张。她将前额的刘海向后捋去，数着刚刚冒出头的几个星星。

他们的爸爸将香烟弹向下面的人行道去。"不行，"他说，"我们不想让米克在她这个年纪挑过重的担子。让她自由自在地成长。她的成长方式想怎样就怎样。"

"我同意你，"黑兹尔说，"我确实觉得米克被迫去打工是错误的。我认为这样不合适。"

比尔将拉尔夫从他的大腿上抱下去，在台阶上挪动挪动双脚。"还没到十六岁前，谁都不应该工作。米克应该还有两年才到，职校毕业后——要是我们能撑到毕业的话。"

"即使我们不得不放弃这栋房子、搬去磨坊镇，"妈妈说，"我宁愿让米克在家待一阵。"

一时间，她害怕他们会试图逼迫她去找份工作。那她就会说，她会离家出走。不过他们采取的态度的确打动了她。她感到心情激动。他们都在谈论她——以一种亲切的口吻。她为一开始涌上心头的害怕而感到惭愧。突然之间，她爱所有的家人，她只觉嗓子一紧。

"那份活儿能挣多少？"她问。

"十美元。"

"一周十美元？"

"当然，"黑兹尔说，"难道你以为一个月才十美元？"

"波西亚都挣不了那么多。"

"哦，黑人嘛——"黑兹尔说。

米克用拳头揉揉头顶心。"那可真不少钱。一大笔钱呢。"

"这没啥好羡慕的，"比尔说，"我就挣这么多。"

米克口干舌燥。她在口中动动舌头，吞了一大口唾沫才开口说话。"一周十美元能买大约十五只炸鸡。或者五双鞋，或者五条裙子。还可以分期付款买一台收音机。"她想到了钢琴，不过她没有大声说出口。

"这可以帮我们渡过难关，"妈妈说，"不过同时，我宁愿米克在家待一阵子。等埃塔——"

"等等！"她气血上涌，一时冲动道，"我想要那份工作。我能坚持做下去。我知道我能。"

"就听小米克的吧。"比尔说。

他们的爸爸用一根火柴棒剔牙，一只脚从栏杆上挪下来。"眼下，我们别匆忙决定任何事。我希望米克能定定心心地考虑一下。就算她不工作，我们也能对付过去。我打算将我的钟表维修业务增加百分之六十，很快——"

"我忘了说，"黑兹尔说，"我认为每年还有一份圣诞节奖金。"

米克皱紧眉头。"但是我不会工作到那会儿。那时我就在学校了。我只是想在假期里上班，然后再回去上学。"

"当然可以。"黑兹尔立刻说。

"不过明天我会跟你一起去，要是我可以的话，就接下这份活儿。"

仿佛一阵巨大的忧虑和紧张情绪从家中消失了。黑暗中，他们谈笑风生。他们的爸爸用一根火柴棒和一块手帕给乔治变了个魔术。接着他给了这孩子五毛钱让他晚饭后去街角的小店买可口可乐。卷心菜的香味在前厅里越发浓郁，猪排煎得嗞嗞作响。波西亚喊了一声。住客们已经等在餐桌前。米克在餐厅里吃晚饭。她盘里的卷心菜叶发黄，软塌塌的，无法入口。她伸手去拿面包时，碰倒了一罐冰茶，茶水洒了一桌子。

稍晚些，她独自待在前门廊上等待辛格先生回家。她不顾一切地想见他。前一个小时的兴奋已经消退，她此时觉得胃里恶心。她要去杂货店上班了，可她并不想去那儿工作。她感觉被人哄骗上了当。这个活儿不会只干一个夏天——而是要干很长一段时间，时间之久她都可以预见。一旦他们习惯了这个来钱的渠道，再切断就不可能了。事情总是这样的。她站在黑暗中，紧紧地抓住栏杆。过了很久，辛格先生仍然没回来。十一点时，她跑出门去看看是否能找到他。可突然间，在黑暗中她感觉到一阵恐惧，便跑回了家。

于是早上她洗了个澡，精心地梳洗打扮。黑兹尔和埃塔把衣服借给她穿，将她打扮得美丽动人。她穿了黑兹尔的绿色丝绸裙，戴一顶绿色帽子，丝袜配上高跟浅口便鞋。她们在她脸上抹了胭脂，涂了口红，还拔了她眉毛。大功告成后，她看上去至少有十六岁。

现在已经来不及打退堂鼓了。她是个真正的大人了，准备好自力更生。不过要是她去她爸爸那儿告诉他自己的感受，他会让她等一年。黑兹尔、埃塔、比尔和他们的妈妈，即使到现在，还是会说她不必去上班的。可她不能这么做。她不能这样丢脸。她上楼去见辛格先生。她的话像连珠炮似的：

"听着——我想我找到份工作。你怎么看？你觉得这是个好主意吗？你觉得现在就辍学去上班行得通吗？你觉得这样好吗？"

起初他没明白。他半睁着那双灰眼睛，两手深深地插进口袋，站在那里。他们之间有种默契，等待着相互告诉对方一些以前从未讲过的事。她此刻要说的事没那么重要。但他要告诉她的话合情合理——如果他说这份工作听起来不错，那么她就会感觉好些。她放慢速度重复了那些话，等待他的回复。

"你觉得可行吗？"

辛格先生沉思片刻。然后他点头同意。

她得到了这份工作。经理把她和黑兹尔带到后面一间小办公室里，与她们谈谈。之后她记不起这个经理的长相或是谈话内容。但她找到工作了，离开那里之后，在回家路上她给乔治买了一毛钱的巧克力和一个小黏土雕塑。6月5日她就要开始上班。在辛格先生工作的珠宝店铺的窗前，她站了良久。然后她溜达着走到了街角。

十五

时间流逝，辛格先生又要去看望安东尼帕罗斯了。这是一次长途旅行。虽然他们之间的距离还不到两百英里，火车在偏僻之地蜿蜒前行，夜晚在某些车站停车长达数个小时。辛格会在下午离开小镇，连夜赶路，直到第二天清晨。通常，他会提前很久做好准备。他计划这次探访要同他的朋友待上整整一周时间。他的衣服已经送去了干洗，帽子也楦过了，打包好行李，整装待发。他要带上路的礼物用彩色绵纸包好——除此以外，还有一篮子用玻璃纸包好的高级水果和一箱新鲜发货的草莓。早上出发前，辛格打扫了房间。他在冰箱里发现了一点儿剩下的鹅肝，取出鹅肝拿到外面的箱子里喂了流浪猫。他在门上钉了一张之前张贴过的告示，说他将出差，离家数日。在做这些准备时，他悠闲地走来走去，两颊上泛着红光。面容异常严肃。

最后，出发的时间迫在眉睫了。他站在月台上，拎着行李箱和礼物，注视火车缓缓进站。他在坐席客车厢找到了自己的位子，托举行李放置在头顶上方的行李架上。车厢里满满当当都是人，大部分是母亲带着孩子。绿色的长毛绒座位散发出一股污秽的气味。车厢的窗户脏兮兮，地上四处散落着刚刚撒向某对新人的大米①。辛格由衷地向同行的旅客微笑，向后靠坐着。他闭上眼睛。眼睫毛在他凹陷的脸颊上方，产生了一道乌黑的弧形流苏。他的右手放在口袋里不安地扭来扭去。

过了一会儿，他的思绪流连于这个就要被他抛在身后的小镇上。他看见米克、科普兰医生、杰克·布朗特和比夫·布兰农。这一张张脸庞从黑暗中挤进来，贴着他，令他窒息。他想起布朗特和那个黑人的那场争执。这场争执的本质让他的思绪一片混乱，无可救药——可他们中每一个都有在好几个场合爆发过激烈的长篇大论反对其他人，那个不在场的人。他轮流赞同他们的观点，尽管他们希望他认可什么他并不知道。然后是米克——她神色急切，她说了一大堆话，可是他一丁点都不懂。接着是纽约咖啡馆的比夫·布兰农。比夫长着深色的、钢铁般的下巴，目光警觉。还有大街上跟在他身后以及莫名其妙吸引他注意的陌生人。亚麻织品店的土耳其人，在他面前举起手臂胡乱挥舞，嘴里胡言乱语，说话的口型是辛格以前从未想象过的。又出现某个工厂的工头

---

① 美国结婚习俗，向新婚夫妇头上撒生米。"生米"意味着生儿育女、多子多福，有祝福的意思。

和一个黑人老太太。主街上一个商人，还有一个招揽士兵前往河边一家妓院的小顽童。辛格心神不安地扭动肩膀。火车平缓轻快地摇晃着前行。他脑袋歪着，耷拉在肩膀上，不一会儿，他就睡着了。

他再次睁开眼睛时，小镇已经被远远地甩到了后面。小镇被遗忘了。肮脏的窗户外一片明媚的仲夏乡村风光。灼热的古铜色阳光斜射在一片片新棉花的绿野上。还有几英亩烟草，沉甸甸、绿油油的植物仿佛丛林中巨大的野草。桃树果园中鲜嫩多汁的桃子压弯了那些矮化果树。广阔连绵的牧场，上百英里荒废、褪色的土地都长满了坚韧的野草。火车穿过墨绿色的松树林，地面上覆盖着光滑的棕色松针，树顶向天际延伸，原始而高耸。在更远处，小镇南边很远的地方，那里有成片的柏树沼泽——树根虬结扭曲，向下深入微咸水中。灰色破败的苔藓蔓生于树枝间，热带水生花卉在幽暗之中兀自盛开。然后，火车驶出阴暗，又来到了阳光和湛蓝天空下的开阔之处。

辛格的坐姿庄严且拘泥，脸完全转向窗外。飞速的移动带来空旷的视野，强烈粗犷的色彩几乎令他睁不开眼。瞬息万变的场景，丰饶充沛的生命和颜色，不知怎么竟似乎与他的朋友产生了关联。他的思绪伴随着安东尼帕罗斯。他们重聚的喜悦之情几乎让他喘不过气来。他的鼻子翕动，透过微微张开的嘴巴，呼吸短促而急迫。

安东尼帕罗斯见到他会很高兴。他会喜欢这些新鲜水果和礼物。目前，他可以离开病房，外出看一场电影，之后前往第一次来看他时他们一起吃饭的酒店。辛格给安东尼帕罗斯写了好多信，可他都没寄出去。他任由自己全身心地思念他的朋友。

距离上次见他已经过去了半年，似乎是一段不长不短的时间。每一个清醒的时刻，他的朋友总是隐匿其后。这种同安东尼帕罗斯之间隐藏于内心的情感交流渐渐发展变化，仿佛他们是真真切切地在一起。有时候，他想到安东尼帕罗斯时，心怀畏惧和自卑，有时候又深感骄傲——不过总是充满不受世俗制约、无拘无束的爱。他夜里做梦，他朋友的脸庞总是萦绕于眼前，庄严、睿智而温柔。在他清醒的思绪中，他们永远结合在了一起。

夏季的傍晚缓缓降临。夕阳西下，落到了远处参差不齐的树林后边，天色渐暗。暮色慵懒而柔和。一轮白色的满月挂在天边，低垂的紫云悬于地平线上。大地、树林、未刷过涂料的农舍渐渐暗淡。微弱的夏日闪电时不时地闪现于空中。辛格专注地观察着所有这一切，直到夜幕降临，他自己的脸庞映在了面前的窗玻璃上。

车厢过道里孩子们走起路来摇摇晃晃，手上拿着湿漉漉的纸杯。坐在辛格前排的一个身穿工装裤的老人，不停地从一只可口可乐瓶里喝威士忌。每喝一口酒，他就仔细地用一团纸塞住瓶口。右侧的一个小女孩用一根黏糊糊的红色棒棒糖梳头发。鞋盒似的车厢被打开了，餐车送来了摆满晚饭的托盘。辛格没有吃。他向后靠着椅背，不断地胡乱回忆着发生在他周围的一切。最终车厢安静了下来。孩子们躺在宽宽的长毛绒座位上睡着了，男男女女俯下身靠在枕头上，尽可能舒服地休息了。

辛格没有睡觉。他把脸紧紧贴在玻璃上，竭尽全力向夜色中看去。黑暗深沉而醇厚。有时候，会出现一片月光或是沿路上某栋房子窗户里的灯笼一闪而过。借着月色，他看见火车已经偏离了往南的路线，朝着东面驶去。他感觉如此迫切，鼻子不停翕动以呼吸，两颊泛红。他坐在那儿，脸紧贴着冰冷、灰暗的窗户玻璃，度过大部分漫长的夜间旅程。

火车晚了一个多钟头，他们抵达时外边已经是清新明媚的夏日清晨了。辛格直接去了酒店，那是一家非常高级的酒店，他事先预订了房间。他打开行李，把要带给安东尼帕罗斯的礼物都摆在床上。从门童递给他的菜单上，他点了一份豪华早餐——烤蓝鱼、玉米片粥、法式吐司和热黑咖啡。吃过早餐后，他穿着内衣在电扇前休息。中午，他开始换衣服。他洗了澡，刮了胡子，将干净的亚麻布料和他最好的绉纱西装铺好。三点钟，医院的探访时间到了。这天是 7 月 18 日星期二。

在精神病院里，他首先去以前安东尼帕罗斯住过的病房里寻找他。可在病房门口，他立刻瞧见他的朋友不在那儿。接下来，他沿着走廊来到那间他上次被带去过的办公室。他已经把他的问题写在了随身带来的一张卡片上。坐在桌子后面的人跟上回在这儿的不是同一个人。他是个年轻人，差不多还是个孩子，身量还未长足，一张稚气未脱的脸，留着一头蓬乱的直发。辛格把卡片递给他，静静地站在原地，怀里堆满了大包小包，身体的重心集中在他的脚后跟上。

那个年轻人摇了摇头。他俯身在办公桌上，在便笺本上潦草地写了几笔。辛格看了他写的话，两侧颧骨瞬间失去了血色。他盯着纸条看了良久，目光撇向一侧，垂下脑袋。上面写着：安东尼帕罗斯死了。

回酒店的路上，他小心地抱着随身带来的水果，以免碰碎。他将包裹拿到楼上自己的房间，然后信步来到大堂。一棵盆栽棕榈树后面立着一台老虎机。他塞入一枚五分硬币，他试图拉下操作杆时，却发现机器卡住了。为了这事，他弄出了好大动静。他拦下服务员，愤怒地抗议刚刚发生的事。他的脸色死一般苍白，情绪失控，以至于眼泪沿着鼻梁滚落下来。他疯狂挥舞着双臂，甚至那穿着优雅皮鞋的窄长脚掌在丝绒地毯上跺了一下。他的硬币退回来时，他也没有心满意足，而是坚持要立刻退房。他把行李打包好，不得不努力让它再次合上。除了他带来的物品，他还带走了三条毛巾、两块香皂、一支钢笔和一瓶墨水、一卷厕纸，以及一本《圣经》。他结了账，步行至火车站将他的行李寄存。火车要到今晚九点才发车，他眼前还有一整个空闲的下午。

这个小镇比他生活的地方要小些。两条商业街交错形成十字架状。商店看上去土里土气；一半的橱窗里展示着马具和饲料袋。辛格无精打采地漫步于人行道。他感觉喉咙发胀，想要吞咽却做不到。为了舒缓这种压抑的感觉，他在一家药店买了瓶饮料。他在理发店中闲逛，在杂货铺里购买了一些小玩意儿。他看不见任何人的脸，脑袋耷拉着歪向一边，仿佛一头病兽的脑袋。

那个下午几乎要过去时，辛格遇到一件怪事。他一直在缓步行走，沿着马路牙子漫无目的地闲逛。天空阴沉沉的，空气潮湿。辛格始终低着头，可在他经过小镇的台球房时，他斜刺里瞥了一眼，瞧见了某些令他不安的事。他路过台球房，此时他停下脚步，就站在大街中央。他有气无力地顺原路折回，站在这个地方敞开的大门前。里面有三个哑巴，他们正在一起用手语交谈。这三人都没穿外套。他们戴着圆顶礼帽、扎着色彩鲜艳的领结。每个人的左手都举着一杯啤酒。他们之间长相上有点像兄弟。

辛格走进门。一时间他不知该怎么从口袋里伸出手。于是他笨拙地比划了一句"你好"。有人拍了拍他的肩膀。他点了一份冷饮。他们围住他，询问他时，他们的手就像活塞似的抽了出来。

他说了自己的名字以及自己生活的小镇名字。之后，他就想不出其他关于自己的事了。他问他们是否认识斯皮罗斯·安东尼帕罗斯。他们不认识他。辛格垂着双手站在那儿。他的脑袋依然歪向一侧，目光斜视。他垂头丧气，冷若冰霜，那三个哑巴盯着他，眼神中透着古怪。过了一会儿，他们就抛下他自顾自地交流。等他们付了几轮的啤酒钱，准备离开时，他们并没有暗示要他加入。

辛格在大街上闲逛了半天，差点就要误了火车。他不清楚这是怎么发生的，也不知道之前几个小时他是如何打发的时间。他抵达车站两分钟后，火车就开动了，差点来不及把行李拖上火车、找个座位。他选的车厢几乎是空的。最后坐定下来，他打开了装在箱子里的草莓，谨小慎微地仔细挑选。草莓的个头巨大，一颗颗如核桃般大小，鲜嫩欲滴。绿叶装饰着鲜艳果实的顶部，仿佛迷你花束一般。辛格将一颗草莓放入口中，尽管汁水馥郁、甜美无比，依然隐约有一股腐败的味道。他不停地吃，直到味觉麻木，才重新包好箱子，置于头顶上方的架子上。午夜时分，他放下遮光帘，躺倒在座位上。他全身缩成一团，脸和脑袋上盖着外套。他保持这个姿势，迷迷糊糊地睡了大约十二个小时。火车到站时，列车员不得不把他摇醒。

辛格将他的行李留在了车站中央的地上。接着他走进那家店铺，他向雇用他的珠宝商打了招呼，无精打采地做了几个手势。他再次走出门外时，他的口袋里多了件沉甸甸的东西。他垂着头，沿着街道散了一会儿步。直射的阳光刺眼夺目，空气潮湿闷热，令他压抑不堪。他回到自己的房间，双眼红肿，头疼欲裂。随后他洗完烟灰缸和玻璃杯后，从口袋里掏出一把手枪，朝自己的胸口射了一发子弹。

第三部

一

1939 年 8 月 21 日上午

"别催我，"科普兰医生说，"就随我去吧。请允许我安静地在这儿坐一会儿。"

"父亲，我们不是要催你。可现在该走了。"

科普兰医生倔强地晃动着身体，他的灰色围巾紧紧地围着他的肩膀。尽管上午温暖怡人、空气清新，炉子里仍然烧着一根小木柴。厨房里除了他坐着的那张椅子之外，几乎没有任何家具。其他房间里也是空空如也。大部分家具已经搬去了波西亚的房子，剩下的都绑在了外面的汽车上。一切都已准备妥当，只有他自己的心绪除外。可他怎么可以在离开时，他的想法既没有开始也没有结束，既没有真相也没有目的呢？他抬起手稳住自己颤抖着的脑袋，继续在这张吱嘎作响的椅子上缓缓地摇晃身体。

紧闭着的门后面传来了他们的说话声：

"我已经尽全力了。他决定坐在那儿，一直到他准备好离开为止。"

"布迪和我已经包好了瓷碟和——"

"我们本应该在晨露未晞之前离开，"那老人说，"夜色容易在途中赶上我们。"

他们的声音渐渐安静下来。脚步声在空荡荡的走廊里回响，他听不见他们的声音了。他身边的地板上放着一套杯碟。他从炉子顶部的壶里倒出咖啡。他一边摇晃，一边啜饮咖啡，热气熏暖了他的手指。这不可能是真正的终结。其他回荡在他心中无言的呼喊。耶稣的声音和约翰·布朗的声音。伟大的斯宾诺莎的声音和卡尔·马克思的声音。所有这些曾奋勇抗争者的大声疾呼，以及那些有幸完成他们使命的人。他的同胞们饱含悲痛的声音。当然亦有死者的声音。哑巴辛格的声音，一个明白事理、刚正不阿的白人。弱者的声音和强者的声音。他的同胞们生生不息、日益强大，他们发出的雷鸣般的吼声。那个强烈而真实的目标发出的声音。作为回答，那些话语在唇边颤抖——这些话肯定不是全人类悲伤的根源——结果他几乎大声说道："全能的主啊！亘古至高无上的力量啊！我所为之事皆是我本不该为之事，而未行之事却是我义不容辞之事。因此，这绝不是终结。"

他当初与那个他深爱的她第一次来到这栋房子。黛西穿着她的新娘婚纱,戴了一条白色蕾丝面纱。她的皮肤是那种美丽的深蜜色,笑容甜美。夜里,他把自己关在明亮的房间里独自研究。他冥思苦想,试图训练自己钻研琢磨。可是黛西在身边,他就有一种放弃钻研的强烈欲望。因此,有时候他屈服于这些感觉,他不断地咬嘴唇,彻夜研究书籍。后来就有了汉密尔顿、卡尔·马克思、威廉和波西亚。所有人都走了。一个没留。

还有梅蒂本和本妮·梅。本妮迪恩·玛迪恩和马迪·科普兰。那些跟他重名的人。那些他曾规劝过的人。可是这成千上万人之中,是否有一个人能从他手中接过这项使命、让他安心告老呢?

终其一生,他一清二楚。他清楚他工作的原因并且打心底里确信,因为他知道每天等待他的是什么。他会拎着包走家串户,他都会跟他们谈所有问题,耐心解释。然后到了晚上,他会高兴地知道过去的这一天充满意义。知道这一点,甚至黛西、汉密尔顿、卡尔·马克思、威廉和波西亚不在身边,他也可以独自坐在炉边,从中获得快乐。他会喝青萝卜汁、吃玉米面包。他心底会涌起一股深深的满足感,因为这一天很充实。

这样的心满意足发生过成百上千回。可它们有什么意义呢?这么多年来,他想不到任何有持久价值的工作。

过了一会儿，通往前厅的门打开了，波西亚走进来。"我想，我不得不把你当成一个婴儿来捯饬了，"她说，"这是你的鞋袜。让我脱了你的卧室拖鞋换上吧。我们很快就得从这儿出发了。"

　　"你为什么要这么对我？"他怨恨地说。

　　"我怎么你了？"

　　"你很清楚我不想离开。你趁我身体不适、无法决定时，强迫我同意。我希望留在我一直待的地方，你知道的。"

　　"听听你唠唠叨叨的这些话！"波西亚愤怒地说，"你满肚子牢骚，我都快崩溃了。你总是小题大做、无病呻吟，我真替你害臊。"

　　"哼！随你怎么说。你在我面前就像只嗡嗡作响的苍蝇。我知道我的意愿，不愿意有人纠缠我做错的事。"

　　波西亚脱下了他的卧室拖鞋，摊开一双干净的黑色棉袜。"父亲，我们别再吵了。我们已经竭尽全力了。对你来说，去和外公、汉密尔顿和布迪一起住，这绝对是最好的计划。他们会好好照顾你，你也会好起来的。"

　　"不，我不会，"科普兰医生说，"我会在这里康复。我知道的。"

　　"你觉得谁能为这栋房子支付账单？你怎么会认为我们养得起你？你觉得在这儿谁能照顾你？"

"我一向勉强能过下去，我还可以凑合着。"

"你这是强词夺理。"

"哼！你在我面前就像只嗡嗡作响的苍蝇。我不想理你。"

"我一边给你穿鞋袜一边聊天，这肯定是极好的谈话方式。"

"我很抱歉。原谅我，女儿。"

"你当然抱歉，"她说，"因为我们俩都抱歉。我们承受不起争吵了。而且，一旦我们把你安顿在农场，你一定会喜欢那儿的。他们拥有我见过的最漂亮的蔬菜园。一想到这，我就流口水。还有成群的小鸡，两头种猪，十八棵桃树。你一定会疯狂地喜欢上那儿。我真希望有机会过去的人是我。"

"我也这么希望。"

"你怎么就这么伤心难过呢？"

"我只是感觉我失败了。"他说。

"你说失败是什么意思？"

"我不知道。就随我去吧，女儿。就让我安静地在这儿坐一会儿吧。"

"好吧。可是我们马上就得离开这儿了。"

他将沉默不言。他将静静地坐着，在摇椅中摇摆，直到他身上再次恢复条理性。他的脑袋颤抖，脊柱隐隐作痛。

"我当然这么希望，"波西亚说，"我当然希望，在我离开人世的时候，会有许多人为我哀悼，正如许多人为辛格先生哀悼。我肯定想知道我自己会有一个悲伤的葬礼，正如他的葬礼一般，许多人——"

"嘘！"科普兰医生粗暴地打断道，"你的话太多了。"

不过的确，随着那个白人的离世，他的心中涌起了一阵黑色的悲伤。他曾与他交谈——他从未与其他白人这样交谈，他信任他。他的自杀之谜令他摸不着头脑，孤立无援。这份悲伤无休无止。也无法理解。他总是一再想起这个彬彬有礼、公正不阿的白人。死去之人怎么会真的死了？他们依然活在那些他们身后之人中。可这一切他不能想。现在他必须将其从身边推开。

他需要的是自律。过去一个月里，这种黑色可怕的感觉再度升起，与他的精神缠斗。这份仇恨，数日来令他沉入了死亡的领域。在与布朗特、那位午夜房客发生争执后，他心里就产生了一种残忍的黑暗。而此刻，他无法清晰地回忆起那些引起他们争论的问题。当他看着威利断腿的残肢，心中涌起了一股不同寻常的愤怒。这天人交战的爱恨——对他同胞的爱，对压迫他同胞之人的恨——令他精疲力竭，精神委顿。

"女儿，"他说，"把我的手表和外套拿来。我要走了。"

他撑着椅子扶手将身体向上推起。地板似乎距离他的脸很远，长时间卧床之后，他的双腿绵软无力。一时间，他感觉自己要跌倒了。他头晕目眩地穿过空空荡荡的房间，靠在门口一侧站着。他咳了几声，从口袋里掏出一方纸，捂住嘴巴。

"你的外套，"波西亚说，"可外面很热，你用不着它。"

他最后一回步行穿过这栋空空荡荡的房子。百叶窗紧闭，黑漆漆的房间里充满了灰尘味。他靠着前厅的墙歇了歇，然后走到了外面。早上阳光明媚、温暖怡人。前一天晚上和这天一大早，许多朋友过来道了别——此刻只有家里人聚集在门廊处。四轮运货车和小汽车都停在外面的大街上。

"好了，本尼迪克特·马迪，"那老人说，"我想在最初几天里你会有点儿想家。不过很快就会好的。"

"我没有家。我又怎么会想家？"

波西亚紧张地润了润嘴唇，说："等他身体康复、准备好了，随时都可以回来。布迪会很乐意开车载他到镇上去。布迪就喜欢开车。"

小汽车上装得满满当当。成箱的书被绑在汽车的脚踏板上。后排塞了两张椅子和档案柜。他的办公桌被系在车顶，桌腿杆在外面。尽管汽车负荷过重，而四轮运货车几乎是空的。骡子安安静静地立着，缰绳上拴着一块砖。

"卡尔·马克思，"科普兰医生说，"赶紧，查看一下房子，确定没有东西落下。把我留在地板上的杯子和我的摇椅带上。"

"我们出发吧。我迫不及待想在晚饭时间到家。"汉密尔顿说。

最终他们准备就绪了。海博伊转动曲轴，将车发动。卡尔·马克思坐在方向盘后，波西亚、海博伊和威廉则一起挤在后排。

"父亲，你坐在海博伊的大腿上吧。我相信这会比跟我们和这堆家具挤在一起要舒服。"

"不，这儿太拥挤了。我宁愿坐四轮运货车。"

"可你坐不惯四轮运货车，"卡尔·马克思说，"那车颠得很，这趟旅途可能要一整天呢。"

"那不要紧。在此之前我坐过许多次四轮运货车了。"

"叫汉密尔顿跟我们一起。我确定他宁愿坐小汽车。"

外公前一天赶着四轮货车进了镇子。他们带来了一车的农产品：桃子、卷心菜和萝卜，给汉密尔顿在小镇上销售。除了一袋桃子，其他所有东西都卖光了。

"好吧，本尼迪克特·马迪，我看你就跟我乘四轮货车回家吧。"老人说。

科普兰医生爬上货车的后座。他疲惫不堪，仿佛骨头里都灌了铅。他的脑袋颤抖着，一阵突如其来的恶心令他躺倒在粗木板上。

"我很高兴你愿意来，"外公说，"你明白，我对知识分子总是怀有深深的敬意。深深的敬意。如果是知识分子，我就能宽恕忘却很多事。我很高兴家里又有了像你这样一个知识分子。"

　　四轮货车的轮子吱嘎吱嘎，响个不停。他们上路了。"我很快会回来的，"科普兰医生说，"只要过一两个月，我就会回来。"

　　"汉密尔顿他是一个正直优秀的知识分子。我觉得他有些像你。他为我记录所有的账目，他还读报。我想惠特曼会成为一位知识分子。眼下他能够为我读《圣经》了。做数学题。他还是个小孩子。我对知识分子总是怀有深深的敬意。"

　　四轮货车一路颠簸，震得他背脊直颤。他抬头望着头顶上方的树枝，由于没有树荫，他就用一块手帕盖住脸，阻挡阳光直射他的眼睛。这段路似乎没有尽头。他一贯能在心中感受到那个强烈而真实的目标。四十年来，他的使命就是他的生活，他的生活就是他的使命。然而，到头来一事无成，所有这一切还有待完成。

　　"不错，本尼迪克特·马迪，我真的很高兴你再次同我们在一起了。我一直迫切地想询问你，我的右脚有种奇怪的感觉。我服用了666，搽了药剂。我希望你能为我好好治一下。"

"我会尽我所能。"

"嗯，我很高兴你能来。我相信，所有亲戚要聚在一起——包括血亲和姻亲。我相信，我们大家砥砺前行、相互扶持，有一天我们会在来世得到福报的。"

"嘘！"科普兰医生犀利地说，"现在我相信正义。"

"你说你相信什么？你的声音这么粗哑，我无法听清楚你的话。"

"针对我们的正义。针对我们黑人的正义。"

"那不错。"

他感觉体内有一团火，他焦躁不安。他想坐起身来，高声说话——可当他想起身时，却浑身无力。他心里的话越来越大声，无法再压抑。可这个老人不再倾听，没有人听他说话。

"驾，李·杰克逊。驾，宝贝儿。抬起你的蹄子，别拨来拨去。我们还有好长一段路要走呢。"

二

下午

杰克剧烈而笨拙地奔跑着。他穿过韦弗斯巷，然后抄小道进入一条侧巷，爬过一道篱笆，加速前进。腹中一阵恶心，导致喉咙里有一股呕吐物的味道。一条狂吠的狗在他旁边追逐，直到他停下脚步良久，用一块石头威吓才将它赶

他无法看清周遭发生了什么。他眼前只有数不清的眼睛、嘴巴和拳头——愤怒的眼睛、半睁着的眼睛、湿润翕张的嘴巴，咬紧的牙关，黑白交错的拳头。他从一只手上夺过小刀，一把抓住了一只上扬的拳头。接着，尘土和阳光遮蔽了他的视线，他心里想要逃出去，打电话报警。

可他无法脱身。不知从何时起，他自己也卷入了这场斗殴。他用拳头攻击，感觉到来自湿润嘴巴的柔软挤压。他低着头，闭上眼睛一阵猛击。他的喉咙里发出一阵疯狂的吼声。他用尽全身力气攻击，像公牛一般用头向前猛冲。脑子里尽是无意义的词，他放声大笑。他没看见他攻击了谁，也没看见谁攻击了他。可他知道，斗殴的这伙人已经换了一批，现在每个人都自行其是。

突然之间，一切就结束了。他跌跌撞撞，向后摔倒在地。他晕了过去，也许有一分钟，甚至更久之后，他才睁开双眼。有几个醉汉还在打架，不过两个警察迅速将他们分开了。他看见自己绊倒了什么。他的身体半压在一个年轻黑人男孩的尸体之上。只瞥了一眼，他就明白他已经死了。他的脖子一侧有一道伤口，慌忙之间很难看出他的死因。他认得这张脸，可就是对不上号。男孩张着嘴巴，双眼圆睁，呈惊骇之色。地上一片狼藉，到处是报纸、破碎的玻璃瓶和遭人践踏的汉堡包。旋转木马的一只马头被打落了，一个售票厅遭到毁坏。他坐起身子。他瞧见了警察，一阵惊慌失措，拔腿就跑。这会儿，他们肯定已经不见了他的踪迹。

前头还剩下四个街区，然后他就确定安全了。由于恐惧，他呼吸急促，上气不接下气。他握紧双拳，垂下脑袋。突然，他放慢脚步，停了下来。他在主街附近的一条小巷中，独自一人。一侧是一栋建筑物的墙面，他瘫靠着墙，大口喘气，额头上突起的青筋如火烧一般。慌乱之中，他一路狂奔穿过小镇，来到了他朋友的房间。辛格死了。他失声痛哭。他大声抽泣，泪水沿着鼻梁滴落，沾湿了髭须。

前头有一堵墙、一段楼梯，还有一条路。灼热的阳光仿佛沉甸甸的重担加诸其身。他开始沿来路折返。这回他步伐缓慢，用油腻的衬衫袖口擦了擦他湿乎乎的脸庞。他控制不住嘴唇的颤抖，直到把嘴唇咬出了血。

在下个街区的街角，他遇到了西姆斯。那老头儿正坐在一个箱子上，膝上放着他的《圣经》。他的身后竖着一块高大的木栅栏，上面用紫色粉笔写着一句话。

他为了救你而死
聆听他仁爱与慈悲的故事
每晚七点十五分

街道上空无一人。杰克试图穿过大街到另一侧人行道，可西姆斯一把抓住他的手臂。

"过来，你心中一切的忧愁和悲痛。主曾为了救你而死，此刻在主的脚下坦承你的罪孽与烦恼。你将何去，布朗特兄弟？"

"回家拉屎，"他说，"我要拉屎。救世主连这也反对吗？"

"罪人！主记得你所有的罪过。就在今晚，主有话要对你说。"

"主记得上周我给你的一美元吗？"

"耶稣在今晚七点十五分有话要对你说。你必须准时到这里聆听主的训示。"

杰克舔了舔髭须。"你每天晚上都有一大群人围着，我无法靠近聆听。"

"总有一个位置留给嘲笑者的。此外，我得到一个启示，不久救世主希望我为他建一栋房子。就位于第十八街和第六街街角处的空地上。一个能容纳五百人的巨大帐篷。到时你们这些嘲笑者会看见的。主当着我敌人的面，在我面前准备了一张桌子；他在我的头上施以膏油。我的杯子……"

"我能让你今晚被众人围拢、聚集。"杰克说。

"如何做到？"

"把你漂亮的彩色粉笔给我。我保证会人山人海。"

"我已经见过你的标语了，"西姆斯说，"'工人！美国是世界上最富裕的国家，然而我们中有三分之一的人正在忍饥挨饿。我们何时才能团结起来，要求自己的权益？'这一套。你的标语是极端主义。我不会让你使用我的粉笔。"

"可我不打算写标语。"

西姆斯用手指抚摸《圣经》的内文，狐疑地等待着他接下来的话。

"我会给你找来一大群人。在每个街区尽头的路面上，我会为你画一些美貌的裸女。所有人像都用彩色箭头指路。甜美可人、身材丰满、一丝不挂。"

"巴比伦人！"老人尖声大叫，"所多玛的后代！上帝会铭记的！"

杰克穿过马路来到另一侧人行道，向自己的住所前行。"再见，兄弟。"

"罪人，"老人大喊道，"你七点十五分准时回到这儿来。聆听耶稣的训示，会带给你信念。得到救赎。"

辛格死了。当他最初听说他自杀时，他的感觉并非悲伤——而是愤怒。他到了一堵墙前。他想起了所有他曾向辛格倾诉过的内心深处的想法，随着他的离世，这些于他来说似乎都烟消云散了。为什么辛格想要结束自己的生命呢？也许他疯了。可不管怎样，他死了、死了，还是死了。再也看不见他、触碰不到他或是与他谈话了，那个他们曾共度过无数时光的房间现在已经被租给了一个女孩，她是一名打字员。他再也不能去那儿了。他孤零零的一个人。一堵墙，一段楼梯，一条空旷的路。

杰克进屋后锁上了门。他饥肠辘辘，却没什么吃的。他渴得要命，桌子边上的壶里只剩下几滴温水。床铺一片凌乱，地板上已经积了不少结成团的灰尘。房间里到处散落着废纸，因为最近他写了许多传单，在小镇上散发。他闷闷不乐地扫了一眼其中一张，上面标签写着"TWOC^①是你最好的朋友"。有些传单上只有一句话，其他有些则稍长。有一张满满一页的宣言，标题为"我们的民主与法西斯主义之间的相似性"。

一个月来，他致力于这些传单的写作，上班时间写下草稿，然后在纽约咖啡馆里打字、制作副本，亲自散发。他没日没夜地忙。可谁会读呢？这些传单有什么用呢？这样规模的镇子，对任何人来说都太大了。此刻，他打算离开了。

可这次要去哪儿呢？那些城市的名字呼唤着他——孟菲斯、威尔明顿、加斯托尼亚和新奥尔良。他会去某个地方。但不会去南方。他身上那股熟悉的焦虑感和饥饿感再度出现了。这回不一样。他不再渴望敞开的空间和自由——而恰恰相反。他想起了那个黑人科普兰对他说过的话："不要试图单打独斗。"曾几何时，那是最好的选择。

_____

① 　为 Taken Without Owner's Consent（"无须经主人同意可自便"）的缩写。

杰克把床挪到房间另一头。床铺下的地板上藏着一只手提箱、一摞书和几件脏衣服。他急不可待地打包收拾。那个老黑人的脸浮现在他脑海中，他想起了他们之间的一些对话。科普兰疯了。他是个狂热分子，所以跟他理论只会令人发狂。他们那晚感受到的暴怒，后来变得难以理解。科普兰知道了。那些知道的人，就好似寥寥数名赤身裸体的士兵面对一支全副武装的军队。他们干了什么？他们转而与自己人相互争吵。科普兰错了——是的——他疯了。不过在某些方面，他们也许还是可以合作。如果他们不聊那么多。他会去见见他。一阵突如其来的冲动催促着他。也许那终究将是最好的选择。也许那是个预兆，他等待许久的帮手。

　　还未及将脸上和双手的污垢洗净，他扣上手提箱，出了房间。室外的空气闷热浑浊，大街上弥漫着一股恶臭。朵朵白云堆积在天空中。四周如此寂静，远处一家工厂中排出的袅袅烟雾，连绵不断，直上云霄。杰克走路时，膝盖总是撞到笨重颠簸的手提箱，他经常猛地回头去看看身后。去科普兰的住所要一路穿过小镇，所以必须要加快步伐。天空中渐渐浓云密布，预示着夜幕降临前将有一场夏日暴雨。

　　抵达科普兰医生住的房子时，他瞧见百叶窗被放下了。他走到后院，透过窗户，望着废弃不用的厨房。一种空洞绝望的失落感，令他的双手汗津津的，他的心脏失去了跳动的节奏。他走到左边那栋房子，可家里没人。眼下除了去凯利家找波西亚问个清楚之外，别无他法。

他不愿意再度靠近那栋房子。他无法忍受再看见前厅的帽架，以及他曾无数次爬过的那段长长的楼梯。他步伐缓慢地折返穿过小镇，通过那条小巷。他走进后门。波西亚正在厨房里，那个小男孩在她身边。

"不，先生，布朗特先生，"波西亚说，"我知道你是辛格先生的好朋友，你明白我父亲是怎么看待他的。可今天早上我们把父亲带去乡下了，我打心眼儿里知道，我没有义务告诉你他到底在哪儿。如果你不介意的话，我就不兜圈子，直说了吧。"

"你没必要兜圈子，"杰克说，"可是为什么？"

"就在那回你来见过我们之后，父亲病入膏肓，我们以为他要死了。我们花了好长时间才让他能够坐起来。他现在一切都很好。他在现在住的地方身体强壮了不少。可你是否明白，他此刻强烈厌恶白人，非常容易发怒。除此以外，如果你不介意我直说的话，你到底要我父亲怎么样？"

"没什么，"杰克说，"你不会理解的。"

"我们黑人跟其他人一样都有血有肉有感情。我坚持我的话，布朗特先生。父亲只是一个病恹恹的老黑人，他的麻烦已经够多了。我们得照顾他。他不急着要见你——这点我知道。"

再次来到大街上，他看见团团云朵变成了一种深沉鲜艳的紫色。凝滞的空气中酝酿着风暴。人行道旁的树木郁郁葱葱似乎悄然潜入了空气，于是大街上笼罩着一种怪异的绿色光辉。四周寂静无声，杰克停下片刻，嗅了嗅空气，环顾四周。接着，他一把拽住胳膊下夹着的手提箱，开始朝主街的雨篷跑去。一阵雷鸣般的金属撞击声，空气骤然之间冷却了下来。大颗大颗的银色雨滴砸到人行道上嘶嘶作响。一阵倾盆大雨遮住了他的视线。他来到纽约咖啡馆时，浑身湿透，衣服都黏在身上，缩成皱巴巴的一团，脚上的鞋子因为进水而吱嘎作响。

布兰农将报纸推到一边，双肘撑在柜台上。"这可奇了怪。我有预感，一下雨你就会来这儿。我打骨子里知道，你会来，只是来得太晚了。"他用大拇指使劲地揉搓鼻子，直到鼻子扁平泛白。"这是手提箱？"

"它看上去像手提箱，"杰克说，"摸着也像手提箱。如果你相信这实际上就是个手提箱，那么我想这就是手提箱，结了。"

"你不应该这么傻站着。上楼去给我换下衣服。路易斯会用热熨斗熨干的。"

杰克坐在餐厅后方的卡座里，脑袋埋在双手之中。"不，谢了。我就想在这儿歇会儿，喘口气。"

"可你的嘴唇发青。你看上去整个累垮了。"

"我很好。我想要吃些晚饭。"

414

"晚饭要再过半个小时才准备好。"布兰农耐心地说。

"有些残羹剩饭也行。就放在一个盘子里，你不用麻烦去加热了。"

他身上的空虚感隐隐作痛。他既不想回头看，也不想向前看。他那两根粗短的手指划过桌面。他第一次坐在这张桌子上已经是一年多以前了。此刻与当时相比，他有了多少进展呢？毫无进展。他交了一个朋友，又失去了他之外，其他一事无成。他一腔肺腑之言都告诉了辛格，然后那个男人自杀了。于是他独自一人，孤立无援。现在，他该下定决心摆脱这一切、重新启程了。一念及此，恐惧就向他袭来。他累了。他的头靠着墙壁，双脚搁在身旁的椅子上。

"来了，"布兰农说，"吃了应该会好些。"

他倒了一杯热饮，面前是一盘鸡肉派。这饮料有一种甜腻浓厚的味道。杰克深吸着热气，闭上双眼，问："里面有什么？"

"用糖搓过的柠檬皮，浇上沸水兑朗姆酒。一款味道不错的饮料。"

"我欠你多少钱？"

"一时间我也吃不准，不过你离开之前我会算好的。"

杰克饮了一大口那香甜热酒，吞下之前含在嘴里漱了漱口。"这钱你永远拿不到，"他说，"我没有钱付给你——要是有钱的话，我可能也不会付。"

"行了，我催过你吗？我有过开出账单要你付钱吗？"

"没有，"杰克说，"你一向很讲道理。从个人角度看，我认为你是一个真正体面的人。"

布兰农坐在他对面。脑海中想到了某些事。他来回滑动桌上的盐瓶，不停地抚平他的头发。他身上仿佛抹了香水，散发香气，身上那件蓝色条纹衬衫簇新整洁。衣袖卷起，用老式的蓝色衬衫袖箍固定。

最后，他犹豫着清了清嗓子说："你来之前，我正在浏览午报。似乎今天你上班的地方出了不少乱子。"

"没错。上面怎么写的？"

"稍等。我去拿来。"布兰农从柜台上取来报纸，靠在卡座的隔墙上。"头版上写，位于某地的阳光南方游乐场，发生了一场大规模的骚乱。两名黑人遭受到致命刀伤。另外三人受轻伤，已经被送往市医院治疗。两名死者名叫吉米·梅西和兰西·戴维斯。伤者为约翰·哈姆林，白人，来自中央磨坊城，'多面'威尔逊、黑人，云云。据引述：'已逮捕多人。据称，这场骚乱是由劳工骚动引起，骚乱现场发现了许多印有颠覆性言论的传单。警方很快将继续进行逮捕。'"布兰农咯哒一声咬紧牙关。"这份报纸的排版一天比一天糟。'颠覆性'（Subversive）这个词当中的字母'u'居然放在了第二个音节上，'逮捕'（arrest）则少了个'r'。"

"好吧，他们很聪明，"杰克嗤之以鼻地说，"'由劳工骚动引起'。真了不起。"

"不管怎么样，整件事非常不幸。"

杰克伸手捂住嘴巴，低头看着自己面前的空盘。

"你如今有什么打算？"

"我要走了。我今天下午就要离开此地。"

布兰农将手指甲放在手掌上蹭磨。"嗯，这当然没有必要——不过也许会是件好事。为什么这么仓促？没必要在一天的这个时间出发。"

"我就要这么着。"

"我的确认为你是应该重新开始。你为什么不能在这件事上同时接受我的建议呢？我自己——我是个保守派，当然我认为你的观点很激进。可同时，我愿意全方面地了解一件事。不管怎样，我想看到你改过自新。你为什么不到某个能遇到些志同道合之人的地方去呢？然后定居下来？"

杰克怒气冲冲地将面前的盘子推开。"我不知道我要去哪儿。让我一个人待着。我累了。"

布兰农耸耸肩，走回柜台。

他累得不行了。喝下热朗姆酒，伴着沉闷的雨声，他昏昏欲睡。安安稳稳地坐在卡座中，吃上一顿香喷喷的饭菜，感觉好极了。如果他愿意的话，他可以趴下来打个盹——小睡片刻。他的脑袋已经沉甸甸的，头昏脑涨，闭上双眼后，他就感觉更舒服了。不过他只能短暂地睡一会儿，因为很快他就必须离开此地。

"这场雨会下多久？"

布兰农的声音带着倦怠的意味。"说不准——这是场热带大暴雨。也许会突然放晴——也许——可能越下越小，到了晚上又卷土重来。"

杰克的脑袋陷入双臂之中。雨声仿佛大海翻腾澎湃、怒号不止。他听见时钟嘀嗒作响，远处传来碗碟的叮当脆响。他的双手渐渐松弛下来。他手掌向上摊开，搁在桌上。

接着布兰农摇晃他的肩膀，直勾勾地瞧着他的脸。脑海中做着一场可怕的梦。"醒醒，"布兰农在叫，"你做噩梦了。我向这边望来，你张着嘴巴，满嘴胡言乱语，双脚在地上滑来滑去。我从没见过这样的事。"

那个梦依然沉重地盘旋于他脑中。他感觉到了那久违的恐惧感，每当他醒来时那种感觉总是如约而至。他将布兰农推开，站起身子。"你不必告诉我我做了个噩梦。我记得清清楚楚。同样的梦，我都做过大约十五回了。"

他此刻确实记得。有好些回，他总是无法在清醒的头脑中捋清这个梦。他在熙熙攘攘的人群中行走——就像在游乐场里。不过他身边的人身上也有某种东部人的特质。骄阳似火，人们半裸着身子。他们一言不发，动作迟缓，面露菜色。周围一片寂静，只有烈日和沉默的人群。他在人群中行走，携带着一只被遮盖着的巨大篮子。他正要将篮子带去某

418

个地方，却找不到放篮子的地方。在梦中，四处游荡、穿过人群，不知道何处卸下他久久抱在怀中的负担，这一切皆有一种特殊的恐惧。

"怎么了？"布兰农问道，"是恶魔在追你吗？"

杰克站起身，走向柜台后的镜子。他的脸脏兮兮、汗津津。双眼之下有黑眼圈。他在水龙头下沾湿了手帕，抹了一把脸。接着他掏出一把小梳子，仔细地梳理起他的髭须。

"梦里的事儿当不得真。你要睡着时才明白为什么会是这样一个噩梦。"

时钟指向了五点半。雨几乎停了。杰克拿起他的手提箱，走向前门。"再见。也许我会给你寄一张明信片。"

"等等，"布兰农说，"你现在不能走。外面还下着小雨。"

"只有雨篷上滴下的几滴雨了。我天黑前要离开小镇。"

"可等等。你身上有钱吗？够不够撑一个礼拜的？"

"我不需要钱。我很久以前就破产了。"

布兰农准备好一只信封，里面放了两张二十美元的钞票。杰克打开信封里外看了看，塞进口袋里。"天知道你为什么要这么做。你永远拿不回来了。还是谢了。我不会忘记的。"

"好运。写信给我。"

"再见。"

"再见。"

他走出门外，门关上了。他回头看向街区尽头时，布兰农正从人行道上凝望他。他一路步行，一直走到铁轨处。铁轨两侧满是成排的两居室破败危房。在窄小的后院里有肮脏发臭的厕所，还挂着一条条破破烂烂、熏得发黑的抹布，等待晾干。沿路两英里，满目所及，没有任何舒适区域，没有开阔空间，更没有整洁卫生可言。甚至连泥土本身都似乎污秽不堪，无人问津。时不时的，有些迹象表明地上曾种过一排蔬菜，可仅幸存了几颗枯萎的羽衣甘蓝。还有几棵害了病、没结果的无花果树。几个小屁孩在这片泥地里穿梭，其中年纪小一点的一丝不挂。看到这片赤贫景象，触目惊心，令人绝望，杰克大吼一声，握紧了拳头。

他一路来到小镇的边缘，转而上了条公路。汽车纷纷从他身边驶过。他肩膀太宽阔，手臂太长。他身强体壮，相貌丑陋，没人愿意给他搭车。不过也许很快会有一辆卡车停下来。午后的阳光又一次消逝了。高温蒸腾，潮湿的路面上水汽上升。杰克步伐稳健。刚出了小镇，他感到浑身充满了新能量。可这究竟是一次溃逃，还是一次进攻？不管怎样，他走了。是该开始新一轮了。前方的路通往北方，略微偏西方。但是他不会走得太远。他不会离开南方。这是明确的。他身上有希望，不久他的旅程轮廓就会成形。

三

这有什么好处？这是个她愿意获悉答案的问题。这他妈的有什么好处。她制订的所有计划和所有音乐。这一切的结果就是这个牢笼——商店上班，然后回家睡觉，再回商店上班。辛格先生以前工作地点前面的时钟指向了七点。她刚刚下班。每次要加班，经理总是让她留下。因为在筋疲力尽之前，她能比其他女孩都站得更久、工作更卖力。

倾盆大雨过后，天空呈现一片静谧的浅蓝色。夜幕渐渐降临。街灯已经亮起。大街上车水马龙，报童大声吼出报纸上的头条新闻。她不想回家。如果她现在回家，她就会躺在床上，然后放声痛哭。她就是如此身心俱疲。可如果她走进纽约咖啡馆、吃点儿冰淇淋的话，她可能会感觉好些。再抽支烟，独自一人待一会儿。

咖啡馆里前半部分已经坐满了人，于是她走向最后面的卡座。她的腰背和脸庞酸乏得不行。他们的座右铭如下："眼观六路，微笑待人。"一旦她离开这家商店，她不得不长时间蹙眉皱额，恢复自然的脸部表情。甚至连她的耳朵都酸。她摘下挤得耳洞生疼的绿色耳环。上一周她才买了这副耳环——还有一只手镯。起初，她在厨房用品商店工作，可现在他们把她调去了服装饰品部。

"晚上好，米克。"布兰农先生说。他用一块餐巾擦了擦一只玻璃水杯的杯底，然后放在桌上。

"我想点一个巧克力圣代和五分钱的生啤。"

"一块点吗？"他放下一份菜单，用他那只戴着女式金戒指的小指点了点。"你看——这里有一些美味的烤鸡或炖小牛肉。你干吗不跟我一起吃点晚饭呢？"

"不了，谢谢。我只要一份圣代和啤酒。两个都要够凉。"

米克把手从前额插进头发里，捋了捋。她嘴巴张得老大，以至于双颊似乎有点凹陷。有两件事她是永远无法相信的。其一是辛格先生自杀身亡了。其二是她已长大成人，要在伍尔沃斯上班。

发现他尸体的正是她。他们以为那阵动静是一辆汽车发动机的回火，直到第二天他们才发现了真相。她走进房间去摆弄收音机。他脖子上沾满了血，她爸爸进来后，将她推出了房间外。她从家里跑了出去。冲击太大，令她难以平静下来。她冲进了黑暗之中，两只拳头捶打着自己。然后第二天晚上，他被安放进一具棺材，置于客厅之中。殡仪员在他脸上抹了口红和胭脂，让死者看起来面色自然。可是他看上去并不自然。他死气沉沉。混合着花香以外，还有另外一种味道，她无法待在房间里。可经过这些日子，这份工作她坚持了下来。她打包产品，将它们推到柜台对面，钱币收入抽屉中叮当作响。她该走的时候就走，坐到桌边的时候吃饭。只有在最初夜里上床时，她才无法入睡。不过现在，她也照睡不误了。

米克在座位上将身体扭向一侧，这样她便能跷起二郎腿。她的长统袜上有一处抽丝。这是她走路去上班时钩到的，她朝丝袜上吐了口唾沫。过了一会儿，抽丝越来越厉害了，她用一小块口香糖堵在了末端。不过这样也无济于事。现在她只能跑回家去缝补一下。天晓得她该怎么处理长统袜。她穿得太伤了。除非她是那种习惯穿长统棉袜的普通女孩。

她本不应该来这儿。她两只鞋的鞋底彻底磨坏了。她本应该攒下两毛钱买一只鞋底前掌。如果她始终穿着一只有洞的鞋站立，结果会怎么样呢？她的脚上会起水泡。她得用一根烧烫的针去挑破水泡。她就得请假待在家里，然后被炒鱿鱼。接下来会怎么样？

"给你，"布兰农先生说，"可我以前从没听说过这样的组合。"

他将圣代和啤酒放在桌子上。她假装清洁手指甲，因为如果她看他一眼，他就会滔滔不绝，说个没完。他不会再怨她了，所以他肯定已经忘了那包口香糖。他现在总是想同她说话。可她却希望安安静静、独自一人。圣代很好吃，上面浇满了巧克力、坚果和樱桃。啤酒爽口怡人。吃完冰淇淋再喝一口啤酒，会有一股甜甜的苦味，喝得醉醺醺的。啤酒是仅次于音乐的妙物。

可此时她的头脑中没有任何音乐。这是件有趣的事。这就仿佛她被关在了"里屋"外面。有时候，一段快速的旋律一闪而过——可她从没伴随音乐走进过"里屋"，就像她过去常做的那样。她似乎是太紧张了。抑或是因为那家商店消耗了她全部的精力和时间。伍尔沃斯的情况与学校不一样。她以前放学回家后总是兴致盎然，准备琢磨音乐。可现在她一回到家总是筋疲力尽。在家时，她只是吃晚饭、睡觉，接着吃早饭，又去上班。她两个月前在自己的私人笔记本上开始创作的一首歌依然还未完成。她想待在"里屋"，可她不知如何进去，仿佛"里屋"上了锁，令她无法企及。一件匪夷所思的事。

米克用大拇指推了推折断的门牙。可她还有辛格先生的收音机。所有还未付清的分期，由她接手偿还。拥有某样属于他的东西是好事。也许再过些日子她就能攒下点钱买一架二手钢琴了。比如说一周攒两块钱。她不会让除了她以外的任何人动这架私人钢琴——也许她可以教乔治弹奏些小片段。她会把钢琴藏在后屋，每天晚上弹。星期天弹一整天。不过假设，要是有某个星期，她还不上分期了。那么到时他们会来将它收走，就像那辆红色的小自行车一样吗？假设她不许他们拿走。假设她把钢琴藏在房子底下。要不然她会在前门堵住他们。大打一架。她会把那两个男人都打趴下，这样他们就会被揍得鼻青眼肿，昏倒在前厅地板上。

米克紧皱眉头，一只拳头使劲来回揉搓前额。事情就该如此。仿佛她时时刻刻都处于愤怒之中。这不是小孩子的那种一时阴一时晴的情绪变化——而是另一种方式。只是根本没有什么好愤怒的。除了那家店。可那家店还没有向她抛出橄榄枝。因此根本没有什么好愤怒的。她好像遭到了欺骗。只是又没人欺骗她。因此也没人好撒气。然而，她还是有这种感觉。遭人欺骗。

可也许那架钢琴的梦会成真，一切都会顺利。也许她很快就会有机会。他妈的其他还有什么好处呢——是她感受音乐、在"里屋"中制订的计划的方式吗？如果有一丝合理的话，肯定会有些好处。而且、而且、而且……肯定有些好处。

好吧！

没问题！

有些好处。

四

夜里

万籁俱寂。比夫擦干了脸和手，一阵微风将桌子上那座小小的日本宝塔上的玻璃吊坠吹得叮当作响。他刚刚打了个盹醒来，吸着他的夜间雪茄。他想到了布朗特，不知道他是否已远在千里之外。浴室架子上放着一瓶花露水，他摸了摸瓶塞，然后抹在了太阳穴上。他嘴里吹着一首老歌，走下狭窄的楼梯时，身后留下了一串支离破碎的回音。

按理说路易斯应该在柜台后值班。可他开了小差，店里没生意。前门大敞，面向空空如也的街道。墙上的钟指向十一点四十三分，临近午夜。收音机开着，有人在讨论希特勒制造的但泽危机①。他走进后面的厨房，发现路易斯坐在一张椅子上睡着了。男孩已经脱掉鞋，解开了裤子。他的脑袋耷拉到了胸前。衬衫上的一条长长的水渍表明他已经睡了好一阵子。他的两条胳膊直挺挺地垂在身体两侧，让人吃惊的是，他居然没有脸朝下向前扑倒。他睡得很香，要叫醒他也是徒劳的。这一晚将会是静悄悄的。

比夫踮着脚穿过厨房，来到一个架子处，上面放着一篮子桂花和满满两水壶的百日菊。他带着这些花来到餐厅前门处，将橱窗里用玻璃纸包裹的大盘大盘的特价菜挪走。他对食物感到恶心。一橱窗夏日新鲜花卉——会很不错。他闭上眼睛，想象着如何摆放陈设。先在底部撒一层桂花铺底，清新凉爽，绿意盎然。陶瓷盆里装满了五颜六色的百日菊。不需要更多了。他开始小心翼翼地布置橱窗。花卉中有一株很脆弱，一朵百日菊上长了六瓣黄褐色和两瓣红色的花瓣。他

---

① 但泽为波兰北部城市，一战前为德国领土。1930年代，希特勒为了侵略扩张，利用复杂的民族、归属和权益问题而蓄意制造了但泽危机。

仔细观察着这朵稀有品种，将它放在一边备用。接着，橱窗布置完毕，他站在大街上审视着自己的手工作品。顽固的花茎被弯曲到一个恰到好处的角度，安逸自在，松松垮垮。电灯分散了注意，可太阳升起时橱窗会展现它的最佳效果。艺术气息十足。

群星璀璨的黑暗夜空似乎距离地球近在咫尺。他沿着人行道漫步，中途曾停下脚步，用脚侧把一块橘子皮踢进了沟渠里。在下个街区的另一端有两个人，远远看去个子不高，手挽着手，一动不动地站在一起。附近看不到其他人。他的店是整条街上唯一一家开着门、亮着灯的。

可为什么？小镇上其他所有咖啡厅都关门了，他为什么还要整晚开门营业呢？经常有人会这么问他，他却永远无法用言语回答。无关乎钱。有时会有一个食客过来喝杯啤酒、来份炒蛋，花上五块十块。可那毕竟是极少数。大部分是一次来一个人，点得少，待得久。在有些晚上，介于十二点到五点之间，一个客人都不会来。其中无利可图——绝对如此。

可他夜里从不关门——并非只在他营业的时候。夜晚正是时候。如果不开门的话，那些人他永远都不可能见到。有个把人一周定期来上几趟。其他人则只来过这个地方一次，喝一杯可口可乐，便消失无踪了。

比夫双手交叉抱于胸前，走路的步伐越发缓慢。在街灯的弧线光束里，他的影子显得黑魆魆的，有棱有角。夜晚的平静安宁令他心平气和。此时此刻正是用来休息和沉思的。也许这就是他待在楼下、不去睡觉的原因。他飞快地扫了一眼空空荡荡的大街，然后走进店内。

关于危机的讨论依然在收音机里喋喋不休。天花板上的电扇呼呼地扇着风，令人昏昏欲睡。厨房里传来了路易斯的呼噜声。他突然想到了可怜的威利，决定过一阵子给他送一夸脱威士忌去。他转向报纸上的填字游戏。有一幅女子画像来确定中央的单词。他认出了这个女人，将她的名字——蒙娜丽莎——填入横向第一个词的空格。纵向第一个是代表叫花子的单词，以字母 m 打头、一共九个字母。乞丐（Mendicant）。两个横向的空意思是指移至远方的某个词。以字母 e 打头的六个字母的单词。消逝（Elapse）？他大声念了几个组合作为尝试。迁移（Eloign）。可他没了兴致。还有许多没这么复杂的字谜。他将报纸叠好，放在一边。他稍后回来再研究。

他细细观察着那朵他特地留下的百日菊。他将花朵托在手掌上，靠近灯光，这花毕竟不是那么稀奇的珍品。不值得保留。他扯下柔软鲜艳的花瓣，摘到最后一片时爱人就会出现。可那人是谁呢？他此刻爱着的是谁？没有一个人。任何从大街上进来坐上一个小时喝杯酒的正经人都可以。可是没有一个人。他知道他有过爱人，可全都结束了。艾丽斯。玛德琳和捷普。都完了。留下他不死不活。哪个？无论你盯着它看多久。

还有米克。那个过去几个月匪夷所思地活在他心里的人。那份爱也终结了吗？是的。结束了。通常傍晚时分，米克会来喝杯冷饮或者吃个圣代。她长大了不少。她那莽撞、孩子气的脾性几乎消失了。取而代之的是某种难以分辨的淑女范和雕琢感。耳环叮当，手镯摇晃，她跷起二郎腿的新动作，还有将她裙子的下摆拉到膝盖以下。他注视着她，只感到有一种温柔。他心中那熟悉的感觉消失了。一年里，这份爱不可思议地蓬勃绽放。他曾经一百次提出疑问，却找不到答案。此刻，正如一朵夏花在九月被碾碎，一切都完了。没有一个人。

比夫用食指轻轻点了点鼻子。收音机上传来了一个外国人的声音。他无法判断这声音到底是德国人、法国人还是西班牙人。可它听上去仿佛末日逼近。这声音令他惊恐不安。他关闭收音机，一片深沉而完整无缺的寂静。他感觉到外面的夜色。孤独感牢牢地攥住了他，以至于他的呼吸越来越急促。现在打电话给露西尔、跟"宝贝"说话，时间太晚了。他也不能指望这个点儿有客人上门。他走向门口，环顾街道。四下里空荡荡、黑黢黢的。

"路易斯！"他大喊道，"你醒了吗，路易斯？"

没人应声。他双肘撑在柜台上，两手托着脑袋。他那蓄着胡子、黑乎乎的下巴从一侧转向了另一侧，慢慢地前额低垂，皱紧眉头。

那个谜。那个扎根在他心中的疑问，令他日夜不宁。辛格身上的谜团，还有其他人的。自从发生了那事儿，已经过去了一年多。一年多以前，布朗特来到这个地方，第一次喝得酩酊大醉，第一次看见哑巴。打从那时起，米克开始跟着他进进出出。如今，辛格去世已经一个月，入土为安了。而那个谜依然困扰着他，因此心绪不宁。这一切有些不太自然——就像一个可怕的玩笑。他一想到这些，就感觉浑身不自在，还有种不知名的恐惧。

他料理了葬礼。他们将一切都交给了他。辛格的事一团乱麻。他拥有的所有东西都需承担分期付款，他人寿保险的受益人死了。剩下的钱刚刚够将他下葬。葬礼是在中午举行的。骄阳似火，大家围着那块敞开、潮湿的坟墓站了一圈，被无情的烈日烤得火热。太阳底下，鲜花都打了蔫儿，变得枯黄。米克哭得如此伤心，声音哽咽，一度喘不上气来，她父亲只得拍拍她的后背。布朗特一只拳头堵住嘴巴，满面怒容低头望着坟墓。那个与可怜的威利似乎沾亲、小镇的黑人医生，站在人群外围，独自呜咽。还有一些以前从未见过或听说过的陌生人。天晓得他们打哪儿冒出来，又为什么会在场。

房间里的寂静如夜色本身一般深沉。比夫呆若木鸡似的站着，陷入自己的沉思。可蓦地他感到一阵心跳加速。他的心脏狂跳，于是背倚着柜台寻求支撑。一片刺眼的光亮一闪而过，他瞥见了人类的奋斗与英勇气概。还有无尽的岁月里，人类无止境的流动通道。以及那些千辛万苦之人，那些——用一个词形容——拥有爱的人。他的灵魂膨胀了。但仅仅在那一刻。他心中毫无来由地感到一阵恐惧。他的身子悬浮在两个世界之间。他看到自己正盯着面前柜台玻璃中映出的自己的脸庞。太阳穴上的汗水晶莹剔透，他的脸部扭曲狰狞。一只眼睛睁得比另一只眼睛大。左眼眯缝着探索过去，而右眼睁得很大，惊恐万分地凝视着充满黑暗、错误和毁灭的未来。他悬浮在光明与黑暗之间。辛辣的讽刺与信念之间。他猛地转过身去。

"路易斯！"他大喊道，"路易斯！路易斯！"

还是没有回应。可老天爷啊，他是个神志清醒的人吗，抑或不是？这种恐惧怎么会如此这般扼住了他的咽喉？他甚至不知这是由何引发的？他会像一个神经质的傻瓜一样站在原地，还是打起精神、恢复理智呢？他到底是个神志清醒的人，抑或不是呢？比夫将他的手帕在水龙头底下沾湿，轻轻拍打他那张憔悴不安的脸。不知怎么，他想起雨篷还没有升起来。他走到门口，步伐稳健有力。等再次回到室内时，他已从容镇定地恢复了自制，等待清晨的阳光。

Carson McCullers
THE HEART IS A LONELY HUNTER
根据 The Library of America 2017 年版译出

图书在版编目(CIP)数据

心是孤独的猎手/(美)卡森·麦卡勒斯
(Carson McCullers)著;宋玲译. —上海:上海译文
出版社,2021.12
(麦卡勒斯文集)
书名原文:The Heart Is a Lonely Hunter
ISBN 978 - 7 - 5327 - 8869 - 9

Ⅰ.①心… Ⅱ.①卡…②宋… Ⅲ.①长篇小说—美
国—现代 Ⅳ.① I712.45

中国版本图书馆 CIP 数据核字(2021)第 254503 号

心是孤独的猎手
[美]卡森·麦卡勒斯 著 宋玲 译
特约策划/彭伦 责任编辑/管舒宁 装帧设计/张志全工作室

上海译文出版社有限公司出版、发行
网址:www.yiwen.com.cn
201101 上海市闵行区号景路 159 弄 B 座
江阴市机关印刷服务有限公司印刷

开本 787×1092 1/32 印张 14.5 插页 5 字数 221,000
2022 年 4 月第 1 版 2022 年 4 月第 1 次印刷
印数:0,001—8,000 册

ISBN 978 - 7 - 5327 - 8869 - 9/I · 5486
定价:79.00 元